Como encantar um canalha

Suzanne Enoch

Como encantar um canalha

Tradução
Thalita Uba

Rio de Janeiro, 2020

Copyright © 2003 by Suzanne Enoch
All rights reserved.
Título original: London's Perfect Scoundrel

Todos os personagens neste livro são fictícios. Qualquer semelhança com pessoas vivas ou mortas é mera coincidência.

Direitos de edição da obra em língua portuguesa no Brasil adquiridos pela Editora HR LTDA. Todos os direitos reservados. Nenhuma parte desta obra pode ser apropriada e estocada em sistema de banco de dados ou processo similar, em qualquer forma ou meio, seja eletrônico, de fotocópia, gravação etc., sem a permissão do detentor do copyright.

Diretora editorial: *Raquel Cozer*

Gerente editorial: *Alice Mello*

Editor: *Ulisses Teixeira*

Copidesque: *Marina Góes*

Preparação de original: *Thaís Carvas*

Revisão: *Marcela Isensee*

Capa: *Renata Vidal*

Diagramação: *Abreu's System*

CIP-Brasil. Catalogação na Publicação
Sindicato Nacional dos Editores de Livros, RJ

H348d

Enoch, Suzanne, 1964-
    Como encantar um canalha / Suzanne Enoch ; tradução Thalita Uba. – 1. ed. – Rio de Janeiro : Harlequin, 2019.
    320 p.

    Tradução de: London's Perfect Scoundrel
    ISBN 978-85-3982-726-8

    1. Romance inglês. I. Uba, Thalita. II. Título.

18-49514   CDD: 823
                                            CDU: 82-31(410)

Leandra Felix da Cruz – Bibliotecária – CRB-7/6135

Direitos exclusivos de publicação em língua portuguesa cedidos pela Harlequin Enterprises II B.V./ S.À.R.L para Editora HR Ltda.

A Harlequin é um selo da HarperCollins Brasil.

Contatos: Rua da Quitanda, 86, sala 218 — Centro — 20091-005
Rio de Janeiro — RJ
Tel.: (21) 3175-1030

Para Jackson Lee Byrne —
bem-vindo ao clã!
Contudo, você ainda não tem permissão para ler este livro
até que mamãe e papai autorizem —
daqui a uns 16 ou 17 anos.

Eu te amo.

Prólogo

— E UM CAVALHEIRO DEVERIA perceber que as mulheres também têm pensamento próprio, ora essa.

Evelyn largou a xícara de chá ruidosamente, surpresa ao perceber que a conversa com as amigas sobre o jeito de ser dos homens tinha se tornado tão… séria. Ela achava que já havia aceitado o fato de que todos os homens eram impossíveis, mas, em meio ao rebuliço de seu coração, obviamente se via que não estava contente com isso.

Lucinda Barrett e Lady Georgiana Halley tinham razão em suas críticas espirituosas, como de costume, e, ora bolas, ela também estava cansada de ser pisoteada por todos os indivíduos engravatados da humanidade. O tal comportamento adequado aos homens. Aquilo parecia quase um oximoro, mas estava claro que alguém precisava fazer alguma coisa com relação aos modos arrogantes e egocêntricos deles.

Lucinda levantou-se e foi até a escrivaninha do outro lado da sala.

— Deveríamos colocar tudo isso no papel — disse, pegando várias folhas de uma gaveta e retornando para distribuí-las. — Nós três somos bastante influentes, especialmente sobre os tais *cavalheiros* a quem essas regras se aplicariam.

— E estaríamos fazendo um favor a outras mulheres — concluiu Georgiana, parecendo cada vez mais reflexiva à medida que sua própria frustração amainava.

— Mas uma lista não ajudará ninguém além de nós mesmas — disse Evelyn, que, mesmo ainda cética quanto à serventia daquela missão, pegou o lápis que Lucinda lhe entregou. — Se é que de fato nos ajudará.

— Ah, ajudará, sim… Quando colocarmos nossas regras em prática — retrucou Georgiana. — Proponho que cada uma de nós escolha um homem e ensine o que ele precisa saber para impressionar uma dama adequadamente.

— Sim, pelo amor de Deus. — Lucinda bateu a mão na mesa em concordância.

Evelyn olhou para uma amiga, depois para a outra. Seu irmão provavelmente a reprimiria por perder tempo com essas frivolidades, mas, por outro lado, ele não precisava saber. Talvez ficasse para sempre na Índia e elas teriam então um canalha a menos para remendar. Ela sorriu ao pensar naquilo e puxou o papel para mais perto. Verdade seja dita, era bom sentir que estava fazendo algo produtivo, independentemente de quão inútil alguém poderia achar aquela lista.

Enquanto começava a escrever, Georgiana soltou uma risadinha.

— Poderíamos mandar publicar nossas regras. *Lições de Amor*, por Três Distintas Damas.

Lista de Evelyn

1. *Nunca interrompa uma dama quando ela estiver falando com você, como se o que você tivesse a dizer fosse mais importante.*
2. *Se você pedir uma opinião, espere receber uma, e não faça piada.*
3. *Um comportamento digno de cavalheiro não se resume a abrir portas; para impressionar uma dama, você precisa se preocupar com as necessidades dela pelo menos tanto quanto se preocupa com as suas.*
4. *Quando uma dama decide se dedicar a uma ação ou a uma causa, não presuma que é apenas um "passatempo".*

Evelyn se recostou na cadeira e releu o que havia escrito, assoprando a folha para remover o excesso de grafite. Pronto. Aquilo deveria bastar. Agora, ela só precisava de uma vítima — ou melhor, de um aluno. Ela sorriu.

— Isso é divertido.

Capítulo 1

Perante a lei, um infante, e em anos, garoto,
Em espírito, escravo dos prazeres marotos,
De vergonha e virtude, um ser alienado,
Da mentira um adepto, no logro viciado;
Versado em hipocrisia, embora criança,
Volúvel como o vento, dado à intemperança;
Ludibria as mulheres, manipula o descuidado,
Calejado no mundo, malgrado pouco estudado.
Lord Byron, "Damaetas"

Um ano depois

— Eu realmente gostaria que você não fizesse um alvoroço por causa disso — disse Evelyn Ruddick, afastando-se do irmão. — Lucinda Barrett e eu somos amigas desde quando debutamos juntas.

Victor se aproximou dela novamente, seu tom de voz incisivo e irritado.

— Sejam amigas em qualquer outro sarau — insistiu ele. — O pai dela nem sequer tem direito a voto na Câmara e esta noite preciso que você converse com Lady Gladstone.

— Não gosto de Lady Gladstone — resmungou Evie, contendo uma ofensa quando Victor segurou seu braço, impedindo-a de escapulir novamente. — Ela bebe uísque.

— E o marido dela é um proprietário influente de West Sussex. Suportar um pouco de embriaguez é um preço irrisório a se pagar por uma vaga na Câmara dos Comuns.

— Você só está dizendo isso porque não é você quem vai ter de aguentar o hálito dela. Victor, eu vim aqui esta noite para dançar e conversar com minhas ami…

O irmão franziu as sobrancelhas escuras.

— Você só está aqui esta noite porque eu a trouxe. E eu só a trouxe para que pudesse ajudar na minha campanha.

Ambos sabiam que Evie tinha perdido aquela batalha antes mesmo de começar; ela costumava ter a sensação de que Victor permitia que entrasse na discussão só para poder repreendê-la mais vezes.

— Ai, Deus do céu. Eu gostava mais quando você estava na Índia.

— Hum. Eu também. Agora vá, antes que um dos amiguinhos de Plimpton chegue primeiro.

Adotando um sorriso gentil e amigável, Evelyn contornou a pista de dança lotada em busca da última possível fonte de votos de seu irmão. A bem da verdade, a escolha de bebida alcoólica de Lady Gladstone não era tão terrível assim. Com trinta anos a menos que o marido, a viscondessa tinha hábitos piores que o uísque. E Evelyn já tinha ouvido boatos de que o pior deles estava presente esta noite.

Ela a encontrou sentada em meio a diversas cadeiras espalhadas em uma pequena alcova ao lado da orquestra. O justíssimo vestido verde-esmeralda de seda exibia as muito elogiadas curvas de Lady Gladstone, que parecia relaxada com a cabeça inclinada para um lado. Por mais indecente que aquela imagem parecesse no salão conservador de Lady Dalmere, o homem que se inclinava sobre o ombro dela, com o rosto tão perto de seu ouvido a ponto dos cabelos castanhos tocarem os cachos louros da mulher, era uma visão ainda mais perturbadora.

Por um instante, Evelyn pensou em fingir que não tinha visto e ir embora, mas isso só daria a Victor mais uma chance de chamá-la de tola e cabeça de vento. Então, ela ficou ali parada até começar a se sentir meio *voyeur*, e pigarreou quando não conseguiu mais aguentar.

— Lady Gladstone?

A viscondessa ergueu os olhos escuros para fitá-la.

— Santo, parece que temos companhia — disse em meio a um risinho ofegante.

A figura que estava debruçada sobre o ombro de Lady Gladstone se endireitou por completo, e olhos surpreendentemente verdes, alojados em um rosto perfeitamente masculino, sombrio e magro, examinaram demoradamente todo o corpo de Evelyn, dos pés à cabeça. Ela não conseguiria evitar o rubor nem que sua vida dependesse disso.

Qualquer jovem dama que prezasse por sua reputação fazia questão de se manter a uma boa distância do alto, cínico e insanamente belo Marquês de St. Aubyn. Se não fosse pelas ambições políticas de Victor, o próprio irmão também não teria permitido que Evelyn se aproximasse de Lady Gladstone exatamente pelos mesmos motivos.

— Milorde — cumprimentou ela um tanto tardiamente, recompondo-se o suficiente para fazer uma breve reverência —, boa noite.

Ele a fitou por mais um instante, sua boca perversa e sensual se curvando em um discretíssimo sorriso cínico.

— Ainda é cedo demais para afirmar.

Então, sem dizer outra palavra, ele se virou e partiu na direção do salão de jogos.

Evelyn soltou o ar que estava prendendo.

— Que rude — murmurou, assim que ele estava longe o suficiente para não ouvi-la.

Lady Gladstone riu novamente, suas próprias bochechas também coradas — e certamente não por conta do calor do recinto.

— Minha cara senhorita Seja-Lá-Quem-For — disse —, o Santo não precisa ser bom, porque ele é muito… muito mau.

Bem, isso não fez sentido algum. Ela não ia, no entanto, entrar no mérito do comportamento vil daquele homem.

— Meu nome é Evelyn Ruddick, milady — apresentou-se ela, fazendo uma nova reverência. — Nós participamos do sarau de Natal de Bramhurst, e a senhora disse que eu poderia entrar em contato quando estivesse em Londres.

— Ah, Deus, eu sou tão generosa às vezes… O que quer de mim, então, Senhorita… Ruddick?

Evelyn odiava essa parte, especialmente porque sempre envolvia mentir.

— Bem, em primeiro lugar, eu gostaria de dizer que seu vestido é o mais esplêndido do mundo.

As curvas da duquesa ficaram ainda mais pronunciadas com o elogio.

— Que gentil da sua parte, minha querida. — Seus lábios cheios se abriram em um sorriso. — Será um prazer recomendar-lhe minha modista. Tenho certeza de que temos idades aproximadas, embora seu… colo seja menos…

Óbvio, concluiu Evelyn em silêncio, contendo uma careta.

— Seria muito atencioso da sua parte — agradeceu. Então, embora preferisse engolir um inseto a fazer aquilo, Evie se aproximou para se sentar ao lado da viscondessa. — Ouvi dizer — continuou ela, em um tom de conspiração — que a senhora é a grande responsável pelo sucesso político de seu marido. Já eu… confesso que estou um tanto perdida sobre como poderia auxiliar meu irmão, Victor, nesse sentido.

A expressão distante de Lady Gladstone se transformou em uma superioridade serena.

— Ah. Bem, em primeiro lugar, é claro, você precisa conhecer as pessoas certas. Isso…

— Onde está ele? — Com o rosto redondo e gorducho vermelho como um pimentão e seus olhos de peixe proeminentes ainda mais protuberantes do que o normal, Lorde Gladstone entrou como um furacão na alcova e parou bem diante da esposa. — Onde está aquele canalha?

A viscondessa se endireitou, embora parecesse um pouco tarde para fingir inocência.

— Quem você está procurando, meu amor? Estou aqui proseando com a Senhorita Ruddick, mas ficarei feliz em ajudá-lo a procurar.

Que maravilha, pensou Evie, quando o olhar selvagem do visconde se virou em sua direção. Era só o que faltava, ela se envolver em um dos infames escândalos de St. Aubyn. Victor jamais permitiria que ela saísse de casa novamente — mesmo que o incidente fosse, é claro, culpa dele.

— Você sabe muito bem quem estou procurando, Fatima. Você, garota, você viu aquele pati…

— Evie! Aí está você! — Com seu sentido de sincronização geralmente impecável, Georgiana, Lady Dare, foi até eles e pegou as mãos de Evelyn. — Você precisa vir resolver uma discussão. Dare insiste que está certo, mas nós duas sabemos que ele nunca está.

Evie apenas acenou com a cabeça para Lorde e Lady Gladstone enquanto Georgie a arrastava para a parte mais segura e menos propensa a escândalos do salão.

— Graças a Deus — exclamou ela. — Achei que estava perdida.

— O que você estava fazendo com Lady Gladstone? — perguntou Georgiana, soltando suas mãos.

Ela suspirou.

— Pergunte a Victor.

— Ah. Ele está tentando assumir a vaga de Plimpton na Câmara, não é? Ouvi dizer.

— Sim, está. É tão… desagradável. Victor passou a maior parte dos últimos cinco anos fora do país e continua sem sequer pedir minha opinião sobre qualquer coisa ou pessoa de Londres. Simplesmente me obriga a conversar com quem quer que ache mais útil.

A expressão de Georgiana ficou mais séria.

— Hum. Bem, irmãos não eram exatamente o que tínhamos em mente, mas talvez você possa usar Victor como aluno.

— De jeito nenhum — respondeu Evie, estremecendo. — Estou esperando Lucinda fazer a parte dela primeiro. E, além disso, assim como você chegou perto de degolar Dare, eu provavelmente acabaria matando Victor.

— Se você diz… Pela minha experiência, no entanto, é bem possível que o alvo da sua lição acabe simplesmente escolhendo você.

— Que nada. Não enquanto eu estiver ocupada tendo que ser charmosa e tola para os estúpidos amigos políticos do meu irmão. Eles não ousariam ser nada além de gentis. Alguém deveria olhar torto para eles. Inferno.

Lady Dare riu e pegou o braço de Evie novamente.

— Acho que basta disso por enquanto. Venha dançar com Tristan. Você pode até chutá-lo, se quiser.

— Mas eu gosto dele — protestou Evelyn, sorrindo e se sentindo grata pelos amigos bons e que não eram envolvidos em política. — Ele olha torto de vez em quando.

O sorriso de Georgiana enterneceu.

— Ele olha mesmo, não é?

Capítulo 2

*Ah, eu! em verdade, ele era um indecente,
Dado à folgança e à farra imoral;
Coisas mundanas não lhe eram fervescentes
Salvo concubinas e companhia carnal.*
Lord Byron, *Childe Harold's
Pilgrimage, Canto I*

— Langley, você viu meu irmão? — sussurrou Evelyn enquanto pegava o xale que o mordomo lhe oferecia.

— Ele está no salão matinal, senhorita, terminando de ler o jornal — respondeu o velho empregado, em um tom igualmente baixo. — Eu diria que a senhorita tem uns cinco minutos.

— Esplêndido. Estarei na casa da Tia Houton.

O mordomo abriu a porta, acompanhando-a até o lado de fora para ajudá-la a subir no coche da família Ruddick.

— Está bem, Senhorita Ruddick.

Langley fechou a porta de entrada da casa sem fazer barulho, mas Evie só soltou o ar que estava prendendo quando o coche já havia atravessado a curta via de entrada em segurança. Graças a Deus. Já tinha sido ruim o bastante ter que ouvir Victor reclamar de como ela perdera a chance de persuadir Lorde e Lady Gladstone; se ele a enviasse em uma nova missão daquelas ou tentasse dizer com quem ela deveria ou não conversar na casa de sua tia, Evelyn fugiria de Londres com o circo.

O coche desceu Chesterfield Hill e virou na direção nordeste, afastando-se do centro de Mayfair. A casa que seus tios ocupavam fazia parte da propriedade do Marquês de Houton havia tanto tempo que a porção moderna de Londres tinha evoluído, deixando-a para trás. Mesmo assim, era um local magnífico e se agora os vizinhos eram comerciantes ou advogados, Tia Houton simplesmente mantinha as cortinas fechadas.

Quinze minutos depois, o cocheiro entrou na Great Titchfield Road para pegar seu atalho de costume e Evie se inclinou para frente. O Orfanato Coração da Esperança, que um dia fora o antigo quartel do exército de Jorge II, emergia alto, comprido e cinzento no lado esquerdo da rua.

A maioria das pessoas costumava fechar as cortinas ao passar por ele, preferindo fingir que aquele lugar simplesmente não existia. Para Evie, contudo, há muito aquele local tornara-se bem mais do que uma mera visão desagradável. Um edifício sombrio como aquele a faria, na maioria das vezes, estremecer e desviar o olhar. Em algum momento entre o tremor e o fechar dos olhos, contudo, ela tinha avistado as crianças nas janelas, olhando para a rua. Olhando para ela.

E então, uma semana antes, munida com uma sacola de doces, ela finalmente pedira a Phillip que parasse o coche em frente ao orfanato e tinha ido bater às pesadas portas de madeira. As crianças explodiram de alegria ao vê-la — ou melhor, ao ver os doces que ela distribuiu — e aquela experiência tinha sido… edificante.

Ela imediatamente se voluntariou para fazer outra visita, mas a governanta-chefe simplesmente a dispensara, fitando-a com olhos céticos e informando que todos os voluntários precisavam ser aprovados pelo conselho de curadores do orfanato.

Evelyn se debruçou na janela do coche.

— Phillip, pare aqui, por favor.

O coche embicou para a lateral da rua e chacoalhou até parar. Por um acaso, os curadores estavam se reunindo naquele dia — naquele exato instante, para falar a verdade. Evie se levantou quando Phillip abriu a porta da carruagem.

— Por favor, espere por mim aqui — disse ela, prestando atenção à travessia da rua movimentada até o edifício alto e nefasto. Aquele, ao menos, parecia ser um destino, uma causa para a qual ela poderia contribuir de forma significativa.

A governanta com cara de poucos amigos adotou um semblante surpreso ao abrir a porta pesada.

— Sim, senhorita?

— Você disse que o conselho se encontraria esta manhã, não disse?

— Sim, mas…

— Tenho um assunto a discutir com eles.

Como a governanta continuou a fitá-la com olhos incrédulos, Evie apelou para um dos gestos mais arrogantes e eficientes que seu irmão costumava usar e ergueu a sobrancelha. Após um momento de hesitação quase palpável, a mulher se virou para guiá-la até a escadaria sinuosa.

Atrás dela, Evelyn continha ao máximo a crescente mistura de ansiedade e expectativa. Ela odiava falar em público — sempre acabava gaguejando como um ganso. Por outro lado, a ideia de ficar à toa ou de participar da interminável maratona de saraus "extremamente apropriados" até que Victor se casasse com uma dama mais adequada para a tarefa a fazia tremer de desgosto. Aquilo era algo que ela podia fazer por conta própria — e pelas crianças abandonadas que viviam nos enormes quartos cinzentos do quartel.

— Espere aqui — instruiu a governanta.

Dando uma última olhada para trás, como que para se certificar de que Evelyn não tinha mudado de ideia e fugido, ela bateu em outra porta pesada de carvalho. Ao ouvir o murmúrio de resposta das vozes masculinas, a mulher abriu a porta e desapareceu dentro da sala.

Evie olhou para o relógio que tiquetaqueava na parede distante. Sua tia a estava esperando, e se ela não chegasse logo, alguém mandaria avisar Victor de que ela estava perdendo um Chá Oficial das Esposas de West Sussex — um nome absurdamente soberbo para um grupo de mulheres que não fazia nada além de bordar lenços nas cores oficiais e fofocar sobre os membros ausentes.

A porta se abriu novamente.

— Por aqui, senhorita.

Unindo as mãos à frente do corpo para minimizar a tremedeira, Evie passou pela governanta e entrou em uma sala de estar grande e luxuosa — certamente parte dos aposentos do antigo comandante do quartel. Ela já tinha visto muito mais pompa nas residências que conhecia de Mayfair e o aspecto mais notável da sala era como se diferenciava dos corredores simples e dos quartos sombrios do restante do edifício.

Assim que passou pela porta, meia dúzia de homens se levantou, abanando a fumaça do ar como se o movimento fosse dissipar o odor dos charutos caros. O nervosismo de Evie diminuiu quase imediatamente — ela conhecia todos os presentes, ainda bem.

— Bom dia, Senhorita Ruddick — cumprimentou Sir Edward Willsley, com as sobrancelhas arqueadas de surpresa. — O que a traz aqui nesta bela manhã?

Evie fez uma reverência, embora, tecnicamente, seu título fosse superior ao de metade dos presentes. Educação e bajulação sempre conquistavam mais resultados que a mera formalidade.

— O Orfanato Coração da Esperança é o que me traz aqui nesta manhã, Sir Edward. Fui informada esta semana de que se eu desejasse contribuir com meu tempo e… outros recursos para o estabelecimento, eu precisaria da aprovação do conselho de curadores. — Ela sorriu. — Seriam os senhores, certo?

— Ora, sim, minha jovem.

Lorde Talirand sorriu de volta para ela, fitando-a com um olhar condescendente, como se olhasse para um inválido patético. Evie sabia que sua aparência era um tanto angelical, na falta de palavra melhor, e que, por algum motivo, os homens, especialmente os que tinham pretensão de se casar, concluíam que, por ser bonita e inocente, também deveria ser estúpida. Em outros tempos tinha sido divertido; ultimamente, no entanto, ela andava precisando lutar contra o impulso de fazer caretas para esses sujeitos.

— Então peço por sua aprovação — continuou ela, presenteando Timothy Rutledge, o único membro solteiro do grupo, com uma piscadela. Ser vista como tola, às vezes, tinha suas vantagens. Os homens eram tão fáceis de vez em quando…

— Tem certeza de que não preferiria gastar seu tempo em um ambiente mais agradável, Senhorita Ruddick? Creio que alguns dos órfãos aqui são bastante incivilizados.

— Mais um motivo para voluntariar meu tempo — retrucou Evelyn. — E como mencionei, tenho alguns fundos reservados. Com sua gentil permissão, eu gostaria de organizar…

— Um chá da tarde? — interrompeu uma voz masculina atrás dela.

Evie se virou. Apoiado no batente da porta, com um cantil em uma mão e as luvas na outra, o Marquês de St. Aubyn a encarava. A expressão em seus olhos verdes inibiu a resposta que ela estava prestes a dar. Evelyn já tinha visto exemplos de cinismo antes; em seu círculo, era uma prática tão comum que havia se tornado quase uma convenção. Naqueles olhos claros, contudo, naquele rosto magro de maçãs pronunciadas, o maxilar anguloso e a boca que novamente se curvava para cima como resquício de um sorriso surpreso, o cinismo insensível era tão real que ela quase conseguia sentir seu gosto.

Mas também viu algo mais ali. Evie engoliu em seco.

— Milorde — disse ela com certo atraso, a mente divagando em cem direções. O que *ele* estava fazendo ali? Ela achava que ele não ia a lugar algum durante o dia.

— Ou um recital de órfãos? — continuou ele, como se ela não tivesse dito nada.

Os outros homens riram baixinho. Evelyn sentiu as bochechas esquentarem.

— Não é isso…

— Ou um baile de máscaras? — St. Aubyn se afastou da porta e caminhou em sua direção. — Se a senhorita estiver entediada, posso sugerir diversas atividades que poderiam mantê-la ocupada.

O tom de voz dele deixava implícito exatamente a que estava se referindo. Lorde Talirand pigarreou.

— Não há necessidade de ser ofensivo, St. Aubyn. Pelo contrário, deveríamos ser gratos à Senhorita Ruddick por estar disposta a doar seu tempo e seu dinheiro para nossa ca…

— Dinheiro, você disse? — repetiu o marquês, os olhos ainda fixos em Evelyn. — Não é de se admirar que vocês estejam agitados.

— Veja bem, St. Au…

— Então, qual é seu plano, Senhorita Ruddick? — perguntou ele, cercando-a como uma pantera à espreita.

— Eu… ainda não…

— Se decidiu? — concluiu ele. — A senhorita tem alguma ideia do que está fazendo aqui, ou simplesmente estava passando pela frente e decidiu que seria uma aventura entrar em um orfanato?

— Estive aqui na semana passada — retrucou Evie, desolada por sua voz ter começado a vacilar. Maldição, sempre era assim quando ela ficava zangada, embora, para falar a verdade, o marquês estivesse mais perto de fazê-la tremer de nervosismo. — Disseram que eu precisaria de permissão do conselho de curadores para me voluntariar. Então, se o senhor não se importar, continuarei minha conversa com eles.

O sorriso dele se alargou por uma fração de segundo, e então desapareceu.

— Mas a questão é que eu sou o presidente deste agradável conselho — contou ele. — E como a senhorita parece não ter uma proposta estruturada de suas intenções, nem mesmo uma ideia de como contribuir, acho que seria melhor desfilar com seu belo traseiro para fora daqui e seguir qualquer que seja a frivolidade que faz no seu dia.

— St. Aubyn, francamente — reprimiu o Sr. Rutledge.

Ninguém nunca havia falado com Evie daquele jeito; até Victor exprimia suas diatribes condescendentes em termos mais gentis. Concluindo que se dissesse mais alguma palavra poderia comprometer a sua reputação como dama da sociedade, Evelyn deu as costas e saiu pela porta. No primeiro patamar da escada, no entanto, ela parou.

Todos sabiam que St. Aubyn era um canalha. Havia rumores, nos quais ela acreditava, de que ele tinha participado de diversos duelos e de que os maridos desconfiados não o desafiavam mais porque ele nunca perdia. Quanto à sua reputação com as mulheres…

Evie chacoalhou o corpo. Tinha ido ali por um motivo. Independentemente do que St. Aubyn dissesse, aquele motivo ainda existia — e para ela, ao menos, parecia importante. Ela *sentia* que era importante, especialmente porque nada do que havia feito nos últimos tempos lhe parecia ser minimamente significativo.

— Senhorita?

Ela se sobressaltou, olhando para o corredor além do patamar. Três meninas, nenhuma delas com mais de 12 anos, estavam paradas ao lado das janelas altas e estreitas mais próximas. Brincavam de boneca, Evie percebeu, observando dois dos esfarrapados brinquedos colocados no parapeito da janela.

— Sim? — respondeu ela, sorrindo calorosamente.

— A senhorita é a moça que trouxe os doces na semana passada? — perguntou a mais alta delas, uma garota magra com cabelos ruivos curtos.

— Sou eu.

— Tem mais?

Evie conteve uma careta. Ela pensara em conversar com o conselho e, depois, ir ao evento da tia. Levar mais doces não tinha passado por sua cabeça.

— Lamento, mas não tenho. Não hoje.

— Ah. Tudo bem, então.

As três voltaram a brincar com suas bonecas, como se ela tivesse simplesmente deixado de existir.

Se tudo o que tinha a oferecer era açúcar, talvez seu lugar realmente não fosse aquele. Evelyn caminhou na direção das meninas, tomando o cuidado de manter o sorriso amigável no rosto. Ela certamente não queria assustá-las.

— Se vocês pudessem comer qualquer tipo de comida ou guloseima, escolheriam doces? — perguntou ela.

A ruiva a encarou novamente.

— Eu iria querer pudim de pão com maçã e canela.

— Pudim. Que maravilha. E você?

A mais jovem das três franziu a testa.

— Não quero pensar nisso. A senhorita é cozinheira?

— Eu? Não, não. Meu nome é Evie. Eu queria vir aqui visitar vocês.

As meninas continuaram olhando para ela, nem um pouco impressionadas.

— Como vocês se chamam? — arriscou Evie em meio ao silêncio.

— Molly — respondeu a ruiva, batendo com o cotovelo na garota do meio. — Esta é a Penny e essa é a Rose. A senhorita vai trazer pudim pra gente?

— Acho que posso providenciar.

— Quando?

— Estou livre na hora do almoço amanhã — respondeu Evie. — Como estão as agendas de vocês?

Rose soltou uma risadinha.

— A senhorita vai mesmo voltar amanhã?

— Se vocês quiserem.

Molly pegou a mão da garota mais nova, puxando-a pelo corredor.

— Se trouxer pudim de pão, pode *vim* quando quiser.

— Pode *vir*, você quis dizer.

— Não pode, não.

Para um homem alto, o Marquês de St. Aubyn se movia muito silenciosamente. Inspirando fundo, Evie se virou para as escadas. Atrás dela, as garotas ainda corriam pelo corredor, fazendo uma bagunça. Um instante depois, uma porta foi batida.

— Existe alguém que goste do senhor? — indagou ela, encarando-o.

— Não que eu saiba. A senhorita deveria ter ido embora.

— Eu ainda não estava pronta.

Ele inclinou a cabeça, uma surpresa fugaz transparecendo em seu olhar. Sem dúvidas, poucas pessoas o enfrentavam. Se ele não tivesse sido tão rude, Evie não sabia se ela mesma teria coragem de fazê-lo. Como Lady Gladstone dissera na noite anterior, a reputação dele era muito, muito ruim.

— Suponho que esteja pronta para ir agora?

Ele apontou para as escadas; sua expressão informava que ela iria embora, querendo ou não. Evie decidiu que era melhor manter um pouquinho de dignidade, se possível, passando o mais longe possível dele ao retornar às escadas.

— Por que o senhor não quer que eu seja voluntária aqui? — perguntou ela, ouvindo as botas dele se aproximarem. — Não vai lhe custar nada.

— Até a senhorita se cansar de prover pudins e doces, ou até que o orfanato comece a pagar pela extração dos dentes podres das crianças.

— Ofereci doces apenas para ver se falavam comigo. Imagino que não tenham muitos motivos para confiar nos adultos.

— Meu coração está em prantos com a sua compaixão.

Evie o encarou, parando tão abruptamente nas escadas que ele quase a atropelou. St. Aubyn era mais alto que ela, mas ela se recusava a desviar os olhos da expressão arrogante e cínica daquele patife.

— Achei que o senhor não tinha coração, milorde.

Ele assentiu.

— Não tenho. Foi uma figura de linguagem. Vá para casa, Senhorita Ruddick.

— Não. Eu quero ajudar.

— Em primeiro lugar, duvido que a senhorita saiba qualquer coisa sobre o que essas pestes e o orfanato possam precisar.

— Como pode…

— E em segundo lugar — continuou ele em um tom mais baixo, descendo um degrau de modo que o rosto dela estava na mesma altura de sua braguilha —, consigo pensar em um lugar onde a senhorita seria muito mais útil.

O calor subiu pelas bochechas de Evie, mas ela se recusava a recuar.

— E onde seria?

— Na minha cama, Senhorita Ruddick.

Por um instante, tudo que ela conseguiu fazer foi olhar para ele. Ela já havia sido pedida em casamento e ouvido propostas como aquela, mas nunca de alguém daquele tipo... St. Aubyn pretendia chocá-la, afugentá-la. Só podia ser essa a explicação. Tudo que ela precisava fazer era continuar respirando. Evie pigarreou.

— Duvido que o senhor sequer saiba meu primeiro nome, milorde.

— Claro que sei. Não que isso signifique qualquer coisa, Evelyn Marie.

O som grave da voz dele se enovelou no nome dela com uma nuance de intimidade que a fez estremecer. Não era de se admirar que ele tivesse uma reputação tão devastadora com as mulheres.

— Bem. Estou surpresa, admito — retrucou ela, tentando manter a calma —, mas acho que o senhor pediu por uma proposta detalhada dos meus planos de voluntariado. Vou providenciar isso para o senhor, e nada mais.

Ele sorriu novamente, sua expressão encantadoramente bela com exceção dos olhos, que preservavam todo o desdém cínico que vinha demonstrando desde o início da conversa.

— Veremos. A senhorita não tem uma roda de bordado à qual deve se juntar, ou algo assim?

Ela queria mostrar a língua para ele, mas St. Aubyn provavelmente consideraria o gesto alguma espécie de artifício de sedução. E, afinal, o que ela estava fazendo ali, parada em um corredor deserto conversando com o notório Santo?

— Bom dia, milorde.

— Adeus, Senhorita Ruddick.

Ele a observou sair pela porta da frente, e então retornou ao andar superior para pegar o casaco e o chapéu. De todas as mulheres intrometidas que tentavam aliviar o tédio com visitas regadas a doces ao Orfanato Coração da Esperança, Evelyn Marie Ruddick era provavelmente a mais e a menos surpreendente. Seu irmão aspirante a político certamente não fazia ideia de que ela estivera ali — nenhuma mulher que se desse ao respeito e estivesse ajudando na carreira política de seu parceiro se aventuraria além de Mayfair para perder tempo com os pobres. Por outro lado, nas poucas ocasiões em que ele tinha se arriscado a participar dos saraus de seus nobres conhecidos, ela e as amigas espertinhas pareciam tão incrivelmente entediadas e soberbas que ela certamente não conseguiria resistir a uma chance de espalhar a alegria de sua presença para os órfãos.

— Milorde — chamou a governanta, espreitando por uma porta no andar debaixo —, precisa de algo mais?

— Não que você tenha feito alguma coisa, mas não — respondeu ele, colocando o sobretudo.

— Per... Perdão, senhor?

— Aquelas crianças no corredor não deveriam estar fazendo algo útil? — perguntou ele, chacoalhando o cantil antes de enfiá-lo novamente no bolso. Vazio de novo. Alguém precisava fabricar cantis maiores.

— Não posso estar em todos os lugares ao mesmo tempo, milorde.

— Então talvez você deva manter o foco em ficar de olho nas visitas indesejadas — concluiu ele, observando-a abrir caminho para ele sair.

— Foi por isso que vim vê-lo, milorde — murmurou ela.

Santo fingiu não ouvir, preferindo escapulir do edifício em vez de ficar e discutir com aquela mulher desagradável. Os funcionários certamente gostavam de ter a presença dele ali tanto quanto o restante do conselho de curadores. A única pessoa que gostava menos ainda era ele mesmo.

Sua carruagem entrou na viela e deu a volta para pegá-lo em frente à porta. Enquanto aguardava, ele observou a estrada. Naquele mesmo instante o coche da família Ruddick virou a esquina e sumiu de vista. Então ela hesitara em ir embora, mesmo depois de ele tê-la dispensado? Hum.

Por mais atraente que Evelyn fosse, ele só havia sugerido que ela se juntasse a ele na cama para afugentá-la. Era angelical e virginal demais para o gosto dele, Deus que o livrasse. De toda forma, era uma mulher com belos olhos acinzentados que se arregalaram divertidamente quando ele a insultou.

Santo se permitiu um leve sorriso enquanto entrava no coche e partia em direção ao Gentleman Jackson's. Certamente aqueles belos olhos nunca mais olhariam em sua direção novamente. E graças a Lúcifer. Ele já tinha coisas demais com que lidar sem um anjinho cabeça de vento para atrapalhar seu caminho.

Capítulo 3

*Conquistador e prisioneiro da terra és tu!
Ela treme diante de ti, e de teu nome atroz.*
Lord Byron, *Childe Harold's
Pilgrimage, Canto III*

FATIMA HYNES, LADY GLADSTONE, SABIA como cumprimentar um homem.

— Por favor, tire a mão das minhas calças — murmurou Santo por cima da cabeça dela junto à porta semiaberta.

— Não foi o que você disse na outra noite — ronronou a viscondessa, ainda acariciando St. Aubyn.

— Isso foi antes de eu descobrir que você contou ao seu marido sobre as nossas brincadeirinhas. Eu já havia dito que não me envolveria nos seus escândalos domésticos.

Ela tirou a mão das partes íntimas dele.

— É por isso que você queria me ver em particular? — indagou ela, estreitando os olhos. — Para se livrar de mim?

— Você não está surpresa, Fatima, então não finja estar. — Santo deu um passo lento para trás. — E nenhum de nós sabe chorar, então, boa noite.

Lady Gladstone suspirou.

— Você não tem nada minimamente parecido com um coração, não é?

Ele riu.

— Não.

Espiando rapidamente para ter certeza de que o corredor estava vazio, Santo deixou a biblioteca de Lorde Hanson e voltou para o salão. Ele sabia que Fatima não iria protestar, e tudo que precisava fazer era ficar longe de Lorde Gladstone pelos próximos dias, até a viscondessa arranjar outro amante. O bode velho era volátil o suficiente para querer exigir um duelo, e Fatima Hynes simplesmente não valia o derramamento de sangue.

A maioria dos convidados já tinha chegado ao baile, e embora os jantares de Lady Hanson tivessem a fama de serem excepcionais, ele não tinha intenção alguma de ficar. A despeito da multidão, ele encontraria uma plenitude de carteiras cheias e conversas mais interessantes no Jezebel's ou em um dos outros clubes menos distintos.

Ele se encaminhou para o saguão e para a saída, então parou quando uma figura ágil envolta em seda azul bloqueou seu caminho.

— Lorde St. Aubyn — disse a Senhorita Ruddick, fazendo uma de suas reverências atrevidas e perfeitas.

Os músculos do abdômen dele se contraíram.

— Evelyn — respondeu ele, deliberadamente usando seu nome de batismo, e um tanto surpreso com a reação de seu próprio corpo à garota.

— Eu gostaria de marcar outra reunião, milorde — disse ela, fitando-o com seus olhos cinzentos.

Interessante. Ele não conhecia muitas pessoas, homens ou mulheres, que o olhavam nos olhos.

— Não.

Um rubor delicado subiu pelas bochechas dela.

— O senhor disse que não permitiria que eu me voluntariasse porque não tenho um plano. Estou elaborando um, e gostaria que me concedesse a gentileza de apresentá-lo.

Santo a encarou por um longo momento. Seria fácil dispensá-la. Para falar a verdade, no entanto, ela parecia menos enfadonha do que ele esperava, e o marquês tinha passado muito tempo entediado ultimamente. Um pouco de diversão valeria um pequeno esforço de sua parte.

Ele então assentiu.

— Está bem. Vejo a senhorita novamente uma semana após a sexta-feira.

Os lábios macios de Evie se abriram e se fecharam silenciosamente.

— Obrigada.

— Devo anotar em um papel, para garantir que a senhorita se lembre?

Ela ficou ainda mais corada.

— Não é necessário.

— Ótimo.

— Eu... Eu tenho outro pedido, milorde.

Santo cruzou os braços.

— Estou aguardando.

— Insisto em visitar o orfanato mais uma vez antes de nossa reunião, para poder ver do que as crianças mais precisam. É a única forma que tenho de saber se minha presença lá realmente seria benéfica para elas.

Ele não riu na frente dela, mas o brilho cínico em seus olhos aumentou, deixando claro que estava achando graça. Evie manteve a própria expressão séria e sóbria. Talvez ele a achasse tola e engraçada, mas ela poderia aceitar isso se ele lhe permitisse continuar.

— E a senhorita pediu tal permissão aos outros membros do conselho? — quis saber ele.

— Não. O senhor disse que era o presidente, então estou falando diretamente com o senhor.

O olhar dele se tornou mais especulativo.

— Está mesmo.

Evie vivia se esquecendo de respirar na presença dele, provavelmente porque seu coração tinha começado a sair pela boca no momento em que ela considerou se aproximar daquele homem para conversar.

— O senhor está de acordo, então?

— Tenho uma condição.

Oh, céus. Agora ele certamente faria outro comentário insultante sobre querer levá-la para a cama ou algo assim.

— Sim? — perguntou ela mesmo assim.

— A senhorita deverá estar acompanhada durante toda a visita.

Ela piscou.

— Concordo.

— E... — continuou ele, com aquele sorriso ligeiro e sensual tocando seus lábios novamente —, dançará uma valsa comigo.

— Uma... uma valsa, milorde? — repetiu ela em um tom agudo.

— Uma valsa.

Se ela conseguisse despistá-lo até depois que ele concordasse com seu plano, talvez conseguisse evitá-lo por completo.

— Já estou com a noite inteira comprometida, é claro, mas tenho certeza de que posso lhe reservar uma valsa nesta Temporada.

Ele meneou a cabeça, uma mecha escura de seu cabelo caiu sobre um olho.

— Não. Esta noite. Agora.

— Mas eu já disse, estou com a noite intei...

— A próxima valsa será minha, ou a senhorita e seu belo traseiro permanecerão longe do Orfanato Coração da Esperança.

Então o Marquês de St. Aubyn estava fazendo imposições novamente, talvez achando que Evie fosse fugir como um coelhinho assustado e ele não tivesse mais que lidar com aquela situação. Bem, a questão é que nada disso girava em torno dele; tinha a ver com ela e com a dificuldade que tinha de tirar as crianças ou o orfanato da cabeça. Ninguém nunca valorizara seu auxílio antes; no orfanato, o que ela faria seria importante.

— Muito bem — disse Evie, endireitando os ombros. — Posso informar Lorde Mayfew que devo recusar o convite dele?

Algo ilegível passou muito brevemente pelos olhos de Santo.

— Não, não pode. — Como que esperando pela deixa de St. Aubyn, a valsa começou a ecoar na pista de dança. Ele apontou na direção do salão principal. — É agora ou nunca, Senhorita Ruddick.

— Agora.

Antes desta noite, a atitude mais ousada e escandalosa que Evie tinha tomado fora vestir as roupas do irmão para um baile de máscaras, e isso fora no Adamley Hall, em West Sussex, quando ela estava com 18 anos. Sua mãe desmaiara. Desta vez, provavelmente mataria Genevieve Ruddick.

O marquês guiou o caminho até a pista de dança, recusando-se a pegar a mão dela e certamente torcendo para que ela aproveitasse a oportunidade de estar às costas dele para fugir. Evie ficou tentada.

Na beirada da pista, ele se virou para ela e, com um último respiro estrangulado, Evelyn se juntou a ele. A mão do marquês envolveu sua cintura lentamente, puxando-a ainda mais para perto enquanto ela esperava que um raio a atingisse e matasse.

Lorde Mayfew apareceu, mas qualquer protesto que pudesse estar prestes a fazer foi engolido convulsivamente quando ele viu quem era o acompanhante de Evie. St. Aubyn mal lançou um olhar para o barão e Mayfew virou-se abruptamente, sumindo às pressas como se tivesse se lembrado de uma necessidade urgente de ir ao toalete.

— Oh, meu Deus — murmurou Evie. Talvez Georgie e Luce tivessem razão, no fim das contas. O cavalheirismo estava morto. E St. Aubyn estava atirando pedras sobre seu túmulo.

— Mudou de ideia? — perguntou ele, pegando os dedos de Evie com a outra mão.

Perto como estavam, Evie sentiu o cheiro de sabonete de barbear e conhaque. Os olhos dela estavam na mesma altura da gravata impecavelmente branca dele, e ela não queria erguê-los. A essa distância, ele… era arrebatador. Todos os escândalos que um dia ouvira a respeito rodopiavam em sua mente. O que ela estava fazendo nos braços do Marquês de St. Aubyn?

Com um leve movimento da mão, ele deu início à dança. Evie não se lembrava de tê-lo visto dançar antes, mas não ficou surpresa por ele se mover com graça e elegância. E por mais leve que o toque fosse, ela sentia a firmeza por debaixo. Evie não tinha dúvidas de que não conseguiria escapar a não ser que ele deixasse.

— Olhe para mim — murmurou ele, sua respiração suave nos cabelos de Evelyn fez com que ela se lembrasse da conversa íntima daquele mesmo homem com Lady Gladstone.

Engolindo em seco, ela ergueu a cabeça.

— O senhor é muito cruel, sabia disso?

Ele arqueou uma sobrancelha.

— Estou simplesmente dando o que a senhorita pediu.

— Em troca de me humilhar.

— Só pedi uma valsa. Poderia ter pedido algo muito mais íntimo, você sabe.

Evie concluiu que não havia mal nenhum em corar. Àquela altura era provável que ele pensasse que vermelho-pimentão era mesmo a cor natural dela.

— O senhor já fez isso, e eu recusei.

St. Aubyn riu, um som inesperado e caloroso. Até seus olhos se iluminaram de leve, e Evelyn se perguntou, por um breve instante, por que ele parecia tão decidido a ser arrogante e cínico o tempo todo.

— Ir para a cama comigo foi uma sugestão, não um pedido. Uma ótima sugestão, por sinal.

— Não, não foi. Eu sequer gosto do senhor. Por que iria querer compartilhar minha... intimidade?

Por um momento, ele pareceu genuinamente surpreso.

— O que gostar de alguém tem a ver com qualquer coisa? O ato em si que é prazeroso.

Oh, céus, agora ela ia desmaiar. Discutir relações sexuais no meio de um salão de baile com o Marquês de St. Aubyn era pedir para ser arruinada. Ele manteve o tom de voz baixo, contudo, e ela torceu para que ninguém tivesse escutado o que estavam falando. Evie se preocuparia depois com o que todos imaginariam ser o teor daquela conversa.

— Admito ser ignorante quanto aos detalhes que o senhor compartilha — respondeu ela —, mas imagino que qualquer interação entre duas pessoas é... mais agradável se houver afeto genuíno.

— Sua ingenuidade é realmente impressionante — comentou ele, e então abaixou a cabeça para sussurrar — e eu adoraria livrar você dessa ignorância.

Os lábios dele tocaram a orelha de Evie muito de leve e ela tremeu. *Ele só está brincando comigo*, disse a si mesma em desespero. *Ele está entediado e precisa de alguma distração.*

— Pare com isso — ordenou ela, irritada por sua voz estar vacilando.

A valsa terminou e ele a soltou antes que ela pudesse afastá-lo. Evie esperou outro comentário íntimo e insolente, mas, em vez disso, ele se inclinou em uma elegante reverência.

— A senhorita cumpriu sua parte do acordo — disse ele, seus lábios se curvando em um sorriso leve. — Esteja lá amanhã às dez da manhã. Se a senhorita se atrasar, perderá a oportunidade.

Novamente, antes que ela pudesse reagir, St. Aubyn adentrou a multidão de convidados que se abria para ele passar. Evie sentiu uma necessidade abrupta de ar fresco.

A multidão risonha e barulhenta também se abriu para ela, que seguiu para a varanda. Evie não conseguiu ouvir o que diziam, mas não precisava; as conversas mencionariam o nome Ruddick e o título de St. Aubyn, e isso não era nada bom.

— Evie — chamou uma voz feminina e a mão de alguém segurou a sua.

— Lucinda — disse ela, zonza de alívio. — Não fazia ideia de que você estava aq...

— Você enlouqueceu? — continuou Lucinda Barrett, no mesmo tom de voz abafado, embora, pelo seu sorriso, todos fossem pensar que estivessem discutindo jardinagem. — St. Aubyn? Você sabe o que seu irmão diria se soubesse?

— Tenho certeza de que ele já sabe — respondeu Evie enquanto as duas saíam na varanda fresca. — Ele só repara que tenho pensamentos próprios quando faço algo que ele desaprova.

Lucinda a fitou com sérios olhos cor de mel.

— Dessa vez, estou inclinada a concordar com ele. Rebelar-se é uma coisa, mas St. Aubyn?

— Você sabia que ele faz parte do conselho de curadores do Orfanato Coração da Esperança?

A boca da amiga se abriu e fechou novamente.

— Não, não sabia. Pobrezinhos. Mas, Evie, o que isso tem a ver com a situação de hoje?

— Eu quero dar início a alguns programas lá — explicou Evelyn, perguntando-se como convenceria Lucinda da importância de seus planos, sendo que ela mesma não sabia ao certo por que aquilo tinha se tornado tão significativo.

— Isso é... admirável.

— Você acha que eu não vou conseguir, não é? — retrucou ela, as frustrações da noite tornando sua voz mais severa do que ela pretendia.

— Não é isso — Lucinda apressou-se em dizer. — É que... Se você já decidiu como quer focar suas energias, existem outros lugares e áreas melhores que não estão associadas ao Marquês de St. Aubyn.

— Sim, eu sei. Mas eu tinha escolhido esse lugar antes de saber sobre ele e acho que seria covarde da minha parte dar as costas aos necessitados simplesmente porque um membro do conselho tem uma péssima reputação.

Para falar a verdade, ele era o presidente do conselho e "péssima" nem começava a descrever sua reputação, mas nada isso afetava seu argumento.

— Mesmo assim — insistiu sua amiga, mais devagar —, isso não explica por que você estava dançando valsa com ele.

— Ah. Foi um acordo: ele concordou em mandar alguém para me mostrar o orfanato amanhã se eu dançasse uma valsa com ele.

Pela expressão em seu rosto, Lucinda não estava convencida de que Evie não tinha enlouquecido. Como a boa amiga que era, no entanto, a Senhorita Barrett apenas assentiu.

— Só não esqueça, por favor, que St. Aubyn nunca faz nada sem definir um preço ou em benefício dos outros.

A lembrança dos lábios dele passando de raspão em sua orelha fez Evie estremecer.

— Sei disso, Luce. Ao contrário do que a maioria dos homens pensa, não sou uma completa idiota.

— De toda forma, você deveria conversar com Dare sobre St. Aubyn. Eles se conhecem.

— Ah, é claro, se isso fizer você se sentir melhor.

— Como *eu* me sinto não importa, Evie. Só tenha cuidado.

— Terei. — Ela suspirou ao ver a expressão preocupada de Lucinda. — Prometo.

Victor a estava aguardando logo na entrada do salão.

— Evie.

Indicando que Lucinda seguisse adiante, Evelyn se perguntou se era preciso ter certa idade para sofrer uma apoplexia ou se qualquer um poderia sucumbir.

— Victor.

Ele segurou o braço da irmã em um gesto aparentemente afetuoso, mas que iria deixar um hematoma.

— Estamos indo embora — esbravejou ele. — De todas as coisas estúpidas, ingênuas, avoadas…

— Mais uma palavra — disse ela baixinho — e eu vou desabar no chão desmaiada. O que vai fazer você parecer muito, *muito* bruto.

Com um olhar maligno, ele a soltou.

— Continuaremos isso em casa — grunhiu ele.

Maravilha.

— Não tenho dúvidas. — Evie olhou por cima do ombro dele, avistando um salvador de cabelos escuros se aproximando. — Agora, se não se importar, meu parceiro de dança está aguardando.

Victor virou a cabeça.

— Dare.

Tristan Carroway, Visconde Dare, acenou de volta com a cabeça para ele, seu rosto solene em descompasso com o brilho nos olhos azuis.

— Ruddick.

Dando uma última olhada mortal para a irmã, Victor se afastou na direção de seus mais novos aliados políticos.

— Ogro — resmungou Evie.

— Espero que você saiba que prefiro quebrar o pescoço a dançar a quadrilha — comentou Dare, oferecendo-lhe o braço.

— Eu sei.

— Me deram ordens de levá-la até Georgiana — continuou ele em tom amistoso, guiando-a pelas beiradas da multidão. — Ela quer passar um sermão na senhorita.

Todos querem esta noite.

— E o que o senhor acha, milorde?

— Acho que independentemente de qual jogo Santo esteja jogando, você não vai querer fazer parte.

— Pensei que fossem amigos.

O visconde deu de ombros.

— Costumávamos ser. Hoje em dia, jogamos cartas ocasionalmente.

— Por que todos o chamam de "Santo"?

— Além do óbvio? Ele herdou o título de St. Aubyn quando tinha por volta de seis ou sete anos. Suponho que "Santo" parecesse mais adequado a uma criança do que o pomposo "Marquês de St. Aubyn". Agora, contudo, imagino que ele ache o apelido… divertido, visto que está o mais longe possível de ser um santo, sem levar o inferno em consideração.

— Por quê?

— Isso você vai ter que perguntar a ele. Eu não o faria, no entanto, se fosse você. E ainda bem que não sou, visto que eu ficaria péssimo usando um vestido de baile.

Evie riu, embora os comentários de Dare fossem um tanto surpreendentes. A reputação que ele mesmo tinha de cretino costumava ser justificada, para dizer o mínimo, embora depois de casado com sua antiga e mais severa crítica, boa parte das fofocas houvesse cessado. Se ele sentia a necessidade de alertá-la quanto a St. Aubyn, ela deveria levar a sério.

— Agradeço pelo alerta — disse ela, dando um sorriso caloroso —, mas Lorde St. Aubyn é um mero obstáculo na execução de um projeto. Em poucos dias, terei poucos ou nenhum motivo para sequer olhar em sua direção.

— Bem, até lá, apenas não dê as costas para ele, Evie.

Aquelas palavras não a faziam se sentir nem um pouco melhor com relação àquilo tudo. Mas, ao mesmo tempo, todos os rumores e o fato de finalmente ter conhecido St. Aubyn pessoalmente a deixavam apenas mais instigada. No fim das contas, contudo, era melhor que ela deixasse suas indagações com relação a ele sem resposta.

Evelyn passou a manhã seguinte organizando perguntas e questões a serem levantadas durante sua visita ao orfanato. Por sorte, Victor tinha ido cedo para uma de suas reuniões, lançando um de seus olhares perturbados antes de sair, daqueles que faziam Evie se perguntar por que ela sequer ousava respirar sem ele ter mandado. Quanto mais tempo pudesse adiar um confronto sobre a valsa com St. Aubyn, maior era a probabilidade de ele esquecer o assunto — especialmente se precisasse que ela comparecesse a um chá ou bajulasse um de seus compatriotas gordos e carecas.

Se descobrisse os planos de Evie, ele a proibiria de ter qualquer relação com o orfanato. E se isso acontecesse, ela não sabia ao certo o que faria. Era melhor, então, que ele não descobrisse.

Os únicos locais aonde ela podia ir desacompanhada eram as casas de Lucinda, Georgiana e da Tia Houton, então ela disse ao mordomo que Victor poderia encontrá-la em sua tia, o local que provavelmente levantaria menos suspeitas. Era ridículo ter que mentir para fazer boas ações, mas ela não queria que seus planos fossem arruinados antes mesmo de ter a chance de executá-los.

Quando Phillip parou o coche na Great Titchfield Road, ela permaneceu sentada ali um bom tempo, certificando-se de que tinha caneta e papéis e suas anotações para não fazer parecer tola na frente de seu acompanhante — ou das crianças.

— Por favor, espere por mim — instruiu ela ao sair do coche. — Pode ser que eu demore um pouco.

O cocheiro assentiu.

— O tráfego está péssimo entre a Residência Ruddick e a de Lorde e Lady Houton — brincou ele, fechando a porta e retomando seu lugar.

Evelyn sorriu para ele, mais grata do que podia expressar. Desde o retorno de Victor da Índia, todos os criados a ajudavam a escapar de suas frequentes diatribes políticas. Deviam saber que se ele descobrisse o que ela andava fazendo, qualquer um seria sumariamente demitido.

Ela atravessou a rua correndo. Ao bater à porta do orfanato, franziu a testa. St. Aubyn não mencionara quem a acompanharia na visita. Ela torcia para que não fosse aquela governanta pavorosa. Evie tinha certeza de que ela não seria nada solícita ou compreensiva.

A porta abriu com um rangido.

— Sim? — atendeu a governanta, seus ombros largos preenchendo o vão.

Droga.

— Tenho um horário marcado esta ma…

A governanta fez uma reverência desajeitada com a cabeça.

— Ah… Senhorita Ruddick — disse ela, gaguejando, reverenciando-a novamente com a cabeça. — Por favor, entre. A senhorita é aguardada.

Evie passou por ela e entrou no saguão, sem saber ao certo se deveria se sentir alarmada ou aliviada com a repentina gentileza da governanta. Qualquer outra reflexão, no entanto, foi inibida quando ela avistou a figura que se apoiava no corrimão da escada.

Mesmo no meio da manhã de um belo dia em Londres, o Marquês de St. Aubyn ostentava a aura de uma figura da noite. Provavelmente era sua reputação, mas mesmo sem isso, Evie saberia que ele não se encaixava em um lugar com paredes brancas simples e velas de sebo. Candelabros, papéis de parede sofisticados e quartos escuros com cortinas pareciam muito mais seu habitat natural.

— Está me encarando, Senhorita Ruddick — disse ele, endireitando-se.

Evie se sobressaltou.

— Só estou surpresa por vê-lo aqui esta manhã — respondeu ela. — Quero dizer, fico grata por ter vindo pessoalmente avisar que vou fazer uma visita, mas o senhor poderia ter mandado um recado.

Ele assentiu, aproximando-se dela com seu andar de pantera.

— Preciso admitir que, geralmente, quando vejo o sol a essa hora da manhã, é porque ainda não fui para a cama.

Evie não sabia bem como responder àquilo.

— Ah. Bem, se a Senhora…

Ela parou de falar, perdida.

Santo olhou para a governanta.

— Afinal, qual é o seu nome?

— Senhora Natham — disse ela, e pelo tom de voz, não era a primeira vez que ela respondia àquela pergunta.

— Obrigada — disse Evie, dando um sorrisinho. Tinham apenas começado com o pé esquerdo; não havia motivo para presumir que não pudessem se entender. — Se não se importar, Sra. Natham, eu gostaria de começar a visita.

— Eu… Mas… Ah…

— Não é ela quem vai acompanhá-la — explicou o marquês, um humor cínico transparecendo em sua voz. — Sou eu.

— Você? — soltou Evie, antes de conseguir se conter.

— Sim, eu. Vamos?

Ele conduziu a jovem até uma porta à direta do saguão e abriu a passagem.

— Mas… o senhor não tem coisas mais importantes a fazer?

— Não. — A boca dele se curvou naquele sorriso sensual característico. — A senhorita pediu uma visita. Estou lhe oferecendo. Pode recusar e se sentir livre para ir embora, mas não vou permitir que retorne.

Então era isso. Mais uma tentativa de controle por meio da intimidação. Esta manhã, contudo, ela não estava no clima para ser intimidada. Ela iria começar a fazer algo útil e nenhum marquês presunçoso e arrogante iria fazê-la fugir.

Santo estava se segurando para não rir. Sua convidada parecia um cervo rodeado por uma alcateia, sem saber em que direção correr. Ela certamente teria achado que passaria a manhã inteira papeando com aquele demônio, a Senhora Alguma-Coisa. A ideia de que a Senhorita Ruddick pudesse realmente confrontar alguns dos moradores do orfanato e ver seus aposentos devia ser aterrorizante para ela.

Os olhos cinzentos expressivos o estudaram, olhando em seguida para a porta, como se Evie analisasse as chances de entrar e sair viva. Teria sido divertido, se não fosse tão previsível.

— Muito bem, milorde — disse ela, indicando que ele guiasse o caminho.

Santo saiu do saguão, rapidamente escondendo sua expressão de surpresa. Com Evelyn ao seu lado, eles entraram no corredor. Bem... Talvez ela não fosse tão previsível quanto ele imaginava. Aquilo a tornava uma exceção entre as mulheres. Até então.

— Aqui ficavam, em sua maior parte, escritórios administrativos. Este local costumava ser o quar...

— Quartel da tropa Coldstream de Jorge II — completou ela. — Para que são usados agora?

— Vejo que a senhorita andou pesquisando — comentou ele, rabugento.

— Surpreso? — indagou ela friamente.

Sim, e ficando cada vez mais.

— Eu a informarei quanto a isso. — Ele voltou sua atenção novamente para o longo corredor. — O orfanato usa as salas para guardar móveis velhos e como escritório do nosso contador.

Assentindo, ela fez uma anotação na primeira página da pilha de papéis que carregava debaixo do braço esquerdo.

— São quantas salas? — quis saber ela. — E de que tamanho?

Então de repente a encabulada Senhorita Ruddick estava toda desenvolta. Santo olhou para o perfil dela.

— Mais ou menos uma dúzia. O tamanho, eu não sei. Vamos entrar e explorar. Por que não?

Ela engoliu em seco, tirando os olhos das anotações.

— Eu... não acho que seja necessário. Não temos nada com que medir, de toda forma.

— Ah. — Eis a virgem tímida de volta. — Gostaria de conhecer os salões de música e desenho, então? Ou quem sabe o salão de baile. Tenho certeza de que os acharia mais agradáveis.

Evelyn parou tão abruptamente que Santo precisou se virar para olhar para ela. Por um longo momento, ela o fitou com olhos furiosos. As mulheres não faziam isso com muita frequência e ele precisava admirá-la por isso. Em um instante, entretanto, ela certamente estaria chorando, e ele detestava a ideia.

— Vamos deixar uma coisa clara — pontuou ela, sua voz vacilando de leve, como quando ela aceitara seu convite para a valsa. — Não tenho medo de ver algo desagradável. Eu não poderia fazer nada de prestativo por uma instituição que não precisasse de auxílio. O que não quero é que esse empreendimento arruíne minha reputação. Ser acompanhada pelo senhor já é um risco por si só, mas ao menos no corredor temos testemunhas. Entrar em um depósito em sua companhia seria tanto estúpido quanto inútil da minha parte.

Ele deu um passo lento na direção dela.

— Estúpido, talvez — murmurou ele —, mas não seria inútil. Eu poderia lhe ensinar muitas coisas. Não é para isso que a senhorita está aqui? Para aprender?

O rubor corou as bochechas de Evelyn. Santo analisou sua expressão, sua postura, a linguagem de seu corpo pequeno e esguio. A despeito de sua experiência com as mulheres, ele não era muito familiarizado com virgens. Tinha feito questão disso; a histeria grudenta de todas elas tornava as coisas complicadas demais.

Esta, no entanto, o deixava curioso.

Ela se virou.

— Bom dia, milorde.

— Já está desistindo? — perguntou ele, forçando-se a não segui-la.

St. Aubyn ainda não estava pronto para dispensá-la, mas também não queria lhe dar nem ao menos a vantagem momentânea de um pedido de desculpas. Não era assim que ele jogava.

— Não estou desistindo. Continuarei a visita com a Senhora Natham. Sei que ela não tentará me seduzir no armário de vassouras.

Aparentemente, ela tinha ouvido os rumores sobre ele e Lady Hampstead. Quase todo mundo tinha.

— Vamos prosseguir. Prometi uma visita, e a senhorita a terá.

Evelyn se virou novamente para ele, apertando a pilha de papéis com tanta força que os cantos das folhas se dobravam.

— Uma visita ao orfanato, milorde. Não às suas… partes íntimas.

— De acordo… Por ora.

Ela refletiu sobre aquela frase, então se virou para a porta mais próxima.

— Depósito?

— Sim.

Sem gostar da percepção de que ela talvez mudasse de ideia e saísse correndo, Santo manteve certa distância enquanto ela abria a porta e entrava. Um instante depois, ela reapareceu e fez algumas anotações.

— São todos do mesmo tamanho?

Santo se mexeu, começando a se sentir um pouco desconfortável, enquanto ela continuava fazendo anotações. Meu Senhor, uma moça inocente, fazendo perguntas inocentes e executando uma tarefa inocente e ele estava ficando duro.

— Relativamente.

— Excelente. Vamos continuar?

Então ela pretendia fazê-lo cumprir sua palavra. Outra surpresa, com resultados ainda mais perturbadores. Parte dele pensava que continuar a visita era inútil, visto que ele tinha prometido não seduzi-la. A outra parte, contudo, estava praticamente apontando o caminho pelo corredor.

— O que a senhorita está rabiscando aí? — perguntou ele em uma tentativa de se distrair enquanto seguiam rumo ao final do corredor.

— Anotações.

— Sobre o tamanho do depósito?

— Prefiro não comentar até apresentar meu plano completo, Lorde St. Aubyn. Acredito que o senhor já tenha noções preconcebidas suficientes sobre mim sem que eu lhe forneça mais.

— Santo — disse ele, ignorando o restante do comentário dela.

Evelyn olhou para ele, suas bochechas ainda brilhando com o leve e atraente rubor que ela parecia ostentar perpetuamente em sua presença.

— Como?

— Eu disse que a senhorita deve me chamar de "Santo". Quase todos chamam.

Evelyn pigarreou.

— Santo, então.

Ele a encarou até Evie desviar o olhar. Aparentemente, ela não iria dar a ele permissão para usar seu nome de batismo, mas isso não o impediria de fazê-lo.

— Então… Todos esses aposentos estão sem uso? — indagou ela em meio ao silêncio.

— Achei que já tivéssemos pontuado isso. — Ele conteve um sorriso. — Ou a senhorita já esgotou suas perguntas? Poderia ter me poupado o transtorno de conduzir uma visita se…

— Estou apenas confirmando — retrucou ela asperamente. — Eu não pedi que o *senhor* conduzisse esta visita. Isso foi ideia sua, milor… Santo.

Ela estava discutindo com ele. Santo se perguntou qual seria sua reação se ele a prendesse contra a parede branca e a beijasse. E ele não pararia por aí. Assim que pusesse as mãos nela e arrancasse aquele *bonnet* absurdamente empertigado e aquelas infantis luvas de botão, ele continuaria explorando seu corpo esguio nu até descobrir por que ela o excitava e até conseguir arrancar a fêmea virginal de seus pensamentos.

Talvez aquele fosse o truque: com o *bonnet* e as luvas e o vestido conservador de gola alta, a imagem da pele lisa e quente de Evelyn sob todo aquele tecido estava fazendo sua imaginação trabalhar desenfreadamente.

— Não vai dizer nada? — perguntou Evelyn, olhando novamente para ele.

— Eu ia, mas prometi me comportar.

E Santo esperava que ela apreciasse tal esforço, pois ele não o fazia com muita frequência. Quase nunca, para falar a verdade.

— E então eu deveria ficar satisfeita?

— Não exatamente. Sei que eu estaria muito mais satisfeito se *não* estivesse me comportando. Gostaria de ver as cozinhas ou os órfãos agora?

— As cozinhas, eu acho. — Ela franziu o nariz arrebitado, como se estivesse pensando em algo desagradável. — Eu gostaria de ter uma base de referência antes de entrevistar as crianças. *Não* as estou evitando.

— Eu não disse nada.

Ela olhou para ele de lado, o olhar transparecendo o quanto estava achando graça.

— Mas estava prestes a dizer.

Por um instante, Santo ficou perplexo demais com o sorriso dela para responder. Levantar tão cedo pela manhã o havia deixado desequilibrado. Nada mais fazia sentido. E certamente nada mais explicava por que ele estava começando a gostar de conduzir uma visita ao maldito Orfanato Coração da Esperança para uma moça recatada como Evelyn Marie Ruddick.

Capítulo 4

*Uma lástima ver essas virgens casadas
Com homens sem educação alguma,
Ou pessoas que, embora educadas,
Não desejam falar de ciência nenhuma;
Não me demorarei em tratar dessa alçada,
Sou um homem simples e solteiro, em suma,
Mas — Ah! por favor, maridos de intelectuais,
Com sinceridade: no cabresto andais?*
Lord Byron, *Don Juan, Canto I*

Evie estava se esquecendo de fazer anotações e sabia exatamente quem deveria culpar por estar tão avoada.

Tinha começado o dia preocupada com sua capacidade de parecer competente. Com Santo como guia, essa ansiedade tinha centuplicado. Homens não eram uma novidade; ela já havia conversado, flertado e sido cortejada por dezenas desde seu debute. Eles raramente mexiam com ela a ponto de provocar mais que um risinho ou uma testa franzida. O Marquês de St. Aubyn, no entanto, não era como nenhum daqueles homens. Ele era, na verdade, precisamente o tipo que tanto sua mãe quanto seu bom-senso diziam para evitar a qualquer custo. Entretanto, em sua primeira tentativa de escapar da vida acomodada que Victor tinha em mente para ela, fazia sentido que Evie fosse confrontada com St. Aubyn.

Por algum motivo, ele tinha sido gentil desde o momento em que, naquela manhã, ela havia determinado regras de comportamento, e por mais inquietante que fosse tê-lo espreitando ao seu lado, mesmo com as garras recolhidas, ela poderia aproveitar das circunstâncias em benefício próprio.

Evelyn olhou para ele, que estava parado na entrada do dormitório feminino, com os braços cruzados. Ele a estava contemplando novamente — ou melhor ainda —, seus olhos verde-claros buscando ou enxergando algo que ela presumia estar longe de ser recatado.

— Senhorita Evie, pensei que fosse trazer pudim para nós — reclamou Molly, seu tom queixoso trazendo Evelyn de volta à realidade.

— Eu sei que prometi trazer pudim, e vou, mas hoje eu apenas gostaria de conversar com vocês, se puder.

— *Ele* vai entrar? — sussurrou outra garota, provocando risinhos abafados.

— Eu queria que ele entrasse — disse outra, com um sorriso tímido. — Ouvi dizer que a propriedade dele em St. Aubyn é pavimentada com moedas de ouro.

Evie franziu a testa.

— Quantos anos você tem?

— Dezessete, Senhorita Evie. Daqui a oito meses vou sair daqui, morar com um homem rico em Covent Garden, eu imagino.

— Meu Deus, espero que não — murmurou Evie, olhando com mais atenção para o bando que a circundou. *É isso que elas esperam da vida?*

— Bem, eu preferiria morar em uma casa com piso de ouro do que em uma de chão batido em Covent Garden.

— Como se ele fosse se casar com a filha de uma costureira, Maggie. Você não serve nem pra limpar o chão dele, muito menos para pisar lá.

Maggie girou a surrada saia de algodão em torno dos quadris, batendo o tecido na direção de Molly.

— Eu não disse que a gente devia se casar, sua imbecil — resmungou ela.

Molly mostrou a língua.

— Então você só seria uma pu…

Esperando que St. Aubyn não tivesse ouvido aquela parte da conversa, Evie se intrometeu entre as duas. Ninguém iria trocar chutes, socos ou agressões verbais na presença dela.

— Tenho certeza de que Lorde St. Aubyn não vale toda essa algazarra, independentemente do que o piso dele é feito. Não quero falar sobre ele, de toda forma; quero falar de vocês, jovens damas.

— Não sou uma jovem dama. Sou uma menininha. — Rose deu um passo adiante, segurando a boneca surrada pelo pé. — E todo mundo aqui é órfão.

— Nem todo mundo — interrompeu outra das vinte e poucas garotas, que Evie achava se chamar Iris. — O pai do William e da Penny foi levado para longe por sete anos.

Alice Bradley sorriu.

— E o pai da Fanny está em Newgate porque quebrou uma garrafa na cabeça de um taberneiro.

— Aquela esponja de rum mereceu — retrucou Fanny, cerrando as mãos em punhos diante do vestido marrom esfarrapado. Evie não conseguia mais definir qual era o tecido, embora provavelmente fosse de péssima qualidade, de toda forma.

— Para de fazer fofoca, Alice, sua idiota, senão vou contar pra ela o que a sua mãe fez para acabar em Newgate.

— Não vai, não!

Oh, céus.

— Calma, calma. E se eu fizer uma pergunta e aquelas que quiserem podem responder?

Ela se sentou novamente, alisando a saia.

Rose se apoiou em seu joelho.

— Gosto do seu jeito de falar — disse ela, coçando a nádega com a mão que não estava segurando a boneca.

— Obrigada, Rose.

— Qual é a primeira pergunta?

Evie respirou fundo. Ela certamente não queria fazer ou dizer qualquer coisa que pudesse deixar as meninas chateadas umas com as outras ou com ela, e também não queria ficar vulnerável nas mãos — ou melhor, nas palavras — de St. Aubyn.

— Minha primeira pergunta é: quantas de vocês sabem ler?

— Ler? — esbravejou Penny. — Achei que a senhorita ia perguntar que tipo de doce a gente gosta.

— Sim, doce. Foi a senhorita que *trazeu* doce aqui antes, não foi?

Evelyn tentou ignorar tanto os erros gramaticais das meninas quando a expressão arrogante e cínica que o marquês lhe lançava da porta. Queria que ele fosse embora para poder se concentrar, mas ele obviamente não tinha intenção alguma de fazê-lo.

— Mas e a minha pergunta? Alguma de vocês...

— Doces!

O recinto irrompeu em uma folia barulhenta e cacofônica. Aquilo era péssimo. Ela havia perdido completamente o controle da situação em menos de dez minutos. Ninguém iria responder a suas perguntas agora.

— *Fora!*

St. Aubyn apareceu atrás dela. Com seu urro, as garotas berraram e correram para as saídas, desintegrando a folia dos doces em gritinhos de surpresa.

Em pouco tempo, ela e o marquês estavam sozinhos no dormitório.

— Isso foi desnecessário — grunhiu ela, juntando seus papéis para não ter que encarar o olhar entretido e cínico dele.

— Elas estavam me dando dor de cabeça — resmungou ele. — Bando de galinhas cacarejantes. Já terminou essa tolice?

Evelyn meneou a cabeça.

— Ainda não.

— Senhorita Ruddick — disse o marquês com sua voz grave e cínica —, embora eu precise admitir que a senhorita durou mais tempo do que eu esperava, é óbvio que não está chegando a lugar algum.

Evelyn deu um respiro curto, recusando-se a ceder às lágrimas frustradas. St. Aubyn *não* iria vê-la chorar.

— Então eu deveria ir para casa bordar, suponho?

Ficar indignada era bom. Ao menos se ela ficasse indignada, não choraria.

— Minha oferta original está de pé — sugeriu ele em tom mais baixo, pegando o lápis de sua mão e puxando-a para que se levantasse. Quando se tocaram, um raio desceu pelas costas de Evie. — A senhorita acharia minha cama muito mais satisfatória do que isto aqui.

Ele passou o polegar pelos lábios de Evelyn, o toque quente e suave, e ela parou de respirar. Movendo-se lentamente, como se estivessem entre quatro paredes, e não em um amplo dormitório cuja porta estava aberta, ele pegou as anotações dela e as colocou em uma das camas.

— O que o senhor está fazendo? — sussurrou ela, sua voz vacilante.

— Vou beijá-la — anunciou ele calmamente, como se estivesse discutindo como lavar e cuidar da louça.

Os olhos de Evie focaram a boca dele, em seus lábios sensuais e levemente abertos. Ela se chacoalhou, não querendo ceder ao olhar perspicaz e à força daquele corpo alto e rijo. Ela poderia aprender muito com ele, sabia disso, mas as lições seriam sua ruína. Outras mulheres já haviam se apaixonado por St. Aubyn antes, e onde elas estavam agora?

— En… então o senhor acha que é Ricardo III? — ela conseguiu dizer, afastando-se até sua panturrilha atingir a beirada da cama.

Ele franziu a testa.

— Explique.

— Ricardo III seduziu a cunhada diante do cadáver do próprio irmão.

— Eu sei disso — afirmou ele bruscamente, diminuindo ainda mais a distância entre eles com um passo longo. — Isso faz de mim feio, corcunda e interessado no trono?

— O senhor não é nada disso, milorde. O que eu…

— Santo — corrigiu ele, tirando uma mecha de cabelo da testa de Evie.

Ela se sentia exatamente como se ele pretendesse devorá-la viva. Outro tremor subiu pela parte de trás de suas pernas.

— Santo — retificou ela. Céus, se ele realmente pretendia beijá-la, se alguém os visse nesse momento, ela seria banida de West Sussex pelo resto da vida, isso se Victor e a mãe não a deserdassem completamente. — O que eu quis dizer é que o senhor me chamou de incompetente e inútil e depois tentou usar o desamparo que isso me causou para me seduzir.

A expressão nos olhos dele mudou por uma fração de segundo, e então ficou novamente sombria quando ele riu.

— A senhorita não é inútil. Só passou dos limites a que uma moça direita deveria obedecer.

Aparentemente, as mulheres por vezes acreditavam nele, ou ele jamais se aventuraria a dizer algo tão ridículo. E ainda assim ele tinha o poder de atraí-la, mesmo que ela reconhecesse se tratar de uma afirmação absurda. Evelyn se perguntou se ele conseguia ouvir seu coração batendo. St. Aubyn ainda era uma figura e uma presença sedutora, mas isso, em certo sentido, garantia que ela havia conseguido enfrentá-lo até então.

— E o local adequado para uma moça é na sua cama, presumo?

Ele assentiu, aproximando-se, os olhos fixos na boca dela.

— Exatamente.

— Sua cama deve estar lotada, então — disse Evie, dando um passo para o lado e pegando seus papéis. — Não acho que haja lugar para mim nela.

— Evelyn...

— Eu gostaria de ver o dormitório masculino agora — exclamou ela, partindo em direção à porta e esforçando-se para não sair correndo.

Até aquele momento, ela jamais imaginaria que podia se sentir tão zangada e tão... eufórica ao mesmo tempo. Nenhum canalha a havia cortejado antes e, agora, o pior de todos, o mais lindo e experiente, estava tentando beijá-la — e mais que isso. Chegava a ser um tanto inebriante, apesar do desdém óbvio e total de St. Aubyn pela qualidade e pelas capacidades do cérebro dela.

Evie desacelerou, franzindo a testa, enquanto entrava no corredor. Ou aquilo era um jogo de sedução ou ele estava novamente tentando intimidá--la para que fosse embora sem informações e, portanto, incapaz de elaborar uma proposta.

— Como o senhor se envolveu com o orfanato, afinal? — perguntou, sem saber ao certo se preferia a ideia de estar sendo seduzida ou distraída.

— Muito azar — respondeu ele, alcançando-a.

— Pensei que alguém como o senhor não acreditasse em azar.

— Existem coisas que a habilidade não consegue compensar. E *isso* é azar.

— Que espécie de azar o trouxe até aqui, então?

Ele sorriu, mas sem divertimento algum em sua expressão.

— A senhorita pode simular toda a curiosidade que quiser, mas quando do seu plano mostrar que não passa de doces e canções de roda, nós dois saberemos qual é o real motivo para a sua presença aqui.

— E qual seria, milorde? O senhor? Talvez deva considerar que nenhuma mulher que se dê o respeito gostaria de ser vista na sua companhia. Além disso, sob a sua direção, este estabelecimento para os não privilegiados é o mais lamentável que eu já vi.

Tudo bem que aquele era o primeiro orfanato que ela tinha visto de perto, mas ele não precisava saber disso. Santo resmungou algo baixinho que Evie preferiu não interpretar. Antes que ela pudesse retomar seus questionamentos quanto às motivações dele, o marquês segurou seu braço e a levou para a parede.

Ele não a puxou, empurrou, nem usou de força bruta, mas, ao mesmo tempo, ela não teria conseguido escapar nem se tentasse. E, naquele instante, Evie estava perplexa demais para fazê-lo.

— Não se esqueça — murmurou ele, aproximando o rosto do dela — de que a senhorita *está* comigo e que quando me provoca intencionalmente, deve esperar certas consequências.

Aproximando-se ainda mais, ele encostou a boca na dela, quente e íntima, então se endireitou novamente.

— Agora, podemos? — disse ele, mais uma vez com aquele sorriso frouxo e cínico enquanto indicava que ela continuasse seguindo pelo corredor.

A mente de Evie rodopiava.

— Você… O senhor é um… um canalha.

St. Aubyn parou, virou-se novamente e foi até Evelyn. Ela tentou puxar o ar para dizer alguma coisa ainda mais indignada e ofensiva, mas ele capturou sua boca em um beijo quente e enérgico. Pressionando as costas de Evie na parede, Santo inclinou sua cabeça para cima para intensificar o enlace. Ela ouviu vagamente a pilha de papéis caindo no chão enquanto cerrava os punhos no paletó preto dele.

Experiente ou não, cínico ou não, o Marquês de St. Aubyn sabia beijar. Foram poucas as ocasiões em que pretendentes mais ousados a tinham beijado. A sensação tinha sido agradável, Evie supunha, mas ela não tinha base real de comparação — até agora.

O calor desceu pelas costas e seus dedos do pé com certeza se contraíram dentro dos sapatos. *Pare de beijá-lo*, gritou ela para si mesma, tentando forçar os dedos a largar as lapelas dele.

No entanto, foi St. Aubyn que interrompeu o beijo. Olhando para ela a poucos centímetros de seu rosto, ele passou a língua pelos lábios, como se tivesse acabado de comer algo de que tinha gostado.

— Você tem gosto de mel — disse ele, falando baixo e arrastado.

Evelyn sentia-se como se estivesse estado em um campo de batalha — seus ouvidos zuniam, suas pernas estavam moles e trêmulas e ela sentia um desejo desesperador de fugir para algum lugar, qualquer lugar, seguro.

— Pa… Pare com isso — guinchou ela, empurrando o peito dele.

— Eu já parei. — Ele não se moveu um centímetro com o empurrão. Em vez disso, seus olhos fitaram a boca de Evelyn novamente. — Curioso

— murmurou ele, como que para si mesmo, tocando os lábios dela novamente com os dedos.

Evie tentou respirar.

— O que é curioso?

Santo deu de ombros, afastando-se.

— Nada. Posso acompanhá-la ao dormitório masculino agora?

— Acredito que eu já tinha sugerido o dormitório — retrucou ela, abaixando-se para pegar as anotações. Naturalmente, ele não se ofereceu para fazer essa gentileza. Os dedos de Evie tremiam e ela juntou as folhas rapidamente, colando-as ao peito.

Ele guiou o caminho e Evie aproveitou aqueles breves instantes para se recompor. Mulher decente e honrada que era, ela deveria ter dado um tapa em St. Aubyn e saído imediatamente do prédio — embora, é claro, sequer devesse estar no Orfanato Coração da Esperança.

Evelyn concluiu, no entanto, que o beijo tinha sido justamente *para que* ela fugisse. Como os insultos não tinham funcionado, St. Aubyn tentara um ataque ainda mais pessoal. Se ela debandasse, ele teria a desculpa perfeita para não permitir que ela fizesse outra visita — e ela não teria a chance de provar a si mesma de que era capaz de realizar algo valioso. Talvez tivesse funcionado, mas o pecado daqueles lábios tentadores e convidativos tinha despertado... alguma coisa dentro dela que quase a fazia querer repetir a dose.

Santo abriu a porta do dormitório masculino, pensando que provavelmente devia ter começado a visita por ali em vez de "suavizar" as coisas para ela iniciando pelos depósitos, as cozinhas e o dormitório feminino. Ele estava ficando mole, figurativamente falando. Aquele era o recinto que a faria fugir correndo caso tivessem ido primeiro. Ele não precisaria ter se sujeitado a beijar uma mulher tão pudica. Não era de se admirar que seu estômago estivesse do avesso; nenhuma parte dele sabia como deveria reagir a uma virgem.

Ele olhou para trás.

— A senhorita vem?

— É claro.

Quando Evelyn passou por ele, Santo se aproximou para sentir o perfume de seus cabelos. Limão. Mel nos lábios e limão nos cabelos, e a pele dela provavelmente tinha gosto de morango. Evelyn Ruddick era uma verdadeira sobremesa e ele queria saboreá-la. Urgentemente.

O autocontrole nunca fora uma de suas características mais apreciadas ou que ele dominasse melhor, mas St. Aubyn supunha que simplesmente se impor não o faria conseguir o que queria. Evelyn provavelmente desmaiaria, o que não seria nada divertido para ele.

A maioria dos vinte e tantos garotos estava reunida nos fundos do dormitório, amontoada em um semicírculo limitado por uma parede. Mesmo em meio ao falatório e aos gritos, ele podia ouvir o tilintar distinto de moedas.

— O que... — começou Evelyn, parando em seguida.

— Eles estão jogando — explicou ele, desacelerando o passo para olhar para ela.

— Fazendo apostas? Em um orfanato?

Santo conteve um suspiro. As recatadas eram mais complicadas do que valia a pena.

— Todas as moedas que estiverem no chão quando eu chegar aí — anunciou ele em uma voz arrastada — são minhas.

Os garotos berraram, atirando-se no chão para juntar as moedas espalhadas, enquanto os espectadores formaram uma fila irregular e imperfeita para prestar atenção. Não costumavam vê-lo por ali com muita frequência, e nenhum parecia mais contente do que ele próprio.

— Esta é a Senhorita Ruddick — declarou ele, apontando para Evelyn. — Ela quer conversar com vocês.

— Obrigada, Lorde St. Aubyn. — Após uma breve e nervosa contração de seus belos lábios, ela se adiantou para o centro da fila. — Em primeiro lugar, por favor, me chamem de Evie.

— Dá um beijo na gente, Evie —- gritou Mulligan, um dos garotos mais velhos.

Santo sorriu. Como ela havia permitido que ele a beijasse, supunha que o garoto também tinha alguma chance. Cruzando os braços, ele se apoiou em uma das colunas de sustentação no centro do dormitório. Aquilo seria interessante.

— Se você quer que uma garota o beije — retrucou ela incisivamente para o garoto inoportuno —, talvez devesse tomar um banho primeiro.

Os outros garotos riram, enquanto uma onda de "Mulligan sujismundo" se espalhava pelo recinto. Santo permitiu; obviamente não tinha sido uma indireta. Ele tinha tomado banho de manhã. E estava barbeado.

— Certo, certo — continuou Evie, passando a mão no ombro de Mulligan. — Não vim aqui fazer piadas. Só quero conhecer vocês. Vocês passam o dia todo aqui dentro?

— O Esfregão de Ferro disse que a gente precisava ficar aqui dentro hoje para uma inspeção — respondeu um deles.

— O Esfregão de Ferro?

— Quer dizer, a Senhora Natham, Senhorita Evie.

— Entendo.

Santo achou ter vislumbrado um leve sorriso nos lábios dela, mas se foi tão rapidamente que ele não podia ter certeza. O marquês franziu a testa. Damas pudicas não tinham senso de humor; sua péssima reputação era prova suficiente disso.

— Como vocês costumam passar o dia, então? Na escola?

— "Na escola?" — imitou outro garoto. — A senhorita fugiu do hospital psiquiátrico, é?

— É uma daquelas tias religiosas que vêm rezar pelas nossas almas pagãs? — complementou Mulligan.

— Não, é claro que nã…

— O reverendo Beacham vem aqui todo domingo para tentar salvar a gente — informou outro garoto.

— Não vem, não! Ele vem por causa da Esfregão de Ferro!

Evelyn lançou um olhar frustrado para Santo e ele ergueu uma sobrancelha.

— Talvez a senhorita devesse oferecer pudim a eles — sugeriu ele.

— Sou um pagão!

— Eu sou um índio! — gritou um dos meninos mais novos, iniciando uma dança de guerra.

— Interessante, Evelyn — murmurou Santo, alto o suficiente para que apenas ela ouvisse. — O caos acompanha você em todos os lugares?

Ela fez uma careta, então rapidamente mudou de expressão e se voltou novamente para os garotos.

— Você sabe alguma coisa sobre índios? — perguntou ela, abaixando-se para ficar na altura dos olhos do menino. — Gostaria de aprender?

— Randall me falou sobre eles. Eles tiram o escalpo das pessoas.

Ela confirmou com a cabeça.

— E conseguem se mover pela floresta sem fazer barulho nenhum, e seguir o rastro de um urso pelas pedras e pelos rios.

Os olhos do menino se arregalaram.

— É mesmo?

— Sim. Como você se chama?

— Thomas Kinnett.

Evie se endireitou.

— Sabe, Senhor Kinnett, ao se apresentar a uma dama, você deve fazer uma reverência.

O garoto franziu a testa.

— Por quê?

— Para olhar embaixo da saia dela — comentou Santo em tom ríspido.

Aquilo era típico; uma mulher tentando ensinar bons modos a crianças antes mesmo de saber se tinham o suficiente para comer. St. Aubyn sentiu-se subitamente decepcionado. Por um instante achou que Evelyn Ruddick talvez tivesse alguma noção, além de um corpo tentador.

— Lorde St. Aubyn! — ralhou ela, ruborizando. Risinhos irromperam.

— Sim, Senhorita Evie?

— Não creio… — começou ela asperamente, então parou. Dando uma olhada em volta, ela pediu licença e foi até ele pisando duro. — Não creio — repetiu ela em um tom mais baixo, mas igualmente incisivo — que esses garotos precisem de maus exemplos. O senhor não ajuda em nada nesse sentido.

Ele se inclinou para frente, encarando-a.

— Nem a senhorita. Ensinar a esses trombadinhas de sete anos de idade como fazer uma mesura é, em uma única palavra, inútil, Evelyn.

O rosto gracioso dela empalideceu e, por um instante de silêncio e surpresa, Santo pensou que ela fosse dar um tapa nele. Finalmente, contudo, ela assentiu.

— Ao menos estou tentando fazer alguma coisa por eles. Duvido muito que o senhor possa dizer o mesmo.

Céus. Ela o estava *provocando*. As mulheres não faziam isso a não ser que quisessem acabar humilhadas publicamente ou, melhor ainda, nuas debaixo dele.

— Evelyn Marie — sussurrou ele, incapaz de conter o sorriso que tocou seus lábios —, eu só tentei conseguir uma única coisa hoje: sua boca. E pretendo conseguir o restante.

Ela piscou e, então, resmungando algo para si mesma, se afastou.

— Canalha — murmurou ela.

Santo fez uma reverência.

— A seu dispor.

Com uma última expressão perplexa e furiosa, ela se virou e foi embora. Santo ficou parado no meio dos garotos, que não paravam de rir, e a assistiu partir. Aquilo provavelmente era o bastante. Ela seria uma tola se tentasse se aproximar dele ou do orfanato de novo. Nenhuma daquelas opções, contudo, o deixava particularmente feliz.

— Seus idiotas — protestou o garoto mais novo. — Eu queria aprender sobre os índios.

Santo conteve uma carranca ao sair do dormitório. O comentário não tinha sido direcionado a ele, é claro, porque ninguém — nem mesmo crianças — podia falar com ele daquele jeito. E aquilo não tinha a ver com o que os meninos queriam, de toda forma. Tinha a ver com o que era melhor para ele — e para Evelyn Ruddick.

Capítulo 5

*São Pedro sentado às portas do céu,
Da chave ao chaveiro, tudo enferrujado,
Os tempos recentes, de pouco escarcéu;
O paraíso, afinal, nunca fora lotado.*
Lord Byron, "The Vision of Judgement"

— Você está de brincadeira, não está?

Lucinda parou ao lado do coche dos Barret enquanto sua aia empilhava meia dúzia de caixas e pacotes em um dos bancos de pelúcia.

— Pareço estar? — respondeu Evie, entregando seu próprio pacote para ser colocado na pilha. O fato de ela ter adquirido apenas um item em um passeio de compras era um triste indicador de seu estado de nervos.

— Hum. Nunca ouvi nada de bom, ou melhor, nada de bom que se pudesse dizer *em voz alta* sobre St. Aubyn, mas questionar publicamente a sua competência me parece desnecessário. Você é sobrinha do Marquês de Houton, afinal de contas.

— Tenho certeza de que ele não se importa nem um pouco com quem são meus parentes — afirmou ela, desejando que Luce dissesse algo sobre St. Aubyn ou sua reputação que ela já não soubesse.

— Não, provavelmente ele não se importa mesmo — admitiu Lucinda. — Ah, ouvi falar que acabaram de chegar alguns chapéus novos na Luckings. Vamos dar uma olhada?

Evelyn queria trabalhar em sua proposta, mas Victor estava em casa e se a pegasse enfurnada na biblioteca em uma manhã tão bonita, ela provavelmente não conseguiria despistar as suspeitas do irmão.

— Claro.

Elas desceram a Bond Street em direção à modista; Lucinda falava e sorria para conhecidos enquanto caminhavam, e fingia não ter percebido como Evelyn parecia distraída. Aquela era uma das melhores características de Lucinda Barrett; calma e prática, ela esperava pacientemente até que pessoa estivesse pronta para confessar qualquer que fosse a besteira que tinha feito, e então daria conselhos invariavelmente certeiros e lógicos para tentar consertar o problema.

Confessar que tinha permitido ser beijada pelo Marquês de St. Aubyn, no entanto, só deixaria Evie se sentindo ainda mais idiota. Ela duvidava que Lucinda conseguisse dizer qualquer coisa que mudasse sua opinião. Quanto à sua proposta e a seus planos para o orfanato, ela ainda pretendia fazer alguma coisa, com ou sem beijo. Nessa tarefa, contudo, ela não queria admitir que já não estava suprindo suas próprias expectativas.

— Evie?

Ela se chacoalhou.

— Ah, me desculpe. O que você dizia?

— Eu perguntei se seu irmão já definiu uma plataforma política. Georgiana vai jantar com o Duque de Wycliffe hoje à noite e se ofereceu para enaltecer as virtudes de Victor, se você quiser.

— Não sei se Victor tem alguma virtude. E Georgie certamente não precisa desperdiçar o pouco do tempo que tem com o primo falando do *meu* irmão.

Lucinda pareceu confusa.

— É muito atencioso da sua parte, mas não muito astuto em matéria de política, minha querida.

Evie suspirou.

— Não quero ser astuta em matéria de política, especialmente em nome de outra pessoa. Quero fazer parte de algo que seja relevante.

— Como o Orfanato Coração da Esperança?

— Sim.

Lucinda parou.

— Sabe de uma coisa? Tenho uma ideia. — Dando um sorriso rápido, ela pegou o braço de Evelyn e a virou novamente na direção do coche. — Você tem razão; não é do Duque de Wycliffe que você precisa. É da duquesa.

— A duquesa? O que…

— Ela costumava ser diretora de um colégio de meninas. Quem saberia mais sobre ajudar os jovens do que uma ex-diretora? E quem seria mais discreta com relação a isso que Emma Brakenridge?

Aos poucos, a esperança começou a enxotar a frustração do dia anterior. Talvez ela tivesse fugido do Coração da Esperança antes de terminar as entrevistas, mas isso não significava que ela não podia ir a outro lugar em busca de informações.

— Lucinda, eu mencionei, nos últimos tempos, o quanto gosto de você? — perguntou ela, apertando o braço da amiga.

— Fico feliz em poder ajudar, minha querida.

<hr>

Santo se recostou na cadeira.

— É só uma sugestão — disse ele, batendo as cinzas da ponta do charuto. — Você pode ou não aceitar.

O homem largo que estava sentado à frente dele não desfazia o vinco na testa.

— Preciso levar a opinião pública em consideração, você sabe, mesmo que você não leve.

— Não é como se o senhor estivesse fazendo algo insidioso. Um parque novo e maior para o público, parte do grande plano do príncipe-regente para o desenvolvimento de Londres.

— Sim, Santo, mas isso envolveria *demolir um orfanato*.

A dor de cabeça que se esgueirava na têmpora de Santo voltou a latejar.

— Os órfãos não estarão dentro dele, ora essa. Todos serão relocados, eu bancarei os custos.

Alguém bateu à porta do escritório e a abriu.

— Sua Majestade?

— Agora não, Mithers — grunhiu o príncipe. — Estou em uma reunião de negócios.

O rosto fino à porta empalideceu.

— Ne… negócios, Sua majestade? Com… Com…

— Sim, comigo, Mithers — interrompeu Santo, dando um leve sorriso.

— Ah, meu Deus. Ah, Deus… Meu Deus...

— Mithers, vá embora — ordenou o Príncipe George, apontando uma taça cheia de vinho da Madeira na direção de seu secretário.

A porta se fechou.

— Pobre de mim — continuou o príncipe —, em cinco minutos ele mandará metade do ministério vir aqui.

Segurando o charuto entre os dentes, Santo encheu a taça do príncipe. Mithers tinha razão em buscar reforços, o que reduzia muito seu tempo de reunião.

— Antes de eles me enxotarem daqui, reflita. Eu vou *doar* muitos hectares de terra para que sua majestade use como achar melhor. O terreno faz fronteira com o projeto no qual o senhor está trabalhando neste momento e o único custo para os pagadores de impostos seria o de demolir aquela maldita coisa e plantar umas árvores.

Fazendo a cadeira ranger ao mover o corpo substancialmente pesado, Príncipe George se inclinou para frente.

— Mas o que, meu caro Santo, você ganha com isso?

Santo estudou o príncipe-regente por um breve instante. Prinny não conseguiria guardar um segredo nem que sua vida dependesse disso, mas o plano que ele estava traçando havia alguns meses — embora fosse um tanto insidioso, a despeito do que ele havia dito ao príncipe — não era ilegal.

— É simples — declamou ele em meio à fumaça do charuto. — O testamento da minha mãe estipulava que minha família, ou seja, eu, me mantivesse interessado e com um cargo de supervisão no Orfanato Coração da Esperança. Se a Coroa se apossasse da terra e demolisse a construção, eu estaria livre dessa obrigação.

— Então sua mãe tinha certa afeição pelo local?

— Ela gostava de bordar passadores de mesa para as festas de fim de ano e chamava isso de "ajudar os desafortunados". Não mereço ser sobrecarregado para dar continuidade a essa loucura. Não quando o senhor está construindo um belo parque logo do outro lado da estrada.

Girando a taça de vinho entre os dedos gorduchos, porém elegantes, o príncipe riu.

— Vou pedir que meu pessoal analise a possibilidade, mas não concordarei com nenhuma proposta sua antes que alguém mais respeitável confirme os fatos.

Santo sorriu de volta, sem humor algum.

— Não esperava menos do que isso.

Ele podia ser paciente. Afinal de contas, tinha herdado aquele maldito lugar seis anos antes. Tinha aguardado todo aquele tempo, esperando por uma oportunidade. Podia esperar mais algumas semanas.

— Agora — continuou o príncipe, em um tom de conspiração — me diga, meu garoto. É verdade que Fatima, Lady Gladstone, emite certos… ruídos durante as angústias da paixão?

— Mia como uma gatinha — respondeu Santo, esvaziando sua taça. — Algo mais, Sua Majestade?

Rindo novamente, o príncipe meneou a pesada papada.

— Pode ir. Fico impressionado, Santo, por você ter tão poucas qualidades que se salvam e, ainda assim, ser tão adorável.

Santo se levantou, fazendo uma reverência enquanto se afastava. Não fazia sentido ofender o príncipe-regente àquela altura, quando ele finalmente parecia ter uma chance de se livrar do orfanato.

— É um talento, Sua Majestade.

— Quem dera mais de nós o ostentassem.

Enquanto saía da Carlton House e pedia que trouxessem seu cavalo, Santo ponderou que sua conversa com o Príncipe George tinha, na verdade, sido mais favorável do que ele esperava. Considerando que ele estava disposto a pagar tanto pela demolição do prédio quando pela instalação do parque, um "vou pensar a respeito" antes mesmo de ouvir qualquer uma das possibilidades era, certamente, uma ótima notícia.

O marquês virou Cassius, sua montaria, na direção do Boodles's, onde ia almoçar, e vários minutos se passaram até que ele se desse conta da volta enorme que estava dando, e do motivo para isso. Franzindo a testa de leve, Santo desacelerou diante da casa branca à sua esquerda.

Ninguém diria que a Residência Ruddick era ampla ou grandiosa, mas o pequeno jardim parecia bem-cuidado e o estábulo estava cheio. Era sabido que os negócios de Victor Ruddick na Índia, conduzidos em nome do Marquês de Houton, garantiam uma boa renda para a família.

Diziam os rumores que Victor tinha, nos últimos tempos, adquirido ambições políticas, algo que seu tio certamente aprovava. E isso explicava por que Evelyn tinha se aproximado de Fatima na semana anterior — o olhar de nojo no rosto da Senhorita Ruddick tinha sido a parte mais divertida da noite. Santo se perguntou como ela reagiria se ele fosse até lá e batesse à porta.

Enquanto ele observava à distância, a porta em questão se abriu. Santo se endireitou, a ansiedade se espalhando pelo corpo. A mãe de Evelyn surgiu, vestida para um almoço ou algo assim. Ele aguardou sob a sombra dos olmeiros que ladeavam o lado oposto da rua, mas apenas uma aia veio atrás dela. Nada de Evelyn Marie.

O marquês tinha apetite e Evie definitivamente aguçara sua fome. Mas era provável que tivesse sido ousado demais com a delicada moça, fazendo-a trocar o projeto do orfanato por um convento ou algo assim. Ele deu de ombros, virando Cassius novamente na direção de Pall Mall. Se ela não aparecesse na reunião do conselho no dia depois de amanhã, não valia a pena investir nela, de toda forma. Mesmo assim, ele não conseguiu deixar de olhar para trás, para a casa, enquanto dobrava a esquina. Ele podia esperar até sexta para descobrir. A expectativa o apetecia — desde que ele pudesse satisfazê-la.

—m—

— Tenho mais familiaridade com planejamento de aulas para moças já educadas, com idade entre 12 e 18 anos — explicou a Duquesa de Wycliffe, inclinando-se para sacudir um biscoito na direção do aparador mais próximo.

— Qualquer assistência que a senhora puder oferecer será maravilhosa, Sua Graça — garantiu Evelyn, mal ouvindo o aparador balançar.

— Emma, por favor — disse a duquesa, sorrindo ao sair da poltrona para se ajoelhar no tapete, ainda segurando o biscoito. — Engatinhar pelo chão não é muito majestoso. — Ela voltou sua atenção ao objeto oculto a quem se destinava a tentativa de suborno com o biscoito. — Elizabeth, a mamãe não consegue entrar aí. Por favor, saia.

A resposta foi um risinho.

Emma suspirou.

— Isso é porque o papai lhe contou aquela história tola sobre a fada mágica que vivia em uma caverna, não é?

Mais risinhos. Endireitando-se, Emma enfiou o biscoito na própria boca.

— Muito bem, então, o papai da fada mágica vai ter que explicar por que ela não pode morar debaixo do aparador.

Uma criada bateu à porta e a duquesa retornou à sua posição mais elegante na poltrona.

— Encontrou, Beth?

— Sim, Sua Graça. — A criada largou uma pequena pilha de papéis e livros sobre a mesa, e deu um pulo após o risinho subterrâneo que emergiu um instante depois. — Minha nossa!

— Por favor, veja se consegue localizar o duque, Beth. Pelas últimas notícias que tive, ele estava no salão de bilhar com Lorde Dare.

A criada fez uma reverência.

— Sim, Sua Graça.

Evie olhou para Lucinda, que parecia muito satisfeita. A Senhorita Barrett, contudo, não precisava explicar que queria traçar um plano para ensinar os órfãos a ler. Nem precisava se preocupar com a possível reação do Duque de Wycliffe, ou do Visconde Dare se eles descobrissem suas atividades recentes. E nem mesmo a desaprovação deles seria comparável à de Victor. Por um instante, Evie desejou que Georgiana estivesse ali para interceder por ela junto aos homens de sua poderosa família, mas a viscondessa estava almoçando com a tia. Além disso, ninguém intercederia em nada se Victor descobrisse qualquer coisa. Não, ela precisava aprender a se virar sozinha.

— Bem, onde estávamos? — retomou a duquesa, limpando farelos de biscoito dos dedos. — Ah, sim. — Ela colocou os livros no colo, folheando-os, e então entregou um a Evie. — Esta é uma cartilha básica que talvez possa fornecer ao menos uma noção de por onde começar, especialmente com crianças mais novas em fase de alfabetização. Eu recomendo que inicie com as vogais e seus sons. Menos letras para causar confusão.

— Ah, muito obrigada — agradeceu Evelyn de todo o coração, abrindo o livro. — Tenho me sentido tão frustrada, querendo fazer algo e sem ter ideia de por onde começar.

— Você tem boas ideias, Evie — disse Lucinda com firmeza. — Só que se preocupa demais. E ninguém poderia, ou deveria, recriminá-la por querer fazer uma diferença positiva na vida de qualquer pessoa.

Evie sorriu.

— Obrigada, Luce.

Emma a fitou com olhos especuladores.

— Você pretende ministrar todas as aulas sozinha? Preciso alertá-la: ensinar é muito gratificante, mas vai ocupar cada hora que você passa acordada ou dormindo.

— Gostaria de dar algumas aulas, mas...

Evie hesitou. Ela sabia que podia confiar seus segredos à Duquesa de Wycliffe, mas confessar em voz alta o quanto ela se sentia limitada com relação a tudo aquilo era admitir isso para si mesma.

— As obrigações familiares tomam muito do seu tempo — finalizou a duquesa para ela. — Eu entendo. Acredite.

Com um sorriso, Evelyn pegou outra pilha de livros.

— Mas pretendo supervisionar a contratação dos instrutores e as linhas de ensino. Estes livros são maravilhosos, Emma. Muito obrigada.

— É um prazer ajudar. Leve o que quiser, pelo tempo que precisar.

— Mandou me chamar? — perguntou uma voz grave da porta.

Alto, de ombros largos e cabelo castanho-claro, o Duque de Wycliffe entrou na sala, com Lorde Dare logo atrás. Evelyn se encolheu, torcendo para que não estivessem bisbilhotando do corredor. Para falar a verdade, "bisbilhotar" não parecia ser muito o estilo deles, ao contrário de certo marquês que andava perturbando seus sonhos nas últimas noites.

— Sim, mandei. Uma fada mágica se instalou debaixo do aparador e se recusa a sair para tomar banho.

O duque grandalhão ergueu uma sobrancelha.

— Uma fada, é? — Ele bateu no tampo de mogno da mesa. — Tem alguma fada aqui embaixo?

Uma gargalhada.

Com um sorriso que contagiou Evelyn, o duque tirou a *bombonière* e a bandeja de chá do aparador, passando ambos para Dare. Evie achou que Wycliffe se abaixaria como a duquesa havia feito para resgatar a jovem Elizabeth. Em vez disso, ele simplesmente ergueu a mesa e a pôs de lado.

— Meu Sansão — murmurou a duquesa com um sorriso caloroso que fez Evie corar.

Com cachos castanhos curtos e reluzentes, vestida de amarelo e branco, Elizabeth Brakenridge deu outro gritinho e rolou para debaixo da escrivaninha. Com um único passo largo, o duque pegou a menina, aninhando-a nos braços.

— Olá, Lizzie — arrulhou ele, apoiando a filha no ombro.

Balbuciando mais alguma coisa, Elizabeth cerrou os punhos no paletó do pai e riu novamente.

— Você ouviu isso? — exclamou o duque com um sorriso largo, virando-se para Dare. — Ela disse "papai".

O visconde devolveu a *bombonière* e a bandeja de chá para o aparador já relocado.

— Eu ouvi claramente "macaco".

— Hum, bem, você é claramente surdo.

— Ei, eu ouvi isso.

Rindo, Emma enxotou os dois homens altos na direção da porta.

— Vão embora. Estamos conversando.

Dare parou imediatamente.

— Sobre?

Ele analisou Evelyn, e ela se lembrou do conselho dele sobre Santo. Bem, ela não tinha dado as costas para o marquês, certo? Ele a tinha beijado, bem na boca.

— Moda francesa e joias — respondeu a duquesa sem pestanejar.

— Eca. Melhor ensinarmos Lizzie a jogar bilhar — disse o visconde, fazendo uma careta.

O duque assentiu, indicando para que ele saísse da sala.

— São sugestões como essa que me deixam contente por ter incentivado que você se casasse com a minha prima.

— "Incentivado"? Pelo que me lembro, você ameaçou me dar um tiro se eu não casasse com ela.

A discussão se dissipou pelo corredor e Evie se recostou na poltrona, ouvindo a tudo perplexa. Os dois costumavam ser conhecidos por suas péssimas reputações e escapulidas amorosas, mas naquele momento um embalava uma criança como se fosse a coisa mais natural do mundo, e o outro estaria em uma situação parecida dali a seis meses.

— Evelyn?

Ela se chacoalhou.

— Perdão, Emma. O que estava dizendo?

A duquesa sorriu.

— Eu perguntei se você precisava de ajuda para montar seu plano.

— Agradeço, mas não é necessário. Gostaria de tentar fazer sozinha.

Não que a ajuda não fosse bem-vinda, mas Santo parecia achar que ela era uma imbecil que não servia para nada além de esquentar uma cama. Se ela recebesse alguma ajuda, ele ficaria sabendo e com certeza diria algo a respeito, provavelmente diante de todo o conselho de curadores. Não, aquele projeto era dela, e ela deveria organizá-lo sozinha.

— É claro. Mas não se esqueça de que estou à disposição, caso tenha alguma dúvida.

Depois de uma conversa superficial sobre moda francesa e joias, Evelyn e Lucinda saíram da Residência Brakenridge. O início não tinha sido dos melhores, mas agora, de posse de uma pilha de livros emprestados, Evie sentia que tinha alguma chance de elaborar algo aceitável. O único problema era que "aceitável" não era bom o bastante. O plano precisava ser perfeito, e ela precisava tê-lo pronto em dois dias.

E a proposta não era a única coisa que precisava estar pronta; Evie tinha decidido que o Marquês de St. Aubyn não a afugentaria mais. E ela também não permitiria que ele a beijasse novamente. Não importava que tipo de diversão ele estivesse buscando, não seria com ela.

———

Santo estreitou os olhos.

— Não estou, nem de longe, bêbado o suficiente para liberar recursos para você catalogar os itens dos depósitos, Rutledge.

Timothy Rutledge o fitou com olhos sombrios e, visivelmente frustrado, arqueou sua postura enérgica.

— Há sessenta anos aquelas salas acumulam móveis, pinturas, re…

— Se você está tão curioso assim — interrompeu Santo —, catalogue você mesmo. — Ele se inclinou para frente. — Mas se eu descobrir que você vendeu qualquer coisa, juro que vou ficar… descontente.

— Eu…

— Desista, Rutledge — disse Sir Edward Willsey em um tom áspero, virando o que restava de seu vinho do Porto. — Eu também jamais aprovaria.

— Se quiser que suas tentativas de furto passem por mim, precisará ser mais criativo que isso.

Com um olhar de desdém, Santo encheu a própria taça, e depois a de Sir Edward. Tudo aquilo era um grande despropósito, no fim das contas. O único mérito do falatório de Rutledge era manter Santo ocupado enquanto ele esperava para ver se Evelyn Marie apareceria.

Ele duvidava, mas não o suficiente a ponto de não participar da reunião do conselho. Esperar, contudo, era algo que não lhe apetecia na maioria das circunstâncias; ali, ele se sentia claramente possessivo quanto ao território que herdara — sem dúvidas, para desgosto de Rutledge.

— Então, o que mais precisamos discutir hoje? — perguntou Lorde Talirand em meio à fumaça de seu charuto.

Sir Edward pigarreou.

— A janela do lado esquerdo do dormitório masculino mais antigo está se soltando do caixilho novamente.

Santo deu um sorriso frouxo.

— De que outra forma eles escapariam à noite?

— Como é? — O baronete se inclinou para frente. — Você sabia?

— Não sou cego, Willsley.

— Ah. Se dependesse de você, esta instituição se transformaria em um cortiço de ladrões.

Lorde Talirand soltou outra nuvem de fumaça.

— Ao menos estaríamos lucrando alguma coisa.

Santo apenas bebericou seu vinho, pensando que a única coisa pior que fazer parte do conselho de curadores do Orfanato Coração da Esperança era ter que participar das reuniões.

Alguém bateu à porta e ele se levantou antes mesmo de processar o próprio desejo de permanecer sentado. Um calor lento corria por debaixo de sua pele. Maldição, era melhor que fosse ela.

— Está esperando alguém? — perguntou Talirand lentamente.

— Ansioso por escapar — retrucou ele, indo até a porta e abrindo-a. — O que foi?

A governanta deu um pulo para trás.

— Mi... O senhor disse... É a Senhorita Ruddick.

— Mande-a entrar, Senhora Governanta.

— Natham, milorde.

Ele ignorou o grasnido da funcionária quando Evelyn entrou no salão e ignorou o barulho dos pés quando o conselho se levantou atrás dele. Evie estava usando um vestido de musselina verde-claro, com gola alta e bastante simples para uma donzela de Mayfair. Seus cabelos castanhos, presos em um coque atrás da cabeça, davam a ela a aparência de uma governanta; sem dúvidas pretendia passar uma imagem modesta e profissional.

Evelyn fez uma reverência.

— Boa tarde, Lorde St. Aubyn, Lorde Talirand, cavalheiros — cumprimentou ela, passando por Santo sem olhar para ele.

— Muito corajoso da sua parte — murmurou ele, indicando a ela sua própria cadeira vazia. — E a senhorita trouxe presentes.

Querendo tocá-la, ele se contentou em tamborilar os dedos nos papéis que ela estava carregando.

— Material de apoio — explicou ela, colocando-os na cadeira.

— O que a traz aqui hoje? — indagou Rutledge, adiantando-se para pegar a mão de Evie e levá-la até os lábios.

Santo percebeu que estava sendo observado por ela, mas ignorou, afastando-se para se apoiar na escrivaninha. Queria se posicionar bem, de um lugar onde pudesse observá-la sem que os outros percebessem. Informar a qualquer um da aguardada visita seria como prestar um favor a ela. Além disso, ele também não queria que qualquer outro homem ali soubesse com antecedência, de toda forma.

— Eu... vim aqui para apresentar uma proposta de melhorias para o orfanato — começou ela, sua voz levemente vacilante. — Lorde St. Aubyn achou adequado só dar permissão para que eu doe meu tempo e meu dinheiro se eu puder delinear os ondes e porquês.

Talirand a presenteou com um sorriso enquanto o conselho voltava a se sentar.

— Que maravilha. Por favor, conte-nos sobre os planos, Senhorita Ruddick.

Então Evie se lançou em uma apresentação sobre educação, vestuário, alimentação, melhorias no prédio e outras inúmeras questões sociais. Santo não prestou muita atenção. Estava analisando a maneira como as mãos dela se moviam, como ela movimentava a cabeça e a expressão determinada e entusiasmada em seu rosto. Independentemente do que buscasse, parecia convencida de que era assim que conseguiria.

Santo não duvidava de que conseguiria dobrá-la, fazê-la chegar ao ponto de implorar por suas carícias, por seu beijo, por suas mãos na pele desnuda dela. A questão era por que *ele* parecia obcecado com ela. Fatima, entre outras de suas antigas amantes, riria se soubesse que ele estava excitado por uma donzela virgem.

Ao ouvir aplausos educados, ele se chacoalhou. O que quer que ela tenha dito, seus colegas do conselho haviam gostado — embora provavelmente já tivessem decidido apoiá-la assim que ela mencionara o dinheiro.

— Acho seu entusiasmo admirável — comentou Willsley. — Se precisar de qualquer assistência ou conselho para administrar o projeto, milady, espero que se sinta à vontade para me consultar.

Rutledge também assentiu com cabeça.

— A senhorita certamente perceberá que esse trabalho é entediante e complicado demais para alguém de tamanha delicadeza. Estou, portanto, a seu dispor.

Abutres, pensou Santo. Eles que fiquem com as sobras; ele queria o prato principal.

Evelyn sorriu, com uma expressão que ele já a vira usar para encantar seus parceiros de dança: angelical e um pouquinho indiferente.

— Muito obrigada, cavalheiros. Isso quer dizer que tenho sua aprovação?

Até mesmo Talirand estava em pé agora, o odor de uma fêmea tola e com dinheiro praticamente o fazia salivar.

— Vamos votar? Todos a favor, digam "sim".

O coro enérgico de aprovações era nauseante.

— Então, St. Aubyn, o que diz? — perguntou Rutledge. — Você certamente não tem objeção alguma à proposta da Senhorita Ruddick, certo? Sim ou não?

Santo permaneceu na mesma posição relaxada enquanto deliberava. Ele poderia negar; não precisava dela se intrometendo no orfanato bem quando ele estava tentando se livrar daquele engodo. Evelyn ficaria zangada, voltaria para casa pisando duro e o ignoraria nos saraus pelo resto da vida.

Nada disso era problema, exceto por uma coisa — assim ele jamais a teria esparramada sobre ele, gemendo seu nome.

Ele estreitou os lábios, encarando seu objeto de desejo.

— Suponho que esse pequeno experimento ficará sob minha supervisão?

O sorriso confiante de Evelyn vacilou um pouco. Ela certamente não sabia o que fazer com um homem que não se ajoelhava a seus pés diante de seu sorriso.

— Se o senhor insiste — retrucou ela.

— Insisto.

Ela ergueu a cabeça, o rubor suave das bochechas se intensificando.

— Então, sim, meu projeto pode ser submetido à sua supervisão.

Santo deu a ela um sorriso lento.

— Então minha resposta é sim.

Capítulo 6

Embora meu destino esteja a morrer,
E a estrela de minha sina já não brilhe mais,
Teu coração mole não quer perceber
As falhas e erros de que sou capaz.
Lord Byron, "Stanzas to Augusta"

— Evelyn!

Evie congelou na porta de entrada da Residência Ruddick. Antes que ela pudesse decidir se deveria arriscar correr até o coche que aguardava ou não, Victor desceu correndo o último lance da escada. Cruzando os braços com uma expressão furiosa, ele parou diante dela.

— Bom dia — disse Evie, dando um largo sorriso.

— Fui até a casa da Tia Houton ontem — ralhou ele. — Ela disse que você não aparece por lá há mais de uma semana.

— Foi onde…

— Você perdeu o Chá das Damas de West Sussex na terça-feira.

— Não era minha in…

— E você ainda não me explicou por que concordou em dançar com St. Aubyn.

— Victor, será que você poderia…

— É isso, não é? — continuou ele, respirando fundo em seguida. — Enquanto eu estava na Índia você podia fazer o que quisesse, certo? Evie, depois que eu for eleito para a Câmara, você pode voltar a fazer compras e participar de saraus e do que mais acalentar seu coração. Até lá, por favor, demonstre um pouco de moderação e bom senso.

Ela conteve uma carranca. Aquele não era o momento para confessar nada. Na verdade, uma saída evasiva parecia ser a defesa mais lógica. Ela decidiu explicar a ele em que estava trabalhando nos últimos dias.

— Não estou tentando arruinar sua campanha, Victor. Acho que você seria esplêndido como membro do Parlamento. A questão é que tenho minha própria agenda. Se eu negligenciar meus compromissos isso refletirá mal em nós dois.

— Ah. — Victor esticou o braço por cima da cabeça dela, puxou a porta das mãos de um Langley muito surpreso e a fechou. — E que "compromissos" são esses, pode me dizer?

Droga. Se ela contasse que estava se preparando para, essencialmente, assumir a supervisão do orfanato onde St. Aubyn era presidente do conselho de curadores, ele a trancaria no quarto.

— Lady Dare e a Duquesa de Wycliffe estão interessadas em auxiliar na educação dos pobres. E elas me pediram para ajudar.

— Você?

Evelyn tentou ignorar o ceticismo na voz do irmão, como se ele jamais pudesse compreender por que qualquer pessoa recorreria a *ela* por ajuda ou conselhos, se tivesse outra escolha.

— Sim, eu. Eu ajudo *você* quando você precisa, se é que se lembra.

— Ainda não sabemos se isso é verdade. E a valsa com St. Aubyn?

— Ele me pediu. Eu… achei que recusando teria tornado a cena muito pior do que aceitando.

Evie percebeu a expressão de concordância relutante enquanto ele assentia.

— Você provavelmente tem razão. Mas fique longe dele, Evie; não dê a ele a oportunidade de pedir novamente.

— Não darei.

Victor se aproximou ainda mais.

— E lembre-se de que seus "compromissos" são secundários no momento porque você não pode negligenciar suas obrigações para com esta família, certo? Ou seja, para comigo. Nossa mãe já concordou em acompanhá-la ao próximo chá. Precisamos redobrar nossos esforços. Plimpton está atrás dos votos de Alvington.

— Mamãe irá conosco?

— Ela está muito comprometida com a minha causa. E você também deveria estar, Evelyn.

— Já estou, Victor.

Que ótimo. Agora ela precisaria ir ao chá e passar o tempo todo ouvindo como Victor era maravilhoso e como sua mãe a tinha encorajado a se casar antes do retorno de Victor da Índia, porque agora que ele estava de volta, ninguém seria bom o suficiente para Evie. E não era porque ela era perfeita, mas porque os padrões de Victor eram altos demais.

— Aonde você está indo? — Victor pegou o primeiro livro da pilha que ela estava segurando antes que Evie pudesse impedir. — Uma cartilha de leitura?

— A duquesa pediu que eu me familiarizasse com o assunto.

Bufando, ele devolveu o livro.

— Divirta-se, então. O duque sabe que você está dando apoio à causa da esposa dele?

— É claro que sabe.

Por sorte, mentir para Victor era relativamente fácil, visto que ele estava totalmente envolvido com a campanha.

— Então deixe claro para ele que você tem meu apoio.

— Está bem.

— Agora vá. Não se deixa uma duquesa esperando.

Ninguém deixava o Marquês de St. Aubyn esperando, também. Assim que Victor desapareceu em seu escritório, Evelyn correu até o coche.

— Para o orfanato, o mais rápido possível — sussurrou ela para Phillip.

— Está bem, Senhorita Ruddick.

Teria sido tão mais fácil executar o projeto sem Victor ou St. Aubyn se intrometendo. Qualquer deslize diante de algum deles arruinaria tudo. Como Lucinda havia dito, havia outras instituições de caridade, todas elas sem Santo e ao menos uma delas provavelmente adequada e feminina o suficiente para ser aceitável para Victor e suas ambições políticas.

O Coração da Esperança, contudo, tinha capturado a atenção de Evie. Era a instituição que mais parecia precisar dela, e a de que ela mais precisava. Se pudesse fazer a diferença naquele lugar, então realmente teria conquistado alguma coisa. Ninguém a impediria de chegar lá; ela não permitiria.

O Marquês de St. Aubyn observava o bando de mulheres aglomeradas na entrada principal do orfanato. Não fazia ideia de onde tinham vindo ou por que haviam decidido visitar o Coração da Esperança naquela manhã, mas havia gente demais para o gosto dele. Se não estivessem murmurando o nome da Senhorita Ruddick, jamais teria permitido que entrassem. Bem, aquilo ao menos garantiu alguns momentos de divertimento quando ele tentou atravessar a aglomeração e as damas correram como um bando de galinhas apavoradas. Aparentemente, mesmo as classes mais baixas conheciam sua reputação.

Assustar solteironas desgrenhadas era divertido, é claro, mas ele não tinha feito o sacrifício de levantar às nove horas da manhã por causa disso. Santo tirou o relógio do bolso e o abriu. A Senhorita Ruddick estava atrasada. Se não aparecesse em até dez minutos, encontraria aquelas mulheres esquisitas no meio da rua e a porta trancada.

Ele supunha que não precisava esperar; quanto mais pedras colocasse no caminho de Evelyn, maior a probabilidade de ela desistir de toda aquela palhaçada. Ao mesmo tempo, St. Aubyn estava curioso para ver o que ela pretendia fazer ali. Por sua experiência, ele sabia que ninguém voluntariava seu tempo ou seu dinheiro sem motivo; o que quer que aquela dama estivesse tramando, ele iria desvendar. Ele iria *desvendá-la*, e então descontar toda a sua frustração nela, várias e várias vezes.

A porta dupla da entrada do orfanato se abriu. Ele pensou que talvez pudesse ser alguma das frangas, mas ao sentir um jorro de eletricidade subindo pelos braços, se virou. A Senhorita Ruddick entrou correndo no saguão, com o *bonnet* caído para trás e uma pilha de livros e papéis prensada contra o peito ofegante. *Deliciosa.*

— Bom dia, milorde, senhoras — cumprimentou ela, ofegante. — Peço desculpas pelo atraso. Fui inevitavelmente retardada.

— Por quem? — perguntou Santo, deixando o santuário da escadaria e seguindo até parar diante dela. Lentamente, ele segurou as fitas do *bonnet* presas ao redor do pescoço de Evie.

Seus olhos cinzentos encontraram os dele, perplexos, e então se voltaram na direção das mulheres aglomeradas.

— Pelo meu irmão. Por favor, pare com isso.

Ele terminou de desatar o nó e puxou as fitas e o *bonnet* lentamente por cima do ombro dela.

— Já estou aqui há vinte minutos — murmurou ele, enfiando uma mecha de cabelo que havia se soltado com o vento de volta no grampo. — Fique grata por eu não dar um fim à sua farsa neste exato momento.

Ela endireitou os ombros.

— Não se trata de farsa — afirmou ela. Arrancando o *bonnet* dos dedos dele, ela se voltou para as mulheres assustadas. — Suponho que todas vocês estejam aqui por causa do anúncio que coloquei no jornal?

Todas fizeram suas reverências.

— Sim, senhorita.

— Que anúncio? — perguntou Santo, inspirando o aroma cítrico dos cabelos dela.

Evelyn começou a remexer seus papéis.

— O anúncio que coloquei no *London Times*. Em busca de instrutoras, já respondendo à sua próxima pergunta.

St. Aubyn contraiu o maxilar. *Era só o que faltava.* Se o príncipe-regente ou alguém do pessoal dele soubesse que o orfanato estava contratando instrutoras, ele teria bastante trabalho para explicar o que estava tramando.

— Da próxima vez, me consulte primeiro.

Evie, embora de costas para ele, assentiu.

— Está bem. Senhoras, levarei três de cada vez para a sala conjugada para entrevistá-las.

— E o restante do bando? Não vou ficar aqui fazendo sala.

Evelyn se virou para ele.

— O senhor não precisa ficar aqui.

— Preciso, sim. Sem mim, a senhorita não tem projeto.

— O conselho já aprovou, milorde.

Ele lentamente abriu um sorriso.

— *Eu* sou o conselho, Senhorita Ruddick. Não se esqueça disso. Agora, que outras surpresinhas a senhorita planejou para hoje?

— Contratei um pequeno grupo de trabalhadores para vir ao meio-dia limpar os cômodos do térreo. — Ela ergueu a cabeça, encarando-o novamente. — E o senhor não vai me desencorajar ou dissuadir.

Em parte, porque ele admirava a forma como ela sempre o encarava sem receio, Santo se absteve de comentar que aquele era apenas o primeiro dia dela ali e que ele estava acostumado a conseguir o que queria, agindo da forma que bem entendia. Ela descobriria logo, logo.

— Por que vai limpar os depósitos?

— Para transformá-los em salas de aula. — Evie franziu a testa. — O senhor não ouviu nada da minha proposta?

— Não.

— Não? Mas…

— Evelyn Marie — disse ele baixinho, desejando que o bando de frangas estivesse em outro lugar para que ele pudesse saborear aqueles lábios de mel novamente. — Você não está aqui por causa da sua proposta.

A expressão dela ficou ainda mais confusa.

— Então por que…

— Você está aqui por causa da *minha* proposta.

— Eu disse que o senhor não me afugentaria, milorde.

— Santo — corrigiu ele. — Você por acaso já viu um homem nu e excitado de desejo por você?

Um rubor intenso se espalhou pelas bochechas dela.

— N… não.

— Pois verá. — Incapaz de se conter, ele ergueu a mão para tocar no rosto dela. — As coisas que eu vou lhe ensinar, Evelyn, não se aprendem em uma sala de aula. E você vai me implorar para saber cada vez mais.

A boca dela se abriu e se fechou novamente.

— Vá embora — ordenou ela finalmente, com a voz trêmula. — O senhor não vai me seduzir.

— Não hoje — concordou ele, olhando para as outras mulheres. — Onde gostaria de colocar os itens dos depósitos?

— Eu… — Ele observou a dificuldade dela em retornar à conversa anterior. Ótimo. Evelyn estava confusa. — Nos antigos estábulos — respondeu ela finalmente após um momento. — Vou precisar olhar tudo e fazer um inventário do que pode ser útil.

Santo fez uma reverência.

— Como quiser.

— O senhor realmente pretende ajudar?

Sorrindo novamente, ele se virou de costas para ela.

— Ajudar, sim. Mas não voluntariamente. Nada neste mundo é de graça.

———◎———

Os trabalhadores que Evelyn tinha contratado eram, no fim das contas, repositores e lacaios de alguns dos clubes de cavalheiros de pior reputação da cidade. Aquilo parecia ser obra de Lorde Dare — por mais puritano que Tristan tivesse se tornado desde o casamento, Santo imaginou que Evelyn não tinha revelado a ele o real motivo pelo qual precisava de ajuda.

Dare costumava ser uma ótima companhia, com um senso de humor agradavelmente cínico, mas foi arruinado quando se tornou propriedade de uma fêmea. Uma verdadeira lástima. Agora eles mal trocavam cumprimentos, exceto no Parlamento ou em algum dos raros eventos respeitáveis aos quais ele comparecia durante a Temporada. Santo tinha lhe desejado sorte, mas aquela certamente não era uma vida que ele queria para si.

Depois de instruir os trabalhadores quanto a quais cômodos esvaziar e onde colocar aqueles objetos decrépitos, St. Aubyn não tinha muito mais o que fazer. Tirando o cantil do bolso, o marquês se apoiou na parede e tomou um gole de gim.

Evelyn achou que ele estava de fato sendo útil, embora questionasse, é claro, seus motivos. Ele também tinha algumas perguntas com relação às razões dela. Mas ao menos ele sabia o que estava fazendo e por quê. Assim que Prinny concordasse em expandir o parque, englobando o terreno do orfanato, eles precisariam esvaziar o edifício antes que fosse demolido. Agradar a Evelyn e, ao mesmo tempo, adiantar as tarefas da demolição parecia ser uma maneira produtiva de passar o dia.

No início da tarde, sobravam apenas algumas poucas solteironas no final do corredor e meia dúzia de depósitos não continha mais nada além de teias de aranha e pó. Na última meia hora, mais ou menos, Santo havia reparado nos muitos pares de olhos jovens que espionavam toda aquela atividade, mas decidiu ignorar. Afinal, era ele quem mantinha suas barrigas cheias e um teto sobre suas cabeças. Toda aquela comoção era ideia da Senhorita Ruddick, e ela que se explicasse às crianças.

Um sussurro com aroma de limão o envolveu.

— O senhor poderia explicar a eles o que estamos fazendo — disse Evelyn, parando ao seu lado.

— O que a *senhorita* está fazendo — corrigiu ele. — Estou aqui apenas para tentar evitar o tédio.

— É um belo trabalho, de toda forma.

Ela parecia incrivelmente satisfeita consigo mesma.

— Senhorita Ruddick — disse ele —, independentemente do que esteja tramando, não pense que estou alheio ao que se passa, certo? Meus olhos estão sempre bem abertos e pode ter certeza de que qualquer coisa que eu faça tem a ver com os *meus* motivos, e não com os seus.

— Não estou "tramando" nada além de tentar ajudar essas pobres crianças. Suponho que esse seja o motivo pelo qual o senhor coordena o conselho de curadores, também.

— Sua suposição está incorreta. — Afastando-se da parede, ele a encarou. — Minha querida mãe determinou em testamento que algum membro da família Halboro deveria permanecer envolvido com o Orfanato Coração da Esperança enquanto ele existisse. *Eu* sou o único membro que restou até onde minha investigação permitiu localizar, por isso cá estou.

Ele tentou não dar muita ênfase a "enquanto ele existisse", mas ela pareceu contente em focar as outras partes do discurso.

— Halboro — disse ela baixinho, como que para si mesma. — Eu não fazia ideia.

— Deus do céu, não somos parentes, somos? — perguntou ele, fazendo uma careta.

St. Aubyn fazia questão de não se envolver com parentes, não importava quão distantes; qualquer fortalecimento do sangue de sua família, fosse ele intencional ou não, não poderia ser bom para qualquer um dos envolvidos.

— Não. — Ela se chacoalhou. — Apenas percebi que não sabia seu sobrenome. E nem seu nome de batismo.

— Ah. Michael.

— Michael.

St. Aubyn se pegou observando a boca de Evelyn. Aquilo não era incomum, exceto pelo fato de que não era por vontade de beijá-la, embora quisesse. Pouquíssimas mulheres o tinham chamado por seu nome de batismo na vida e ele nunca gostava quando chamavam. Implicava uma familiaridade que elas não tinham conquistado. Uma noite de sexo dificilmente conferia a elas o direito de adulá-lo ou tratá-lo de forma carinhosa. Para sua consternação, no entanto, quando a angelical e virginal Evelyn Marie Ruddick murmurou seu nome, sua pulsação acelerou. Estranho.

— Sim. Sem graça e comum, mas a imaginação da minha mãe também era assim.

— Que indelicadeza.

Ele deu de ombros, gostando cada vez menos daquela conversa.

— Estou sendo honesto. Achei que a senhorita gostaria disso.

Evelyn continuou olhando para ele.

— Isso deixa o senhor desconfortável, não deixa? Conversar sobre sua família, digo.

Ela não sabia ao certo o que a levara a fazer aquela pergunta; ele não tinha sido nem um pouco menos arrogante, desdenhoso e cínico com ela, mas, por algum motivo, aquilo parecia importante.

— Nada me deixa desconfortável, Evelyn — murmurou ele, dando um passo lento adiante. — Afinal, eu não tenho consciência, pelo que me disseram.

Quando ele chegou mais perto com aquele brilho predatório nos olhos verdes, Evie deu um passo para trás. Os trabalhadores que ela tinha contratado certamente estavam ouvindo toda a conversa e Lorde Dare tinha garantido apenas que eram homens dispostos a trabalhar. Ele não dissera nada sobre estarem dispostos a não sair fofocando, caso testemunhassem St. Aubyn a beijando.

— O senhor só está me provocando — respondeu ela, tentando parecer entretida de um jeito debochado.

Ele meneou a cabeça.

— Não, estou dando um alerta. Como disse antes, não faço boas ações de graça. Espero ser pago pelo meu trabalho de hoje.

— Não pedi sua ajuda — retrucou ela antes que pudesse se conter. Minha nossa, ela sabia que não deveria desafiá-lo. St. Aubyn não tinha voltado atrás em nada do que dissera até aquele momento, e desafios como esse só o instigaram a beijá-la ou ridicularizá-la, dependendo de seu humor.

— Não, o que você pediu, minha cara, foi pela minha complacência. E eu me dispus a satisfazê-la, só o diabo sabe por quê. — Um sorriso lento e sensual curvou seus lábios. — Mas eu e o diabo somos bons amigos, Evelyn Marie. Você não deveria tentar nenhum de nós dois em exagero.

Ainda se movendo com aquela tranquilidade traiçoeira, Santo tocou a bochecha de Evie novamente, baixando o olhar para sua boca. Ela engoliu em seco, mas antes que pudesse protestar contra aquela inadequação e informá-lo de que ele *não* iria beijá-la outra vez, os dedos dele escorregaram em uma carícia suave pelo pescoço dela, deslizando para a nuca — e retornaram com seu colar de pingente de pérola preferido.

Ela sequer o tinha sentido abrir o fecho.

— Você… Como…

— Você deveria ver como eu abro um vestido — murmurou ele, erguendo a única pérola suspensa para examiná-la. — Meu pagamento pelo trabalho de hoje. Se quiser de volta, pode pedi-lo a mim esta noite, no sarau de Dundredge. Suponho que estará presente?

— Eu… sim, estarei.

— Então eu também, aparentemente. Bom dia, Senhorita Ruddick. Avise à Senhora Governanta quando terminar sua brincadeira por aqui.

— Eu não estou brincando — ralhou ela, sua voz irritantemente trêmula, enquanto ele desaparecia ao entrar em outro corredor.

Mesmo que ele a tivesse ouvido, provavelmente não se importava. Era difícil sentir raiva, de toda forma, quando a mente dela ainda estava pensando no comentário sobre o vestido. Assim que ele disse aquilo, ela não conseguiu evitar imaginar os dedos dele descendo por suas costas, seu vestido se afrouxando sob o toque habilidoso daquele homem. E aí as mãos dele iriam…

— Ah, pelo amor de Deus — murmurou ela, afastando aquela imagem. Como se ela um dia fosse sucumbir à sedução dele… Ele só estava tentando chocá-la e se divertir, no fim das contas. Ele mesmo tinha dito isso.

Por mais diabólico e charmoso que o marquês pudesse ser quando o desvario o possuía, Evie também o achava perigoso e, como Lady Gladstone havia alertado, muito, muito mau. E se ela queria voltar a ver aquele colar um dia, precisaria se aproximar dele no baile naquela noite. Ele certamente pediria uma dança e certamente garantiria que ela não conseguiria recusar.

Evelyn franziu a testa. Victor com certeza iria matá-la. Bem, isso se o Marquês de St. Aubyn não arruinasse sua vida primeiro.

Capítulo 7

*Estamos entrelaçados — que venha a morte, lenta ou ligeira —
O laço que une resiste ao corte implacável da fiandeira.*
Lord Byron, "Epistle to Augusta"

— Se ele roubou o seu colar, você deveria informar as autoridades e ele precisa ser preso — disse Lucinda em um tom abafado, seu olhar indignado vasculhando a multidão, sem dúvidas em busca de qualquer sinal de St. Aubyn.

Evelyn também procurava por ele, igualmente sem sucesso.

— Suponho que fazer com que ele seja preso mataria dois coelhos com uma cajadada só — ponderou ela em um sussurro, fingindo mordiscar um pedaço de casca de laranja cristalizada. — Eu me livraria de St. Aubyn e faria Victor sofrer uma apoplexia diante de toda a fofoca que isso geraria. Francamente, Luce.

Lucinda riu.

— Só estou tentando ajudar.

— Então seja mais sensata. O que vou fazer? Simplesmente ir até ele e pedir o colar de volta? E se ele estiver com Lady Gladstone, aquela horrorosa?

— Aí você poderia dizer a Victor que estava mais uma vez tentando trazê-la para a campanha da eleição.

Evie começou a responder, mas então fechou a boca.

— Poderia funcionar... — Enquanto ela refletia sobre a ideia, contudo, a realidade a assolou novamente, como fizera a noite toda. — Não, acho que não. Lady Gladstone exigiria saber por que Santo está com meu colar e arrancaria meus olhos com as unhas antes que eu pudesse responder.

— Quem vai ter os olhos arrancados? — perguntou outra voz feminina atrás dela.

Evie arfou, mas logo soltou o ar em um suspiro aliviado.

— Georgie — disse ela, apertando a mão da amiga —, você quase me matou do coração.

O marido alto de Georgiana concordou empaticamente com a cabeça.

— Acontece o tempo todo comigo. — Pegando um punhado de bolinhas de chocolate, ele deu uma para Georgie e enfiou o resto na própria boca. — E os escravos que eu mandei, como se saíram?

— Shh — reprimiu Evie, embora ninguém além dela mesma e de Georgie tenha conseguido entender uma pergunta feita com a boca cheia de chocolate. — É segredo.

O visconde engoliu.

— Sim, imaginei. E por que eu mandei secretamente uma tropa de mão de obra até um orfanato?

A viscondessa franziu a testa para o marido.

— Não é da sua conta, Tristan. Vá incomodar Emma e Greydon.

— Sim, meu amor.

Dando um sorriso e um beijo rápido no rosto da esposa, Lorde Dare se misturou à multidão.

Assim que ele se foi, Georgie baixou o tom de voz para o sussurro conspirador que Evie e Lucinda estavam usando.

— Certo, quem vai ter os olhos arrancados?

— Eu. — respondeu Evie, incapaz de conter um sorriso.

Georgie e Lucinda eram basicamente as amigas mais maravilhosas que ela poderia ter. Qualquer coisa que contasse a elas permaneceria em segredo e Evie sabia que podia confidenciar tudo. Só que isso, contudo, não explicava por que nenhuma delas sabia que ela e St. Aubyn haviam se beijado. Nada, no entanto, poderia explicar uma coisa assim, nem por que Evelyn continuava pensando no assunto com tanta frequência.

— E por quê?

— O Marquês de St. Aubyn roubou o colar de Evie esta tarde — explicou Lucinda — e estamos tentando bolar uma estratégia para reavê-lo que não envolva derramamento de sangue.

— Ele o roubou? Tem certeza?

O divertimento nos olhos da viscondessa havia desaparecido.

— Ele tirou do meu pescoço — contou Evie — e disse que, se eu o quisesse de volta, poderia pedir a ele esta noite.

— Bem, ele obviamente está querendo causar problemas para você. Pelo que ouvi, ele adora esse tipo de coisa.

Georgiana se juntou a Lucinda e a Evie na busca pelo marquês no meio da multidão.

— Sabe, Evie, talvez essa situação esteja além do limite em que seria possível agir com segurança.

Sim. E havia passado do limite no instante em que ela soube do envolvimento de St. Aubyn com o orfanato.

— Não vou me deixar acovardar pelo mau comportamento de outra pessoa — afirmou ela. — Especialmente daquele canalha.

— Mau comportamento, é? — repetiu Luce em um tom reflexivo. — E aí está você, Evie, sem um aluno para a lição…

Georgiana empalideceu.

— Não, não, não! Jamais mandaremos nossa Evie atrás de St. Aubyn. Ele iria arruinar sua vida em um segundo se perceber o que você está fazendo, Evie. Vamos encontrar alguém mais maleável para ser seu aluno.

— Eu… — começou Evie, seu coração palpitando.

— Sim, você tem razão — interrompeu Lucinda, olhando para Evie com empatia. — O aprendiz precisa ao menos ter resquícios de uma alma. Receio, Evie, que Georgiana esteja certa; acho que seu plano do orfanato ficou arriscado demais. Tenho certeza de que você pode encontrar um lugar mais seguro para voluntariar seu tempo.

— E um aluno menos perigoso para instruir — complementou Georgie.

Evelyn olhou de uma para a outra, o barulho do ruidoso salão de baile se tornou apenas um burburinho ao fundo. Suas amigas, suas melhores amigas, esperavam que ela falhasse antes mesmo de ter começado e que ao mesmo tempo a empreitada manchasse sua reputação. Muito provavelmente tinham achado o plano do orfanato um desastre assim que ficaram sabendo dele e o marquês, com sua péssima reputação, dera uma desculpa conveniente, permitindo que elas poupassem seus sentimentos. Bem, se ela de fato seria julgada como inadequada, gostaria de tentar atingir o objetivo primeiro.

— Você tem razão, Luce — disse ela baixinho, perguntando-se se elas podiam ouvir o quanto seu coração batia acelerado.

— Não fique chateada, querida. Vamos começar a procurar uma instituição de caridade mais apropriada amanhã cedinho.

— Não, você tem razão quanto a St. Aubyn ser o candidato perfeito para uma lição de boas maneiras em relação às mulheres. E quanto a eu estar na situação perfeita para ensiná-lo.

Os olhos de Lucinda se arregalaram.

— Não, Evie, eu estava muito, *muito* errada. Se você assumir essa empreitada, não estará trabalhando só para melhorar a estrutura de um orfanato questionável, estará trabalhando em…

— Melhorar St. Aubyn. Eu sei. Acho que eu não poderia querer desafio maior. Não acham?

Georgiana pegou sua mão.

— Tem certeza? Você não precisa provar nada.

— Só para mim mesma — murmurou ela, embora isso não fosse totalmente verdade. — E sim, tenho certeza. Será ou um sucesso espetacular em ambas as questões ou um fracasso catastrófico.

As amigas de Evie continuaram argumentando, tentando convencê-la de que aquele era um risco desnecessário e que tanto o orfanato quanto St. Aubyn estavam simplesmente além de sua capacidade. O problema é que estavam enganadas, e tudo que diziam deixou de fazer sentido quando Santo entrou no salão lotado.

Pela primeira vez, ela reparou em quantas mulheres olhavam para ele pelas costas dos maridos e por trás do resguardo tremulante de seus leques de fitas cor de creme. Ele não podia ter tantas amantes clandestinas assim; não havia tantas noites em uma única vida, acrescentadas ainda as mulheres solteiras de reputação questionável que também se relacionavam com ele. Mesmo assim, os olhares a lembraram do que Lady Gladstone havia dito: que Santo não precisava ser bom porque ele era muito mau.

Todas pareciam desejá-lo, ou ao menos desejavam observá-lo. Seu andar tranquilo de pantera era magnético mesmo quando ele não estava caçando. Com um salão cheio de mulheres dispostas, por que, então, ele estava atrás dela? Ou será que ele só estava se divertindo, como tinha dito? Talvez tivesse o bolso cheio de colares esperando para serem reivindicados por donzelas que ele assediava durante o dia.

— Evie — sussurrou Lucinda em um tom urgente.

Ela se chacoalhou.

— Desculpe, o que foi?

— Ele está aqui.

— Eu sei. Eu vi.

Suas amigas trocaram olhares; Evie fingiu não perceber.

— O que você vai fazer? — perguntou Georgiana.

Evelyn respirou fundo, tentando acalmar seu coração acelerado.

— Pedir meu colar de volta.

— Mas…

Antes que pudesse perder a coragem, Evelyn se afastou delas, indo para a mesa de bebidas. Santo parecia estar se encaminhado para aquela direção e um encontro por acaso levantaria menos suspeitas do que se ela chegasse até ele com a mão estendida.

Quando chegou ao ponto de encontro, contudo, Santo ainda estava a vários metros de distância, pedido uma bebida para um criado. Ela o analisou por trás da proteção de uma escultura de gelo, as asas vitrais do cisne distorciam e alongavam seu peito largo sob o paletó pretíssimo, mas o rosto magro permanecia exposto.

Michael Halboro. Evie se perguntou qual queria seu nome do meio. Saber tão pouco sobre ele tornava qualquer informação mais… significativa do que provavelmente era. Cabelos escuros ocultavam um dos olhos, conferindo a ele uma expressão vulnerável, relaxada. Então seus olhos se ergueram para encontrar os dela, como se ele soubesse o tempo todo onde ela estava, e nesse momento o coração de Evelyn parou.

Qualquer que fosse o jogo ou a brincadeira que ele tivesse em mente, ela era o alvo. Com um sorriso lento, ele dispensou o criado e passou por meia dúzia de outras jovens, sem sequer olhar para elas.

— Boa noite, Senhorita Ruddick — disse ele com sua voz arrastada e seu tom grave de barítono, um som que reverberou pela espinha de Evie. — A senhorita veio.

— Achou que eu estaria escondida debaixo da cama? — retrucou ela com a voz composta e firme, ainda bem.

— Quando penso na senhorita, não é *debaixo* da cama. Faça a pergunta.

Céus. Parados no meio do salão de baile como estavam, sem dúvida dezenas de convidados podiam ouvir cada suspiro daquela conversa. E ela não conseguia pensar em uma maneira de verbalizar sua pergunta sem parecer que tinha feito algo devasso ou impróprio. Ele sem dúvidas contava com aquilo. Qualquer coisa que ela dissesse em seguida poderia ser usada para arruiná-la. Ela *devia* ter se escondido debaixo da cama.

Era melhor resolver de uma vez, então.

— Lorde Dare mencionou que o senhor encontrou um colar no sarau Hanson. Acho que pode ser meu. Posso vê-lo?

Os lábios dele se contraíram.

— Sim, encontrei-o na poncheira — disse ele calmamente, enfiando a mão no bolso. — Seria este aqui?

Evie se sentiu zonza de alívio.

— Ah, muito obrigada, milorde — soltou ela, antes mesmo que ele pudesse exibir o objeto para sua inspeção. — É minha joia preferida e achei que nunca mais fosse encontrá-la.

Ela estendeu a mão.

Santo a contornou.

— Permita-me.

Antes que pudesse fazer qualquer coisa além de engolir em seco e ruborizar ao extremo, o marquês envolveu seu pescoço com a fria corrente e o fechou. Seus dedos tocaram nos fios de cabelo da nuca de Evie e ele se aproximou.

— Muito bem, Evelyn Marie — murmurou ele em meio a seus cabelos. — Agora sorria e diga "obrigada, Santo", ou vou beijar sua orelha.

Se seu coração batesse ainda mais rápido, explodiria no peito. Evelyn sorriu para o nada.

— Obrigada novamente, Santo. Foi muito prestativo da sua parte.

— Você me excita — sussurrou ele — e vai pagar por isso.

Então, ele a soltou e deu um passo atrás.

A lição, lembrou ela freneticamente, fechando os olhos por um breve instante para se recompor.

— Lorde St. Aubyn, o senhor já conhece minha mãe? — perguntou ela, virando-se. — Tenho certeza de que ela também gostaria de agradecê-lo por sua boa ação.

Ele congelou por uma fração de segundo, então a encarou.

— Quer que eu conheça sua mãe? — repetiu ele, a surpresa transparecendo em seus olhos.

Era a primeira vez que Evie o via transtornado.

— Sim. Por que não?

— Posso elencar uns mil motivos — respondeu ele, e então deu de ombros. — Mas, de fato, por que não? Tem sido uma noite bastante pacata até agora.

Sim, a não ser pelo fato de que a reputação de Evie ficou perto de ser arruinada e de que ela ficou mais perto ainda de desmaiar.

— Por aqui, então, milorde.

— Santo — lembrou ele calmamente, posicionando-se ao lado dela e, para pavor de Evie, oferecendo o braço.

— Mas...

— Se vou ser civilizado, então a senhorita também precisa ser.

Sem esperar pela resposta, ele pegou a mão de Evelyn e a dependurou em sua manga preta.

Quando saíram do salão de baile e entraram no salão onde boa parte das matronas da sociedade estava reunida para fofocar e comer doces, Evie percebeu o erro que havia acabado de cometer.

— Santo — sussurrou ela ao avistar a mãe —, ela não sabe que estou trabalhando no orfanato. *Por favor*, não diga nada.

Por um instante, ela achou que ele não tinha ouvido, pois estava ocupado reparando nas expressões chocadas das matronas ao perceberem quem tinha adentrado em seu meio. Então ele a encarou, olhos verdes entretidos e cínicos.

— Por um beijo — murmurou ele.

— Co... como é?

— Você me ouviu. Sim ou não?

Depois que o restante das mulheres se afastou, Genevieve Ruddick estampou um sorriso mortificado em seu rosto fino.

— Evie! O que é que você está...

— Mãe, gostaria de lhe apresentar o Marquês de St. Aubyn. Ele encontrou o colar que eu tinha perdido em uma poncheira no baile Hanson, imagine só. Milorde, minha mãe, a Senhora Ruddick.

— Senhora Ruddick — cumprimentou ele gentilmente, pegando a mão dela. — Acho que eu deveria ter me apresentado dias atrás, quando sua filha e eu…

Ah, não.

— Sim — sibilou ela.

— …dançamos a valsa no sarau Hanson — concluiu ele tranquilamente. — Ela é uma jovem de fibra.

A expressão de Genevieve se transformou em uma carranca, que ficava muito mais natural em seu semblante pálido.

— Impulsiva, eu diria.

Evelyn prendeu a respiração, esperando que o marquês transformasse o comentário em alguma observação insinuante. Em vez disso, no entanto, ele apenas deu um sorriso breve e enigmático.

— De fato.

A apresentação tinha corrido bem, afinal. Talvez tivesse sido a primeira vez que ele fazia isso, mas ainda assim conseguiu ser gentil por quase três minutos. E Evelyn provavelmente já estava abusando da sorte para uma só noite.

— Ah, é a quadrilha? — exclamou ela alegremente. — Prometi essa dança a Francis Henning. Com licença, mãe. O senhor poderia me acompanhar, Lorde St. Aubyn?

Ele não disse mais nada, então Evie decidiu que seria mais prudente ir e esperar que ele a seguisse. Ela mal tinha passado pela porta quando foi puxada pelo ombro e empurrada para a alcova mais próxima.

— O que foi aquilo? — perguntou Santo, fitando-a sombriamente.

— Nada. Eu só queria ver se o senhor seria capaz de fazê-lo. Agora, se me der licença, tenho uma…

Santo esticou um braço, bloqueando a saída dela. Plenamente ciente de que apenas parte de uma cortina os ocultava do corredor e do salão de baile, Evelyn engoliu em seco. As amigas haviam alertado sobre como era perigoso ensinar uma lição a St. Aubyn, mas ela já estava plenamente ciente disso. Podia ser estranho, mas parecia justo tentar remendá-lo se ele pretendia arruiná-la.

— Por favor, saia.

— Um beijo.

— Agora?

Dando um passo adiante, ele encurtou a pequena distância que ainda havia entre eles, de modo que ela teve que levantar a cabeça para olhá-lo nos olhos.

— Sim, agora.

Evie suspirou para encobrir a aceleração repentina de sua pulsação.

— Está bem.

Ele permaneceu onde estava, os olhos fixos nela. Evelyn se perguntou o que ele via nela que o fazia continuar provocando-a daquele jeito. Uma mulher de porte pequeno, com cabelos castanho-avermelhados e olhos acinzentados. Seu rosto novamente foi tomado pelo rubor. Algo mais? Será que ele a achava tão ingênua e inútil quanto suas amigas?

— E então? — sussurrou ela após um instante. — Acabe com isso de uma vez.

Santo meneou a cabeça.

— Você é quem vai me beijar. — Com os olhos semiabertos, ele deslizou o dedo pela pele dela, pouco acima do decote profundo. — Me beije, Evelyn, ou vou encontrar algo mais íntimo para fazermos.

A pele dela pegava fogo ao toque daquele homem. Subitamente, Evie percebeu qual era o problema: ela *queria* beijá-lo. Queria sentir novamente a sensação de quando se beijaram no orfanato.

Lentamente, ele escorregou uma das mangas do vestido dela pelo ombro, seu toque suave e quente enquanto os dedos roçavam no tecido.

— Me beije, Evelyn Marie — repetiu ele em um tom ainda mais suave.

Trêmula e quase sem conseguir respirar, Evie ficou na ponta dos pés e encostou os lábios nos dele. O calor se espalhou por ela quando a boca dele correspondeu ao toque delicado, avivando o enlace com uma intensidade que a fez flutuar. Nenhum beijo a tinha feito se sentir daquele jeito, zunindo e tremendo por dentro.

— Não tenho como ficar de olho nela o tempo todo! — ralhou a voz furiosa de seu irmão de algum lugar muito próximo.

Ela arfou, e Santo jogou o corpo contra o dela, pressionando-a contra a parede. Sua única esperança era que a pouca proteção da cortina fosse suficiente para escondê-los; se alguém a visse ali, sozinha com St. Aubyn e mesmo que houvesse certa distância entre eles, ela estaria arruinada.

— Não espero que você faça isso — retrucou sua mãe, em um tom igualmente ríspido. — Mas foi você quem a trouxe aqui, Victor. Acho que sua irmã enlouqueceu, me apresentando a St. Aubyn.

— Estou achando que ela está tentando arruinar minha carreira política para que eu volte à Índia. Lá está Lady Dare. Pergunte se ela viu Evie. Vou procurar St. Aubyn.

As vozes sumiram, mas Evie não conseguiu relaxar — não com o corpo esguio e rijo de Santo pressionado contra o dela. Talvez devesse sentir-se grata por ele não ter simplesmente a arremessado aos lobos. Se ficassem ali mais um segundo, no entanto, era provável que sua sorte já minguante a abandonaria completamente.

— Santo...

Ele se abaixou para levar os lábios até os dela novamente, as mãos apoiadas na parede. O beijo seguinte foi vigoroso, implacável e muito intenso. Um gemido inevitável escapou de Evelyn antes que ela conseguisse evitar e suas mãos se ergueram para abraçar a cintura dele.

Antes que ela pudesse tocá-lo, no entanto, ele interrompeu o beijo, afastando-se até o outro lado da alcova.

— Você é tão doce — disse ele em sua voz grave, limpando a boca com a mão. — Talvez seja melhor você ficar longe de mim, sabe? Boa noite, Evelyn Marie.

Apoiando-se na parede e tentando recuperar o fôlego e os sentidos, Evelyn pensou que talvez a mãe tivesse razão. Ela devia estar enlouquecendo; agora até mesmo St. Aubyn estava alertando para que ela ficasse longe, e ela só conseguia pensar se o veria novamente no dia seguinte.

Respirando fundo pela última vez, ela ergueu a manga do vestido, se endireitou e voltou para o corredor. Havia um espelho pendurado ao lado da porta de entrada do salão de baile e ela aproveitou para conferir o penteado e garantir que Santo não tivesse removido nenhum artigo de roupa ou seu colar novamente.

Evelyn congelou, olhando para o reflexo de seu pescoço. Um diamante solitário em pingente de prata piscou de volta para ela. Lentamente, trêmula, ela ergueu a mão para tocá-lo. Não era fruto da imaginação. O Marquês de St. Aubyn tinha tirado seu colar de pérola aquela tarde e trocado por um de diamante esta noite. Um colar maravilhoso.

— Minha nossa — sussurrou ela.

Se nada era de graça, o que ele esperaria em troca daquilo? Depois daquele último beijo, parte dela queria descobrir.

—ᴍ—

— St. Aubyn.

Santo não tirou os olhos da mesa de jogos. Ele tinha conseguido se embrenhar no salão de carteado de Dundredge usando a escada dos criados. Não fazia ideia, contudo, de por que estava se dando ao trabalho de também evitar Victor Ruddick. Quase ninguém mais o desafiava naqueles tempos; os sobreviventes tinham alertado o restante da população quanto ao risco de questionar sua honra, fosse uma atitude justificada ou não.

Evelyn Marie, no entanto, tinha efetivamente pedido a ele para não arruinar sua reputação e aquilo o surpreendera a ponto de ele obedecer. Havia, também, a questão de que se ele de fato fizesse isso, ela não estaria mais ao seu alcance. Mas mesmo com essa bela lição dos motivos pelos quais não se deve cortejar moças decentes e virgens, St. Aubyn ainda estava totalmente obcecado por ela.

— St. Aubyn.

Suspirando, ele olhou para trás.

— Sim?

— Você... — Com o maxilar apertado, Victor Ruddick olhou em torno do salão lotado e baixou o tom de voz. — Você viu minha irmã?

— Em primeiro lugar — disse Santo, indicando que queria mais uma carta —, quem diabos é você?

O irmão de Evelyn se apoiou nas costas da cadeira do marquês e se inclinou para frente.

— Você sabe muito bem quem eu sou — resmungou ele — e sabe quem é minha irmã. Ela pode ser terrivelmente tola, mas é uma boa moça. Fique longe dela, St. Aubyn.

A estima de Santo pelo Senhor Ruddick aumentou um pouquinho. Ameaças diretas exigiam coragem, especialmente quando direcionadas a ele.

— Estou fora — informou o marquês aos outros jogadores da mesa, deixando as cartas na pilha de descarte.

Por outro lado, embora ele não soubesse muito sobre Evelyn, já tinha percebido que ela não era nem um pouco tola. Ele se levantou, empurrando a cadeira para trás, de modo que Victor teve que sair do caminho para não ser derrubado. O barulho do salão havia diminuído até restar apenas um burburinho ansioso de conversas sussurradas; mas todos provavelmente sabiam que ele tinha dançado com Evelyn na semana anterior.

— Vamos? — sugeriu ele, indicando a porta para Victor.

— Prefiro não ser visto conversando com você — respondeu Victor, franzindo a testa. — Você não faz bem à reputação de ninguém. Deixe minha família em paz.

— Então pare de mandar sua irmã para conversar com minhas... amigas particulares — retrucou Santo. — Faça você mesmo seu trabalho sujo, Ruddick.

Com isso, ele saiu pela porta e retornou ao salão de baile. Malditos sejam todos os irmãos, maridos e pais. A noite estava perfeita até Victor Ruddick se intrometer. Era interessante, contudo, que ninguém da família de Evelyn soubesse que ela estava fazendo trabalhos de caridade no Orfanato Coração da Esperança. Ele podia tirar proveito disso.

Santo deu um sorriso sombrio. Parecia estar com todas as cartas naquele joguinho. Independentemente do que Evelyn estivesse tramando, era algo centrado no orfanato — o que significava que ele também estava envolvido. No dia seguinte ele aumentaria a aposta um pouquinho para ver se ela ainda queria jogar.

Capítulo 8

Então me sirva o vinho e o banquete;
Que o homem não foi feito para viver sozinho:
Serei sempre aquele leve e insignificante,
Que sorri para tudo e não chora no caminho.
Lord Byron, "One Struggle More, and I am Free"

SANTO ACORDOU SOBRESSALTADO, ARREMESSANDO O objeto mais próximo ao seu alcance — sua bota — na silhueta que espreitava ao pé de sua cama.

— Ai! Sou eu, milorde! Pemberly!

— Eu sei. — Santo voltou a se deitar, puxando a coberta por cima da cabeça. — Vá embora.

— O senhor me pediu que o acordasse às sete e meia, milorde. São exatamente sete...

— Pemberly — grunhiu Santo, começando a sentir o peso do despertar como marteladas em sua cabeça —, vá buscar uma bebida. Agora.

Resmungando uma obscenidade, o valete saiu apressadamente do quarto, safando-se por pouco da segunda bota, cujo alvo eram suas costas. Quando ele bateu a porta, Santo soltou um palavrão e massageou a têmpora.

Aquilo era uma heresia. Se sete e meia era o horário em que as pessoas boas e decorosas se levantavam, ele ficava contente por não ser uma delas. O marquês se sentou novamente, mais devagar dessa vez, e acendeu a lamparina que Pemberly deixara em sua mesa de cabeceira.

Considerando que havia chegado em casa apenas três horas antes e que dormira sozinho — novamente, e pelo décimo-terceiro dia seguido —, Santo concluiu que tinha todos os motivos do mundo para estar de mau humor. Com quase 33 anos de idade, estava acostumado a certa rotina que a maioria das pessoas considerava decadente e pecaminosa — mas que muito provavelmente invejava em segredo. Ele próprio gostava. Bem, ao menos na maior parte do tempo.

St. Aubyn franziu a testa, jogando lençóis e cobertas para o lado e deslizando até a beirada da cama. A matrona do orfanato, qualquer que fosse seu nome, tinha lhe mostrado a agenda de Evelyn para aquela semana. Hoje era o "dia da pintura", ou qualquer besteira afim, e as atividades estavam marcadas para começar às nove da manhã.

Obviamente, ele não precisava estar lá para observar os pintores trabalhando, mas ele sabia que Evelyn estaria lá.

Passando a mão pelos cabelos desgrenhados, St. Aubyn bocejou e se espreguiçou. Dentre todos os muitos casos e amantes com quem compartilhara uma cama ou uma alcova qualquer, ele não se lembrava de nenhuma que o tivesse obrigado se esforçar tanto.

De toda forma, desistir da mocinha recatada estava fora de cogitação. Por outro lado, se ele não a tivesse em sua cama logo, iria explodir. Ou parte dele iria, ao menos. Santo olhou para baixo.

— Pobrezinho — murmurou ele. — Tenha paciência.

Estava vestindo as calças quando Pemberly abriu a porta e espiou dentro do quarto.

— Milorde? Trouxe uísque e café.

— Então entre aqui. E traga também o *London Times* de hoje. Preciso saber quais eventos sociais idiotas vão acontecer esta semana.

Nas últimas duas semanas, St. Aubyn tinha participado de mais eventos sociais do que no ano anterior inteiro. Aguentar aqueles hipócritas duas caras era outra coisa pela qual ele faria Evelyn pagar.

Santo semicerrou os olhos, invocando o aroma de limão dos cabelos dela e a sensação da pele lisa e macia sob seus dedos. Ele havia tido tantas amantes que sequer conseguia lembrar seus nomes e, na maior parte das vezes, o máximo que sentia era um pequeno alívio ao tédio. Era enlouquecedor querer Evelyn Ruddick com tanta ânsia. Ele praticamente chegara ao ponto em que bastava olhar para ela para se dar conta de que era um trouxa por causa disso. Ela não sabia como jogar esse tipo de jogo, obviamente, e ensiná-la levaria tempo. Erguer as saias dela e possuí-la contra uma parede não era mais suficiente; não, a Senhorita Ruddick precisava de uma lição completa.

Sentado diante da penteadeira para fazer a barba, St. Aubyn também percebeu que se quisesse seduzi-la, precisaria começar a dormir melhor. A sedução certamente não envolvia matar o objeto de desejo de susto com olhos vermelhos e cabelos desgrenhados.

— Meu Deus — murmurou ele ao se olhar no espelho, pensando que era melhor que o café com uísque de Pemberly fosse o mais forte que ele já tinha passado na vida.

Quando o valete retornou, trazia consigo tanto o jornal do dia quanto a correspondência do dia anterior. Santo deu uma olhada em tudo, colocando os convites que recebera de lado, em vez de simplesmente jogá-los na lixeira, como costumava fazer.

— O que é isto?

A missiva, lacrada com o selo oficial do Príncipe de Gales, o surpreendeu. Prinny geralmente levava semanas para decidir qualquer coisa. Três dias era um feito extraordinário.

Ele abriu, analisando as letras pouco espaçadas. Prinny o estava convidando para ir a Brighton novamente, aparentemente porque nada enfurecia mais a Rainha Charlotte do que o Príncipe George se relacionando com salafrários como Santo.

O parágrafo seguinte, contudo, causou estranheza.

— Maldição. — O Príncipe George havia comissionado um estudo para a possível expansão do parque. O que significava que o assunto estava a apenas um passo de ir para debate aberto no Parlamento. — Maldição, maldição, maldição.

Sem dúvidas, o príncipe-regente tinha sido impelido a conseguir a aprovação do Parlamento em virtude dos problemas financeiros da coroa, mas fora o próprio Prinny quem mencionara a possível publicidade negativa que apropriar um orfanato acarretaria. Ele obviamente levava sua parca popularidade a sério. Maldição.

Santo se levantou rapidamente, indo até o escritório para redigir uma resposta. Não havia tempo para sutilezas; ele precisava abafar o assunto antes que chegasse ao público e aos ouvidos dos curadores do orfanato. A ideia de que Evelyn talvez descobrisse seus planos antes de ele conseguir o que queria dela deixou seu humor ainda mais sombrio. Escrevendo às pressas, St. Aubyn se ofereceu para cobrir todas as despesas para encontrar e transportar os órfãos para outra localidade, demolir o antigo edifício e ajardinar a área anexada ao parque.

— Jansen! — berrou ele enquanto dobrava e selava a carta, adicionando o destinatário na parte externa.

O mordomo entrou correndo.

— Sim, milorde?

— Mande isto aqui para a Carlton House imediatamente. Certifique-se de que eles saibam que fui eu que mandei.

— Farei isso agora mesmo, milorde.

Santo se recostou na cadeira, limpando a tinta da ponta da caneta. Era só o que faltava — mais uma complicação. O prazo outrora indeterminado para se livrar do Orfanato Coração da Esperança tinha acabado de mudar para "imediatamente", enquanto uma dama politizada pintava salas de aula naquele maldito lugar.

Só havia um curso de ação possível: fazer Evelyn desistir o quanto antes e seduzi-la ao mesmo tempo. Com um sorriso torto, St. Aubyn retornou ao quarto e terminou de se vestir. Talvez pudesse se tornar o próximo projeto dela e se curar daquele desejo estranho antes que ela percebesse o que ele estava tramando. Havia tensões que certamente só Evelyn podia curar. Educá-la seria muito prazeroso, com certeza.

— Não quero ir pra escola!

Ah, céus.

— Não é uma escola, Charles, são só algumas aulas — explicou Evelyn, mantendo o sorriso determinado no rosto. Organizar salas de aula, comprar livros, contratar instrutores… Tudo isso era ótimo, mas se ninguém participasse, o projeto seria um fracasso. E ela, também.

— Mas aulas de quê? — quis saber um dos garotos mais velhos.

— Leitura, em primeiro lugar. E escrita. E aritmética.

— Isso é escola!

— Se alguém contratasse vocês para trabalhar e concordasse em pagar um salário, vocês não iriam querer saber se essa pessoa está realmente pagando o que prometeu? — retrucou ela. — Vocês não gostariam de poder ler o jornal e saber se há vagas disponíveis? Não gostariam de poder ler histórias sobre piratas, índios e soldados corajosos?

O murmúrio de concordância relutante deu esperança a Evie. Embora a duquesa de Wycliffe costumasse lecionar em uma escola para garotas de classe alta, onde todas queriam aprender para serem bem-sucedidas na Sociedade, seus conselhos estavam funcionando. Aquelas crianças queriam comida e roupas, então era necessário usar táticas diferentes.

O que Evelyn não podia contar a elas, mas que tinha começado a perceber logo que as conhecera, era que fatos e figuras eram apenas parte do programa. Mais que letras e números, aquelas crianças precisavam ver que alguém se importava com elas. Era por isso que ela estava tomando tanto cuidado na contratação de instrutores e na organização de salas de aula limpas, alegres e agradáveis.

Evelyn tinha tentado explicar suas ideias ao conselho de curadores, mas aqueles homens pareciam tão dispostos a prestar atenção quanto sua própria família. Bem, o que importava é que, diante da oferta de dinheiro, todos foram convencidos a concordar. O restante cabia a ela. E era assim que ela mesma queria.

Os pelos da nuca se eriçaram, e Evie ergueu os olhos. O Marquês de St. Aubyn estava apoiado no batente da porta, olhando para ela. Percebeu um calor descendo pelas costas, chegando a lugares deliciosos que ela certamente jamais poderia contar a ele. Sentir-se atraída por aquele canalha era uma coisa; admitir seria o mesmo que anunciar que sim, por favor, ela queria que ele a deixasse completamente nua e passasse as mãos por todo o seu corpo.

Como sempre, ele vestia roupas escuras, como se desdenhasse da luz do dia. De fato, a noite parecia muito mais adequada às atividades dele. Evie se levantou e sacudiu o corpo para recuperar a compostura.

— Bom dia, milorde — cumprimentou ela com uma reverência. A mera existência daquele homem já era problemática o suficiente; ela não precisava de devaneios fantasiosos e extremamente sedutores.

Santo retribuiu com uma reverência distraída e elegante. Evie queria um exemplo masculino para os garotos e, por mais que quisesse qualquer um menos o marquês, ele parecia ser o único disponível. O restante do conselho, aparentemente, evitava contato real com os órfãos sempre que possível. As garotas ao seu redor começaram a cochichar e soltar risinhos, e Evelyn franziu a testa. Ela definitivamente teria preferido alguém mais virtuoso, pelo bem de todos. Cavalo dado, no entanto, não se olha os dentes.

— Isso aqui está fedendo a tinta — reclamou ele com uma careta. — Todos para o salão de baile. E abram essas malditas janelas.

Em um rebuliço contente e barulhento todos se foram, subindo ruidosamente as escadas como um rebanho, antes mesmo que Evelyn pudesse contestar.

— Nós estávamos conversando — protestou ela tardiamente. — Agora vou levar mais 25 minutos para reuni-los novamente.

Santo arqueou uma sobrancelha.

— A senhorita tem algum outro compromisso hoje? Um chá ou um recital de música, talvez?

Para falar a verdade, se ela não comparecesse ao chá da Tia Houton aquela tarde, sua família teria certeza de que ela estava aprontando algo.

— Não é essa a questão. Estou tentando ganhar a confiança deles. O senhor não deveria entrar aqui e atrapalhar tudo.

— Causar confusão é o meu forte — disse ele, sorrindo.

Por um instante, Evie parou de respirar. O brilho que transparecia nos olhos verdes de St. Aubyn era genuinamente entretido, e a transformação em seus traços magros e cínicos era... impressionante.

— Percebi — comentou ela, apenas para dizer alguma coisa.

Ele se afastou da porta.

— Onde está seu colar? — perguntou ele, indo até ela.

Evie tocou o pescoço.

— Imagino que ainda esteja com o senhor — respondeu ela, desejando que ele tivesse permanecido do outro lado do cômodo. — E eu gostaria de devolver o que me deu por engano. Não posso aceitá-lo. — Ela tirou o colar do bolso, estendendo-o.

Ele ignorou o gesto e parou diante dela.

— Não pode ou não quer?

Quando o olhar dele a examinou de cima abaixo, Evelyn percebeu que estavam completamente sozinhos. As crianças estavam todas no andar de cima e os trabalhadores, no térreo.

— Ambos, milorde. O senhor...

— Santo — interrompeu ele. — Fique com ele.

— Não. Eu...

— Então jogue fora, ou venda para comprar pão para alimentar os estivadores. Não me importo.

Ela ergueu a cabeça.

— É claro que se importa.

— Não — reiterou ele, pegando o colar da mão dela e colocando-o novamente no bolso de sua peliça. —- Não me importo.

Os dedos dele se demoraram ali, roçando em sua coxa.

— Então... Por que me deu?

Ele colocou a mão direita pelo outro lado da peliça, usando o tecido para puxá-la em sua direção. Evie instintivamente colocou as mãos no peito do marquês para não encostar seu corpo no dele.

— Porque eu quis. Faça outra pergunta.

— Eu... — Ela vasculhou seu cérebro loucamente em busca de algo que não fosse insípido. — O senhor não tem outras coisas para fazer hoje? Mulheres para seduzir, clubes onde se embriagar?

Ele sorriu novamente, menos entretido e mais caloroso ao mesmo tempo.

— O que acha que estou fazendo neste exato momento? — murmurou ele, erguendo as mãos.

O tecido da peliça de Evelyn, juntamente com o vestido, também subiu. Ele deslizou os dedos abertos por suas coxas até a cintura, elevando o vestido acima dos joelhos. Ao mesmo tempo começou a beijá-la, provocando sua boca com os lábios e a língua.

Com os joelhos tremendo, Evelyn arfou e se curvou para trás.

— Pare com isso!

Ela empurrou o vestido para baixo novamente.

St. Aubyn pareceu brevemente frustrado, como se tivesse se esquecido de que a estava provocando. Se é que ele estava provocando.

— Um dia, muito em breve, Evelyn Marie — anunciou ele com sua voz grave e arrastada —, você vai me implorar para continuar.

— Duvido muito.

Ela fez uma careta, o que não foi muito difícil, visto que estava dividida entre fugir correndo e exigir saber o que ele faria em seguida.

— Hum. — Ele a fitou por mais um instante, então voltou à porta. — Fique aqui se quiser, então. Vou subir ao salão de baile.

Santo sumiu pelo corredor. Soltando um suspiro frustrado, Evie olhou para todo o espaço vazio ao seu redor e para as poucas anotações que tinha conseguido fazer. Ela só precisava ignorá-lo, ou, melhor ainda, dizer a ele que ele estava perdendo seu tempo e que suas tentativas de sedução jamais funcionariam.

O problema é que já estavam funcionando. Evie esfregou os próprios braços, tentando conter o arrepio que o toque daquele homem provocara. Ela sabia o nome de pelo menos meia dúzia das supostas amantes dele, mas, mesmo assim, quando ele a olhava, ela não conseguia se lembrar de nada além de como era excitante e tentador beijá-lo.

Lentamente, Evelyn juntou os livros e papéis em seus braços. Havia sido informada sobre a confronto entre ele e Victor na noite anterior e também sabia que St. Aubyn fora sumariamente banido do Almack's e até mesmo de algumas das residências menos piedosas em Mayfair. Ainda que merecesse e por mais que fingisse não se importar, aquilo devia incomodá-lo. Mesmo que gostasse de viver à margem da Sociedade, saber que ele não podia mais ascender se quisesse devia magoá-lo. Ninguém em sã consciência *gosta* de ser um pária.

E que os céus não permitissem que ele encontrasse uma mulher de quem realmente gostasse e com quem quisesse se casar. Com sua reputação, nenhuma mulher decente gostaria de ser cortejada por ele — o mero interesse dele seria a ruína da pobre coitada. Evelyn sabia em primeira mão que até as provocações e tentações mais sutis por parte dele eram perigosas.

Evie saiu do dormitório e se encaminhou para as escadas. Santo estava esperando por ela ali, perfeitamente íntegro, como se não estivesse, poucos minutos antes, erguendo as saias dela até a cintura e enfiando a língua em sua boca. Era o tipo de coisa que provavelmente acontecia todos os dias na vida dele. Talvez ele realmente precisasse das lições de Evelyn e de seu decoro, tanto quanto os órfãos. Sim, escolhê-lo como "aluno" fora uma ótima ideia, não importava o que Lucinda e Georgiana pensavam quanto às chances que Evie tinha de atingir seu objetivo. E aquilo não tinha nada a ver com a maneira como o toque e os beijos dele a faziam tremer.

— A senhorita primeiro, minha brava Evelyn — disse ele, indicando que ela subisse as escadas antes dele.

Ela se lembrou do alerta de Dare quanto a não dar as costas para St. Aubyn, mas ficar cara a cara com ele era, obviamente, tão perigoso quanto. E se ele iria um dia aprender a se comportar apropriadamente, alguém precisava dar o exemplo.

A cada degrau que Evelyn subia, seus sapatos e tornozelos apareciam por um breve instante por debaixo da barra do vestido. Santo ficou um pouco para trás, fascinado pelo vislumbre das pernas dela.

Ele tinha enlouquecido completamente. Era a única explicação. Pelo amor de Deus, tinha visto mais pernas femininas desnudas na vida do que podia contar. Tornozelos virginais delicados eram uma novidade, mas estavam conectados a partes que ele sabia muito bem como funcionavam.

Quase em desespero, ele ergueu os olhos, mas ver o balanço dos quadris e nádegas de Evelyn não ajudou a fazer as calças parecerem mais frouxas. Nem as amantes que sabiam exatamente como dar prazer a um homem o faziam se sentir assim. Ninguém o excitava daquela forma havia muito tempo.

— Nós abrimos as janelas! — gritou um dos garotos do topo da escadaria. — Eles não estão aqui por nossa causa, né?

Evelyn olhou par Santo, franzindo as sobrancelhas.

— Quem está aqui e por causa de quem?

— A senhorita vai ver.

— Não tenho certeza se quero ver — murmurou ela, e ele sorriu. Qualquer coisa que a fizesse pensar nele e a distraísse do seu projeto só podiam ajudá-lo.

Chegaram no andar de cima e o marquês a alcançou quando ela adentrou as amplas portas duplas do antigo salão de baile. A tinta e o papel de parede estavam descascando e duas das janelas agora abertas estavam quebradas, mas o piso de madeira estava relativamente em bom estado. Evelyn não estaria reparando em nada daquilo, contudo. Sua atenção estaria voltada para as figuras sentadas no outro lado do salão, com crianças barulhentas rodeando-as.

Ela se virou para ele.

— Uma orquestra?

— Pensei que seria um belo mimo — explicou ele em seu tom mais inocente. Ao menos ele esperava que soasse inocente; havia muito tempo que não tentava utilizar esse recurso.

— Bem, é uma surpresa — admitiu ela. — Mas como vou conversar com as crianças com uma orquestra tocando? O senhor não deveria...

— Pede pra eles tocarem, Lorde St. Aubyn!

Santo conteve um sorriso. Quanto mais frustrada Evelyn ficasse, melhor para ele.

— Você ouviu o garoto — disse ele, erguendo o tom de voz para ser ouvido pelo bando de órfãos. — Toquem uma valsa.

— Uma valsa? O senhor não pode...

A música começou com um floreio barulhento. As crianças gritaram e começaram a pular e girar pelo salão. Parecia uma cena de um purgatório. *Perfeito.*

— A música acalenta o peito dos selvagens, não é? — comentou ele, observando a frustração e a decepção se espalhar pelo rosto expressivo de Evelyn.

— Eles não são selvagens — ralhou ela. — São crianças.

— Eu estava falando de mim mesmo, para ser sincero. — Santo observou os rodopios dos pequenos pelo salão. — Mas tem certeza disso?

— Sim. Agora, faça-os parar de tocar, ou eu farei.

Ele deu de ombros.

— Como quiser. Mas acho que devo alertá-la de que, com isso, talvez a senhorita se torne um tanto impopular.

Para sua surpresa, lágrimas se acumularam nos olhos cinza-claro de Evie.

— Está bem — concordou ela com um sorriso delicado. — O senhor tem razão; eles merecem um pouco de diversão. Deus sabe que marchar para lá e para cá é mais interessante que aritmética.

Droga. As mulheres tentavam sensibilizá-lo com lágrimas o tempo todo, e Santo considerava a atitude egoísta e manipuladora. Evelyn estava lutando contra lágrimas, contudo, e se virou de costas para que ele — e os órfãos — não as vissem.

— Talvez possamos ensiná-los a contar até três — sugeriu ele, segurando o ombro dela e virando-a novamente para ele. — Dance comigo.

— O quê? Não! O senhor...

— Ora, vamos, Evelyn Marie. Mostre a eles como aritmética pode ser divertida.

Antes que ela pudesse protestar novamente, ele envolveu sua cintura fina com o braço, segurou sua mão e a conduziu à valsa. Ela teria se afastado, então ele começou a contar em voz alta, bailando em meio às crianças.

Ela dançava bem e quando suas preocupações focaram algo diferente do potencial escândalo de ser vista na companhia dele, ela relaxou, entregando-se à dança com uma alegria vivaz que ele não conseguia deixar de apreciar.

— Um, dois, três — contou ela, fazendo coro com Santo. — Um, dois, três. Vamos lá, pessoal! Juntem-se a nós! — Evelyn sorriu para ele e seu coração palpitou estranha e desagradavelmente. — Dance com uma das garotas — instruiu ela, livrando-se dos braços dele. — Vamos ensinar todos eles.

Antes que ele pudesse reclamar que pretendia dançar apenas com ela, Evelyn pegou um dos garotos mais novos. Enquanto Santo observava, o rapazote pisou no pé dela, mas Evie apenas riu.

Aquilo não estava certo. A orquestra estava ali para atrapalhar quaisquer planos que ela tivesse e dar a St. Aubyn a oportunidade de tomá-la em seus braços. E agora, incomodado com as lágrimas dela, ele aparentemente a tinha inspirado a ensinar a valsa a cinquenta órfãos que nunca haviam visto uma partitura, muito menos dançado seguindo a melodia.

Ela passou girando por ele novamente, com um garoto em cada braço dessa vez.

— Vamos lá, milorde, não seja tímido! — provocou ela, rindo. — Escolha uma parceira!

— Eu tinha escolhido — resmungou ele.

Despistado por uma mocinha recatada. Aquilo era vergonhoso. Suspirando, ele escolheu uma das meninas e a ensinou a dançar.

— Não, a questão, Donald, é que propor qualquer tipo de legislação será inútil se não tivermos os votos para respaldá-la.

Victor Ruddick se recostou no coche lotado, mantendo no rosto a expressão plácida e interessada que praticava há semanas. Queria conseguir uma audiência com o Príncipe George desde que retornara da Índia, mas não tinha imaginado encontrar o príncipe-regente com outros cinco possíveis representantes da Câmara dos Comuns enquanto Prinny se encaminhava para um compromisso no Hoby's. Ao menos ninguém parecia estar jogando tomates podres no veículo hoje.

— Mas se propusermos a legislação, Victor — insistiu Donald Tremaine, o suor escorrendo por sua testa protuberante —, ao menos será uma demonstração de que estamos determinados a vê-la ter êxito.

Ele resistiu à vontade de secar a própria testa; o dia já estava quente o bastante para quem não estava enfurnado naquele veículo fechado sem um príncipe obeso e sua agitada comitiva.

— E de como ficaremos tristes em vê-la fracassar.

— Esse é o espírito — elogiou o príncipe-regente, aplaudindo. — Se ao menos o maldito do Pitt sucumbisse... Seríamos um verdadeiro triunfo.

Se ao menos o apoio do Príncipe George garantisse um voto, talvez tivéssemos êxito, pensou Victor silenciosamente. Era provável que sua carreira fosse por água abaixo se ele fosse visto na companhia daquele velho tolo, mas um candidato ao Parlamento que não bajula o príncipe-regente tem pouquíssimas chances de ingressar na Câmara.

Gritos e música entraram pela minúscula janela aberta do coche.

— Cocheiro, pare! — ordenou Prinny, batendo no teto do veículo com a bengala. — Que rebuliço é esse?

— Não sei, Sua Majestade — foi a resposta abafada.

Ao comando do príncipe-regente, Tremaine abriu a porta, saindo para tentar localizar a origem do barulho.

— Será que é uma rebelião? — perguntou o Príncipe George, o rosto redondo marcado pela preocupação.

— Duvido muito, Sua Majestade — tranquilizou Victor. — Não ouvi falar de nenhum tumulto durante toda a Temporada.

Não em Londres, ao menos, embora ele tenha omitido essa parte. Fazer o príncipe-regente sofrer uma apoplexia seria o equivalente ao suicídio político.

— Está vindo de lá — desvendou Tremaine, apontando. — Do... Orfanato Coração da Esperança. Todas as janelas do andar superior estão abertas e parece que eles estão fazendo um sarau ou algo do tipo. Consigo ver crianças saltitando pelo salão.

O príncipe-regente relaxou visivelmente.

— Ah, nada com que se preocupar, então. Deve ser St. Aubyn, sem dúvidas leiloando alguns móveis antes de demolir o edifício.

Victor franziu o cenho. Aquele maldito marquês novamente.

— Eu poderia perguntar, Sua Majestade, por que St. Aubyn destruiria um orfanato?

— Ele é o presidente do conselho de curadores. Ofereceu o terreno de graça para mim se eu permitir que ele destrua o edifício. Ainda não sei o que ele ganharia com isso, mas vou descobrir — afirmou, e depois, rindo, acrescentou ao vento na direção do orfanato: —Você não é mais esperto que eu, St. Aubyn! Agora, vamos seguir adiante?

Victor se recostou no banco enquanto o coche voltava a se locomover. Aquela informação não era nada surpreendente, mas ele ficava feliz por tê-la ouvido de toda forma. Qualquer que fosse o joguinho que Evie achava estar fazendo, tentando se vingar dele por alguma coisa ao encorajar uma aproximação de St. Aubyn, iria por água abaixo assim que ela e seu coração mole soubessem que o marquês iria deixar aqueles órfãos desabrigados. E, para Victor, seria ótimo se Evie não quisesse mais ter contato com Santo. Mais que ótimo. Seria perfeito.

Capítulo 9

*Em segredo nos encontramos
Em silêncio, me ponho a chorar,
Por teu coração permitir que esqueçamos,
Teu espírito poder enganar.*
Lord Byron, "When We Two Parted"

APESAR DA INTERRUPÇÃO PROVOCADA PELO baile improvisado, Evelyn concluiu que com certeza tinha feito progresso. De certa forma, o sarau surpresa de St. Aubyn tinha até ajudado sua causa: uma dúzia de garotas veio até ela pedindo lições de valsa.

Evie hesitara por um breve momento. Por mais que talvez quisesse proporcionar a elas essa experiência, as chances de que um dia fossem convidadas para um sarau de verdade eram absurdamente remotas. Quase imediatamente, no entanto, e a despeito do olhar cínico que Santo lhe lançara do outro lado do salão, ela percebeu que as aulas de dança eram secundárias. As meninas queriam atenção, o que, graças a seu projeto, ela podia prover em abundância.

— Vamos oferecer essas aulas, então — prometeu ela. — Começando amanhã, para quem quiser aprender, menino ou menina.

— Mas e hoje? — perguntou a pequena Rose, parecendo arrasada.

Evelyn tinha a sensação de que já tinha passado tempo demais ali. Ela realmente gostava da Tia Houton, mas, tanto quanto a própria Evie, a marquesa não iria gostar nada de ser alvo da ira de Victor ou de Lorde Houton.

— Faltam poucas horas para amanhã.

— A Senhorita Ruddick tem coisas importantes a fazer — acrescentou o marquês com sua fala arrastada.

— E a gente não é importante — disse um dos garotos mais velhos, que Evie achava ser Matthew, ecoando o cinismo e o tom de Santo quase à perfeição.

Ela precisava desesperadamente melhorar o comportamento de Santo, se ele seria o modelo exemplar daqueles garotos.

— É claro que vocês são importantes — garantiu ela. — Mas prometi que compareceria a um compromisso esta tarde e eu sempre cumpro minhas promessas. Rose, você será minha primeira parceira amanhã, e, Matthew, você será o segundo.

Pelos empurrões e assovios, Evie tinha causado impacto, afinal de contas. A pequena Rose saltitou até ela e abraçou suas pernas.

— Obrigada, Senhorita Evie.

— Por nada — respondeu ela, sorrindo. Tinha sido um bom dia, afinal.

Ela observou a expressão sombria de Santo. Qualquer que fosse seu plano com a orquestra, ele tinha falhado, o que, muito provavelmente, era melhor.

— Mas também deveríamos agradecer a Lorde St. Aubyn, por ter organizado isso tudo — disse Evie.

Ele assentiu e as crianças pareceram entender o gesto como um sinal para voltar para os dormitórios ou sair para o antigo quintal para brincar. Bem, ao que parece também tinha conseguido dar uma lição a ele: uma dama sempre aprecia boas ações, independente da motivação por trás do gesto.

— Foi muito bondoso da sua parte — disse ela, pegando os livros e papéis que tinha deixado de lado.

— Um deles roubou seu broche — disse ele, alcançando-a na porta.

Evelyn colocou a mão em sua gola.

— Não percebi! Tem certeza?

— O garoto alto, de cachecol vermelho.

— Você sabe o nome dele?

— Você não?

— Sei, é Randall Baker. Por que não o impediu?

O marquês deu de ombros.

— Essa brincadeira é sua, não minha. Mas vou pegar de volta.

— Bem, se ele roubou é porque precisa mais do que eu.

Santo ergueu uma sobrancelha.

— Você por acaso é mártir ou coisa assim?

— Não, não sou. Só não preciso do broche.

— Mas o colar você quis de volta.

— Porque *você* não precisava dele. E isso não é uma brincadeira para mim. Você ainda não percebeu?

Ninguém podia ser tão insensível assim. Nem mesmo St. Aubyn.

— Tenho certeza de que você adora ser vista por eles como uma salvadora vestida de musselina verde, Evelyn — respondeu ele —, só que nada disso é novidade para essas crianças.

— Como é?

Ele olhou para ela enquanto começava a descer as escadas.

— Assim que se cansar de ser idolatrada, você também irá embora.

— Não estou aqui para ser idolatrada.

Ele a ignorou.

— Minha mãe também costumava visitá-los, na primeira terça-feira do mês.

— Ah, é? A marquesa era bastante virtuosa, então. Você deveria se orgulhar por ela se dedicar aos necessitados. O que…

Santo bufou.

— Ela e as amigas de bordado faziam toalhas de mesa para os jantares de fim de ano.

— Ainda assim, ela contribuía com alguma coisa — insistiu Evie, enquanto descia as escadas atrás dele. Se Santo estava tentando insinuar que ela se comportava da mesma forma, ela não estava gostando nada.

— Sim, contribuía. Dizem os rumores que dois ou três dos antigos internos daqui eram bastardos do marido dela, o que talvez estivesse relacionado com o interesse dela, afinal. Suponho poder dizer que meu pai também contribuiu com alguma coisa para este maldito lugar, não é mesmo?

O calor se espalhou pelo rosto de Evie. Homens não deviam ter esse tipo de conversa com damas de boa família.

— Algum deles é seu? — perguntou ela mesmo assim, surpresa com a própria audácia.

Aparentemente, ele também ficou surpreso, pois se virou para encará-la.

— Não que eu saiba — respondeu ele após um instante. — Não vou contribuir para minha própria ruína.

— Então por que está aqui?

— Hoje? Porque eu quero você.

Ah, meu Deus.

— Não, por que faz parte do conselho de curadores?

— Ah. Eu já disse. O testamento de minha mãe estipulava que duas mil libras por ano e um membro da família Halboro fossem dedicados ao Orfanato Coração da Esperança.

— Mas...

— Eu estava cansado de ver outros curadores comprando carruagens e bancando amantes com o dinheiro da família.

— É claro, compreendo.

— Todos nós tiramos algum benefício de lidar com orfanato — continuou ele, dando um sorriso cínico. — Meu pai conseguia sexo, minha mãe podia contar para as amigas como sua vida era caridosa e trágica e o restante do conselho embolsa o que consegue afanar dos recursos e ainda ganha um agradecimento anual do prefeito de Londres.

— E o que você ganha?

— Pago minha penitência. Estou ajudando órfãos, no fim das contas. Isso não evita que eu vá para o inferno? O que você ganha com isso, Senhorita Ruddick?

Se ela contasse a ele, ele simplesmente riria.

— Você não sente nenhuma... satisfação — perguntou ela lentamente — ao garantir que essas crianças estejam alimentadas e vestidas? Se a supervisão dos recursos não passasse por você, talvez elas estivessem nas ruas.

— O que me dá satisfação — retrucou ele — é ver Timothy Rutledge e os outros abutres tentando, semana após semana, fazer passar algum esquema para desviar dinheiro ou algo do tipo e serem reprimidos por mim. — Ele subiu os degraus que os separavam. — Talvez você devesse me olhar com um pouco mais de compaixão, no fim das contas, Evelyn. Ao menos eu não roubo dos pirralhos.

— Não acredito em uma palavra do que você disse — declamou ela com toda a convicção que ainda tinha. — Você só está tentando me chocar e me convencer a ir embora.

— Não. Só estou tentando convencê-la de que se é satisfação o que você busca, existem meios melhores de chegar lá. Não importa o que você faça aqui, não vai fazer diferença alguma. Nunca faz. Sempre haverá outro nobre contribuindo com a população sujismunda da cidade.

— Isso não é verdade!

Santo esticou o braço para tocar o rosto dela em um gesto despreocupado e íntimo.

— Por que, em vez de salvá-los, você não tenta me salvar? — murmurou ele.

Ah, se ele soubesse...

— Parece-me — disse ela, tão furiosa e frustrada com a interpretação insensível dele de tudo que sua voz tremia — que a única maneira de o salvar seria não satisfazer suas vontades carnais. Então, por favor, sinta-se à vontade para pensar que eu *já estou* tentando salvá-lo. — Ela passou por ele apressadamente. — Tenha um bom dia, milorde.

O riso grave e confiante dele fez Evelyn retesar a postura.

— Eu a beijei, Evelyn Marie. E você retribuiu. Você não é tão casta quanto pensa que é.

Ela parou na base da escadaria.

— E apesar de não gostar deste lugar, você continua alimentando essas crianças, Michael. Então talvez não seja tão terrível quanto pensa que é.

Santo a observou atravessar o corredor.

— Tem razão — murmurou ele. — Sou pior.

Evelyn entrou pela porta da frente da Residência Ruddick bem a tempo de escutar o relógio marcar uma hora. Com a respiração ofegante, ela trocou seu *bonnet* matinal com Langley pelo *bonnet* vespertino e pela sombrinha.

— Boa tarde, mãe — cumprimentou ela quando Genevieve Ruddick começou a descer a escadaria quadrada. — Está pronta para nosso chá?

— Você passa tempo demais com Lucinda Barrett — reclamou a mãe, lambendo o dedo para enrolar uma última mecha de cabelo louro em sua testa.

— Eu sei, mãe. Perdi a noção do tempo. Peço desculpas — disse Evie com um sorriso largo.

— Sim, bem, fique feliz por Victor não estar em casa. Estremeço só de pensar em como ele reagiria se você perdesse outro chá.

— Não se preocupe. Não pretendo deixar que isso aconteça. Vamos?

Genevieve parou à porta para olhar com desconfiança para o rosto de Evelyn.

— Você está extremamente ruborizada, Evie — disse ela. — Tem certeza de que está bem?

— Só estou um pouquinho sem fôlego por ter vindo às pressas.

E um pouco atordoada depois da última conversa com St. Aubyn.

— Espero que seja apenas isso, mesmo. Eu não aguentaria se você causasse uma cena ao desmaiar, ou algo assim.

Evie pegou o braço da mãe para guiá-la até o coche.

— Não vou desmaiar. Prometo.

— Ótimo. Precisamos causar a melhor impressão possível hoje, pelo bem do seu irmão. Os chás de sua Tia Houton se tornaram bastante famosos nos círculos da política, sabia? Muitas carreiras foram edificadas ou destruídas durante um chá com biscoitos. E, por favor, não mencione suas teorias sobre educar os pobres. Não é o momento nem o local para isso.

— Sim, mãe. — Hoje, na verdade, era um pouco mais fácil concordar com aquela exigência em particular. Ela não precisava falar sobre o assunto, pois já estava tomando uma atitude. — Nada de discussões sobre qualquer coisa progressiva, a menos que beneficie Victor.

— Precisamente.

Mesmo que agora sentisse um pouco mais de autoconfiança, a tarde foi quase intolerável para Evie. A maioria das mulheres era parecida com a descrição que St. Aubyn dera da mãe dele — compassiva e solidária, desde que não exigisse esforço algum e não causasse nenhuma inconveniência pessoal. Aquilo levava a outra questão: se essa atitude era tão comum, por que parecia perturbá-lo tanto, especialmente considerando que ele afirmava não se incomodar com nada?

— Você está quieta esta tarde — comentou Lydia Barnesby, Lady Houton, sentada no sofá ao lado de Evelyn com a saia esparramada ao seu redor como uma onda suave e graciosa. — Você é sempre quieta nesses eventos, mas hoje nem sequer está resmungando de indignação.

— Não estou resmungando como um todo — corrigiu Evie, dando um leve sorriso. — Sempre temo que qualquer gafe minha possa arruinar as ambições políticas de Victor.

— Você não deveria pensar assim, minha querida. Duvido que seria capaz de causar sozinha a ruína de seu irmão. Eu não permitiria que isso acontecesse em um dos meus chás, para começar.

— Isso me conforta — admitiu Evie. — Como a única utilidade que ele tem para mim é ser encantadora para seus amigos políticos, eu me sinto um tanto… coadjuvante aqui, de toda forma. — Ela baixou o tom de voz. — Acho que ninguém nem repara que estou presente.

Sua tia se aproximou.

— Isso não é totalmente verdade. Eu, por exemplo, queria mencionar que você está com uma mancha na saia. Parece ser uma marca de mão. Uma mão pequena.

Evelyn empalideceu.

— Ah! Bem, Luce e eu fomos caminhar esta manhã e encontramos três crianças adoráveis com a gover…

— Você visitou aquele orfanato de novo — acusou Tia Houton baixinho. — Mesmo que eu tenha alertado sobre como isso pode ser perigoso. Aquelas crianças sofrem de tudo quanto é tipo de doença e, segundo seu irmão, a maioria é criminosa.

— Não é perigoso… Ah, pelo amor de Deus...

Bem, só se não levarmos St. Aubyn em consideração.

— Se você fosse casada, talvez seu marido permitisse que você fizesse algum tipo de contribuição financeira para a instituição. Mas sendo uma dama solteira da sua estirpe, e se tratando de uma instituição para pessoas comuns e fora de Mayfair… Simplesmente é algo que não se faz, Evie.

Evelyn tentou parecer desgostosa e envergonhada, em vez de irritada.

— Eu sei.

— Prometa que você não irá mais lá.

Droga.

— Prometo.

Mas ela cruzou os dedos debaixo da xícara de chá, só para o caso de alguém estar prestando atenção.

Quando Santo entrou no salão principal da Câmara dos Comuns, o burburinho subsequente veio como uma onda, aumentando de volume à medida que se aproximava e enfim quebrando em cima dele. Era verdade que já fazia quase um mês desde sua última visita, mas todos sabiam que ele aparecia por lá de tempos em tempos, caso contrário alguém sempre tentava declará-lo morto ou incapaz a fim de confiscar suas consideráveis propriedades em nome da Coroa.

Por um instante, ele pensou em se acomodar em seu lugar de costume, ao lado de Dare e Wycliffe, os menos ofensivos dentre aqueles homens. Ambos conheciam Evelyn, contudo, e ao menos Dare parecia ter sido compelido a ajudar a "decência em pessoa". Ele pausou. Por outro lado, ambos *conheciam* Evelyn.

— O que perdi? — perguntou ele baixinho, sentando-se ao lado de Dare.

— Hoje ou no último mês?

— Silêncio, seus inúteis — sibilou o velho Conde Haskell, virando-se para encará-los com olhos raivosos.

— Tem saliva no seu queixo, Haskell — retrucou Santo. — Ainda tem algum dente nessa boca, aliás?

O rosto do conde ficou vermelho como um pimentão.

— Imbecil — grunhiu ele, levantando-se. Os homens dos dois lados dele seguraram seus ombros e o fizeram se sentar novamente.

— Estamos discutindo as dívidas de Prinny novamente — esclareceu Wycliffe.

Droga. Provavelmente ele não deveria estar ali. Se Prinny ou um de seus outros conselheiros tivesse aberto a boca, as coisas poderiam ficar feias.

— O mesmo disparate de sempre, então? — disse ele, pegando emprestado um papel de Dare para rabiscar no verso.

— Parece que sim. Se não fossem as cusparadas ocasionais, eu estaria dormindo na cadeira. — Dando um sorriso frouxo, o visconde se inclinou para frente. — Fico feliz que esteja aqui, para falar a verdade. Isso me poupa o trabalho de ir atrás de você.

— Achei que tivesse cortado laços comigo. — Santo percebeu que o rosto que estava desenhando tinha começado a parecer familiar e rapidamente acrescentou um bigode e um chapéu de pelo de castor. Evelyn Ruddick não o deixava em paz, mesmo quando não estava presente. — Toda aquela besteira de casamento e tudo mais.

O sorriso do visconde apenas se alargou.

— A domesticação tem seus pontos positivos. — Ele baixou ainda mais o tom de voz. — É por isso que eu estava procurando você, aliás. Fui incumbido de pedir que pare de importunar Evie Ruddick.

Aquela estava longe de ser a primeira vez que lhe pediam para ficar longe de uma mulher, mas, geralmente, isso só acontecia depois que as coisas tinham ficado mais complicadas do que divertidas. Desta vez, contudo, ele estava sedento pela garota e extremamente frustrado com seu fracasso.

— E o aviso veio da mesma moça que ano passado foi flagrada com sua delicada mãozinha dentro das suas calças?

Os olhos de Dare se estreitaram, o humor desapareceu de sua expressão.

— Tem certeza de que quer agir dessa forma comigo?

St. Aubyn deu de ombros.

— Por que não? Ajo assim com todo mundo.

— Você está falando da minha esposa, St. Aubyn.

— E da minha prima — murmurou o grandalhão Duque de Wycliffe, com uma expressão tensa e irritada.

— Entendo. — Fingindo indiferença, ele se levantou. Dare e Wycliffe juntos eram fortes o suficiente para que ele não quisesse brigar dentro da Câmara dos Comuns, embora tivesse encarado o conflito em qualquer outro lugar. — Por que você não pergunta à Senhora Ruddick se ela quer que eu a deixe em paz ou não? Até então, desejo aos dois machos domesticados um bom dia.

Do outro lado do corredor, Lorde Gladstone o fitava com olhos furiosos. Muitos maridos não pareciam nada contentes em vê-lo, para falar a verdade. Enquanto ia embora, ocorreu a ele que Fatima, Lady Gladstone, provavelmente estaria recebendo visitas àquela hora do dia e que, se ele quisesse aliviar um pouco suas tensões, ela certamente estaria disposta a ajudá-lo.

Ao mesmo tempo, ele sabia que não sentiria prazer algum; estava concentrado em uma presa diferente, mais complicada. Quando se deseja um faisão, é impossível se contentar com frango.

Seu faisão estava participando de algum chá, pelo que ele tinha conseguido arrancar dela. Apenas mulheres e, em sua maioria, velhas e enrugadas. Apenas uma minoria das garotas que frequentavam eventos políticos conhecia outras formas de se divertir.

Como não era nem garota, nem interessado em política, St. Aubyn foi para casa.

— Jansen — disse ele ao mordomo enquanto tirava o paletó —, existe algo aqui com o qual eu possa me entreter?

— Ah, o senhor está se referindo a… companhia feminina, milorde? Receio que nenhuma tenha aparecido por aqui hoje.

— Não, não estou falando de mulheres — respondeu ele, franzindo a testa. — Você sabe, coisas que as pessoas, os homens, fazem para passar o tempo quando não estão na cama com alguma mulher.

— Ah. — O mordomo olhou para trás, mas se havia algum outro criado por perto, já tinha desaparecido. — Bem, o senhor tem a biblioteca lá em cima e…

— Tenho?

— Sim, milorde

— Com livros?

Jansen já tinha percebido que o marquês estava caçoando dele, mas pareceu aceitar a brincadeira com sua serenidade habitual.

— Sim, milorde.

— Hum. Não estou com muita vontade de ler. Algo mais que você sugira?

— Bilhar, talvez?

— Bilhar. Você joga, Jansen?

— Eu… Eu não sei, milorde. Jogo?

— Agora, joga. Venha.

— Mas a p…

— Gibbons ou outra pessoa pode cuidar da porta.

— Não há nenhum empregado chamado "Gibbons", milorde.

Santo parou no meio da escadaria, escondendo o sorriso com outra carranca.

— Ora, ora. Então me lembre de contratar alguém chamado Gibbons, certo?

— Sim, milorde.

— E não pense que você se safou de jogar bilhar. Venha.

Ele torturou o mordomo por mais ou menos uma hora, mas não foi tão divertido assim e o marquês não conseguiu evitar começar a sentir pena de

Jansen. Influência de Evelyn, sem dúvida. Ela parecia ser capaz de fazer uma estátua ter coração mole. Bem, ele não era uma estátua e um ou dois beijos certamente não o transformariam em um Dare ou Wycliffe. Pelo amor de Deus, eram sete horas da noite e ele estava em casa jogando bilhar com o maldito mordomo.

— Mande Wallace selar meu cavalo — ordenou ele, jogando o taco na mesa.

Jansen quase desmaiou de alívio.

— Imediatamente, milorde. O senhor retornará para o jantar?

— Não. Com sorte, não retornarei esta noite.

Ele jantou no clube Society e se sentou para participar de um jogo de faro com Lorde Westgrove e dois cavalheiros que nunca tinha visto. Aquilo era perfeito; a maioria dos homens que o conheciam hesitava em jogar com ele.

— Pois então — começou o mais jovem e mais corpulento deles —, meu tio Fenston disse que o Society estaria abarrotado de nobres e solteirões. Parece um tanto… vazio esta noite, se me permitem dizer.

Westgrove grunhiu ao perder mais dez libras para o banco.

— Está acontecendo um evento no Almack's. Mais um bando de frangas debutantes vai ser apresentado à Sociedade. Todos os predadores foram sondar os bolsos mais cheios.

— Caramba — disse o mais velho e mais magro deles. — O Almack's. Sempre quis ir lá.

— Por quê? — desdenhou Santo, fazendo sua aposta.

Ele tinha esquecido que era quarta-feira, dia dos eventos do Almack's. Imaginou que seu faisão certamente estaria lá, fazendo reverências, sorrindo e contando a todos como tinha enganado St. Aubyn, como o fizera permitir que ela entrasse em seu maldito orfanato. Mas não. Evie queria manter aquilo em segredo.

— Todo mundo vai ao Almack's, não vai?

— A limonada é sem graça, não servem bebida alcoólica, não há salões de jogos, apenas velhas comentando desaprovações por todo lado, e se toca uma valsa a noite toda, é muito. Esse é o Almack's. Você não está perdendo nada.

Westgrove riu, um som que se transformou em uma tosse seca.

— Não liguem para ele, rapazes. Ele só está dizendo isso porque foi banido de lá.

— Banido? Mesmo? Por quê?

— Por ser inteligente demais — resmungou St. Aubyn, desejando que Westgrove calasse a boca. Ele não estava ali para entreter dois caipiras em busca de uma experiência cosmopolita.

— Por ter relações sexuais com Isabel Rygel no depósito, pelo que me lembro.

— Re... Sério?

— Não. — St. Aubyn ergueu os olhos e fez sua próxima aposta. — Porque certamente não ouve penetração. Estimulação oral, talvez, mas penetração, não.

— Espere aí! — exclamou o jovem corpulento. — Quem você disse que era, mesmo?

— Eu não disse.

— Este, meus caros — anunciou o visconde —, é ninguém menos que o Marquês de St. Aubyn.

— Você é *o Santo*? Dizem que você matou um homem em um duelo. É verdade?

— Provavelmente — respondeu St. Aubyn, indicando para o crupiê com um movimento da cabeça que estava de saída. — Mas tenho certeza de que ele mereceu. Boa noite, cavalheiros.

— Mas...

O ar gelado da noite era agradável em seu rosto e St. Aubyn partiu em sua montaria em busca de jogos com menos falatório. Àquela hora da noite, a festa no Almack's estaria em seu auge, provavelmente com uns cinquenta homens esperando na fila para serem encantados por Evelyn Marie Ruddick.

Quando deu por si, estava com o cavalo orientado rumo ao norte. Após algumas quadras, parou diante do ordinário edifício de tijolos para olhar na direção das janelas iluminadas. A música pairava na brisa fria, sem abafar totalmente o burburinho das conversas.

Ela estava lá dentro. Ele sabia e aquilo o frustrava. Evelyn podia ir a lugares aos quais ele não era bem-vindo. Lugares decentes, abafados, hipócritas e entediantes, mas, pela primeira vez, St. Aubyn não conseguia se convencer de que era melhor assim. Ele tinha sido banido do Almack's havia cinco anos e, até esta noite, aquilo nunca o incomodara. Até esta noite.

Evie abriu as cortinas, tentando inspirar um pouco de ar fresco e puro. Qualquer que fosse a temperatura do lado de fora, o Almack's sempre parecia abafado. Um cavalo e seu cavaleiro estavam parados em meio à escuridão do outro lado da rua e, por um instante, ela pensou que pareciam vagamente familiares. Antes que pudesse ter certeza, contudo, já tinham ido embora. Mesmo assim… Evelyn chacoalhou o corpo para voltar a si. St. Aubyn jamais estaria nas proximidades de um local decente como o Almack's. E ele não teria motivo algum para ficar espionando de fora esta noite, de qualquer maneira.

— Evie, você está me ouvindo?

Ela piscou e deixou que as cortinas escorregassem de seus dedos.

— Desculpe, Georgie. O que disse?

— Eu disse que St. Aubyn quase causou uma briga na Câmara dos Comuns hoje. Foi isso que Tristan me contou, de toda forma.

— Ora, francamente, Georgiana. Ele vive fazendo coisas assim. De que me importa?

— Você ao menos poderia reconhecer que eu me expus ao perigo por sua causa, Evie — disse a voz grave do Visconde Dare do outro lado de Evie.

Georgiana enrijeceu.

— Não, não se expôs. Por favor, saia.

— Não, não me expus — repetiu ele em um tom amigável, acenando com a cabeça. — Adeus.

— Espere! — Evelyn segurou o braço dele. — Por minha causa? Por quê?

— Eu… Ah… — Ele olhou por cima da cabeça dela para a esposa. — Por nada. Eu devo sofrer de alguma doença mental.

— Por favor, Dare, me diga o que está acontecendo. Estou tentando trabalhar com ele, você sabe, e eu *realmente* não preciso que você dificulte ainda mais as coisas.

O visconde suspirou.

— Eu apenas sugeri que ele parasse de incomodá-la. Você não é o tipo de mulher que costuma atraí-lo, então só posso supor que ele não esteja bem-intencionado.

— Não acho que ele seja bem-intencionado em relação a qualquer pessoa — murmurou ela. — Fico grata pela sua preocupação, mas, como disse, se vou continuar com meu projeto, preciso da cooperação dele. Por favor, não fale mais em meu nome.

Ele assentiu.

— Apenas não diga que eu não avisei, Evie. Ele já fez coisas que fazem com que até mesmo *eu* pareça um anjo.

— Sim, por mais difícil que seja de acreditar — acrescentou Georgiana, enganchando o braço do no visconde. — E pode culpar a mim, Evie. Fui eu que pedi que Tristan dissesse algo a ele. Estou preocupada com você.

— Não fique. Posso cuidar de mim mesma.

Eles certamente não acreditavam nela; obviamente, até suas amigas mais próximas consideravam-na indefesa e incapaz de qualquer coisa além de sorrir e recitar cordialidades quando a ocasião pedia. St. Aubyn não era diferente, mas ao menos não tinha motivos para pensar o contrário. Talvez fosse capaz de arrancar um ou dois beijos dela, mas se esse era o preço cobrado para permitir que ela ajudasse no orfanato, Evie estava disposta a pagar. E se ela conseguisse arrancar uma ou duas palavras gentis daquele homem, consideraria a empreitada um sucesso.

A orquestra começou a tocar uma das poucas valsas da noite e ela conseguiu, sem muita dificuldade, convencer Georgie e Tristan a se juntarem aos outros na pista de dança. Lucinda não tinha comparecido esta noite e Evie se percebeu na incomum circunstância de estar sozinha.

Infelizmente, não durou muito tempo.

— Evie — disse seu irmão, indo até ela na companhia de um senhor mais velho —, você já conheceu o Duque de Monmouth? Sua Graça, esta é minha irmã, Evelyn.

— Encantado — resmungou o duque, e Evie fez uma reverência.

— Eu estava agora mesmo contando ao duque o quanto você gosta de xadrez, Evie.

Xadrez? Ela odiava xadrez.

— Sim, é verdade, embora eu tenha mais apreço do que talento.

O duque assentiu, uma mecha de seus cabelos brancos projetando-se diretamente para cima.

— Sempre digo que o xadrez está além das capacidades das mulheres. É bom ver que ao menos uma de vocês, jovens damas, percebe isso.

Evie sorriu, contraindo o maxilar.

— É muita gentileza, Sua Graça. Suponho que o senhor seja um excelente jogador, então?

— Sou o campeão de Dorsetshire.

— Esplêndido!

Qualquer que fosse a contribuição que Victor achava poder conseguir com Monmouth para sua campanha, era melhor que fosse muito boa. Deus do céu. Um jogador de xadrez idoso e descabelado.

— O duque pediu especificamente para ser apresentado a você, Evie — mencionou Victor com um sorriso benévolo. — Sugeri que talvez você pudesse dar uma volta com ele no salão, já que nenhum dos dois aprecia a valsa.

Evie conteve um suspiro. Xadrez e sem valsa. Aparentemente, ela era insípida como chuchu.

— Seria um prazer, Sua Graça.

Ao menos ela não precisava se preocupar em contribuir com nada para a conversa. O duque não apenas conhecia o jogo, mas também os melhores materiais para tabuleiros, as origens do xadrez e o jogo mais caro já fabricado — que ele, aparentemente, tinha comprado.

Ela assentia com gentileza e sorria nos momentos oportunos, enquanto enviava, o tempo todo, ofensas telepáticas para o irmão. Ele já tinha feito isso antes: descoberto um potencial apoiador e seu passatempo preferido, que logo transformava no de Evie. Ela odiava isso, mas odiava ainda mais naquele momento em que sentia que tinha coisas melhores e mais importantes a fazer.

Evie estava tão ocupada com acenos e sorrisos que levou um tempo para perceber que o duque estava lhe desejando boa-noite.

— Obrigada pela conversa interessantíssima, Sua Graça — disse ela, dando um último sorriso e fazendo uma reverência. Assim que o duque e seu cabelo espetado desapareceram na multidão, ela foi à procura de Victor.

— Bom trabalho, Evie — elogiou ele, oferecendo-lhe um copo de limonada.

Ela recusou, fazendo uma careta.

— Você podia ao menos ter me avisado. Não sei absolutamente nada sobre xadrez.

— Eu lhe ensinaria, se achasse que você prestaria ao menos um segundo de atenção.

Evie pigarreou. Ela estava aguentando aquilo tudo por um motivo. Talvez, se tentasse convencê-lo...

— Victor, andei fazendo umas pesquisas — começou ela. — Você faz ideia de quantas crianças órfãs há em Londres? O que você ach...

— Não, não, não. Estou fazendo campanha, não remendando a cidade. E você deveria estar me ajudando.

— É isso que estou tentando fazer.

— Então pare de falar com St. Aubyn e interrompa essa sua pesquisa. Se você se interessa por crianças, case-se e faça algumas.

— Que grosseria.

— Não estou aqui esta noite para fazer amigos com você. Por falar nisso, você deveria socializar mais. Sua popularidade reflete em mim.

— Achei que eu não gostasse de valsa — retrucou ela, desejando ter aceitado a limonada. Mesmo sem graça, teria sido uma bênção naquele salão abafado.

— Você não gosta da valsa quando Monmouth está presente — disse ele, tomando um gole de sua própria limonada. — Nem quando St. Aubyn está por perto.

— Ah, é claro. Bem, ao menos St. Aubyn não mente para todo mundo sobre tudo para influenciar pessoas.

Ela percebeu imediatamente que tinha dito a coisa errada, mas era tarde demais para voltar atrás. Victor largou o copo de limonada e a pegou pelo cotovelo, levando-a até um canto do salão.

— Eu tenho sido tão paciente quanto possível com relação a você e St. Aubyn — murmurou ele. — Tenho certeza de que você acha que está sendo esperta e independente, ou qualquer coisa assim, mas, como seu irmão, preciso informá-la de que só está fazendo papel de tola e hipócrita.

Lágrimas frustradas se acumularam nos olhos dela, mas Evie piscou para contê-las. Ela não daria a Victor a satisfação de saber que a tinha feito chorar.

— Você sempre me achou idiota — retrucou ela —, mas eu *não* sou tola, nem hipócrita.

— Ah. Então você desistiu da sua missão de ajudar as classes mais baixas, os órfãos e os pedintes de Londres?

Ah, se ele soubesse...

— Não, não desisti. Nem vou.

Victor deu um sorriso sinistro.

— Então talvez devesse saber que esse canalha que você tem exibido à tiracolo está negociando com o Príncipe George para demolir o orfanato e construir um parque no lugar. Não dá para ter os dois passatempos, Evie, não sem ser hipócrita. *E idiota.*

Sem conseguir respirar, Evelyn olhou fixamente para Victor. Seu irmão estava mentindo. Era a única explicação.

— Isso não é verdade.

— É claro que é. Ouvi do próprio Prinny. O Coração da Esperança, ou algo assim. Sem dúvidas, St. Aubyn também vai lucrar uma bela quantia com o negócio. Ele não é exatamente conhecido por seu altruísmo.

Evelyn se soltou da mão do irmão. A dor em seu braço não era nada em comparação com o buraco que as palavras dele abriram em seu peito. Por que St. Aubyn faria algo do tipo? De vez em quando ele quase parecia… bom. E aquelas crianças estavam sob a proteção deles. Se ele pretendia demolir o edifício, por que tinha permitido que ela limpasse os depósitos? E…

Evelyn franziu a testa. É claro que ele a deixara limpar os cômodos do andar de baixo. Isso o poupava do trabalho de ter de fazê-lo. Quanto a pintar as paredes, bem, aquele seria apenas um pequeno inconveniente, e ele não tinha gastado um tostão. E permitir isso certamente ajudaria a fazer com que ela e as crianças não desconfiassem de seus planos.

— Talvez de agora em diante você me escute quando eu der conselhos — disse Victor. — Eu quero o melhor para você, sabia? — Ele se aproximou. — Agora, vá dançar com alguém, não fique parada aqui com a boca aberta. Você se saiu bem esta noite. Divirta-se um pouco.

Evelyn fechou a boca imediatamente. Maldito St. Aubyn. Ele não iria destruir sua única esperança de contribuir com algo valioso. Evelyn não permitiria.

Capítulo 10

Em minha jornada hei de ter siso,
À armadilha da tentação fugir;
Não posso ver o meu Paraíso
Sem desejar acolá residir.
Lord Byron, "The Farewell to a Lady"

Evelyn chegou cedo ao orfanato no dia seguinte, entrando no salão de refeições no momento em que as crianças estavam terminando de tomar café da manhã. À vista do que havia descoberto, ela precisava reconhecer que os pequenos estavam bem-alimentados, mas que a comida era simples e fora preparada pelo mínimo de pessoas possível.

As paredes, o telhado, o edifício em si, tudo se tornou peças do quebra-cabeça que Victor lhe mostrara como montar. Tudo estava nos conformes, mas nada além disso. Droga, droga, droga. Como ela pôde ser tão cega? Tinha sido alertada por todos quanto a St. Aubyn — e ela não dera ouvidos porque os alertas se resumiam a preservar sua própria reputação. Todos tinham dito a mesma coisa, contudo: que ele não fazia nada sem ter um bom motivo, e que nunca fazia algo de graça.

— Senhorita Evie! — exclamou Rose, correndo, juntamente com Penny, na direção de Evelyn e abraçando sua cintura. — Fiz um desenho pra senhorita.

— Fez? Mal posso esperar para ver!

— É da gente dançando. Eu estou de vestido verde, porque verde é minha cor preferida.

Evie fez uma nota mental para mandar um vestido verde para Rose. Todos ali precisavam de roupas novas, de algo além das peças surradas e desajeitadas que o orfanato provinha. Infelizmente, ela já tinha usado sua mesada para bancar a pintura e os instrutores. Talvez se ela convencesse Victor de que ela poderia ajudá-lo mais se tivesse um ou dois vestidos novos, ele adiantasse um pouco mais de dinheiro.

— A gente vai dançar a valsa hoje de novo? — quis saber Penny.

Nem mesmo a mais cínica delas, Molly, conseguia esconder o sorriso animado. Evelyn retribuiu, lutando contra a súbita vontade de chorar. As crianças estavam começando a confiar nela e justo agora o Marquês de St. Aubyn iria arruinar tudo. Ou ao menos era essa a sua intenção.

— Não temos orquestra hoje, mas vou mostrar os passos a vocês. Quem quiser aprender a dançar pode me acompanhar até o salão de baile.

— Essa proposta me inclui? — a voz arrastada de St. Aubyn veio da porta.

Evie enrijeceu. Ontem, ela achava o marquês enigmático e atraente ao mesmo tempo. Hoje, ela desejava nunca o ter conhecido.

— Bom dia, milorde — cumprimentou ela entredentes, sem ousar encará-lo. — Digam bom-dia, crianças.

— Bom dia, Lorde St. Aubyn — cantarolou o coral de jovens.

— Bom dia. Por que vocês não vão subindo até o salão de baile? Eu e a Senhorita Ruddick nos juntaremos a vocês em um instante.

— Ah, que bobagem — retrucou ela com um risinho forçado. — Vamos subir todos juntos.

Para garantir que St. Aubyn não a interceptaria, ela pegou as mãos de Rose e Penny. Evelyn precisava — e queria — confrontá-lo sobre sua traição e sua falsidade, mas só depois de dizer o que queria. E não faria isso até ser capaz de controlar o choro ou, por mais satisfatório que fosse ser, a vontade de esmurrá-lo.

———※———

St. Aubyn ficou para trás enquanto o bando de órfãos e sua adorada Senhorita Evie subiam as escadas até o terceiro andar. Aparentemente, toda a população do orfanato queria praticar a valsa.

Esperar um pouco para observá-los por um instante era bom para ele, de toda forma. Considerando os sonhos quentes que torturaram suas poucas horas de sono, o cumprimento de Evelyn esta manhã fora como um balde de água fria em sua cabeça.

Ela provavelmente tinha ouvido falar da discussão dele com Dare e Wycliffe no Parlamento e estava tentando puni-lo por seu mau comportamento. Como ele não havia prejudicado ninguém, contudo, não achava que tinha se comportado tão mal assim.

Evelyn parou diante dele e St. Aubyn piscou. Ela usava um vestido de musselina rosa-claro que, de alguma forma, intensificava o tom acinzentado de seus olhos. Só faltava um par de asas para completar a aparência angelical. Ele desejava um anjo... Tanto Deus quanto o diabo estavam, sem dúvida, rindo dele.

— Você pode ser o par da Molly? — perguntou ela, olhando por cima do ombro dele.

— Qual delas é a Molly?

Os olhos de Evie foram de encontro aos dele, mas logo se desviaram novamente.

— Você não sabe o nome de nenhum deles?

Considerando o humor dela, provavelmente não seria inteligente contar que ele tinha passado mais tempo no orfanato nas duas últimas semanas do que no último ano inteiro.

— Sei o seu.

— Mas eu não sou residente de um estabelecimento sob sua supervisão. Molly é a menina de olhos verdes e cabelos ruivos curtos. Ela fica nervosa perto de homens, então seja gentil.

Ela teria se afastado, mas St. Aubyn segurou seu braço.

— Não me dê ordens, Evelyn — alertou ele em um tom baixo. — Estou aqui porque escolhi estar.

Evelyn se desvencilhou dele.

— Ah, sim. Bem, as crianças, não.

O senso de humor do marquês, já prejudicado pelo excesso de gim e pelo pouco tempo de sono, piorou ainda mais.

— E você acha que algumas aulinhas de dança podem melhorar muito a vida delas?

Uma lágrima escorreu pela bochecha dela. Evelyn enxugou com um gesto abrupto e impaciente.

— E você acha que destruir a casa delas vai? Não ouse vir com sua moral inexistente para cima de mim.

Maldição.

— Quem lhe contou?

— De que importa? — retrucou ela, seu rosto estava pálido. — Você é um homem pavoroso. Me dá nojo olhar para você.

St. Aubyn a encarou, sentindo a raiva se espalhar por seus músculos. Raiva e frustração, porque agora ele jamais a teria. E se ele não podia ter o que queria, ela também não.

— Vá embora — ralhou ele.

— Você... Como?

— Você me ouviu, Evelyn. Você não é mais bem-vinda aqui. Vá embora.

Outra lágrima escorreu pelo rosto dela.

— Posso ao menos me despedir?

O choro dela ainda o incomodava. Naquele momento, St. Aubyn decidiu que o que quer que houvesse de errado com ele nos últimos tempos era culpa dela. Aquelas malditas lágrimas ainda o perturbavam, mesmo quando ele estava com raiva o suficiente para estrangulá-la. Ele assentiu brevemente.

— Você tem quinze minutos. Vou esperar lá embaixo.

— Está bem.

Santo deu um passo adiante.

— E lembre-se: não importa o que você diga a eles, não vai mudar nada. Então sugiro que leve em consideração os sentimentos dos seus pimpolhos adorados e fique de boca fechada — murmurou ele.

— Imbecil — resmungou Evelyn para as costas do marquês.

Sem olhar para trás, ele desceu as escadas. Quando Evie se virou novamente, todas as crianças estavam olhando para ela. Independentemente do que elas soubessem, não tinham o poder de mudar nada. Apenas três ou quatro pessoas além de St. Aubyn sabiam que ela sequer estava ali. Lá se iam suas supostas convicções quanto a mudar o mundo.

— O que foi, Senhorita Evie?

Mais uma vez ela enxugou os olhos apressadamente.

— Receio precisar... ir embora — disse Evie. Aquela era a frase mais difícil que ela já tinha dito.

— Tudo bem — tranquilizou Penny, saltitando adiante para segurar a mão de Evie. — A senhorita pode dançar com a gente amanhã.

Ah, céus.

— Não, Penny, não posso. Eu... Eu... Pediram que eu me retirasse.

— St. Aubyn não quer mais você aqui, né? — disse um Randall Baker insatisfeito.

— Não, não é isso — Evie parou. Ela estava cansada de defender e proteger todo mundo, mesmo quando as pessoas obviamente não mereciam. Ela não iria mentir para aquelas crianças, e certamente não para resguardar St. Aubyn. — Não — recomeçou ela —, ele não quer.

— Por que não? — indagou Rose, pegando a outra mão de Evie com lágrimas em seus grandes olhos castanhos.

— Aposto que foi porque a senhorita não deixou ele se meter nas tuas saias — esbravejou Matthew Radley, tirando um charuto do bolso.

Evelyn enrubesceu.

— Você não deveria dizer essas coisas, Matthew.

— Todo mundo sabe, Senhorita Evie. — Dessa vez foi Molly quem se adiantou. — Ele nunca passou muito tempo com a gente até a senhorita aparecer. — O lábio inferior dela estremeceu. — E agora ele tá obrigando você a ir embora.

— A gente devia trancar St. Aubyn no calabouço e deixar os ratos *comerem ele.*

A sugestão de Matthew foi recebida com vivas das outras crianças. Evie entendia o sentimento, mas devaneios e planos malignos de vingança apenas tomavam o restinho de tempo que tinha com os pequenos. E ela sabia que St. Aubyn iria buscá-la se ela não fosse embora voluntariamente.

— Infelizmente, Matthew, vocês são crianças, eu sou uma mulher e ele é um marquês. E não temos um calabouço. Penny, por que você não vai pegar um livro e eu leio uma última história para vocês?

— A gente tem um calabouço, sim — insistiu o jovem Thomas Kinnett. — Com correntes e tudo. E ratos, também.

— Do que vocês estão falando?

Peggy a puxou na direção da escada.

— Vem. A gente mostra.

Independentemente do que as crianças achavam ter visto, parecia importante para elas. E se St. Aubyn ou qualquer outro membro do conselho tinha montado alguma espécie nefasta de câmara de horrores, ela poderia alertar as autoridades e quem sabe até impedir a demolição. Por mais sombrio que St. Aubyn fosse, calabouços não pareciam ser muito o estilo dele, mas, naquele momento, Evelyn estava tão zangada que não poria sua mão no fogo por nada.

As crianças, estranhamente quietas, a guiaram até os fundos do prédio e a fizeram descer quatro lances de uma escadaria ainda mais antiga e decrépita até a despensa maior. O porão estava abarrotado de caixas velhas, lençóis e suprimentos para os órfãos — pacotes de farinha, barris de maçã e afins. Em meio à escuridão bolorenta e sem janelas, o local até se parecia com… um calabouço, mas ela precisava admitir que não estava vendo nada pavoroso ou remotamente ilegal.

— Sim, é bastante assustador aqui — concordou ela, para não melindrar os sentimentos dos jovens. — Mas a menos que bombardeemos o marquês com maçãs, não vejo nada de útil.

— Não aqui, Senhorita Evie — esclareceu Randall, com um leve sorriso de superioridade. — Ali.

Juntos, ele, Matthew e Adam Henson, outro dos garotos mais velhos, empurraram uma pilha de lençóis antigos. Assim que a poeira baixou, Evelyn identificou o contorno de uma porta na parede, encoberta por colchões velhos. Randall a abriu com o cotovelo enquanto Molly acendia uma vela.

Lá dentro, um lance estreito de escada levava a outra porta, essa levemente aberta. Uma pequena janela com barras decorava o topo.

— Randall, melhor eu entrar primeiro, certo? — disse Evie, erguendo a vela.

— Mas tem aranhas lá dentro — sussurrou Rose atrás dela.

Aranhas?

— Está bem, mas tome cuidado — disse Evie com a voz trêmula, indicando que o jovem alto entrasse na frente.

O garoto sorriu e abriu o restante da porta.

— Certo.

Assim que entrou, Evie percebeu o que aquele pequeno cômodo devia ser.

— Suponho que esta fosse a antiga prisão dos soldados — sussurrou ela.

Dois pares de grilhões, para punhos e tornozelos, pendiam das paredes. Um pequeno banco e um balde eram as únicas peças no local, além de mais um par de arandelas em cada lado da porta.

— Está vendo? — exclamou Thomas, erguendo uma das grilhetas de tornozelo e puxando-a pelo recinto até esticar a corrente. — A gente podia prender St. Aubyn aqui e ninguém iria saber.

— Bem, a imagem é realmente boa, queridos, mas sequestrar um nobre não é uma boa ideia.

— Mas se a gente prendesse ele aqui, a senhorita podia continuar nos visitando todo dia. — Uma lágrima escorreu pela bochecha de Penny.

Seu irmão, William, colocou o braço magro em torno dos ombros da irmã.

— Não chore, pequena Penny.

— Mas eu queria aprender a ler.

— É, eu também — reiterou Randall em um tom mais grave. — E eu ouvi ele dizer pra Senhora Natham uma vez que seria melhor simplesmente demolir este lugar e se livrar da gente.

— Ah, Randall, não…

Matthew riu com o charuto apagado na boca.

— Só que ele não ia poder demolir nada se estivesse preso aqui dentro, né?

Evie ficou olhando para o garoto de cabelos claros. Mas tudo aquilo não passava de boatos, porque as crianças não faziam ideia de que o marquês de fato pretendia reduzir o orfanato — para alguns deles, o único lar que conheceram — a uma pilha de escombros.

— A ideia é tentadora, né, Senhorita Evie? — perguntou Randall em um tom mais baixo. — Vamos te fazer uma proposta: a senhorita promete voltar daqui a alguns dias e a gente promete dar um jeito de fazer com que St. Aubyn não tente impedir.

O coração dela acelerou. St. Aubyn a tinha advertido de que alguns dos órfãos ali já eram criminosos de mão cheia, mas ela não sabia se ele tinha noção de quão longe eles estavam dispostos a ir caso se sentissem ameaçados. Independentemente do que Evelyn dissesse, assim que ela fosse embora eles poderiam muito bem tentar trancar o marquês ali e alguém muito provavelmente se machucaria — ou coisa pior. Raptar um nobre, mesmo que fosse alguém com uma reputação escandalosa como a de St. Aubyn, era um crime passível de forca.

Por outro lado, se St. Aubyn pudesse ser forçado a conhecer as crianças, a ver o quanto elas precisavam de alguém que cuidasse delas e como necessitavam desesperadamente da família que tinham formado no Orfanato Coração da Esperança, talvez ele mudasse de ideia. Talvez ele aprendesse o que era, afinal, ser um nobre e um homem, no melhor sentido da palavra.

Não. Não. Aquilo era insano.

Mas se Evie desse as costas ou sequer tentasse alertar St. Aubyn, as crianças acabariam em uma situação ainda pior do que se ela nunca tivesse botado os pés no orfanato. Se ela mantivesse a situação sob controle, contudo, impusesse as regras e liderasse o plano, *talvez* fosse possível salvar todos. E até mesmo fazer a diferença.

— Certo — disse ela lentamente, sentando-se no banco —, a decisão tem que ser unânime e todos precisam aceitar que eu estou no comando. O que eu disser é o que deve ser feito. De acordo?

Matthew tirou o charuto da boca e a saudou.

— Sim, senhora, capitã!

— Ótimo. Mas antes preciso contar algo a vocês. E precisamos agir rápido.

Capítulo 11

No cárcere, Liberdade!, és iluminação
Pois em meio à clausura, habitas o coração.
Lord Byron, "Sonnet to Chillon"

Santo ficou andando de um lado para o outro no saguão. Ele devia ter dado a ela apenas cinco minutos para juntar seus livros, reunir os instrutores e ir embora, nem um segundo a mais. Aparentemente, entretanto, as lágrimas de Evelyn Ruddick eram seu calcanhar de Aquiles, e agora tudo que ele podia fazer era checar o relógio a cada dois minutos e praguejar.

— Ela me acha pavoroso — resmungava ele, imitando o tom indignado de Evelyn. — Minha presença a enoja.

Ninguém dizia isso a ele e saía impune. E certamente não alguém que ele achava interessante. Não que ela o interessasse tanto assim, mas... É que St. Aubyn raramente passava tanto tempo perto de uma pessoa que parecia tão… pura.

Pura demais para desejar se macular com a presença dele, obviamente. Bem, ele daria um jeito nisso. Faria Evie implorar por ele antes de acabar com ela. O anjo finalmente seria arrasado, e todos saberiam.

St. Aubyn abriu o relógio novamente. Dois minutos. Se ela não aparecesse logo, ele iria buscá-la. e... Mas por que esperar? Santo fechou o relógio com força.

— Santo?

Ele se virou. Evelyn estava parada na escadaria, com as bochechas coradas e o peito ofegante.

— Pegue seus livros — ralhou ele. — Acabou o tempo.

Ela não se mexeu.

— Estive pensando.

A desconfiança se espalhou por St. Aubyn. Ela não estava aos prantos, como ele esperava, e também não estava suplicando para continuar ali ou para que ele desistisse de destruir aquele maldito lugar.

— No quê? — perguntou ele de toda forma.

— No… no que você disse sobre nunca fazer nada de graça.

Ela estava nervosa — e não era só isso; ele praticamente podia sentir o cheiro da tensão entre eles.

— E? — instigou ele, todos os seus sentidos ficando aguçados.

Evelyn pigarreou.

— E eu estava pensando — disse ela tão baixinho que ele precisou se esforçar para ouvir — em qual seria seu preço para manter o orfanato aberto.

Santo não tinha sobrevivido por tanto tempo sendo um idiota. O anjo estava tramando algo. Por outro lado, se o plano dela envolvia que eles ficassem nus, ele estava totalmente dentro. Mesmo assim…

— Achei que eu a enojasse.

— Sim, bem, eu estava com raiva.

— E não está mais? — Ele não tentou esconder o ceticismo.

— Não entendo como você poderia fechar o orfanato — explicou Evie lentamente. — Sua mãe…

— Ora, francamente — interrompeu ele —, se estamos falando de libertinagem, não mencione minha mãe.

— Peço desculpas — disse ela, fazendo uma careta. — Sou nova nisso.

— Nisso, o quê?

— Você… você vai me fazer dizer?

St. Aubyn caminhou até ela, subitamente com bem menos pressa de vê-la ir embora.

— Vou, sim — respondeu ele, beijando-a.

Ela o faria prometer coisas, sem dúvida, e se pedisse no momento certo, ele concordaria com seja lá o que fosse. Ele já ficava rijo e ávido só de conversar com ela sobre o assunto. É claro que ele também precisaria prestar muita atenção em como ela apresentaria esses pedidos. Sua longa experiência o havia ensinado que havia mais de uma maneira de levar uma mulher para a cama — e mais de uma forma de se livrar de um orfanato.

Ele ergueu a cabeça, mas Evelyn o buscou novamente, ficando na ponta dos pés e entrelaçando os dedos delicados nos cabelos dele. Então puxou o rosto dele para baixo para outro beijo. Quase que por vontade própria, as mãos dele envolveram a cintura fina de Evie e ele a puxou contra seu corpo.

— Você ainda precisa dizer, Evelyn Marie — murmurou ele. As malditas salas de aula dela eram o local privado mais próximo em que ele conseguia pensar. As portas não tinham tranca, mas todos os pirralhos achavam que ela tinha ido embora. — Diga.

— Eu... — começou ela, ofegante, fitando a boca de St. Aubyn. — Eu quero saber se você vai interromper o plano de demolir o orfanato se... se eu...

Meu bom Lúcifer... Anjos podiam ser criaturas frustrantes, deploráveis.

— Se você me aceitar dentro de você — sussurrou ele, puxando um grampo dos cabelos dela. Cachos perfumados de limão escorreram por seus dedos.

— Sim.

St. Aubyn meneou a cabeça, removendo o segundo grampo.

Com as bochechas ruborizadas e os lábios já inchados pelo contato com os dele, os seios pressionados com força contra o torso masculino, o anjo imaculado gemeu.

— Se eu aceitá-lo dentro de mim — sussurrou ela.

Por mais difícil que o pensamento lógico estivesse se tornando, ele reparou que a escolha de palavras dela com relação ao orfanato deixava bastante espaço de manobra.

— Temos um acordo, Evelyn.

— Mas não aqui — pediu ela, arfando quando ele passou os polegares pela lateral externa de seus seios. — As crianças...

— Que tal uma das suas salinhas de aula?

Ele capturou a boca dela novamente, apenas um pouco ciente de que não costumava reagir assim. É claro que estava sofrendo de uma abstinência de quase três semanas, mas esse desejo, essa ânsia, era novidade. E era desejo por *ela* — não alguma fêmea sem nome e sem rosto disponível apenas para satisfazer suas necessidades.

— Não. Ah, Santo. Mais reservado. Por favor?

Evie já não conseguia nem formular frases completas.

— A sala do conselho.

— A despensa — sugeriu ela. — O café da manhã já acabou e...

— A despensa — concordou ele, pegando sua mão e puxando-a na direção das escadas. Qualquer espaço limpo serviria para ele naquele momento.

— Mas meus cabelos... — protestou ela.

— Vamos descer pelos fundos. Ninguém a verá.

Por conta de seu antigo uso como quartel general, duas escadarias levavam até a despensa subterrânea; a que saía da cozinha e uma que passava pelo antigo escritório administrativo, onde era feito o registro dos suprimentos assim que chegavam.

St. Aubyn pegou uma lamparina do corredor e abriu a porta do escritório.

— Tem certeza de que não pode ser aqui? — perguntou ele, puxando-a para outro beijo. Ainda bem que Evie tinha decidido ceder, porque ele não sabia ao certo quanto tempo aguentaria permanecer longe dela sem ficar completamente louco.

— Janelas — ela conseguiu dizer, agarrando as lapelas de seu paletó.

— Vou fazer você gritar de prazer — sussurrou ele, com os lábios pressionados nos dela.

Se ficassem ali por mais muito tempo, Santo, que sempre se orgulhara de seu autocontrole, não conseguiria mais andar. Ele pegou novamente a mão de Evie e a guiou até a porta dos fundos e pelas escadas.

Assim que chegaram à despensa, ele pressionou as costas dela contra a parede de pedras, indo de encontro à sua boca com um beijo quente, com muita língua. Finalmente estavam sozinhos, sem ninguém para interromper por pelo menos uma hora, quando a cozinha daria início aos preparativos para o almoço.

— Evelyn — grunhiu ele, beijando seu pescoço e baixando a gola de seu vestido para beijar-lhe o ombro.

— Sinto muito, Santo — sussurrou ela, sua respiração saindo em arquejos fortes e rápidos.

Deslizando um braço pela cintura dela, ele a puxou contra si.

— Sente muito pelo quê? — murmurou ele, beijando-a novamente.

— É para seu próprio bem.

— O que...

Passos ecoaram atrás dele. Santo se virou quando algo duro e pesado acertou a lateral de sua cabeça. O marquês ainda conseguiu resmungar uma meia ofensa antes de desabar.

—ᴎ—

Evelyn ficou olhando para o Marquês de St. Aubyn tombado a seus pés. Ela não conseguia se mexer, não conseguia falar, não conseguia pensar em nada. Eles não podiam voltar atrás agora, mas em meio ao calor de excitação que Santo havia despertado nela, Evie quase desejava que eles estivessem sozinhos na despensa e que ele cumprisse sua promessa de fazê-la gritar de prazer.

Randall baixou o pé da cama de madeira.

— Fazia um ano que eu queria fazer isso.

Chacoalhando-se para sair do estupor de nervosismo, excitação e choque, Evie se ajoelhou.

— Ele ainda está respirando — exclamou ela, aliviada. Por mais irritante que St. Aubyn fosse, ela não o queria morto. O mero pensamento a fazia se sentir estranhamente… vazia.

— É claro que está — disse Randall em um tom irritado, obviamente chateado por ela duvidar de suas habilidades de acertar a cabeça das pessoas com um pedaço de pau. — Vamos colocar ele na prisão antes que o Nelly Xereta apareça pra roubar maçãs.

— Nelly Xereta? — repetiu Evie.

Ela então tirou uma mexa de cabelo da testa de Santo enquanto meia dúzia de outras crianças surgia na escuridão ao seu redor. Uma gota de sangue escorria pela orelha dele, e ela checou novamente para garantir que o coração dele ainda batia. Ele parecia tão… inocente, com o rosto relaxado e destituído de cinismo. Inocente e lindo. O homem mais lindo que ela já tinha visto.

— Um dos ajudantes da cozinha. Vamos lá, rapazes. Vamos levantar ele. Se a gente arrastar as marcas no chão vão denunciar tudo.

Randall parecia entender bastante de sequestro. Evie se levantou, dando um passo para trás enquanto os seis garotos mais velhos seguravam pernas, braços e cintura e, com muitos resmungos e reclamações, erguiam St. Aubyn do chão.

— Cuidado com ele — alertou Evie, erguendo uma vela para guiá-los pela porta estreita e meio oculta.

— Agora a senhorita diz isso — grunhiu Matthew. — Imagine o que ele estaria fazendo com a gente neste exato momento se ainda estivesse acordado...

Evelyn estremeceu. Mesmo sabendo que as investidas dele cessariam, ela ainda se sentia zonza e um tanto arrependida. Santo ficaria furioso. Pelo que diziam os rumores, ele já havia matado adversários em duelos para defender sua honra, e aquilo ia bem além disso.

Eles tinham colocado um colchão relativamente decente e cobertas limpas no canto dos fundos, enxotado as aranhas e as teias e surrupiado duas lamparinas para as arandelas das paredes. Com menos de 15 minutos para se prepararem, tinham realizado um trabalho impressionante para preparar o recinto para um prisioneiro.

Os garotos jogaram St. Aubyn no colchão com menos cuidado do que Evelyn gostaria. O marquês grunhiu.

— Droga! Coloca as manilhas nele! — gritou Adam Henson, dando um pulo para trás.

— Esperem! — interrompeu Evie, libertando-se do torpor que a envolvera. — Não o machuquem!

— Tarde demais, Senhorita Evie. Ele vai mandar todo mundo pra prisão ou sei lá, pra Austrália.

— Ou pra forca — acrescentou Randall, agachando-se para fechar uma das manilhas.

— Nós pelo menos temos as chaves das manilhas? — perguntou Evelyn, começando a se sentir zonza.

— Sim. E da porta, também.

— Deixem todas comigo, por favor.

Matthew entregou obedientemente as chaves de bronze para Evie, que as colocou no bolso e se deixou desabar no banco. Deus do céu, o que ela estava fazendo? Sequestrar um marquês era pior que enlouquecer. Por outro lado, sem seu envolvimento, talvez Randall e os outros garotos tivessem optado por uma solução mais mortal e permanente para o problema de St. Aubyn. Com as chaves em sua posse, Evelyn podia ao menos protegê-lo até certo ponto.

— Ele está acordando — avisou Adam.

— Certo, todos para fora. Não quero que ele saiba quem o atingiu. E fechem as portas, mas deixem uma vela nas escadas. Não façam nem digam qualquer coisa além do comum.

Randall sorriu.

— Vamos acabar transformando você numa criminosa, Senhorita Evie.

Ela não parecia precisar da ajuda deles para isso.

— Vão. Rápido.

Segundos depois que as crianças tinham fechado a porta, St. Aubyn despertou com um sobressalto abrupto que a fez pular. Com um grunhido baixo, quase inaudível, ele virou e se apoiou sobre as mãos e os joelhos.

— Você está bem? — perguntou ela, a voz tremendo tanto que as mãos também começaram.

— Que diabos aconteceu? — resmungou ele, colocando a mão na têmpora. Havia sangue.

— É uma longa história. Você precisa de um médico?

Eles não podiam chamar um médico, é claro, a menos que o ferimento colocasse a vida dele em risco. Sob pressão, Evie provavelmente conseguiria dar pontos em uma ferida, mesmo que a mera ideia já a deixasse claramente enjoada.

— Não. Preciso é de uma pistola. Quem me bateu? — Lentamente, ele se ergueu sobre os joelhos, olhando para ela, do outro lado da sala, empoleirada sobre o banco.

— Não posso dizer. Santo…

Enquanto sua visão se apurava e ajustava, ele começou a olhar ao redor.

— Onde estamos? Você está ferida?

— Eu? Estou bem. Preciso…

Cambaleando, com uma mão apoiando-se na parede para lhe dar equilíbrio, St. Aubyn se levantou.

— Não se preocupe. Evelyn. Vou tirar a gente daqui.

Ah, meu Deus. Agora ele queria ser cavalheiro.

— Santo, você não está entendendo. Eu não sou prisioneira. Você é.

Ela observou enquanto ele assimilava lentamente a informação. Então, antes que ela pudesse respirar fundo para explicar, ele saltou para cima dela.

— Sua maldita…

As correntes se esticaram e ele caiu quase aos pés de Evie. Com um grito, ela caiu para trás, derrubando o banco. Santo tentou pegá-la e só não conseguiu agarrar seu tornozelo porque ela ergueu os joelhos até o peito.

— Pare com isso! Você vai se machucar! — exclamou ela, virando-se para engatinhar para longe dele o mais rápido que podia. O vestido ficaria arruinado, mas se ele pusesse as mãos nela, as roupas seriam o menor de seus problemas.

As chaves caíram de seu bolso, fazendo barulho. Evie se virou enquanto Santo se esticava para pegá-las. A corrente o deteve por pouco. Ele cravou as unhas na terra batida, estendendo os dedos, tentando alcançá-las enquanto Evelyn as recuperava, afastando-se novamente.

— Passe essas malditas chaves para cá — rosnou ele em uma voz sombria e raivosa.

Esse era o St. Aubyn que todos temiam, ela percebeu; o homem que ele era sem a camada de civilidade. E Evie conseguira despertá-lo em um calabouço, sozinha, sem ninguém por perto para ouvi-la… Não que ela ousasse pedir qualquer ajuda.

— Se acalme — ordenou ela, afastando-se ainda mais, embora não houvesse jeito de ele alcançá-la.

Ele se agachou em uma posição de alerta, os olhos verdes brilhando com uma ira que fez gelar o sangue de Evie.

— Me acalmar? — ralhou ele, secando novamente o sangue misturado com terra que escorria por sua bochecha. — Estou preso a uma parede, sabe lá Deus onde, e…

— Estamos na despensa do orfanato — interrompeu ela. — Na antiga prisão dos soldados, acredito.

Ela se endireitou, colocando as chaves novamente no bolso.

Os olhos dele seguiam cada movimento dela.

— Por que estou preso na maldita despensa do orfanato, Evelyn? — perguntou ele em um rosnado grave e perigoso. — E quem me bateu?

Ele obviamente não daria ouvidos à razão naquele momento. Tentar conversar com ele de forma racional apenas o deixaria mais zangado, no mínimo. Evie esticou o braço para trás para se apoiar na parede e se levantou.

— Acho que você deveria se acalmar um pouco, Santo — sugeriu ela, desejando que sua voz parasse de falhar. — Vou trazer água e um pano para limpar sua cabeça. — Ela se encaminhou para a porta.

Ele se endireitou, indo até ela até o limite da corrente.

— Você não vai me deixar aqui! Evelyn, isso é ridículo! Me dê essas chaves. *Agora.*

— Não posso fazer isso. E não vou deixar você aqui. Volto já.

Ele a encarou com firmeza.

— Se você não me der essas chaves agora, é melhor torcer para que eu nunca saia daqui — ameaçou ele em um tom grave e pungente. — Porque a primeira pessoa de quem irei atrás é você.

E pensar que ela estava se preocupando que ele fosse mandar prendê-la...

— Se você quiser sair daqui algum dia, sugiro não falar esse tipo de coisa — retrucou ela implacavelmente, escapulindo pela porta.

Capítulo 12

Conquanto o prazer acalente a alma que enlouquece,
O coração — o coração solitário permanece!
Lord Byron, "One Struggle More,
and I am Free"

Santo congelou quando Evelyn fechou a porta. Uma fechadura foi trancada e, por entre as barras pouco espaçadas, ele ouviu o ruído dos sapatos dela subindo seis, sete, oito degraus. Outra porta foi aberta e, então, fechada, deixando-o no silêncio total.

Ele ficou parado em pé por mais um instante, ouvindo. Nada. A poeira cobria seu paletó, a calça e o colete. A parte interna de sua boca e suas unhas também estavam um nojo. Ele cuspiu no chão, então marchou de volta para o colchão no canto e se sentou.

Eles — ele sabia que Evelyn não tinha feito aquilo sem ajuda, independentemente do que ela alegasse — haviam colocado a manilha por cima de sua bota, pouco acima do tornozelo. Estava bem apertada e a ferrugem já estava fazendo um trabalho esplêndido em arruinar o couro de suas caras botas Hessian.

Primeiro ele cutucou a manilha; depois, a argola que a ligava à corrente. Nada cedeu. Elo a elo, ele analisou a corrente toda até chegar ao aro preso à parede. Tudo tão sólido que parecia ter sido instalado uma semana antes, e não há um século.

Sentando-se novamente e cruzando as pernas da melhor forma possível com o tornozelo esquerdo preso à parede, ele começou a vasculhar os bolsos. Dinheiro, um lenço, seu relógio de bolso, um botão que não pertencia a ele — do vestido de caminhada de Fátima, ele supunha —, mas nada remotamente útil para auxiliar em sua fuga.

St. Aubyn passou o dedo no corte em sua têmpora novamente. Ele fora um completo idiota. Por que havia pensado que Evelyn pretendia abrir as pernas para ele? Porque *queria* pensar isso. Ela havia se comportado de forma estranha e distante a manhã inteira, depois lhe dera uma bronca e, ainda assim, ele achou plausível que vinte minutos depois ela estivesse oferecendo o próprio corpo como barganha só porque desejava muito que isso acontecesse.

Ele a tinha subestimado, o que, estranhamente, o agradava. Por mais temerárias que tivessem sido algumas das situações em que já tinha se encontrado, nenhum marido furioso ou amante ciumento conseguira trancá-lo em um calabouço.

— Maldição.

Ele puxou a corrente com força mais uma vez, mas só conseguiu cortar o dedo em um elo afiado.

Qualquer que fosse a lição que Evelyn achava estar ensinando a ele, Santo não iria cair. Nenhuma garota o superava em coisa alguma. Bastava descobrir o que ela achava que queria em troca de tudo aquilo, então usar essa informação para ser libertado. E a vingança, no caso de Evie, seria muito doce e levaria um bom tempo.

Se não fosse por seu relógio de bolso, teria dito que bem mais do que 37 minutos haviam se passado até a porta ser novamente aberta. St. Aubyn se levantou, colocando a mão na cabeça quando uma nova onda de tontura o atingiu.

A chave foi girada na fechadura de sua porta e ele se recostou na parede, cruzando os braços sobre o peito. Talvez ela se esquecesse do comprimento das correntes e chegasse perto o suficiente para que ele a alcançasse.

— Santo? — chamou ela baixinho, espiando por trás da porta.

Ele não respondeu. Em vez disso, começou a calcular a distância entre seu canto e a porta — uns dois metros, ele chutava. Quem quer que tivesse construído aquela cela queria garantir que ninguém sairia sem autorização.

— Vejo que se acalmou um pouco. Que bom — continuou ela, ainda corada e com uma expressão nervosa. Tinha limpado o vestido e prendido os cabelos novamente, embora ainda parecesse tão desalinhada quanto ele se sentia. — Vai me ouvir agora?

— Sim. Eu adoraria saber como é que me acertar na cabeça e me sequestrar pode ser, como você colocou...? "Para o meu próprio bem".

Evelyn se encolheu.

— Lady Gladstone uma vez me disse que você era tão mau que não precisava ser bom.

Fatima era mais inteligente do que ele imaginava.

— E você discorda, suponho?

— Sim, discordo. — Ela saiu pela porta novamente e voltou com uma bandeja. — Água e um pano, como prometi.

Santo continuou observando, curioso para ver se ela pretendia entregar a bandeja a ele sem entrar em seu raio de alcance. Ele ficou tenso, pronto para se mover a qualquer sinal de falha por parte dela.

No entanto, Evelyn colocou a bandeja no chão, bem longe do alcance dele. Esticando o braço pela porta, para seu ajudante anônimo, ela retornou com uma vassoura, que usou para empurrar a bandeja para ele.

— Você, por acaso, nunca tinha feito isso antes, não é? — indagou ele, sem se mover.

— É claro que não.

— Quando disse que minha intenção era ser seu primeiro, não era a isso que eu me referia.

Evelyn enrubesceu, apressando-se para sussurrar algo para o lado de fora e fechou a porta.

— Entendo que você esteja com raiva — começou ela, erguendo o banco e voltando a se sentar. — Você está machucado e alguém roubou sua liberdade a contragosto.

— "Alguém", não — corrigiu ele. — Você.

— Bem, alguém precisava fazê-lo.

St. Aubyn estreitou os olhos. Normalmente, ele apreciava o vaivém das conversas deles, mas, em geral, ele não estava preso a uma parede, sendo forçado a aguentar pelo tempo que fosse.

— Acabe logo seu discurso, Evelyn.

— Está bem. Tirei sua liberdade antes que você pudesse tirar algo de mim.

— Sua virgindade? — sugeriu ele, cinicamente. — Você a ofereceu a mim.

— Não ofereci, não! Foi só uma artimanha.

— Safada.

— Pare com isso. Você está tentando destruir o lar dessas crianças. E está tentando tirar de mim a possibilidade de fazer alguma coisa que valha a pena. A minha chance de fazer a diferença. Você é como todos os outros homens da minha vida, sabia?

Independentemente do que ela queria dizer com aquilo, pareceu ofensivo.

— Não sou, não.

— É, sim. Victor me obriga a conversar com velhos nojentos porque eles me acham atraente. Ele não se importa se preciso mentir, dizendo que os acho interessantes. Ou então me obriga a ir aqueles chás idiotas, que são inúteis e frívolos e me deixam muito… nervosa. E você… Você é pior.

— Continue, por favor.

— Você só me deixou pôr os pés no orfanato porque pensou que teria a chance de erguer minhas saias. Você é bonito, e atraente e… tentador, mas eu tenho consciência, sabia? Você não me conhece, e não conhece essas crianças que dependem de você para sobreviver. Só se importa com a inconveniência que elas causam.

Seu anjo certamente tinha uma língua afiada. Ele jamais esperaria, mas, no momento, não estava gostando muito.

— Terminou? — ralhou ele.

— Ainda não. A partir deste momento, nada mais vai ser inconveniente para você. Você, agora, tem todo o tempo do mundo. E está sob poder de outra pessoa julgar se você deveria voltar ao convívio com a sociedade ou não. — Ela se levantou. –– Reflita sobre isso, Lorde St. Aubyn. Se você nunca mais aparecer, alguém sequer vai sentir a sua falta?

Um arrepio frio desceu pelas costas do marquês.

— Evelyn, pense no que você está fazendo — ponderou ele lentamente, começando a perceber quão fundo era o buraco que ele tinha cavado para si mesmo. — Se você não me soltar agora, acha que um dia vai conseguir?

Ela parou, uma mão na maçaneta.

— Espero que sim. Você é um homem muito inteligente. Acho que também poderia ser um homem bom. Está na hora de você aprender algumas coisas.

Evie fechou e trancou a porta, então se escorou nela. Ela nunca tinha falado daquele jeito com qualquer pessoa em sua vida e, para falar a verdade, finalmente dizer aquelas coisas em voz alta transmitia uma sensação boa.

Por outro lado, a situação a apavorava; ela jamais poderia permitir que ele fosse melindrado, mas também não podia permitir que ele decretasse uma sentença contra as crianças.

— Por favor, entenda — sussurrou ela, uma lágrima escorria por seu rosto.

O confronto tinha, na verdade, sido melhor do que ela esperava, considerando que ela não sabia exatamente o que iria dizer até ter começado a falar. A coisa sombria e predatória nos olhos de St. Aubyn ainda a incomodava e excitava, mas ela supunha que isso era melhor do que gritos e tentativas de ataque.

Algum dia, talvez ele até apreciasse todo o esforço dela na tentativa de transformá-lo em um cavalheiro de verdade. Evie fungou, secando as bochechas. Sequestro não fazia parte dos planos de lição que ela, Lucinda e Georgiana tinham traçado. Endireitando-se, Evelyn conseguiu dar um sorriso sinistro. Ano passado, elas receavam que as artimanhas de Georgie estivessem indo longe demais. Lorde Dare tinha sido um desafio fácil.

No andar de cima, ela deu mais uma aula de valsa, então reviu algumas instruções de última hora com as crianças mais velhas antes de serem convocadas para o almoço.

— A gente precisa dar comida pra ele? — perguntou Molly, fazendo uma careta.

— É claro que sim. E sejam gentis. Ele não está feliz por estar preso e precisamos mostrar a ele como se importar com outras pessoas além dele mesmo.

— E se não der certo? — perguntou Randall, estreitando um dos olhos com ar desconfiado.

— Vai dar — respondeu Evie, com mais confiança do que sentia. Por mais perigoso que pudesse ser, seu plano não teria sucesso a menos que St. Aubyn fosse forçado a interagir com os órfãos tutelados por ele. — Provavelmente ele vai ser rude no começo, então vamos precisar ensinar boas maneiras.

— Eu mesma vou cuidar disso — arrulhou Alice Smythe.

Evelyn receava justamente aquilo; ela sabia, por experiência própria, o quanto Santo podia ser charmoso. Ela jamais cederia aos beijos dele novamente, mas aquelas garotas, aquelas jovens moças, poderiam ser muito suscetíveis a ele.

— Apenas se lembrem do quanto isso é importante. Ele é muito traiçoeiro, então ninguém deve entrar lá desacompanhado. Eu vou ficar com as chaves das manilhas. Se ele souber que vocês não estão com a chave, não terá motivo para tentar tirá-la de vocês.

— Parece que tem um jeito mais fácil de cuidar disso. — Randall tirou uma pequena faca de entalhar do bolso.

Ah, Deus.

— Não. Ter St. Aubyn como aliado é muito melhor do que tê-lo... morto. Prometam que nenhum de vocês vai machucá-lo.

— A senhorita quer uma promessa? De nós?

— Sim, quero. E espero que vocês honrem suas palavras.

Randall fincou a faca no pé de uma cama.

— Está bem. Prometemos.

O restante das crianças engrossou o coro e, finalmente, Evie pôde respirar de novo. Todos eles tinham lições a aprender, assim como Santo. E por algum motivo, ela parecia ter sido escolhida para ensiná-las.

— Vejo vocês amanhã cedinho. Boa sorte.

—⟶⟵—

Quando Evelyn chegou à Residência Barrett, estava apenas vinte minutos atrasada, mas não conseguia se livrar da sensação de que tinha perdido mais tempo que isso e de que, de alguma forma, todos perceberiam que ela havia raptado St. Aubyn e o prendido em uma despensa no Orfanato Coração da Esperança.

— Evie — cumprimentou Lucinda, levantando-se para segurar suas mãos. — Estávamos ficando preocupadas com você.

Evelyn forçou uma risada despreocupada e foi até o sofá para dar um beijo no rosto de Georgiana.

— Não estou tão atrasada assim, estou?

— Não, mas você não costuma se atrasar.

— Eu estava brincando com as crianças.

— Já viu como está o seu vestido? — perguntou Lucinda.

Evie olhou para baixo. Ela tinha tentado se limpar, mas manchas de terra ainda maculavam seu vestido nos locais que haviam tocado o chão quando ela caíra.

— Meu Deus — disse ela, forçando o riso. — Talvez eu devesse brincar com menos entusiasmo.

— E os seus cabelos? — Georgie pegou uma das mechas que tinha se soltado de seu coque malfeito com o dedo.

Droga.

— Eu e as garotas estávamos arrumando os cabelos umas das outras. Está muito ruim?

Lucinda riu.

— Vou pedir a Helena que dê uma arrumadinha antes de você sair.

E então conversaram sobre os eventos da semana, como sempre faziam, e Georgiana as divertiu com uma anedota sobre o irmão mais novo de Dare, Edward, que tinha acabado de fazer nove anos. Evie começou, lentamente, a relaxar, embora não conseguisse afastar da cabeça a imagem de Santo acorrentado sozinho na despensa enquanto ela comia bolinhos e ria com as amigas.

— Como vai sua outra lição? — indagou Lucinda, bebericando seu chá.

— Que outra lição?

— Você sabe… St. Aubyn. Ou você decidiu aceitar nosso conselho e escolher um aluno mais racional?

— Não o vi hoje — soltou antes que pudesse se conter. *Droga, estava parecendo uma idiota.* — E… Preciso confessar — continuou ela, fingindo não ver o olhar que as amigas trocaram —, ele é um desafio maior do que eu esperava.

— Então você vai deixar isso para lá, certo? — Georgiana pegou sua mão. — Não é que duvidemos de você, Evie. É que ele é tão…

— Péssimo — concluiu Lucinda. — E perigoso.

— Pensei que a ideia fosse escolher alguém péssimo — retrucou Evelyn. — Você vivia dizendo que Dare era o pior homem da Inglaterra, Georgiana. Achei que o tinha escolhido justamente por isso.

— Eu sei. — A viscondessa deu um sorriso tímido. — Eu tinha motivos pessoais para querer ensinar uma lição a ele. Vocês duas sabem. Mas você não tem uma conexão assim com St. Aubyn.

Agora, ela tinha.

— De toda forma — continuou Evie em voz alta —, estou decidida a ensinar a ele como ser um cavalheiro. Pensem em todas as donzelas que poderei salvar.

Lucinda colocou o braço sobre seus ombros.

— Apenas se proteja, está bem? Tome cuidado. Prometa.

— Prometo — repetiu Evelyn obedientemente, começando a se perguntar se St. Aubyn a estava influenciando mais do que ela o estava influenciando. Ela nunca havia conseguido mentir com sucesso antes. — Vou tomar cuidado.

— Ótimo. E se você precisa de uma distração esta noite — continuou Luce com um sorriso —, vou até dançar com seu irmão.

Evie franziu a testa.

— Esta noite?

— O baile dos Sweeney, minha querida. Até St. Aubyn foi convidado para a balbúrdia, pelo que ouvi dizer.

As entranhas de Evie congelaram.

Ela esperava ter algum tempo livre antes do baile para ir ao orfanato e dar uma olhada em St. Aubyn, mas logo depois de chegar em casa e se trocar, encontrou Victor andando de um lado para o outro no saguão.

— Céus — disse ela, pegando a echarpe de Langley e colocando-a sozinha, já que Victor não ofereceu ajuda —, você não quer que sejamos os primeiros a chegar, quer?

— Sim, para falar a verdade, eu quero — respondeu ele, oferecendo o braço à mãe e guiando-a até a escada da frente da casa. — Tenho tentado conversar com Lorde Sweeney há mais de uma semana. Ele também passou um tempo na Índia. Não terei uma chance melhor de recrutá-lo do que esta noite. Pode ser, inclusive, que ele consiga marcar uma audiência com Wellington para mim.

Evelyn conteve um suspiro.

— E o que eu e nossa mãe devemos fazer enquanto você estiver nessa missão?

Victor olhou para ela como se ela fosse uma boneca de porcelana que acabara de desenvolver o poder de falar.

— Vocês vão conversar com Lady Sweeney, é claro.

Por um instante, Evie considerou contar que tinha um marquês rude e arrogante preso em uma despensa. E que nessa despensa havia mais um par de grilhões prontinho para outro ocupante. Mas, em vez disso, ela sorriu.

— Farei o meu melhor.

Santo não sabia que horas eram, pois não conseguia enxergar o relógio. Tinha bastante certeza de que era cedo pela manhã, embora estivesse julgando essencialmente pela dor da fome e pela barba por fazer.

Ele também não sabia há quanto tempo estava acordado, embora parecessem horas. O pouco tempo de sono foi interrompido por sonhos inquietantes, nos quais ele se vingava no corpo nu de Evelyn Marie Ruddick repetidamente, até acordar rijo e cheio de desejo.

— Idiota — resmungou ele em meio à escuridão, um som oco e monótono no pequeno recinto.

Aquela mulher o havia sequestrado, provavelmente bolado todo o plano, e ele ainda a desejava. Qualquer que fosse a lição que ela pretendia ensinar sobre desejar uma virgem teimosa e traiçoeira, St. Aubyn ainda não tinha aprendido.

Por um tempo, ele refletiu sobre o que ela tinha dito, sobre as consequências de nunca mais reaparecer na sociedade. Seus criados estavam acostumados com ausências prolongadas, sem notícias, e ele tinha acabado de comparecer ao Parlamento, então ninguém sentiria sua falta por semanas. Por causa de Evelyn, ele estava em um hiato entre amantes, então nenhuma mulher choraria de saudades dele em sua cama fria.

Quanto aos amigos, ele não tinha praticamente nenhum. Enquanto seus antigos companheiros haviam se emendado e casado, ou morrido por conta dos maus hábitos, ele simplesmente tinha afundado ainda mais no coração negro de Londres. Nem mesmo isso, contudo, era tão sombrio quanto aquela prisão depois do apagar da última vela. A verdade era essa: ninguém sentiria sua falta.

Ele estremeceu. Não tinha medo de morrer; na verdade, se surpreendia por ter durado até aquele momento. A ideia de ser completamente esquecido era o que o incomodava. Ninguém para chorar por ele, ninguém para se perguntar para onde ele tinha ido, nenhuma contribuição sua que fizesse alguém lamentar sua ausência.

A porta de fora rangeu e ele se endireitou. Um instante depois, uma luzinha passou pelas barras no topo da porta, tocando na porção superior da parede atrás dele.

Uma chave foi colocada na fechadura, então a porta foi aberta. A luz da vela inundou o recinto e ele estreitou os olhos. Um instante se passou até ele conseguir reconhecer Evelyn atrás da luz.

— Ah, sinto muito pelas lamparinas — exclamou ela. — Pensei…

— Essas acomodações são péssimas — interrompeu ele. — Suponho que também não tenha café? Ou um jornal?

Ele ouviu a voz de um garoto do outro lado da porta soltar um palavrão de admiração. Ao menos ele tinha impressionado alguém. Santo ergueu uma sobrancelha.

— Trouxe café — informou ela, colocando a vela na arandela. — E pão com manteiga e uma laranja.

— Ao menos você não mediu esforços para que eu ficasse confortável — disse ele secamente.

Ela trouxe a bandeja, colocando-a no chão e empurrando-a até ele com o cabo da vassoura. Santo estava faminto demais para ser teimoso e se inclinou para frente para pegá-la.

— Não trouxeram comida ontem à noite? — perguntou ela, sentando-se no banco além do alcance dele.

— Alguém abriu a porta e atirou uma batata crua na minha cabeça, se é disso que você está falando — respondeu ele, esbaldando-se em seu parco café da manhã. — Decidi guardar para depois.

— Sinto muito — repetiu ela, observando-o comer.

— Evelyn, se você sente muito, então me solte. Se você não vai me soltar, então, pelo amor de Deus, pare de se desculpar.

— Sim, você tem razão. Acho que só estou querendo dar um bom exemplo.

— Para mim? — St. Aubyn parou em meio às mordidas de pão. — Seus métodos são bem esquisitos.

— Bem, ao menos agora tenho sua atenção — retrucou ela.

— Você já tinha.

— Para a minha aparência, sim — disse ela lentamente. — Mas agora você precisa me ouvir. — Ela entrelaçou as mãos sobre o colo, muito digna, como se estivesse sentada em um elegante salão de café da manhã, e não em uma cela suja de pedra. — Então, sobre o que devemos conversar?

— Sobre a pena que você vai cumprir depois de me sequestrar? — sugeriu ele.

Evelyn ficou tão pálida que, por um instante, ele achou que ela iria desmaiar. Ele quase retirou o que tinha dito, mas se conteve. Ela podia achar que estava totalmente no controle, mas ele ainda tinha algum poder. Era melhor que ela se lembrasse disso.

— Tenho certeza de que poderemos, algum dia, chegar a algum tipo de acordo — disse ela após um longo momento. — Afinal de contas, tenho todo o tempo do mundo para convencê-lo.

Ela também estava aprendendo as regras do jogo rapidinho.

— Então, como você passou a noite? — perguntou ele.

— Fui ao baile dos Sweeney — contou ela. — Ah, e você deveria saber que meu irmão credita sua ausência ao alerta que ele fez para que você ficasse longe de mim.

St. Aubyn grunhiu.

— Eu deveria ter dado ouvidos a ele, de fato.

Evelyn ficou em silêncio por um instante e, quando ele ergueu os olhos, o marquês flagrou a dama analisando seu rosto. Ela corou e começou a alisar a saia dramaticamente.

— Tenho uma pequena proposta para você.

— E qual seria?

— Vou trazer uma cadeira se você ler para as crianças.

Ele poderia recusar, é claro, mas suas costas já estavam doendo de sentar no chão duro.

— Uma cadeira confortável — exigiu ele. — Com estofamento.

Evelyn assentiu.

— Em troca de uma cadeira confortável com estofamento, você também deve ensinar as vogais a elas.

— Escrevendo na terra?

— Vou trazer um quadro. E um livro de instruções.

St. Aubyn colocou a xícara de café de lado e se levantou, segurando a bandeja. Enquanto ela se levantava do banco, observando-o atentamente, ele caminhou até o limite da corrente.

— E outra vela.

Ele largou a bandeja no chão, fazendo barulho.

Evelyn hesitou por um instante, então concordou, olhando bem nos olhos dele.

— Feito.

— É uma pena que você não goste de mim — disse ele em um tom mais baixo, consciente dos pestinhas que aguardavam por ela do outro lado da porta —, porque eu apreciaria um pouco de companhia agora.

Um sorriso pequeno tocou os lábios dela.

— Verei o que posso fazer quanto a isso.

Ela se virou e caminhou até a porta.

— Volto antes de ir embora. Comporte-se com eles.

— Não é com eles que você deveria estar preocupada. — Ele a fitou com firmeza, garantindo que ela entendia o que ele estava querendo dizer, antes de empurrar a bandeja com o pé para longe de seu alcance.

Independentemente do que Evie tinha dito sobre não gostar dele, ela ainda se sentia atraída e St. Aubyn não precisava ser adivinho para perceber seus sentimentos. Além disso, ela não o tinha deixado sozinho ali no escuro novamente, um alívio pelo qual o marquês sentia mais gratidão do que provavelmente deveria. De toda forma, tudo que ele precisava era que ela desse um passo em falso. Se ela achava que ele não se aproveitaria, estava redondamente enganada.

Capítulo 13

Ele, que calejado ficou neste mundo de desânimo
Em atos, não anos, trespassando as profundezas da vida
De sorte que não resta aguardar milagres; nem no íntimo
Podem amor, ou tristeza, fama, ambição ou dúvida
Atingir seu coração com a faca afiada
Do silêncio, resistência incisiva: ele está ciente
De que a mente se refugia na caverna solitária, porém lotada
De imagens vãs e formas residentes,
Ainda íntegras, embora antigas, na prisão assombrada do consciente.
Lord Byron, *Childe Harold's*
Pilgrimage, Canto III

— Muito bem, quem são vocês?

A garotinha menor revirou os olhos.

— Sou a Rose. E aquele é o Peter e aquele é o Thomas. E é pra gente dizer que não tem nenhuma chave.

St. Aubyn pressionou os lábios. Evelyn tinha mandado os mais jovens, evidentemente crendo ser menor a chance de que ele lhes fizesse algum mal.

— E vocês também não trouxeram nenhuma cadeira.

— A Senhorita Evie disse que o senhor tem que demonstrar boa bondade.

— Boa vontade, você quis dizer? — corrigiu ele.

— Não sei, porque eu só tenho sete anos. O senhor vai ler pra gente agora?

O mais velho dos dois garotos, Peter, empurrou um livro de histórias para ele. Obviamente, Evelyn os tinha instruído a não chegarem muito perto, pois todos os três se aglomeraram no canto ao lado da porta.

Ele pegou o livro e o abriu.

— A Senhorita Evie disse por que devo ler para vocês?

— Porque assim o senhor vai poder ganhar a cadeira — respondeu Thomas.

— E para gostar da gente — complementou Peter.

— Para que eu goste de vocês? — repetiu St. Aubyn.

Hum, aquilo fazia sentido. Evie ainda estava tentando convencê-lo a não destruir o orfanato fazendo-o criar laços com os órfãos. Queria amolecer seu coração; era uma pena, portanto, que ele não tivesse um coração.

— Vamos começar, então.

Por mais estranho que fosse, para ele, estar cuidando de crianças, ele precisava admitir, enquanto lia e mostrava as figuras, que era melhor que ficar sozinho na cela. Companhia infantil era melhor que nenhuma companhia.

— Que maravilha — disse a voz de Evelyn da porta. — O Lorde St. Aubyn é um bom contador de histórias?

Rose assentiu.

— Ele deixa as partes assustadoras bem assustadoras.

— Isso não me surpreende. — Ela entrou na cela. — Mas agora está na hora de vocês subirem para o almoço. Lembrem-se de usar as escadas dos fundos e dar a volta pelo dormitório.

— Sim, senhorita. E não devemos dizer nada sobre ele.

— Isso mesmo.

As crianças correram pela porta.

— Adorável — pontuou St. Aubyn. — Ensinando-os a serem criminosos já na infância. Facilita as coisas para mais tarde, suponho.

— Só pedi que eles guardassem um segredo em prol de todas as crianças.

Ele fechou o livro e o largou.

— Você só está adiando o inevitável. Você poderia me matar, Evelyn Marie?

Ela engoliu em seco.

— Não tenho intenção alguma de machucá-lo. Por qualquer motivo que seja.

Aquilo o surpreendeu.

— Então este orfanato está fadado a virar um dos parques do príncipe-regente.

— Não se você mudar de ideia.

— Não vou mudar. Quem serão meus próximos pupilos?

— Apenas um. Eu. — Evie olhou para trás. — Mas, antes, eu lhe prometi uma cadeira.

Ela deu um passo para o lado enquanto Randall e Matthew entravam com uma pesada cadeira acolchoada, obviamente retirada da sala de reuniões do conselho. Com os olhos colados em St. Aubyn, eles arrastaram a cadeira até o limite de seu alcance.

— Aí está bom. Inclinem um pouquinho mais para frente. Ele pode puxá-la a partir daí.

— Sim, senhora, capitã — disse Matthew, sorrindo ao chutar a cadeira, que caiu para trás.

Evelyn gostaria que eles não estivessem se divertindo tanto, especialmente diante de St. Aubyn. A expressão do marquês, entretanto, não se alterou, e ele manteve os olhos nos dois garotos até que saíssem da cela, fechando a porta.

— Um dos meus colegas do conselho disse que eu acabaria transformando este lugar em um cortiço de ladrões — disse ele com sua fala arrastada. — Parece que você saiu na minha frente.

— Não acredito que batalhar por autopreservação seja roubo — retrucou ela. — Além disso, a cadeira é propriedade do orfanato. Foi apenas realocada.

Levantando-se, ele suspirou.

— Minhas costas estão cansadas demais para perder tempo discutindo semântica.

Sem nenhum esforço aparente, ele endireitou a cadeira e a arrastou até seu canto, para o lado do colchão.

Ele parecia cansado e estava desgrenhado, precisando desesperadamente fazer a barba. Suas roupas finas estavam cobertas de poeira e havia uma mancha escura de terra em sua bochecha, misturada com o sangue. Era estranho que, por mais que ela sempre o tivesse achado atraente, ele parecesse ainda melhor naquelas condições. A sofisticação se esvaíra, mas o homem por baixo permanecia tão tentador quanto antes.

— Tentando pensar na próxima tortura que vai me infligir? — perguntou ele, afundando na cadeira com um suspiro de alívio que certamente não podia ser falso.

— Você precisa fazer a barba — comentou ela, sentindo as bochechas corarem.

— Bem, só o que tenho para executar tal tarefa é a corrente do meu relógio, e não é muito afiada.

— Verei o que posso providenciar. — Evie se sentou no pequeno banco. — Acho que está na hora de eu explicar minha posição a você.

Ele se recostou, fechando os olhos.

— Pensei que você já tivesse feito isso. Estou aqui porque me intrometi entre você e sua única chance de fazer a diferença no mundo.

— Rose mora aqui desde que tinha dois aninhos, sabia? Matthew, também. E Molly, desde que tinha três anos e meio. Este é o lar deles.

— Eles podem estabelecer um lar em qualquer outro orfanato. Sem a minha presença no conselho. Você poderia até mesmo se voluntariar nesse novo local e salvar o mundo em King's Cross Road, ou em qualquer outro lugar.

— Não é essa a questão. Eles se tornaram irmãos e irmãs e você quer separá-los porque é inconveniente para você estar aqui.

Olhos verdes se abriram, encarando-a.

— "Inconveniente" não começa nem a descrever, Evelyn. As pobres criancinhas abandonadas da senhora minha mãe. Era ridículo. Ela dizia que com certeza passariam alguma doença terrível. A maneira dela de demonstrar coragem e convicção era colocá-las em uma fila para inspeção uma vez por mês.

— Você me contou.

— E então, quando ela pegou sarampo, culpou os pestinhas. E, mesmo assim, em seu testamento estava escrito que eu deveria cuidar do Orfanato Coração da Esperança. Ela não teve tempo de alterar essa cláusula. — St. Aubyn soltou uma risada curta, sem humor algum. — Os anjinhos dela a mataram, no fim das contas, e agora ela me obriga a ficar aqui preso com eles.

O desgosto de St. Aubyn pelo orfanato era mais profundo do que Evelyn imaginava. Ela ficou olhando para ele por um bom tempo.

— Eles não são pestinhas, nem anjinhos. São apenas crianças, sem qualquer pessoa para cuidar delas.

St. Aubyn fechou os olhos novamente e cruzou as pernas, fazendo as correntes tilintarem.

— Elas têm você, Evelyn. Só que você tem vergonha de contar para qualquer pessoa que está aqui, não é?

— Não tenho vergonha. Mas é que isto aqui... não se encaixa no que meu irmão considera serem minhas obrigações, por isso preciso agir em segredo. Só isso.

— Você já se perguntou de que diabos adianta ensiná-las a dançar ou a ler, Evelyn? — continuou ele. — Assim que essas crianças fizerem dezoito anos terão que ir embora daqui. Tirando as garotas, que poderão dançar em algum estabelecimento sórdido à espera de alguns trocados quando levantarem as saias, não consigo pensar em nenhuma instrução prática que você tenha dado até agora.

Evelyn apertou as mãos, decidida a não deixar que ele percebesse o quanto suas palavras a chateavam.

— A dança e a leitura são meios para um fim, milorde — respondeu ela secamente. — Estou aqui para prover um pouco de gentileza, para mostrar a elas que o mundo não é inteiramente povoado por homens egocêntricos, arrogantes e sem coração como o senhor.

— São palavras corajosas para dizer a alguém que está acorrentado a uma parede, minha cara — murmurou ele, seus olhos brilhando em meio às pálpebras semicerradas. — Talvez você pudesse ser gentil comigo e me trazer algo para almoçar.

Ele tinha comido tão pouco pela manhã que provavelmente estava morrendo de fome.

— As crianças vão trazer algo quando retornarem da aula da tarde. — Ela se levantou, limpando a saia, então parou. — Você tem um coração em algum lugar aí dentro? — perguntou ela.

— Se tiver, não é aqui que você vai me convencer disso. — Ele se endireitou. — Se eu ensinar as consoantes, posso ter papel e lápis?

— Sim. É claro. Venho vê-lo novamente antes de ir embora.

Evie o deixou sentado na cadeira. Ela sabia que convencê-lo a não destruir o orfanato seria uma missão monumental sob quaisquer circunstâncias; tê-lo preso na despensa tornava a situação ainda mais difícil. Ao menos ela ainda tinha algo a seu favor. Tempo. Tempo e paciência. E uma boa dose de sorte — era o que ela esperava.

Quando Evelyn retornou à cela no final do dia, o marquês não estava mais disposto a cooperar do que estivera mais cedo. Ela não podia culpá-lo; se ela tivesse passado a noite trancada em uma cela escura, estaria muito mais perto da histeria do que da raiva. Por esse motivo, ela o abasteceu com uma vela e uma pederneira para que ele não precisasse passar por aquilo de novo. Mesmo assim, ela odiava o fato de deixá-lo sozinho e ir para casa. Mas a verdade é que ele tinha atraído aquele destino para si mesmo, Evie ficou repetindo enquanto retornava à Residência Ruddick e se trocava para jantar.

— Evie, você não ouviu uma palavra do que eu disse a noite toda. — Victor largou a taça de vinho da Madeira com força o suficiente para espirrar o líquido pelas bordas. Um criado apareceu imediatamente para limpar a mesa e encher a taça.

— Eu disse que estou com um pouco de dor de cabeça — respondeu ela, piscando.

Ela mal tinha tocado no jantar e iria precisar de força para a próxima rodada de combate verbal com St. Aubyn. Fazendo uma careta, voltou a cortar o faisão assado.

— Mesmo assim, eu gostaria que você se esforçasse para prestar atenção. Lorde Gladstone nos convidou para jantar amanhã à noite. Eu aceitei o convite em seu nome.

Ela engasgou com a boca cheia de faisão.

— Você...

— Aparentemente, Lady Gladstone mencionou meu nome para ele, e disse ter achado você encantadora. Por favor, certifique-se de ser mesmo adorável. Plimpton tem bajulado os dois incansavelmente, então talvez essa seja nossa última oportunidade.

— Não prefere ir com mamãe? Ela é muito melhor em conversas educadas do que eu. E...

— Não, quero que você vá comigo. Você é a única que Lady Gladstone conhece. — Victor deu uma garfada e mastigou. — Ainda bem que mandei você conversar com ela. Você causou uma boa impressão, no fim das contas. Obrigado.

— Sabem — disse a Senhora Ruddick do outro lado da mesa —, dizem que Lady Gladstone e aquele pavoroso Marquês de St. Aubyn são amantes.

— Essa é outra questão — emendou Victor. — Não toque no nome daquele canalha quando estivermos lá. Lorde Gladstone provavelmente sofreria uma apoplexia e então em que situação ficaríamos?

— Mas você não se importa que eu faça amizade com Lady Gladstone? Victor franziu a testa.

— Ela é o motivo pelo qual fomos convidados.

— Mesmo que haja rumores de que ela arranjou um amante por trás das costas do marido? Achei que você defendesse a moralidade.

— As pessoas gostam de defender a moralidade, e não permitirei que você diga o contrário. St. Aubyn também anda cercando você, pelo que me lembro. Ou seria você que o está cercando, só para me irritar?

— Nenhum dos dois — respondeu Evie secamente.

— Eu me pergunto por que é que alguém sequer o tolera — comentou a Senhora Ruddick por trás de uma fatia de pão.

— Provavelmente porque ele não finge ser qualquer outra coisa além do que é — respondeu Evelyn.

— Quem dera todos nós pudéssemos nos dar esse luxo. — Victor suspirou. — São só mas algumas semanas, Evie. Por favor, venha comigo.

Ela baixou a cabeça.

— Está bem, Victor.

Evie se despediu cedo, então se escondeu na biblioteca até Victor desaparecer dentro do escritório, fechando a porta ao entrar. Alguns minutos depois, Hastings, o valete dele, desceu pelas escadas dos criados para pegar as camisas e gravatas do dia seguinte.

— Tranquila, Evie — disse ela para si mesmo, atravessando às pressas o corredor até o quarto de seu irmão.

Já dispostos na penteadeira e prontos para a ablução de Victor, ela encontrou a lâmina de barbear, seu sabonete e o pincel. Evelyn pegou tudo, inclusive a caneca.

Embrulhando em um lenço que tinha levado consigo, Evie ficou ouvindo os ruídos do corredor por um instante, então correu para seu próprio quarto. Assim que teve a certeza de que estava sozinha, ela dispôs os itens sobre a cama para estudá-los.

É claro que ela não entregaria uma lâmina para St. Aubyn, pois se ele tivesse uma arma, ela nunca conseguiria se aproximar o suficiente para soltá-lo. Aquilo significava que ela mesma precisaria barbeá-lo. Evie sabia a teoria de como barbear um homem, embora nunca mais o tivesse feito desde que tinha sete anos de idade, quando o pai permitia que ela espalhasse o sabão por seu rosto. Barbear St. Aubyn, no entanto, não era o problema.

Perambulando até a lareira e retornando, Evie refletiu. A cela era equipada com algemas, mas convencê-lo a colocá-las nos pulsos seria impossível sem alguma ferramenta de persuasão.

E a persuasão, no caso daquele homem, significava ou o corpo de Evelyn ou uma pistola. Um frisson se espalhou por seu corpo ao pensar no que ele poderia exigir. Ao mesmo tempo, ele ainda se lembrava do último truque dela e provavelmente não cairia de novo. St. Aubyn podia ser um devasso, mas não era, de forma alguma, tolo.

Uma pistola, então, embora ele devesse saber que ela jamais atiraria nele. Um dos garotos seria uma escolha melhor, mas pensar em Randall ou Matthew com uma arma de fogo enchia Evelyn de pavor.

Lentamente, ela se deitou na cama, passando o pincel de barbear seco pelo queixo. Talvez fazê-los *pensar* que os garotos estavam armados fosse o bastante.

Evie sorriu. Assim que pegasse uma das pistolas de Victor, St. Aubyn estaria barbeado pela manhã. Talvez ela até conseguisse um pouco de faisão frio com a Senhora Thatcher, a cozinheira, para o café da manhã dele.

Santo jogou outra pedrinha no balde. Ele já tinha feito desenhos de Evelyn, dele mesmo, da Morte, e de seus alunos nas poucas folhas de papel que recebera. E já tinha lido o livro que Evelyn deixara tantas vezes que o tinha decorado, embora se tratasse de uma obra de etiqueta feminina intitulada *O espelho da graciosidade*, de "Uma Dama de Respeito". Parecia algo que Evelyn e suas amiguinhas teriam escrito. Se a intenção dela era elucidá-lo, Evie tinha falhado, mas a obra ao menos tinha feito o marquês dar umas risadas.

Ele odiava se sentir entediado. Para falar a verdade, ele dedicava boa parte de sua energia justamente evitando o tédio.

Como Evie tinha apontado, naquele momento, St. Aubyn não dispunha de nada além de tempo. E o problema é que isso levava a tudo quanto é tipo de atitude insalubre — como pensar.

Ele jogou outra pedrinha no balde. Mesmo com uma vela para uso pessoal, o silêncio e a solidão da noite pareciam durar uma eternidade. Concentrar-se nos desconfortos físicos era mais fácil do que ponderar se seus criados sequer notaram sua ausência pela segunda noite consecutiva ou se qualquer outra pessoa de Londres sequer sentira sua falta.

Indubitavelmente, os incômodos físicos de sua estadia forçada estavam se acumulando; suas roupas e sua pele pareciam encardidas, o tornozelo esquerdo alternava entre o latejar e a dormência, e o rosto coçava. Pior que qualquer outra coisa, contudo, era uma sensação da qual ele nunca tivera consciência antes: ele se sentia sozinho. Ele, o Marquês de St. Aubyn, se sentia sozinho.

Coçando o queixo distraidamente, ele se mexeu para pegar outra pedrinha, então congelou quando a porta do andar de cima abriu com um rangido. Ele começou a colocar o paletó que havia tirado, mas concluiu que era inútil. A essa altura, nada o faria parecer mais amigável ou menos imundo.

Apenas se certificou de que as correntes estavam devidamente escondidas sob o colchão. Com alguma sorte, alguém — Evelyn — se esqueceria da extensão de seus movimentos e ele teria a chance de capturar a chave das manilhas.

Ele sentiu o aroma cítrico quando a porta se abriu e antes mesmo de Evelyn aparecer, ele sabia que ela estava ali novamente para vê-lo. Por mais insano que fosse o estratagema dela, ao menos parecia genuinamente preocupada com o bem-estar dele. Isso era mais do que ele poderia dizer sobre a maioria das pessoas que conhecia.

— Bom dia — cumprimentou ela, fitando-o atentamente. Ele não a culpava; ele não tinha sido amistoso ontem. Por outro lado, ela não merecia nada de diferente.

— Bom dia. Trouxe minha ração de pão e água, espero?

— Na verdade, consegui trazer um sanduíche de faisão e chá quente.

A boca do marquês começou a salivar.

— É mesmo? O que preciso fazer para ter acesso a essa iguaria?

— Nada.

Matthew Alguma-Coisa entrou com a bandeja na cela e a empurrou na direção dele com o cabo da vassoura. Tentando não agir de forma tão faminta quanto se sentia, St. Aubyn se levantou, pegou seu café da manhã e se acomodou em sua bela e macia cadeira. Duas outras crianças trocaram as velas gastas das paredes por velas novas e o marquês lambeu o polegar e o indicador para apagar sua vela de leitura. Não havia motivo para desperdiçá-la.

Evelyn pigarreou e ele percebeu que estava engolindo o sanduíche de maneira um tanto incivilizada.

— Meus cumprimentos ao chef — murmurou ele, tomando um gole de chá. Ele preferia com mais açúcar, mas não ia reclamar. Ao menos a batata que eles tinham arremessado nele na noite anterior estava cozida.

— Obrigada — respondeu ela, sorrindo.

St. Aubyn ficou olhando para os lábios suavemente curvados de Evelyn até sua expressão entretida vacilar. Ele arqueou a sobrancelha para encobrir o desconforto. A solidão obviamente o estava deixando louco.

— *Você* fez meu café da manhã?

— Para falar a verdade, é meu almoço, mas achei que você o apreciaria mais do que eu. E sim, eu mesma fiz.

— Obrigado, então — disse ele, arriscando um sorriso.

St. Aubyn decerto parecia um morto de fome fugido do hospital psiquiátrico, mas ela não saiu correndo gritando de pavor. Ele começava a perceber que ela era muito mais corajosa do que ele imaginava.

— Por nada. — Ela se virou, voltando para a porta, e St. Aubyn se moveu tão abruptamente que quase derrubou a bandeja.

— Você está indo embora? — perguntou ele, segurando o restante de seu sanduíche antes que caísse no chão.

Evelyn parou, olhando para trás.

— Não. Eu trouxe outro presente para você. Dois, na verdade.

— Um deles não é uma chave? — arriscou ele. — Ou talvez envolva você tirando a roupa?

Ela corou lindamente.

— Você não está em posição de dizer esse tipo de coisa.

— Estou preso, não castrado. A menos que essa seja a sua surpresa.

A boca de Evelyn se contraiu, mas ela desapareceu atrás da porta apenas por um instante, retornando com uma pequena mesa cheia de coisas e Randall. St. Aubyn manteve os olhos no garoto; ele não tinha como provar, mas tinha bastante certeza de que tinha sido Randall quem o acertara com o bastão.

— Primeiro — disse Evelyn, colocando a mesa no chão —, preciso pedir que você coopere.

Isso não parece promissor. Ele engoliu o último pedaço de sanduíche.

— Que eu coopere com o quê? — perguntou ele lentamente.

A bandeja não era uma arma que se prezasse, mas ao menos serviria de distração, se necessário. Ele segurou a ponta do frágil objeto com firmeza.

Evie parecia nervosa.

— Preciso que você… se levante e passe a mão por aquela algema ali.

Ele ficou apenas olhando para ela.

— Agora, por favor.

Várias respostas vieram à sua cabeça, mas St. Aubyn julgou todas superficiais e inadequadas.

— Posso estar um tanto desgrenhado — disse ele por fim —, mas garanto a você, Evelyn, que eu preferiria arrancar meu próprio pé a permitir que você me acorrente a essa parede.

Ela empalideceu.

— Você entendeu errado. É só por alguns minutos, para que… para que eu possa barbeá-lo.

Ora. Isso foi inesperado. A raiva começou a se transformar em algo mais caloroso e menos tangível, embora ele ainda tivesse orgulho o suficiente para que toda aquela situação o enraivecesse.

— Eu mesmo posso fazer minha barba.

— Não vou entregar uma lâmina a você.

— Moça esperta, hum? Mas não me sinto particularmente civilizado e não vejo sentido em permitir que você se engane ao achar que vai me deixar mais confortável removendo a porcaria do meu bigode.

— Não é essa a questão — insistiu Evie. — Estou tentando trazer à tona suas melhores qualidades. Acredito que seja mais fácil se comportar como um cavalheiro se estiver com o aspecto de um.

Ele cruzou os braços.

— Mas eu não sou um cavalheiro.

— De toda forma — persistiu ela —, por favor, coopere.

— É — reiterou Randall, tirando uma pistola das costas —, faça o que a Senhorita Evie mandou, milorde.

— Hum — murmurou St. Aubyn, todos os seus sentidos alertas enquanto, lentamente, deixava a bandeja de lado e se levantava. — Bem, acho que até o diabo poderia fingir ser um cavalheiro sob a mira de uma arma.

Evelyn não pareceu surpresa ao ver a arma; provavelmente tinha sido ela quem a forneceu ao garoto. St. Aubyn se perguntou se ela tinha ideia real de quantas leis estava quebrando com aquele experimento.

— É só por precaução, Santo — explicou ela em um tom gentil. — Por favor, faça o que eu estou pedindo.

Ela não soltou o ar que estava prendendo até ele dar um passo lento e deliberado em direção à parede. Ela sabia que ele se rebelaria quando sugerissem que ele ficasse ainda mais acorrentado, mas se ele tivesse cooperado sem o artifício da pistola, isso teria significado alguma coisa. É claro que Randall não havia deixado muito tempo para que St. Aubyn considerasse suas opções.

Com o maxilar contraído e os olhos pungentes e frios, ele ergueu a algema do lado direito presa à parede. O olhar que ele lançou a Evelyn dizia que ela iria pagar por aquilo, mas ela já estava tão afundada em problemas que acrescentar mais um à pilha dificilmente pioraria a situação. Respirando fundo, ele enfiou a mão direita na manilha e a fechou com a mão esquerda.

Evie olhou para Randall, reparando na maneira experiente com que o jovem segurava firmemente a pistola. Ainda bem que não estava carregada. Com a respiração ofegante, ela partiu para o território da cela que era só do prisioneiro.

O pulso direito de St. Aubyn estava suspenso acima do ombro. A mão esquerda, contudo, ainda estava livre e ele parecia furioso o suficiente para que Evie não tivesse certeza de que a ameaça de uma pistola o impediria de agarrá-la. Ela poderia simplesmente esquecer aquilo tudo, deixar que a barba dele crescesse até os joelhos, mas seu argumento era sério. Ela precisava que ele fosse um cavalheiro e ele, portanto, precisava aparentar ser um. Além disso, mesmo que ela mudasse de ideia naquele momento, ainda precisaria se aproximar dele para abrir a algema.

— Com medo de mim, Evelyn? — murmurou ele, aparentemente lendo seus pensamentos.

— Cautelosa, apenas — responde ela, aproximando-se do marquês.

Sem o paletó, com as mangas da camisa erguidas e a gravata suja e desalinhada, ele parecia, de alguma forma, ainda mais masculino e viril.

Evelyn foi abrupta e forçosamente lembrada de que mesmo com todo o tempo que haviam passado juntos, eles não se tocavam havia três dias. E na última vez em que isso aconteceu, Santo estava removendo seu vestido e enfiando a língua em sua boca.

— Seus dedos estão tremendo — reparou ele, abaixando a mão esquerda.

— Alto lá, marquês — advertiu Randall.

— Você não precisa tornar as coisas tão difíceis assim — disse Evelyn, parando diante de Santo. Prendendo a respiração, ela pegou o pulso dele com os dedos.

— Preciso, sim. — Santo baixou o tom de voz para pouco mais que um sussurro. — Eu sei o que você quer.

Ele não resistiu quando ela ergueu seu braço e prendeu seu pulso esquerdo na manilha.

— E o que eu quero? — perguntou ela, sentindo-se mais ousada agora que ele estava preso.

Santo deu um sorriso fraco, torto e sombrio em meio à barba de três dias por fazer.

— Não cabe a mim ser cavalheiro, Evelyn Marie. — Ele olhou para Randall. — Mande o garoto embora. Você não precisa mais dele.

Se tivesse algum juízo, Evie não teria obedecido. Com Randall ali, contudo, St. Aubyn jamais conversaria com ela sobre qualquer coisa séria ou importante. Além disso, no lugar mais profundo e sombrio dentro dela, que sussurrava que tudo aquilo era uma desculpa para tocá-lo novamente, Evelyn sabia que também não queria Randall presente.

Ela se virou de leve.

— Randall, esconda a pistola na despensa, onde nenhuma das outras crianças vá encontrar. Você tem uma aula de leitura marcada com a Senhora Aubry agora, não tem?

O garoto louro assentiu.

— Sim. Mas não vá soltar ele sem eu estar aqui, senhorita.

— É claro que não. Você pode voltar em trinta minutos?

— Tem certeza de que quer fazer isso?

— Sim. É necessário.

— A senhora quem manda, capitã. Mas é melhor que ele se convença logo.

— Pode apostar.

O garoto saiu, fechando a porta.

— Cuidado com ele — advertiu St. Aubyn em um tom baixo, o rosto virado na direção da porta, como se estivesse ouvindo alguma coisa.

— Randall?

Ele voltou sua atenção para ela.

— Se você não fizer o que ele quer, nada o impede de trancá-la aqui dentro comigo.

Evie olhou para ele, uma breve e inquieta euforia se espalhou por seu corpo.

— Está preocupado comigo?

— Acho que você está bem mais encrencada do que imagina e acho que qualquer erro da sua parte pode acabar me matando.

Então ele ainda estava pensando apenas em si mesmo.

— Você ameaçou tirar o lar dele, Santo. Como acha que ele deveria reagir? Como acha que qualquer um deles deveria reagir?

St. Aubyn fez uma careta.

— Ainda não estou convencido. No momento, Evelyn, você é que me importa. — Ele puxou as correntes que prendiam seus pulsos. — Então tome cuidado. Não quero acabar como um esqueleto na despensa de um orfanato.

— Isso não vai acontecer.

Aquilo era ridículo. Mesmo em meio a uma declaração mercenária, ele era capaz de deixar claro que ela era importante e fazer seu coração acelerar. St. Aubyn demonstrava tão pouca preocupação com qualquer outra pessoa que, quando o fazia, mesmo que de forma fugaz, era tão espetacular quanto um raio.

— Evelyn?

Ela se sobressaltou, seu olhar se voltando novamente para aqueles olhos verdes enigmáticos. Se ele sabia o que ela estava pensando, não disse nada. Evelyn corou. Ninguém a fazia corar como ele; provavelmente porque ninguém dizia coisas que a deixavam encabulada, ou que a faziam pensar em qualquer coisa além de seus modos recatados.

— Peço desculpas. Estava refletindo sobre seu alerta. Não me esquecerei.

— Ótimo.

— Agora, creio que você precise ser barbeado.

— Para falar a verdade — respondeu ele, sua expressão amenizando um pouco —, meu rosto está coçando infernalmente.

Evie desejou que ele continuasse zangado; quando irônico e charmoso, o Marquês de St. Aubyn provocava sensações inusitadas demais.

Respirando fundo mais uma vez, Evelyn se afastou para puxar a mesinha. Felizmente, tinha escapulido da Residência Ruddick antes que Victor acordasse e percebesse que suas coisas não estavam lá. Ela sem dúvidas escutaria muito sobre o roubo quando retornasse para casa, e durante toda a noite com Lorde e Lady Gladstone.

— Que amolação — resmungou ela, misturando o sabão com água.

— Eu me ofereci para fazer isso.

Fazendo uma careta, ela mergulhou o pincel na água ensaboada.

— Não estou falando de você. Estou falando do jantar ao qual preciso ir.

— E por que isso a incomoda?

Ela pausou, o pincel no meio do queixo dele.

— Por que você quer saber?

— Por que não? Não é como se eu tivesse qualquer coisa para fazer além de ouvir suas divertidas histórias.

— Não é nada de mais. Meu irmão e eu fomos convidados para jantar com Lorde e Lady Gladstone.

A expressão dele não mudou, embora todos soubessem que ele e a condessa eram amantes.

— Suponho que você não mandaria minhas saudações a Fatima?

— Não, de fato não. — Evie bateu o pincel, espirrando mais espuma do que esperava no rosto, no pescoço e na gravata desgrenhada dele. — Desculpe.

— Tudo bem. Mas me diga por que você não gosta da minha querida Fatima.

— Hunf. Conte-me por que você gosta dela.

— Seios macios e adoráveis, pernas longas e esguias, e uma vontade de f...

— Pare! — ordenou ela. — Você está falando de uma mulher casada!

St. Aubyn deu de ombros, fazendo as manilhas tilintarem contra a parede de pedra áspera.

— Levo os votos de casamento dela tão a sério quanto ela própria. Quanto todo o restante das pessoas na sociedade. Você não pode ser tão ingênua assim.

— Não me considero ingênua. Gosto de pensar que sou honrada.

O marquês soltou uma risada curta, totalmente artificial.

— Você é incomum, Evelyn. Preciso admitir. Agora, vai fazer minha barba ou apenas me ensaboar?

— Você é péssimo. — Evie baixou a mão e ficou olhando para ele. Como ela podia se sentir... atraída por esse homem?

— Nunca disse que não sou. Não é minha culpa se você vê algo diferente disso em mim, minha cara.

Por um longo momento, Evelyn permaneceu em silêncio, refletindo.

— Prefiro pensar que enxergo em você aquilo que poderia se tornar por baixo desse cinismo e dessa barba. — Lentamente, ela ergueu o pincel novamente, deslizando-o pela bochecha dele. — Pretendo revelar essa pessoa.

— Receio que ela tenha morrido muito tempo atrás. E ninguém, incluindo eu mesmo, lamentou sua partida.

— Pare de falar. Estou tentando fazer isso direito.

Mergulhando o pincel no sabão novamente, ela espalhou a espuma pela outra bochecha dele. Evie gostava de tocá-lo quando ele não podia fazer nada a respeito, quando o contato se dava totalmente nos termos dela.

— Já decidiu quanto tempo minha sentença vai durar? — perguntou ele quando ela largou a caneca e pegou a lâmina.

— Prefiro pensar nisso como uma educação compulsória.

— Se nossas posições fossem trocadas, eu poderia pensar em várias maneiras de educá-la — disse ele, dando um leve sorriso. — Estou à sua mercê, Evelyn. Fazer a minha barba é realmente a coisa mais selvagem, mais perversa em que você conseguiu pensar?

O tom grave, sensual e arrastado dele a faz estremecer. Com os dedos trêmulos, ela se afastou por um momento para se recompor.

— Comporte-se — ordenou ela.

St. Aubyn desviou o olhar do rosto dela para a lâmina.

— Ao menos me dê um último beijo antes de cortar minha garganta com isso aí.

— Shh. — Pressionando os dedos da mão livre no queixo dele para firmá-lo, lentamente e com cuidado, Evie deslizou a lâmina afiada pela lateral do rosto de Santo. — Seria mais fácil se você não fosse tão alto — reclamou ela, soltando o ar.

— Use o escabelo — sugeriu ele, fazendo as correntes tilintarem novamente ao indicar o objeto do outro lado do recinto.

St. Aubyn parecia subitamente prestativo e enquanto pegava o escabelo e subia nele, Evelyn compreendeu por quê. De repente seus olhos estavam na mesma altura dos de St. Aubyn, seu rosto a centímetros do dele.

— Eu…

Inclinando-se para frente, forçando as correntes, St. Aubyn capturou a boca dela em um beijo intenso e ensaboado.

Evie sentiu o calor descer até os dedinhos dos pés. Tudo que ela precisava fazer era se afastar alguns centímetros e ele não conseguiria mais alcançá-la. Saber disso a fazia se sentir… poderosa, mesmo que a boca árdua e exigente dele contra a sua a deixasse sem fôlego e ansiando por coisas que ela não ousava pronunciar em voz alta.

Ela o beijou de volta, embrenhando a mão livre nos cabelos escuros e desalinhados dele e passando a língua por seus dentes em um gesto de ousadia. St. Aubyn gemeu e uma sensação quente e formigante desceu pelas costas de Evie, iniciando uma chama branda entre suas coxas.

Ah, ele tinha razão. Havia tantas coisas que ela preferia estar fazendo com ele em vez de barbeá-lo. Ela o beijou novamente, um beijo quente, intenso. As correntes em torno dos pulsos dele chacoalharam quando ele as puxou, tentando abraçá-la. Ele era seu e ela podia fazer o que quisesse com ele. O que quisesse.

— Pare — sibilou ela, mais para si mesma do que para ele.

— Por que, Evelyn? — murmurou ele, sedutor como o diabo. — Vamos. Coloque suas mãos em mim.

Ela queria; queria tanto que descer do escabelo lhe causou dor física.

— Não.

Ele fez uma careta. Tinha espuma espalhada pelo rosto e apenas uma bochecha barbeada.

— Você me deseja tanto quanto eu desejo você. Venha cá.

Evelyn sacudiu a cabeça, tentando clarear a mente do nevoeiro quente e intoxicante que a presença dele provocava.

— Não se trata do que eu ou você desejamos. A questão é o que é melhor para aquelas crianças.

— Não se superestime — retrucou ele, fazendo uma última investida na direção dela e então batendo de volta na parede. — Você realmente achou que fazer a minha barba me transformaria na sua versão de herói? Você queria me tocar. Ainda quer. Estou vendo você tremer de desejo.

— Não estou. — Ela escondeu as mãos trêmulas atrás das costas.

— Já chega, Evelyn. Esqueça essa bobagem e vou levar você a um lugar com lençóis de cetim e pétalas de rosa. — Ele baixou o tom de voz ainda mais, para aquela fala arrastada, suave e sensual que fazia o coração de Evie acelerar. — Eu quero estar dentro de você, e é assim que você me quer.

— Você está se iludindo — retrucou ela, caminhando até a porta e retornando. — Sim, você é bonito e tenho certeza de que é… habilidoso nesse quesito. — St. Aubyn era enlouquecedor. Mais ainda porque suas palavras criavam imagens na mente dela, imagens tentadoras e excitantes. — É melhor você se lembrar, contudo, que não está preso a essa parede por ter mais qualidades do que defeitos.

Ele ergueu uma sobrancelha.

— E?

— E então é melhor parar de tentar me seduzir e escutar o que estou dizendo. — Ela pegou o escabelo, puxou-o um pouco para trás e subiu novamente. — Agora, fique quieto.

— Enquanto você estiver pressionando uma lâmina contra minha garganta, meu bem, vou fazer o que você mandar. Mas não estou aqui porque quero ser convencido de alguma coisa. Estou aqui porque você mentiu para mim e me prendeu. É você quem tem uma missão. E não planejo ficar aqui por mais muito tempo, então é melhor você terminar de uma vez.

Ao menos ele a tinha deixado com raiva o suficiente para ela não pensar mais em beijá-lo. St. Aubyn não era um covarde, para provocá-la enquanto ela segurava uma lâmina de barbear. Mesmo assim, se Evie esperava que ele se tornasse civilizado, precisaria dar o exemplo.

Ela respirou fundo.

— Não tenho dúvidas, dado o seu… aguçado senso de autopreservação, de que você tentará escapar. — Ela deslizou a lâmina pela outra bochecha dele, tentando ignorar os olhos verdes penetrantes que observavam cada movimento seu. — É exatamente por esse motivo que eu também acredito que você vai ouvir meu argumento.

Um sorriso lento e safado curvou a boca dele.

— Antes de começar, acho que você deveria limpar a espuma do seu queixo, Evelyn Marie.

Capítulo 14

*Seu amor era a essência da paixão — qual
Árvore incendiada por raio; em chamas sublimes
Inflamado ele era, e amaldiçoado; pois ser como tal,
E enamorado, nele eram equânimes.*
Lord Byron, *Childe Harold's
Pilgrimage, Canto III*

Santo esperava que alguém estivesse cuidando de seu cavalo. Evelyn tinha mencionado que haviam colocado Cassius nos antigos estábulos do quartel, o que fazia sentido; independentemente de seus colegas sentirem sua falta ou não, alguém provavelmente repararia em um premiado puro-sangue árabe amarrado diante do Orfanato Coração da Esperança por uma semana. Alimentar o garanhão era outra parte da equação, mas considerando a compulsão de Evelyn por resgatar crianças, ele presumiu que ela seria igualmente diligente em alimentar o animal.

Uma maldita semana. Ela até levara para ele um exemplar do *London Times* no dia anterior, só para provar que ninguém havia denunciado o desaparecimento de um marquês. Ele caminhou até o limite da corrente e voltou, como já estava fazendo há uma hora. Dificilmente contava como um alongamento para as pernas, mas ele precisava de algum tipo de exercício.

St. Aubyn tinha entrado no jogo e havia aprendido os nomes de todos os órfãos, ensinara a eles as letras e os números. No mínimo, a atividade ajudava a passar o tempo. Ele sabia o que Evelyn queria: um sinal de que ele tinha adquirido alguma consciência e se apaixonado pelos pestinhas. A parte teimosa e orgulhosa dele se recusava a participar dessa encenação, mesmo que fosse um ardil. Para bem da verdade, alguns dos órfãos eram mais espertos do que ele havia imaginado e uns poucos pareciam ter certa perspicácia. E sim, ter todos eles por perto era melhor que ficar andando para lá e para cá sozinho naquele calabouço.

Os dois ou três garotos mais velhos o incomodavam, não tanto por olharem para ele com dureza, mas especialmente porque pareciam encarar as ordens de Evelyn como parte de um jogo. Ele sabia que vários ali habitavam os cortiços locais de ladrões e, sem sua intervenção, eles poderiam muito bem ter começado a esconder objetos roubados ou até mesmo a esconder pessoas mais velhas dentro do orfanato. Se Evelyn pisasse no calo de algum deles, seu senso aguçado de justiça e honra não a protegeria nem por um instante.

O conselho de curadores devia ter se reunido ontem. Sem sua presença, ele não fazia ideia de qual esquema estariam contemplando para embolsar os fundos mensais do orfanato este mês, visto que obviamente não faziam ideia de que St. Aubyn planejava extinguir essa tão prolífica fonte de renda daqueles senhores. Ainda mais frustrante era não saber qual deles podia ter se oferecido para auxiliar no projeto de Evelyn durante sua ausência. Eles seriam *tão* prestativos, e elogiariam o intelecto dela mesmo achando que ela não passava de uma garota bonita e inocente sem nada na cabeça.

A porta da cela chacoalhou e se abriu e ele parou de caminhar, assustado. Seus alunos estavam adiantados para a aula da tarde e ele não tinha ouvido a porta de cima se abrir. Maldita Evelyn, distraindo-o mesmo quando não estava por perto.

— O que é isso? — disse uma voz feminina, e a cabeça da governanta apareceu por trás da porta. — Que Deus nos acuda — exclamou ela ao vê-lo. *Graças a Deus.*

— Você — ordenou ele, caminhando até o limite da corrente —, traga imediatamente um machado ou uma serra.

Evelyn ainda estava com as chaves das manilhas e ele precisava sair dali antes que alguma das crianças percebesse o que estava acontecendo e pudesse alertá-la ou a quem quer que estivesse com a maldita pistola.

— O que o senhor está fazendo aqui, milorde? — perguntou ela, examinando o recinto imundo, o colchão e os livros empilhados contra a parede.

— Estou sendo mantido prisioneiro — ralhou ele. *Que ótimo. Resgatado por uma imbecil completa.* — Não tenho a chave da algema, então preciso de um machado. Apresse-se, por favor.

— Eu estava mesmo me perguntando o que as crianças estavam fazendo, vindo até aqui o tempo todo. Pensei que talvez tivessem adotado um cachorro da rua, ou algo assim. Mas, minha nossa, elas capturaram um nobre.

— Pelo amor de Deus, Senhora… Governanta, vá buscar…

— Natham, milorde — interrompeu ela. — Natham. Há quatro anos tem sido Natham. Ouvi os pequenos cochichando que o senhor pretende vender este lugar. Isso me deixaria sem trabalho, sabia?

— Podemos discutir seu emprego mais tarde. Na verdade, se me libertar, você ganhará uma recompensa. Vá buscar…

— Hum… Acho que melhor eu conversar sobre isso com a Senhorita Ruddick. Ela também tem vindo bastante aqui, se não estou enganada. O clima lá em cima tem estado excelente nos últimos dias. E ela também me deu um aumento. Boa moça, a Senhorita Ruddick.

— Sim, ela é maravilhosa. Agora…

— Bom dia, milorde.

A governanta então bateu a porta. Um segundo depois, a chave foi girada na fechadura e logo em seguida, ele podia jurar que tinha ouvido um riso rouco enquanto ela subia o curto lance de escada.

St. Aubyn desabou na cadeira, praguejando em várias línguas diferentes. Evelyn provavelmente tinha mandado aquela bruxa lá embaixo para provar que seus amigos e aliados eram poucos e estavam longe.

Ele já sabia disso. Sabia disso praticamente desde que tinha sete anos de idade. Nessa época enviaram um advogado até a propriedade da família para informar que seu pai tinha morrido em Londres e que ele herdara o título de Marquês de St. Aubyn. Ele mal conhecia o velho pai, que vivera uma vida de vadiagem e jogos até os cinquenta anos, e então se casara e tivera um herdeiro. Com essa missão cumprida, retomou então a libertinagem e as apostas até que justamente tais coisas o matassem. St. Aubyn pretendia levar sua vida exatamente desse modo. Fazia mais sentido do que toda a hipocrisia dirigida a ele assim que ele vestiu luto.

A mãe estivera tão ocupada com eventos sociais e em busca de apoio de seus vários admiradores que abandonara St. Aubyn por mais de seis meses. Os criados da residência tinham mimado Michael durante a ausência dela, esperando manter seus empregos caso a família se mudasse em virtude de um possível novo casamento da viúva. Quando sua mãe e seu "pai da vez" sugeriram que ele fosse para o internato, ele ficou aliviado por escapar daquele alcoviteiro.

Seus instrutores e colegas, entretanto, haviam adquirido o hábito de reverenciar cada capricho seu. Regras não se aplicavam a um marquês de doze anos de idade com uma renda infinita, e ele tinha há muito percebido que, salvo cometer um assassinato, ele podia se safar de qualquer coisa. St. Aubyn tinha chegado à maioridade antes da mãe morrer, e assim que assumiu o controle sobre a renda dela, ela passou a ser tão bajuladora e aduladora quanto todos os outros.

Ele não confiava em mais ninguém havia anos, tornando-se ele mesmo uma pessoa em que ninguém queria confiar. Sabia, portanto, os motivos que levavam qualquer pessoa a procurar sua companhia; com a reputação que havia cultivado, não poderia ser por amizade, então só restavam poder ou dinheiro. Ele sabia exatamente como lidar com aqueles idiotas.

Mas decifrar Evelyn exigia bem mais tempo e esforço. Ela havia deixado claro o que queria: salvar as crianças, o orfanato, e ele próprio. A parte mais difícil do enigma era o fato de ela parecer estar dizendo a verdade. Não parecia haver motivos ocultos e nada do que St. Aubyn havia dito ou proposto pareceu fazê-la vacilar minimamente. O que era impressionante, especialmente considerando que os três objetivos dela tinham um inimigo em comum: ele.

A própria existência de Evelyn era simplesmente… impossível. Ninguém era tão puro assim, ninguém tinha motivos tão nobres. E ninguém *nunca* tentara mudá-lo. As pessoas é que mudavam para se tornarem mais receptivas ao que ele queria. Ponto. *Ergo facto finito*. E ninguém o havia sequestrado quando ele se recusara a entrar no jogo. As pessoas simplesmente iam embora, perturbar outro alvo.

St. Aubyn chutou uma das poucas pedrinhas que ainda restavam em seu lado da cela. Então ele passava uma semana desaparecido e ninguém percebia nada. Eram os advogados que pagavam a criadagem na residência de Londres e nas demais propriedades, então nenhum criado estranharia sua ausência. Deviam é estar gostando, isso sim, bebendo seus caros vinhos franceses e fumando seus charutos americanos.

Fazendo uma careta e praguejando novamente a Senhora… *Natham*, droga, ele se levantou, arrancou a camisa e a jogou na pilha que já continha sua gravata, o colete e o paletó. Mais cedo naquela manhã, Molly e Jane haviam levado para ele um pano e uma bacia de água limpa para que pudesse fazer a higiene, mas o que ele queria mesmo era um banho completo, algo que parecia uma opção improvável no momento.

Mergulhando o pano na bacia, ele o torceu em cima da cabeça, deixando a água fria escorrer por seus cabelos e pelos ombros. A porta do andar de cima rangeu ao se abrir, mas ele ignorou. St. Aubyn sabia exatamente o que estava fazendo, como sempre: sentindo pena de si mesmo. A turma da tarde poderia muito bem esperá-lo terminar de se lavar e de se lamentar.

Ele não via sentido em ensinar etiqueta a qualquer pessoa, muito menos a um bando de órfãos. É claro que aquilo era parte do plano de Evelyn para civilizá-lo. Mal sabia ela que ele se sentiria bem mais civilizado se estivesse limpo.

A tranca foi destravada e a porta se abriu.

— Lorde Santo — disse a vozinha queixosa de Rose —, as meninas não fazem aquela coisa de se curvar pra frente, né?

— Ocasionalmente — grunhiu ele, passando o pano pelo peito —, mas geralmente há um homem envolvido e a moça está de costas para ele, segurando os tor...

— Chega! — rugiu Evelyn.

St. Aubyn se virou para a porta. Evie parecia a personificação da ira, os punhos cerrados e os olhos cinza reluzindo. Os músculos do abdômen dele se contraíram.

— Boa tarde, Evelyn.

O olhar dela desceu pelo peito desnudo dele e voltou rapidamente para seu rosto.

— Crianças — disse ela — receio que a aula de hoje com Lorde St. Aubyn esteja cancelada. Vocês têm a tarde livre para brincar.

Murmúrios se transformaram em vivas e as crianças saíram, deixando a cela vazia novamente. St. Aubyn encarou Evelyn.

— Quem você acha que está punindo? Eles ou eu?

— Coloque a camisa.

— Estou molhado.

Ela se virou.

— Está bem. Mandarei alguém trazer seu jantar esta noite. — Saindo como um furacão, ela bateu a porta.

Angústia e incerteza subiram pela garganta dele, criando um nó. Ainda faltavam umas boas seis horas para o jantar.

— Evelyn!

Os pés dela continuaram subindo os degraus. St. Aubyn olhou para as velas. Mais duas horas de luz, no máximo.

— Evelyn, me desculpe!

A porta de cima rangeu ao se abrir.

— Evelyn, pelo amor de Deus, não me deixe aqui sozinho de novo! Por favor! Eu sinto muito!

Silêncio.

Praguejando, ele pegou a bacia d'água e a arremessou contra a porta. O objeto se estilhaçou, água e cacos de porcelana se espalharam por todos os lados.

— Então essa é sua lição de hoje? Você pode fazer o que quiser e eu preciso ficar sentado na sujeira, no escuro, até você decidir que não preciso mais? Isso eu já aprendi! Que tal você me ensinar algo que eu ainda não sei, Evelyn Marie? Que droga!

— Santo? — veio a voz de Evelyn do outro lado da porta. — Acalme--se, vou entrar.

Ofegando, ele percebeu o que estava acontecendo: estava entrando em pânico. Ele. O insensível, cruel, desalmado Marquês de St. Aubyn estava com medo de ser deixado sozinho no escuro.

— Estou calmo — ralhou ele.

Nenhum indivíduo com capacidade de raciocínio acreditaria nele, mas Evelyn obviamente tinha mais compaixão do que bom senso, porque ela abriu a porta.

St. Aubyn começou a dizer algo que iria convencê-la a ficar ali pelo menos por mais alguns minutos, mas parou quando viu seu rosto. Com um grunhido quase audível, ele deslocou o foco de seus próprios terrores para se perguntar o que ele tinha feito para machucá-la dessa vez.

— Por que você está chorando? — perguntou ele, no que esperava ser um tom mais racional.

Enxugando as lágrimas que escorriam por seu rosto pálido, ela fungou.

— Porque eu não sei o que fazer.

O marquês ergueu uma sobrancelha.

— Você? Você sempre sabe o que fazer.

Evie olhou para ele. A água ainda escorria em gotas lentas e angulares por seus ombros, descendo pelo peito desnudo, pelo abdômen musculoso, encharcando o cós da calça. Mechas úmidas pendiam sobre o olho esquerdo e os dedos de Evelyn se contraíram quando sentiu uma vontade abrupta de afastá-las. Ele parecia tão… inocente. E aquilo não era tudo. Ela queria devorá-lo por inteiro.

Enxugando o rosto, ela fez um gesto dramático para reposicionar o banco e se acomodou. *Ele sabe da própria aparência*, disse a si mesma com afinco. *Ele sabe o que dizer*. Essa era apenas outra parte do jogo dele, persuadi-la a lhe fazer companhia ou, melhor ainda, fazer com que ela sentisse pena dele e o soltasse. Quando se sentiu um pouco mais no controle de tais emoções primitivas, contraproducentes e luxuriosas, ela voltou a olhar para ele e o encontrou ainda parado ali, fitando-a.

— Eu não estava com pena de você — alegou ela.

— É claro que estava — retrucou ele, com a voz mais calma e mais grave, mais controlada. — Você sente pena de todo mundo.

Por sua própria segurança e sanidade, Evelyn sabia que devia permanecer um passo adiante dele, um pouquinho mais no controle.

— Estou com raiva de você, não com pena.

— Você está com raiva de *mim* — repetiu ele. — No entanto, é você que está com as chaves, não é, minha cara? Imagine então como *eu* me sinto.

— Talvez você tenha razão. — Ela fungou de novo. — Não é de você que estou com raiva; é de mim mesma.

— Agora temos algo em comum — disse ele com sua fala arrastada, sacudindo os cabelos.

Gotas voaram, várias delas pousando nos braços de Evelyn. Seus pelos se eriçaram, embora ela desconfiasse que isso tinha mais a ver com a ideia de estar sozinha em um cômodo com um homem muito bonito e seminu.

— Tentei, por uma semana, mostrar tudo que você pode fazer de bom e como a bondade gera bondade. Tive toda a sua atenção. Mesmo assim, sem resultado algum.

St. Aubyn olhou para ela por um instante e uma emoção que ela não conseguiu decifrar passou por seu rosto.

— Sou um caso perdido — concluiu ele por fim.

— Mas não pode ser.

— E por que não?

Ele se agachou. Se esticasse o braço, ele conseguiria tocar a ponta do sapato dela com os dedos.

Ah, céus. Agora ela tinha um homem seminu, lindo e desesperado literalmente a seus pés.

— Você… Ninguém é tão péssimo quanto você.

— E mesmo assim, cá estou.

— Não foi isso que eu quis dizer. É…

Ele inclinou a cabeça, seu olhar assimilando e estudando cada expressão de Evie.

— Pode ser sincera. A honestidade combina com você.

— Isso é um elogio?

— Não mude de assunto. Estamos falando de mim.

— Sim, estamos — concordou ela. — Quis dizer que ninguém, *ninguém*, pode ser tão canalha e, ao mesmo tempo, tão charmoso e interessante e até amável quanto você.

— Não entendi.

— Você está fingindo, Michael.

Ele abaixou o olhar por um momento.

— É muito gentil de sua parte dizer isso, acho, mas, acredite em mim, eu realmente sou um babaca egocêntrico e hedonista.

— Talvez, mas não é só isso.

Para surpresa de Evie, a boca dele se curvou naquele maldito sorriso sensual, instantaneamente transformando-o de inocente para… tão tentador que a boca dela chegou a ficar seca. Ela engoliu novamente.

— Você é uma mulher muito interessante — murmurou ele. — Mas é para meu bem ou para o seu que você alega ver algum tipo de qualidade redentora em mim?

— Para o bem de nós dois, provavelmente.

— Honestidade de novo. — Ele tocou no sapato dela novamente, distraidamente, como um gato brincando com uma bola de lã. Era a primeira vez que ele a tocava sem exigir mais, um beijo ou uma mão sob sua saia. Um tremor quente se espalhou por ela.

Evelyn respirou fundo, tentando manter a racionalidade.

— Por que você se comporta dessa forma?

— Porque eu posso? Não sei. Mas como você um dia poderá saber se de fato me salvou ou se só estou brincando com você? — Ele se levantou, e Evie percebeu subitamente que estava sentada perto demais.

Antes que pudesse se jogar para trás, ele a puxou pelo tornozelo. Grunhindo, Evelyn caiu do banco, batendo o bumbum com força no chão duro de terra.

Assim que abriu a boca para gritar, ela percebeu que não havia ninguém por perto para ouvir. Antes que qualquer som saísse de sua garganta, St. Aubyn se debruçou sobre ela, colocando a mão em sua boca.

— Shh — sussurrou ele, enfiando a mão livre no bolso de sua peliça e pegando a chave da manilha. — Acho que vamos descobrir agora mesmo se você me redimiu ou não — disse ele. — Quer apostar em algum resultado?

— Mas…

Evelyn tentou pegar a chave, mas ele se desvencilhou dela, pisando em suas saias para impedir que ela se levantasse enquanto enfiava a chave na manilha enferrujada e girava. Com um clique, a algema se abriu e ele estava livre.

Ele se levantou para arremessar a manilha contra a parede e Evelyn correu, meio engatinhando, para a porta. Se ela conseguisse fechá-la, a chave ainda estava na fechadura, e ele continuaria preso.

Com vários passos longos e mancos, ele chegou à porta antes dela.

— Não vai ser tão fácil assim, minha cara — disse ele.

Por um instante, Evelyn pensou que ele iria escapar e trancá-la dentro da cela e um pânico gélido a assolou.

— Santo…

O marquês estendeu o braço para o outro lado da porta, tirou a chave e a fechou.

— Eu disse que isso não duraria muito. — Ele sorriu, parecendo um gato. — E também disse que você seria a primeira pessoa de quem eu iria atrás.

Em seguida seriam as crianças, e o orfanato. Ela não podia permitir isso. Evie tentou pegar a chave da porta, mas ele a ergueu acima da cabeça, longe do alcance dela. Sem conseguir parar em seu ímpeto, ela bateu com tudo no peito desnudo dele, empurrando-os contra a parede.

— Estratégia interessante — murmurou ele, segurando a parte de trás do vestido dela e puxando-a mais para perto. Ele a encarou por uma fração de segundo, e então se abaixou para beijá-la.

Era um beijo completo, quente, intenso e febril, daquele que acontece quando não há testemunhas, que acontece quando se sabe que provavelmente ninguém iria procurar por eles — por ela — durante horas. Evelyn precisava sair dali e trancafiá-lo pelo bem do orfanato. Parte dela ponderou, contudo, que se ele a estava beijando daquele jeito, não podia estar pensando em fugir.

Evie retribuiu o beijo, o calor descendo por seu corpo e se espalhando até os dedos dos pés. Suas mãos, que já estavam erguidas para pegar a chave, afundaram nos cabelos escuros e úmidos dele. Ela se perguntou se outras mulheres se sentiam tão inebriadas, tão assoladas por aquele toque. Santo ergueu o rosto e começou uma série de beijos lentos e quentes ao longo do maxilar dela. A respiração de Evelyn logo ficou rápida e irregular. Ela não conseguia respirar direito, não conseguia colar o corpo no dele o suficiente.

— Você está tentando me distrair — acusou ela, arfando, pressionando o corpo contra o peito nu e molhado dele.

St. Aubyn meneou a cabeça, desviando o olhar apenas o tempo suficiente para jogar a chave da cela para longe.

— Você é quem está me distraindo — grunhiu ele, deslizando os dedos por baixo do tecido que cobria os ombros de Evie e baixando o vestido com uma lentidão implacável e angustiante.

Sua boca e seus dentes vieram em seguida e ele os virou, de modo que foi ela quem ficou com as costas pressionadas contra a parede. Em um segundo, ele tinha aberto a peliça de Evelyn e estava com a mão sobre seus seios, cobrindo-os em concha. Mesmo sobre a musselina fina do vestido, Evelyn sentia o calor do toque dele, a pressão de seu abraço.

— Santo, por favor — suplicou ela, praticamente choramingando, buscando a boca dele novamente.

— Por favor, o quê?

Ele a puxou para frente, arrancando a peliça. Como um harpista habilidoso tocando as cordas, os dedos dele desceram pelas costas de Evie e seu vestido logo estava frouxo. Ele então desceu o vestido até os cotovelos dela, aprisionando seus braços. Antes que ela pudesse responder ou fazer qualquer coisa além de mais uma vez ficar sem ar, ele segurou sua combinação com as duas mãos, a única coisa que ocultava a pele nua do olhar reluzente dele, e rasgou a peça.

— Santo, por favor...

— Michael — corrigiu ele, ofegante, olhando em seus olhos antes de voltar sua atenção para os seios dela. — Meu nome é Michael.

— Michael — disse ela, já quase sem conseguir respirar.

Ele passou as pontas dos dedos pelos seios de Evelyn, com delicadeza, mas de modo firme, aproximando-se até que os polegares roçaram nos mamilos, que enrijeceram e aos poucos se abriram.

— Meu De... us....

— Sua pele é tão macia — murmurou ele, abaixando a cabeça. — Tão macia.

Com uma das mãos ele continuou atiçando e apertando o seio esquerdo, enquanto passava os lábios e a ponta da língua pelo direito, seguindo o caminho que seus dedos haviam traçado. Quando ele envolveu o mamilo com a boca, Evie achou que iria desmaiar ali mesmo.

Ela ergueu o queixo e fechou os olhos, assolada pela sensação enquanto ele chupava primeiro um seio, depois o outro. Ela não conseguia se mover, não queria se mover, à medida que o calor descia por seu corpo e empoçava entre suas pernas. Com os braços meio presos, tudo que ela conseguia alcançar era a cintura dele, então se agarrou a ela, tentando puxá-lo mais para perto, querendo ser parte dele.

A boca e as mãos de Santo deixaram seus seios, e Evelyn abriu os olhos novamente.

— Não pare — suplicou ela, envergonhada com o desejo ardente que ouviu em sua própria voz.

— Não vou parar — prometeu ele, quase inaudível, segurando as mangas do vestido dela e escorregando-as para baixo, libertando duas mãos e então puxando todo o tecido até seus pés.

Ajoelhando-se, ele continuou sua lenta destruição da combinação de Evie, rasgando-a centímetro a centímetro até a altura da cintura. Cada pedacinho de pele que ele havia exposto, ele explorou novamente com a boca. Descendo, passando por seu umbigo, pelo montinho de pelos escuros no ápice de suas pernas, descendo pelos quadris, pelas coxas, pelos joelhos.

— Erga o pé — instruiu ele, tirando o sapato delicado e removendo o vestido. Repetindo a ação com o outro pé de Evelyn, ele foi subindo novamente com as mãos e a boca, até a parte interna de suas coxas. Então, ele deslizou um dedo para dentro dela.

— Meu Deus... — choramingou Evelyn, suas pernas tremiam.

-— Você está molhada — murmurou ele. — Por mim.

— Michael.

— Shhh — continuou ele no mesmo tom rouco, levantando-se, deslizando as mãos pelo corpo dela até os ombros e removendo a combinação destruída que logo jogou no chão com o restante das roupas. — Eu quero você, Evelyn Marie. Quero estar fundo dentro de você.

Erguendo-a com o braço, ele a carregou pelos poucos metros até o colchão e as cobertas emaranhadas e se ajoelhou para deitá-la ali. Ele se sentou, virando-se de lado para tirar as botas, encolhendo-se quando removeu a esquerda.

— Você está machucado — disse ela, trêmula, piscando os olhos para tentar retornar à realidade.

— Meu tornozelo está inchado — respondeu ele, encarando-a novamente. — Você vai pagar por isso em um minuto.

— Eu…

— Mas não é só isso que está inchado, Evelyn.

Ele desafivelou o cinto e, com dedos ligeiros, abriu a calça. Abaixando-a, ele se libertou. Ereto. E muito, muito grande.

— Minha nossa.

— Agora você já viu um homem nu e excitado de desejo por você — continuou ele, debruçando-se sobre ela, tomando seu seio novamente com a boca e chupando com força.

O marquês se acomodou entre os joelhos de Evelyn, tirando a calça com os pés e abrindo as pernas dela à medida que se aproximava, até que seu membro rijo estava pressionado contra as coxas dela.

— Michael, por favor — ela conseguiu dizer, segurando os ombros rijos e musculosos dele para puxá-lo para perto. Seu coração batendo tão forte e tão rápido que ela achou que fosse morrer.

— Por favor, o quê? Diga, Evelyn Marie. Quero ouvir você dizer que me quer dentro de você.

— Eu quero você dentro de mim. — Ela não tinha ideia do que fazer para isso acontecer, mas o corpo tinha. Arqueando os quadris, ela se curvou na direção dele. — Por favor — implorou ela novamente —, por favor, agora.

Apoiando-se sobre as mãos, ele cobriu os lábios dela mais uma vez, provocando sua boca aberta com a língua. Ela então sentiu ele deslizar lentamente para dentro dela.

— Vai doer — murmurou ele contra sua boca, sua própria respiração também ofegante.

— Como…

Ele projetou os quadris para frente. Evelyn o sentiu atingir sua barreira e então, com uma dor breve e dilacerante, ela foi rompida e preenchida.

Evie gritou, apertando os olhos e se curvando na direção dele, dobrando ainda mais os joelhos. Ele acompanhou o movimento com o próprio corpo, indo ainda mais fundo. Lentamente, a dor cedeu e quando ela abriu os olhos, ele a fitava a poucos centímetros de distância, o rosto contraído de tensão.

— Dor se paga com dor — sussurrou ele, puxando os quadris para trás.

— Não, não saia — protestou ela.

— Não vou sair. — Lentamente, ele pressionou mais uma vez para frente, cada vez mais fundo, até estar totalmente enterrado. — E agora, prazer pelo prazer.

Ele repetiu o movimento, penetrando-a lenta e profundamente. Evelyn não conseguia mais raciocinar, não conseguia consolidar qualquer pensamento que não fosse o quanto era satisfatório tê-lo se movendo dentro dela. Ela se sentia inebriada e tensa, seu corpo se contraía em torno dele, como se soubesse, antes de sua própria consciência, que havia mais por vir. Ela gemeu em consonância com as investidas, erguendo os quadris para ir de encontro a ele e afundando os dedos em suas costas.

— Michael, ah, Michael — arfou ela.

Até que então, com uma onda pulsante, ela desandou, gritando o nome dele.

Os quadris dele se moviam com mais força e mais velocidade, seu ritmo mais urgente. Ele abaixou a cabeça, beijando-a intensamente, então estremeceu, abraçando-a com força.

— Evelyn — murmurou ele, enterrando o rosto no ombro dela.

Ele desabou em cima dela, ofegante, torcendo para não a estar esmagando. Pela força com que ela abraçava sua cintura e a forma lenta com que relaxava as pernas sobre ele, ele achou que ela não se importava. Deus do céu. Se levar uma virgem para a cama era sempre assim, ele não sabia o que estava perdendo.

Ele pretendia que tivesse durado mais, queria ter punido Evelyn montado sobre ela, mas quando ela gozou, puxando-o para si e pulsando tão apertada em torno dele, ele não conseguiu se conter. Só que ele não era de perder o controle daquele jeito; não ele, e não depois de todo esse tempo. Nenhuma mulher o fazia se sentir daquela maneira. Exceto aquela. E ele queria se sentir assim com ela novamente.

— Michael — sussurrou Evelyn, e ele ergueu a cabeça para olhar para ela.

As bochechas estavam coradas e os lábios inchados pelos beijos dele. Santo a beijou novamente, lenta e intensamente.

— Sim?

— É sempre... bom assim?

Agora ele poderia realmente puni-la, se quisesse, dizer o que bem entendesse. Em vez disso, ele meneou a cabeça.

— Não, não é. Você é excepcional, Evelyn.

Fazendo uma careta relutante, ele saiu de dentro dela e se deitou de lado, mantendo um braço em cima da cintura fina de Evie e prendendo-a entre ele e a parede. Ele ainda não queria voltar a raciocinar, e sabia que não queria que ela lhe escapasse. Não até ele compreender algumas coisas. E não até descobrir o que precisava fazer em seguida, além de fazer amor com ela. Repetidamente.

Ele apoiou a cabeça em um cotovelo dobrado, admirando-a. Evelyn sorriu, dedos delicados se erguendo para delinear o maxilar áspero dele.

— Eu sabia que você tinha bom coração — sussurrou ela.

— O que meu coração tem a ver com isso? — perguntou ele, tentando ignorar a chama que o toque delicado dela acendeu em seu peito.

— Não se lembra? Você disse que se eu o aceitasse dentro de mim, você não fecharia o orfanato. Foi por isso que nós... — Ela franziu a testa, obviamente percebendo a desconfiança na expressão dele. — Não foi?

Ele se sentou.

— Você está dizendo que se prostituiu por aqueles pirralhos? — Aquilo era inaceitável. Ela queria *ele*, não *algo* dele. Caso contrário, aquilo a tornaria igual a todas as outras — e ela não era igual a todas as outras.

— Não! Eu queria... esse momento com você. Mas fizemos um acordo. Era por isso que você queria estar comigo, não era? Para poder honrar sua palavra?

— Eu queria estar com você porque queria estar com você, Evelyn — grunhiu ele; uma sensação estranha e dolorosa crescendo em seu peito. Talvez seu coração estivesse cedendo. Diziam que era isso que tinha acontecido com seu pai, no fim. — Não quer dizer nada além disso.

Ela se sentou ao lado dele, adorável e meiga e ainda completamente ingênua com relação à alma vazia dele, a despeito do que ele tinha lhe ensinado sobre seu corpo.

— Mas você deu sua palavra.

— E você me sequestrou. Lembra-se disso, meu bem?

Ele ergueu o tornozelo esfolado e roxo para ela examinar.

— Eu não queria machucá-lo.

— Eu sei — resmungou ele, pegando a calça.

— Por favor... — começou ela, logo desistindo do que quer que fosse dizer. — Se você vai mandar me prender — recomeçou ela —, por favor, diga que foi tudo culpa minha. De mais ninguém.

Tentando ignorar as súplicas dela, que ainda causavam alguma comoção dolorosa nas proximidades de seu peito, ele cerrou os dentes e enfiou a bota arruinada de volta. A outra bota foi colocada na sequência, e ele pegou a camisa suja e a vestiu. Ele precisava se afastar dela, se afastar de sua pele macia e dos lábios de mel. Só assim conseguiria pensar.

— Michael — continuou ela, colocando a mão no braço dele —, Santo. Não culpe as crianças. Por favor. Elas não têm ninguém por elas.

Ele a encarou, desvencilhando o braço e se levantando.

— Elas têm você — murmurou ele, saindo da cela.

Embora Evelyn esperasse que o marquês a trancasse ali dentro, ele deixou a porta aberta e continuou subindo as escadas até chegar à despensa principal, deixando-a em meio ao silêncio à luz de velas.

— Ah, não — sussurrou ela e um soluço apavorado irrompeu de seu peito.

Todos seriam presos, a carreira política de Victor seria destruída e as crianças trocariam o orfanato pela cadeia — e tudo porque ela tinha falhado. Mais uma vez. Tudo que precisava fazer era convencer St. Aubyn que ele tinha um coração e que deveria ouvi-lo. Tudo que precisava fazer era pensar em uma maneira de impedi-lo de destruir o orfanato.

Ela tinha falhado, imensamente. E agora, graças à sua estúpida luxúria, ao seu desejo e suas esperanças em relação a um homem terrível e sem coração, ela estava arruinada. Tudo estava arruinado.

Capítulo 15

*Pois ele percorrera o longo labirinto do Pecado,
Nem redenção por seus deslizes buscou ter,
Suspirara por muitas, embora apenas uma tenha amado,
E essa amada, pudera! sua jamais poderia ser.*
Lord Byron, *Childe Harold's
Pilgrimage, Canto I*

Jansen abriu a porta da frente assim que St. Aubyn chegou ao último degrau da entrada da Residência Halboro.

— Milorde — cumprimentou o mordomo, fazendo uma reverência —, estávamos começando a nos perguntar onde…

— Quero uma garrafa de uísque, meio frango e um banho quente, tudo em meus aposentos. Agora.

— Sim, milorde.

Ele sabia que estava acabado; barba por fazer, sujo, camisa por fora da calça, sem o paletó, a gravata e o colete. No momento, não se importava nem um pouco com sua aparência. Tinha passado sete dias preso a uma parede em uma despensa e ninguém havia percebido. Ninguém além de Evelyn Ruddick. E ela tinha cometido o erro de pensar que poderia mudá-lo — melhorá-lo, até. *Ah*. Bem, ele mostraria a ela.

Seu quarto no andar de cima estava como sempre, móveis de mogno escuro, decoração escura nas paredes e cortinas escuras e pesadas sempre fechadas para evitar a luz do sol. Com uma careta, ele mancou até a próxima janela e afastou o tecido azul-escuro, então abriu o trinco e escancarou a janela. Repetiu o processo com todas as outras cinco janelas, sem pausar quando os criados começaram a entrar carregando com dificuldade os baldes de água fervente. Depois de uma semana no escuro, ele certamente tinha uma nova apreciação pela luz solar.

Seu valete entrou apressadamente no quarto, mas congelou à porta.

— Milorde, sua… — Pemberly apontou para o traje de St. Aubyn. — O…

— Sim, eu sei — grunhiu ele. — Saia daqui.

— Mas…

— Fora!

— Sim, milorde.

Se havia uma coisa de que ele não precisava era de seu valete espalhando boatos sobre sua aparência desgrenhada e, especialmente, sobre seu tornozelo e as marcas de arranhão que Evelyn deixou em suas costas. Assim que o almoço e o uísque chegaram, ele bateu a porta e desabou no banco de seu toucador. A camisa foi fácil de tirar, mas as botas eram outra história. Grunhindo, ele arrancou a direita, jogando-a no chão, e então foi trabalhar na esquerda.

O couro macio e lustroso estava gasto e, depois de ter tirado a bota e colocado de volta, o inchaço de seu tornozelo tinha piorado. Após várias tentativas e alguns palavrões, ele foi mancando até a escrivaninha, pegou a faca que usava para afiar as penas de escrever, e cortou a bota.

O tornozelo estava preto e azul, a pele esfolada e inchada. Não parecia tão dolorido uma hora atrás, mas apenas talvez porque ele não estava preocupado antes. Arrancando a calça, ele entrou na banheira, sibilando com a ardência, e, lentamente, afundou na água quente.

Esticando o braço para fora da banheira, puxou uma cadeira e colocou o prato de comida sobre ela, para poder devorar uma coxa de frango. Olhou para o uísque, mas agora que estava na banheira quente, a necessidade da bebida não parecia tão urgente.

Evelyn Marie Ruddick. Dado seu estilo de vida, St. Aubyn frequentemente se encontrava em posse de informações que poderiam arruinar casamentos, fortunas ou seus nobres colegas. Na maior parte do tempo, ele guardava esses segredos, pois aquilo o divertia. Era a primeira vez, pelo que conseguia se lembrar, que ele detinha informações que poderiam mandar uma mulher para a cadeia e provavelmente fazer com que fosse deportada para a Austrália. As crianças, especialmente as mais velhas, encarariam destinos piores, salvo que Evelyn assumiria toda a responsabilidade pelas ações criminosas delas.

Mas ali estava ele, mergulhado em uma banheira deliciosamente quente: sem chamar um advogado para redigir uma acusação, sem dar qualquer testemunho contra nenhum deles, sem ir até o Príncipe George para concluir o plano de destruir o orfanato, sem informar Deus e o mundo que Evelyn Marie Ruddick tinha aberto as pernas para ele. Santo afundou a cabeça na água e pegou o sabonete.

Ele tinha escapado. Tinha satisfeito seu maldito desejo por ela, tinha se libertado das algemas e agora podia fazer o que bem entendesse, com quem quisesse. Só que o que ele queria, o que o assolava no momento, era a ideia de tê-la em seus braços novamente. Ele submergiu mais uma vez.

Depois da última semana — e, especialmente, depois daquele dia — ele detinha mais informações sobre ela do que poderia usar para qualquer plano que pudesse lhe ocorrer. Ele se sentou, bufando e assoprando.

— Jansen! — berrou ele. — Traga minha correspondência!

Ele tinha perdido uma semana inteira de eventos sociais com ela. Não iria perder mais nenhum.

— Evie! Vamos nos atrasar!

Evelyn se sobressaltou, derrubando o brinco pela terceira vez.

— Só um instante, mãe.

Ela tentara explicar que não estava se sentindo bem para comparecer ao baile dos Alvington. Dado seu rosto pálido e o tremor nas mãos, achava que seria fácil convencer Victor e a mãe. Aparentemente, no entanto, ele queria que ela dançasse com o filho idiota de Lorde Alvington, Clarence, então é claro que ele esperava que ela se recuperasse o suficiente para cumprir sua obrigação para com a família.

Evie passara o dia esperando o momento em que a polícia bateria à porta da Residência Ruddick para prendê-la pelo sequestro de um marquês. Durante toda a tarde ela esperou que uma das amigas de sua mãe ou um dos amigos de Victor aparecesse com notícias do ressurgimento de St. Aubyn e a extraordinária história sobre como ela abrira as pernas e praticamente implorara pelo toque dele.

Quando se abaixou para pegar o brinco, um jorro súbito de esperança lhe ocorreu. Dada a posição de sua família — e de seu tio, o Marquês de Houton —, talvez as autoridades hesitassem em prendê-la em público. Tudo que ela precisava fazer, então, era participar do baile dos Alvington e todos os outros eventos durante o restante da Temporada, e se esconder em um buraco bem escuro nos intervalos.

Trêmula, ela suspirou. *Todos alertaram você.* Ele *alertou você, idiota.*

— Evie! Pelo amor de Deus!

Pegando a bolsa, ela saiu correndo do quarto e fez uma oração silenciosa para que, até o final da noite, ela ainda tivesse uma ou duas gotas de dignidade.

— Estou indo!

Quando os três se acomodaram no banco do coche, a mãe de Evie se esticou para ajeitar seu xale.

— Você ao menos deveria tentar fingir que está se divertindo.

— Ela vai fazer isso, não é, Evelyn? — disse Victor, lançando um olhar avaliador. — Agora belisque as bochechas. Você está pálida demais.

Ora, francamente.

A ideia da prisão não parecia tão ruim quando comparada àquilo. Eles não faziam ideia de que algo a perturbava.

— Farei o meu melhor — disse ela, afundando ainda mais no canto do banco.

— E não se esqueça de reservar a primeira valsa para Clarence Alvington.

— Pelo amor de Deus, Victor, talvez você devesse pregar suas instruções no meu vestido para que alguém possa ler para mim caso eu esqueça.

Victor franziu a testa para ela.

— Pode reclamar o quanto quiser aqui entre nós, mas seja simpática em público.

A ausência de uma bronca indicava que a campanha dele devia estar correndo bem. O jantar com os Gladstone tinha sido uma espécie interessante de tortura, mas ela não conseguia se livrar da sensação de que Fatima Hynes sabia de algo sobre sua atração por St. Aubyn. De toda forma, Lorde Gladstone já havia concedido seu apoio a Plimpton. Victor, contudo, nunca ficava sem ideias, ou alianças.

Evie conteve outro tremor. Assim que St. Aubyn entrasse em contato com as autoridades, Victor faria bem mais do que lhe dar uma bronca, visto que nenhuma aliança suportaria um escândalo de tal magnitude. Ela esperava que, convencendo a todos de que o irmão não fazia a menor ideia de suas atividades, e se ele fosse rápido o suficiente em deserdá-la, talvez Victor sobrevivesse à sua decadência. No fundo, ela duvidava de que fosse dar certo. Ela provavelmente deveria contar a ele o que tinha acontecido para que Victor pudesse traçar uma estratégia para se proteger, mas o desastre já a perseguia. Ela não estava com vontade de acenar e chamar ainda mais atenção.

Seus motivos ao sequestrar St. Aubyn eram puros — ou ao menos ela achava que eram. Permitir que ele a seduzisse certamente não estava na lista de objetivos. O que tinha feito com ele aquela tarde não tinha nada a ver com sua preocupação pelos outros. Ela o queria, queria colocar as mãos nele e sentir seu abraço e saber como era estar com ele.

A parte ruim era que ela tinha satisfeito sua curiosidade quanto à mecânica do sexo, mas não sua ânsia de repetir o ato com ele. E embora St. Aubyn parecesse contente em ter várias amantes, ela só queria um: ele. Na próxima vez que o visse, ele provavelmente riria dela e mandaria prendê-la na mesma hora.

Evie seguiu sua família até o salão de baile, sem conseguir evitar olhar ao redor em busca de soldados uniformizados, ou pior: o próprio marquês, por mais improvável que fosse sua presença aquela noite. Por sorte, não havia ninguém por perto. Uma mão segurou o braço de Evelyn e a virou, um grito subiu por sua garganta.

— Evie — cumprimentou Lucinda, dando um beijo em seu rosto. — Ouvi dizer que Clarence Alvington anda cercando você...

Evelyn se forçou a respirar de novo.

— Sim, devo dançar a valsa com ele.

Lucinda torceu o nariz.

— Que sorte a sua. — Ela enganchou o braço no de Evie, guiando-a na direção da mesa de bebidas. — Também ouvi dizer que St. Aubyn desapareceu de Londres. Talvez suas lições tenham sido demais para ele.

Evie conseguiu dar risada.

— Talvez.

— Como estão os órfãos?

— Shh. Por favor, Luce.

— Estou sendo discreta — defendeu Lucinda, franzindo a testa. — Mas odeio o fato de que seu irmão a faça se sentir culpada por ajudar crianças. Às favas com o pudor.

Ah, ela se sentia culpada por muito mais que somente o orfanato. E estava na hora de reconhecer que ela poderia prejudicar as amigas apenas por estar presente. Evelyn se desvencilhou do toque de Lucinda.

— Ao menos ajudei um pouquinho — lamentou ela. — Mas é melhor eu encontrar Clarence antes que Victor venha reclamar.

— Você está bem, Evie? — perguntou a amiga, ainda franzindo a testa. — O que você quis dizer com "ajudei"? Você já terminou?

— Não. É claro que não. É que eu gostaria de poder fazer mais.

— Você já fez mais que a maioria. Por que está tão séria?

— Estou com um pouco de dor de cabeça. — Ela forçou um sorriso. — Imagino que sobreviver a Clarence me animará. Pode fazer um favor e conversar com Victor enquanto vou procurar o Senhor Alvington?

Lucinda sorriu.

— Até dançarei com ele.

Enquanto Lucinda desaparecia no salão de baile, Clarence Alvington surgiu da multidão perto da porta. Alguém o tinha enfiado em calça e paletó pretos, ou costurado o traje diretamente nele, pois parecia humanamente impossível que ele tivesse se vestido da forma tradicional com aquela roupa tão apertada ao corpo. Quando ele se abaixou para fazer uma reverência, Evelyn teve certeza de que ouviu as costuras grunhirem com a tensão.

— Adorável, belíssima Evie Ruddick — disse ele arrastadamente, pegando a mão dela e levando os dedos até os lábios. — Estou muitíssimo contente em vê-la esta noite.

— Obrigada.

Os cabelos cacheados dele haviam sido umedecidos e alisados com um pente, mas as pontas louras, agora quase secas, tinham começado a se virar para cima, de modo que ele parecia ter uma grande flor de olhos azuis no lugar da cabeça. Uma margarida ao contrário, concluiu Evelyn quando ele se ergueu novamente.

— A senhorita me daria o prazer de uma valsa esta noite? — continuou ele, tirando uma caixinha de rapé do bolso e tamborilando a tampa prateada com seus dedos macios.

— Seria um prazer, Senhor Alvington.

— A senhorita é muito gentil. Insisto que me chame de Clarence.

Evie o presenteou com um sorriso já muito praticado.

— É claro, Clarence. Até já.

— Ah. Sim. Até já, minha cara. — Fazendo outra reverência de rasgar as costuras da roupa, ele se afastou.

Ao menos a tortura preliminar havia sido breve.

— Graças a Deus — disse Evie com um suspiro.

Mas quando deu meia-volta em busca de um lugar para se esconder até a valsa, ela congelou.

O Marquês de St. Aubyn estava parado a menos de quatro metros dela, apertando a mão de um dos muitos nobres que não ousavam ignorá-lo em público. Assim que Evie viu, o olhar dele foi de encontro ao seu e ela escutou vagamente ele pedir licença a Lorde Trevorston.

Evelyn não conseguia respirar. Seus pés estavam pregados ao chão, seu coração tinha parado e ela iria desmaiar no meio no salão de baile dos Alvington. Ele se aproximou, mancando de leve, e a ideia mais estúpida ocorreu a Evie: *ao menos ela não precisaria dançar com Clarence.*

— Boa noite, Senhorita Ruddick — cumprimentou ele, meneando a cabeça.

Ele também estava trajando preto, mas, ao contrário de Clarence Alvington, nenhuma peça extremamente justa ou enchimento era necessário, ou evidente. Ele era esguio, forte, desejável. Simplesmente… letal.

— O gato comeu sua língua, Evelyn? — continuou ele baixinho, dando mais um passo em sua direção. — Deseje-me uma boa noite.

— Vou desmaiar — murmurou ela.

— Então desmaie.

Fechando os olhos, ela se concentrou em respirar. Ele não iria ajudá-la; provavelmente sequer impediria que ela caísse de cara no chão. Seu coração continuava batendo enlouquecidamente, mas após um momento a tontura gelada passou. Ela abriu os olhos novamente, St. Aubyn a encarava com a mesma expressão de antes.

— Melhor?

— Ainda não sei.

Uma breve empatia passou pelo olhar pungente dele.

— Não sabe mesmo, não é? Deseje-me boa noite.

— Boa... boa noite, Lorde St. Aubyn.

Ele olhou para além dela.

— Se eu fosse você, não me daria ao trabalho de sequestrar Clarence Alvington. É só um boato, mas ouvi dizer que os cofres da família estão quase vazios.

— Por favor, não fale assim.

— Além disso, você já tem alguém com quem compartilhar sua cama. Certamente não deve querê-lo.

Por um surpreendente instante, Evic se perguntou se era ciúme que havia escutado na voz dele. Mas St. Aubyn não poderia estar com ciúme, visto que alegava não ter coração.

— Meu irmão quer que eu seja gentil com ele. Mas o que você está fazendo aqui? Achei que preferisse refúgios mais sombrios.

Ele contraiu os lábios.

— Estou aqui por sua causa, meu bem. Você pensou que a força policial talvez hesitasse em fazer uma prisão no baile dos Alvington, não é?

Ah, não.

— Se... Se você vai mandar me prender — sussurrou ela, o sangue se esvaindo de seu rosto —, então o faça. Mas, por favor, não permita que eles prendam as crianças ou minha família.

— Você já me pediu isso. Estaria disposta a pagar um preço para me manter calado?

A pulsação dela acelerou.

— Mas eu... Nós...

— Eu a quero mais, Evelyn. — Ele inclinou a cabeça, seus olhos estudaram o rosto dela. — Você não me quer?

Tanto que ela mal conseguia se conter para não pular em cima dele, a despeito das dezenas de testemunhas. Uma lágrima se formou, e ela a enxugou antes que qualquer pessoa pudesse ver. O marquês certamente não se importava com ela. Ela era tão tola, e tinha estragado tudo, e estava imensamente confusa.

— Eu só estava tentando ajudar.

— Eu sei. E não tenho intenção alguma de mandar prendê-la, minha querida.

— Não... — Foram necessárias duas tentativas para conseguir proferir as palavras. — Não tem?

St. Aubyn meneou a cabeça.

— Seria fácil demais. Eu vou chantageá-la.

— Chantagear?

Com um passo, ele eliminou a distância entre eles.

— Você pertence a mim agora — disse ele em um tom baixo e íntimo — e pode agradecer a si mesma por isso.

— Eu não serei...

Santo secou uma segunda lágrima com o polegar.

— Mas receio que você terá de esperar até a manhã para descobrir o que quero de você. Portanto sorria e vá dançar com aquele almofadinha, e sonhe esta noite com o que pode estar por vir.

— Santo, apenas prometa, *por favor*, que você não vai culpar ninguém além de mim pelo que aconteceu.

O marquês sorriu, sua expressão era calorosa e sombria e totalmente sensual.

— Não se preocupe quanto a isso. Você é a única culpada.

— Minha irmã é a única culpada de que, St. Aubyn? — Victor surgiu da direção da mesa de bebidas.

Se Evie já não tivesse passado há muito do ponto de desmaiar, a chegada de seu irmão a teria feito desabar. Àquela altura, no entanto, ela tinha começado a considerar a possibilidade de alegar insanidade. Ela seria trancafiada no hospital psiquiátrico, mas aí ninguém poderia responsabilizá-la por suas ações.

— De me convencer a conversar com Prinny sobre nomeá-lo para seu Gabinete — respondeu St. Aubyn calmamente. — O consenso parece ser de que vários ministérios estarão abertos antes do final da Temporada. Duas embaixadas também, se não me engano.

Victor parecia quase tão cético quando Evie.

— E por que eu iria querer seu apoio em qualquer coisa, St. Aubyn?

— Espere aqui.

O marquês saiu na direção da sala de estar dos Alvington. Assim que estava longe o suficiente, Victor segurou Evelyn pelo cotovelo.

— Eu não lhe disse para ficar longe desse homem, Evie? — rugiu ele. — Não posso acreditar... — Ele meneou a cabeça. — Se concentrar nas suas obrigações por uma única noite é tão difícil assim? Tentei creditar sua imprudência à juventude, mas estou começando a achar que você é simplesmente fraca e es...

— Senhor Ruddick — disse a voz de St. Aubyn atrás deles —, é meu prazer apresentá-lo ao Duque de Wellington. Sua Graça, Victor Ruddick.

Evelyn não sabia quem estava mais estupefato, Victor ou ela. Seu irmão certamente se recuperou mais rápido, dando um passo adiante para apertar a mão do duque.

— É uma honra conhecê-lo, Sua Graça.

— Santo me disse que o senhor passou um tempo na Índia — disse Wellington, indicando que Victor se juntasse a ele. — Conte-me, chegou a conhecer Mohmar Singh?

Os dois adentraram a multidão, deixando Evie com St. Aubyn.

— Como foi que você conseguiu isso?

— Posso ser bastante persuasivo. — St. Aubyn a encarou por um instante. — E parecia a maneira mais eficiente de se livrar do seu irmão turrão. Mas não pense que eu lhe fiz um favor, Evelyn. Wellington até pode... se relacionar com meretrizes ocasionalmente, mas ele é conservador até o último fio de cabelo. Se ele descobrir que seu novo amigo Victor Ruddick é irmão de uma lunática libertina e que gosta de sequestrar nobres, ele...

— Ele vai arruinar a carreira de Victor — concluiu Evie baixinho.

— Lembre-se apenas de que isso fica entre mim e você, Evelyn. Você começou esse jogo, eu só alterei as regras. E vamos jogar até o final. Vejo você amanhã, minha querida.

Obviamente, as ações de Evie tinham sido suficientes para conquistar a atenção total e exclusiva do cruel Marquês de St. Aubyn. Aquilo a preocupava, especialmente porque ele a excitava muitíssimo. Mas se ele queria continuar jogando, como tinha colocado, então ela ainda tinha uma chance de salvar o orfanato. E a ele. E a si mesma.

Não era como ele queria ter encerrado a conversa. Vários fatores, entretanto, deixaram St. Aubyn um tanto desnorteado. Primeiramente, tinha ficado... absurdamente contente e grato por vê-la. Em segundo lugar, o pouco do discurso de Victor que conseguira ouvir o havia deixado furioso. E em terceiro lugar, ele queria esmagar Clarence Alvington como um inseto por colocar as mãos nela. Ele tinha sido seu primeiro, e agora ela era dele. Ninguém mais tinha permissão para jogar esse jogo.

Evelyn obviamente tinha ido muito além do que pretendia naquela pequena travessura, mas durante suas conversas, St. Aubyn percebera que ela não era nem um pouco estúpida ou egoísta. Ela pensava mais com o coração do que com a cabeça, mas, até onde ele pôde analisar, seus motivos eram puros como os de um anjo.

Ao mesmo tempo, ela o irritava muito, e todo o tempo que ele passara refletindo, todas aquelas horas solitárias na despensa, tudo aquilo era culpa dela. Evelyn Marie queria transformá-lo em um cavalheiro. Bem, ele queria transformá-la em sua amante. E ele tinha bem mais experiência em ser insidioso do que a dama jamais poderia sonhar.

Quanto ao fato de que ela talvez ficasse melhor com outra pessoa — é claro que ficaria. St. Aubyn fez uma careta. Isso não fazia a menor diferença, na verdade, porque ele se recusava a abrir mão dela. Evelyn tinha começado isso tudo, mas ele terminaria, e como bem entendesse.

— Santo. — Fatima apareceu diante dele. — Eu sabia que você jamais sairia da cidade durante a Temporada, independentemente do que diziam as más línguas.

— As más línguas dizem mais alguma coisa de interessante?

Lady Gladstone fez um biquinho tímido.

— Que você arranjou outra amante. — Deslizando os dedos pelas lapelas de Santo, ela praticamente ronronou. — É aquela Evie Ruddick, não é? Você anda atrás dela há três semanas.

— Um tanto pudica para mim, você não acha? — ponderou ele, segurando a mão dela e afastando-a. Estava sem tempo para lidar com maridos ciumentos ou amantes antigas e já esquecidas no momento; tinha outros planos para pôr em ação.

— Fiz Gladstone convidar a ela e seu adorável irmão para jantar conosco uma noite dessas, sabe? — continuou ela. — Mas posso ver que você já provou o que há sob as saias dela. Uma mulher percebe essas coisas.

— Uma mulher percebe quando um homem está prestes a jogá-la na poncheira? — retrucou St. Aubyn. — Eu já lhe disse, Fatima. Sua companhia foi agravável por um tempo, quando você era divertida. Agora você apenas me irrita. Vá embora.

Os olhos dela se estreitaram.

— Você vai pagar pelas coisas horríveis que fez, Santo. Já dei o apoio de Gladstone a Plimpton, então o irmão da Senhorita Ruddick certamente não tem nada a ganhar com a sua amizade.

— Admirável da sua parte. Imagino que quando chegar a hora estarei na fila aguardando Hades logo atrás de você, Fatima. Boa noite.

A condessa parecia prestes a dar um tapa no marquês, mas, sabiamente, reconsiderou. Por ora, ela o deixaria em paz, até pensar em alguma vingança que pudesse executar sem colocar em risco sua própria reputação, ou até encontrar outra pessoa que satisfizesse melhor seus desejos. Ele tinha passado por isso incontáveis vezes antes — tantas que quase conseguia marcar no calendário a data da tentativa de retaliação. Antes que Fatima se empenhasse em qualquer coisa, no entanto, deveria consultar outras antigas amantes para averiguar seus insucessos.

Uma valsa começou a tocar e, sem pensar, St. Aubyn retornou ao salão de baile. Evelyn já estava na pista de dança e Clarence Alvington tentava segurá-la mais perto do que a decência permitia. Ela o deteve com um mero sorriso e uma palavra.

O marquês ficou pensando em qual seria a reação de Clarence se ele tivesse ficado preso em um calabouço por uma semana. A primeira reação do almofadinha provavelmente seria urinar nas próprias calças, e se conseguisse escapar, a segunda muito provavelmente seria fazer uma declaração contra Evelyn Marie e então mandar demolir o orfanato com os pirralhos ainda dentro.

E ao fazê-lo, ele perderia toda a vantagem que tinha. O marquês sorriu. Alguns diziam que a vingança é um prato que se come frio, uma coisa racional; mas tratando-se de Evelyn, desejo e luxúria eram emoções que ele ainda queria satisfazer. Moças decentes não operavam sequestros. E ninguém nunca sequer se dera ao trabalho de tentar fazer um acordo com ele antes. Ele estava com todas as cartas altas, e ela não podia fugir desse jogo. Não até que ele permitisse.

Capítulo 16

Não há, dentre as filhas da beleza
Uma com a magia que em ti flutua
E como a música em toda a sua leveza
É, para mim, a doce voz tua
Lord Byron, "Stanzas for Music"

Pemberly jogou no chão a terceira gravata inutilizável da manhã.

— Milorde, talvez se o senhor me informar do estilo que procura, eu possa ser mais útil.

St. Aubyn fez uma careta para o próprio reflexo no espelho da penteadeira.

— Se eu soubesse, eu mesmo o faria. Eu queria simplesmente algo mais... monótono.

— Monótono? O senhor quer se vestir mal, milorde?

— Não! Quero uma roupa comum. Sem ostentação. Aparentando ser inofensivo. Qualquer que seja a explicação do verbete "cavalheiro decente" no dicionário.

— Ah. — O valete resmungou alguma coisa.

Santo estreitou os olhos.

— O que você disse?

— Eu... Nada, milorde. Meu... — Ele pigarreou quando St. Aubyn continuou a encará-lo. — Eu só disse que se o senhor pretende parecer inofensivo, talvez devesse mandar alguém em seu lugar.

O valete tinha certa razão.

— Faça seu melhor, Pemberly. Não espero um milagre.

— Está bem, milorde.

Se Santo já não tivesse concluído que estava imensamente ansioso por colocar seu plano em prática, teria achado que estava nervoso. Isso, é claro, não fazia sentido algum, porque ele nunca ficava nervoso.

Enquanto descia as escadas até o térreo, ele reparou que a dor de seu tornozelo já tinha quase cessado. Outras angústias, entretanto, permaneciam, em especial uma aflição localizada em algum lugar por baixo de suas costelas que só parecia diminuir um pouco quando Evelyn estava presente. Alguém realmente precisava emitir um alerta quanto a virgens.

— O fáeton está pronto? — perguntou ele a Jansen, aceitando o chapéu e as luvas de dirigir que ele lhe entregou.

— Sim, milorde. E todo... todo o restante, como o senhor instruiu.

— Ótimo. — Ele saiu pela porta da frente assim que o mordomo a abriu, então pausou. — Espero retornar para casa esta noite. Caso contrário podem me considerar desaparecido e correndo perigo.

O mordomo riu.

— Está bem, milorde. Desejo-lhe muita sorte em sua missão perigosa, então.

St. Aubyn suspirou. Simplesmente não havia por que presumir que alguém se importaria se ele desaparecesse novamente ou não.

— Obrigado.

Ele desceu a escadaria e sentou no banco alto do fáeton. Seu pajem uniformizado se acomodou no estreito banco traseiro e eles partiram.

Centenas de carruagens, automóveis, cavalos e pedestres lotavam as ruas de Mayfair. Onze horas da manhã parecia ser um horário civilizado para fazer uma visita a alguém, mas ao se juntar à massa que se movia lentamente, ele não conseguiu evitar pensar se não teria sido melhor ir mais cedo. Ficaria com bastante raiva se ela já tivesse saído. Por outro lado, ele a tinha avisado que a visitaria pela manhã. Segundo seu relógio de bolso, a manhã ainda duraria mais 53 minutos. Aquilo respondia tudo. Era melhor que ela estivesse em casa.

Ele chegou à Residência Ruddick com 37 minutos de folga. O pajem segurou os cavalos enquanto ele pegou um pacote do banco e se encaminhou para a porta da frente.

Pela expressão vazia e eficiente do mordomo, o homem não fazia ideia de quem ele era.

— Estou aqui para ver a Senhorita Ruddick.

— Posso anunciar quem gostaria de vê-la?

— St. Aubyn.

O semblante profissional do mordomo se desfez e seu queixo caiu.

— St. Aubyn? S… sim, milorde. Por… por favor… Hum… Aguarde aqui e averiguarei se a Senhorita Ruddick está… em casa.

A porta se fechou no rosto de St. Aubyn. Evidentemente, mesmo usando a versão de Pemberly de uma gravata simples, ele não passou uma impressão inofensiva o suficiente para ser admitido no saguão. Em outra ocasião, talvez ele tivesse simplesmente aberto a porta e seguido o mordomo. Hoje, no entanto, ele esperaria.

Após cinco minutos parado no pórtico, estava pronto para mudar de ideia. Quando foi tocar na maçaneta, contudo, a porta se abriu.

— Por aqui, milorde.

St. Aubyn seguiu o criado pelo corredor, até o salão matinal. A notícia de sua chegada já havia se espalhado, a julgar pela quantidade de aias e criados que subitamente tinham afazeres no corredor.

— Lorde St. Aubyn — anunciou o mordomo, abrindo a porta e desaparecendo.

O marquês entrou no salão — e parou. Evelyn estava sentada em um dos sofás verde-escuros do aconchegante recinto, mas não estava sozinha.

— Senhorita Ruddick, Lady Dare, Senhorita Barrett — cumprimentou ele, acenando com a cabeça, mas mantendo o olhar em Evelyn, tentando analisar e explicar o calor ardente que correu por suas veias quando seus olhos se encontraram.

Evie tentara engambelá-lo, então, providenciando testemunhas. Não era uma estratégia ruim, considerando que se qualquer outra pessoa ficasse sabendo do sequestro ou de sua subsequente indiscrição, ele não teria mais essa vantagem sobre ela. E pensar que o irmão a achava burra…

— Lorde St. Aubyn — disse Evelyn, sem se mover. — Que gentil da sua parte fazer uma visita esta manhã.

Ele sorriu.

— Confesso que estou um tanto encabulado — respondeu ele com sua fala arrastada, praguejando-a em silêncio. *Ela ainda não tinha percebido que ele não fazia ideia de como ser um cavalheiro decoroso?* Um alerta teria sido de bom tom, para que ele ao menos pudesse ter treinado alguns modos recatados antes de se aventurar em público. — Gostaria de levá-la para um piquenique hoje. — Ele estendeu o pacote em sua mão. — Trouxe rosas para a senhorita.

— São lindas, não são, Evie? — exclamou a Senhorita Barrett, um tanto entusiasmada demais.

— Sim, são. Obrigada.

Evelyn sabia que ele queria vê-la sozinha. Também sabia que ele não iria simplesmente lhe entregar um buquê de rosas, desejar bom-dia e ir embora. A única defesa em que conseguiu pensar no curto período de tempo entre a noite anterior e esta manhã, no entanto, foi convidar as amigas para irem até sua casa.

— Ouvimos dizer que o senhor precisou sair da cidade por alguns dias — comentou Georgiana, lançando a Evie um olhar rápido que claramente dizia "O que ele está fazendo aqui?". — Espero que esteja tudo bem.

Ele assentiu, caminhou até elas e, sem esperar ser convidado, sentou-se no sofá ao lado de Evelyn.

— Eu precisava desatar alguns nós — disse ele em tom casual e amigável que surpreendeu Evie, apesar da insinuação embutida. Ele *nunca* era gentil assim, não sem motivo.

Ah, aquele homem que era por si só impossível agora estava ainda pior, porque ela sabia quão bem e devassa ele podia fazê-la se sentir. Para ser justa, ele provavelmente ouvia elogios assim o tempo todo, de todas as mulheres que levava para a cama, então jamais viu motivo algum para mudar seu comportamento. Evie fez uma careta. Ela não estava com ciúme, é claro; estava com pena de todas aquelas pobres mulheres.

Suas amigas estavam certas: ela devia ter escolhido outro orfanato, e outro aluno para remendar, um que não causasse tamanho caos dentro dela. Era tarde demais agora, contudo, para fazer qualquer coisa além de tentar minimizar o estrago.

Tardiamente, Evelyn percebeu que todos estavam olhando para ela. *Diga alguma coisa*, disse a si mesma.

— Gostaria de se juntar a nós para um chá?

— Obrigado, mas não. Meu pajem e meu fáeton nos aguardam.

Ele entregou o buquê a ela, roçando os dedos nos seus e provocando a euforia ressonante de sempre. Ela engoliu em seco. Sua própria falta de disciplina e de controle a frustrava, mas ela não sabia ao certo se deveria atribuir a culpa a ele ou a si mesma.

Lucinda pigarreou.

— Eu, hum, não sabia que o senhor gostava de piqueniques, milorde.

— Evelyn me disse que eu deveria passar mais tempo sob a luz do dia — respondeu ele. — Será minha primeira tentativa. Vamos, Senhorita Ruddick?

Ah, ele era esperto. Talvez não soubesse do pacto que Evie e as amigas tinham feito, mas tinha constatado o suficiente para saber que ela mencionara seu repúdio pelo mau comportamento dele.

— Não posso abandonar minhas amigas — respondeu ela, desejando que sua voz não soasse tão estridente. — Quem sabe outro dia, milorde.

Olhos verdes encontraram os dela, e Evie sentiu as bochechas esquentarem.

— Hoje — murmurou ele, aproximando-se de seu ombro. — Ou vou aproveitar o tempo para visitar Prinny e concluir a transação.

— Você não faria isso.

Ele exibiu os dentes ao sorrir.

— Mandei minha cozinheira preparar sanduíches de faisão — continuou ele, em um tom mais casual. — A senhorita gosta bastante, se não me engano.

Lucinda e Georgiana permaneceram em silêncio, assistindo com interesse à conversa, embora não conseguissem ouvir tudo. Elas não iriam se oferecer para ir embora a não ser que Evie indicasse que elas deveriam, mas estavam obviamente desconcertadas pela sequência de acontecimentos. A própria Evie sentia-se assim, e alvoroçada também.

— Evie? — Victor enfiou a cabeça para dentro do salão. — Langley me disse que St. Aubyn está... Ah, St. Aubyn. Bom dia.

Mesmo sabendo das grandes ambições políticas de seu irmão, Evelyn mal conseguiu acreditar quando ele entrou no salão e estendeu a mão a Santo. Mais espantoso ainda foi o fato de o marquês ter correspondido os bons modos.

— Bom dia, Victor. Estou tentando raptar sua irmã para um piquenique. Receio que ela ache que você não vai aprovar.

Evelyn engasgou, e torceu para que todos atribuíssem sua perplexidade ao rigor de Victor, e não à escolha de palavras do marquês. St. Aubyn parecia surpreendentemente confiante agora que tinha definido as regras — e ele não tinha problema nenhum em lembrá-la desse fato, maldito fosse.

Pela expressão austera de Victor, ele *não* aprovava a presença do marquês, ou sua sugestão. Por outro lado, ele vinha tentando fazer contato com Wellington desde que retornara da Índia, e devia estar extremamente grato a St. Aubyn por ter providenciado as apresentações.

— Acho que posso liberá-la por uma tarde — respondeu Victor lentamente. — Com uma acompanhante adequada, é claro.

É claro. St. Aubyn não poderia dizer nada para incriminá-la diante de sua aia. Ela gostaria de ter pensado naquilo. Droga. Ela realmente precisava começar a tentar ser mais perversa.

St. Aubyn também pareceu perceber que sua oportunidade para uma conversa privada, ou qualquer outra coisa particular, se esvaía.

— Trouxe meu pajem.

Victor meneou a cabeça.

— Sou grato a você pela noite passada, St. Aubyn, mas não sou tolo. Ela só pode ir se a aia for junto.

— Está bem, então.

Bem, ele não tinha conseguido engambelá-la exatamente, mas tinha chegado perto, e ainda estavam na sala de visitas da casa dela, com outras três pessoas presentes. Se Evie protestasse naquele momento, Victor se zangaria, o que talvez a deixasse ainda mais em desvantagem, e St. Aubyn poderia muito bem cumprir sua ameaça de destruir o orfanato de vez. Lucinda e Georgie perceberam quem tinha ganhado, pois ambas se levantaram.

— Eu preciso ir embora, de toda forma — disse Lucinda, apenas para manter as aparências. — Georgie, você ainda quer ver a renda que chegou na Thacker's?

— Sim. — A viscondessa deu um beijo no rosto de Evie. — Você está bem? — sussurrou ela ao fazê-lo.

Evie assentiu.

— Não achei que ele se remendasse tão rápido — improvisou ela.

Lucinda apertou sua mão.

— Nós a veremos amanhã no recital de Lydia Burwell, certo?

— Para falar a verdade — intrometeu-se Victor, acompanhando-as até a porta —, Evie tem um chá com algumas pessoas da política amanhã à tarde, na casa de nossa Tia Houton.

— Então nos vemos amanhã à noite.

— Ah, sim. Eu não perderia por nada.

— Perderia o quê? — perguntou St. Aubyn enquanto Victor acompanhava as garotas para fora da sala.

— *Do jeito que você gosta*, no Drury Lane — respondeu ela.

— Título interessante. — Evie esperou que o marquês dissesse mais alguma coisa, mas ele apenas ergueu uma sobrancelha. — Vá buscar sua aia, Evelyn — continuou ele após um instante. — Não vamos desperdiçar o dia.

Um arrepio quente desceu por suas costas. St. Aubyn parecia disposto a guardar seus segredos, por ora, mas ela não tinha dúvidas de que tamanha gentileza era apenas uma máscara para algum novo jogo.

— Talvez você engane a eles — disse ela baixinho por cima do ombro —, mas não a mim.

— Não preciso enganar você — retrucou ele no mesmo tom baixo. — Você pertence a mim, lembra?

Não pela primeira vez, Evie contemplou, enquanto subia as escadas para pegar as luvas e chamar Sally, os méritos de fugir de casa. Geralmente o motivo era Victor e seus pronunciamentos arbitrários sobre política, coisas que ele dominava e ela jamais entenderia. Hoje, no entanto, qualquer fuga seria, na verdade, para protegê-lo. Se ela sumisse, contudo, ninguém poderia impedir que St. Aubyn destruísse o orfanato — e o que restava de sua reputação.

A não ser, é claro, que ele estivesse blefando, mas não era um risco que ela estava disposta a correr. Não enquanto ainda tivesse uma chance de convencê-lo a não desamparar as crianças.

Ela e Sally desceram novamente as escadas e encontraram o marquês e Victor parados no saguão, ambos parecendo desesperadamente ansiosos para estar em outro lugar. Se não estivesse não nervosa, ela teria achado graça.

— Certo, então, milorde. Vamos? — disse ela, decidindo agir como se já tivesse antecipado cada movimento dele, como se nada vindo de St. Aubyn pudesse surpreendê-la.

— Vamos. Ruddick.

— St. Aubyn, traga-a de volta até às quatro horas.

Victor tinha ficado *realmente* grato pela apresentação a Wellington, se tinha consentido a St. Aubyn quatro horas com ela. O marquês olhava para

Evie, entretanto, então ela apenas assentiu e passou por ele para pegar o *bonnet* e a sombrinha.

Santo pegou sua mão enluvada e enganchou o braço de Evie no seu enquanto desciam os degraus até a curta via de entrada da casa.

— Se eu conseguir que ele seja eleito para o Parlamento, ele me concederia visitas noturnas não supervisionadas à sua cama? — murmurou ele.

Provavelmente. Ela quase disse aquilo em voz alta, mas, por sorte, o bom senso a deteve.

— Sally e eu não vamos caber no seu fáeton — ponderou ela.

— É claro que vão.

— É claro que não — insistiu ela, incapaz de conter um breve sorriso quando ele fez uma careta. — Não com seu pajem junto. E não, Sally não fará os serviços de um cavalariço para que você possa deixá-lo aqui. Ela morre de medo de cavalos.

Sally não tinha medo algum de cavalos, mas pareceu entender seu papel ali, pois se afastou do animado garanhão negro.

A palavra que St. Aubyn resmungou não parecia ser nem um pouco educada, nem o olhar que ele lançou a Sally.

— Está bem. Vamos a pé.

— A pé?

— Sim, a pé. Felton, leve o fáeton de volta para casa.

— Sim, milorde.

St. Aubyn caminhou até a parte de trás do fáeton e tirou de lá uma grande cesta de piquenique. Enfiando o braço pela alça, voltou para o lado de Evelyn.

— Gostaria de colocar mais algum obstáculo no meu caminho?

— Não, acho que basta por ora.

— Esplêndido. Vamos.

Ele ofereceu o braço novamente e, após hesitar, Evie aceitou. Com uma acompanhante presente, o toque era perfeitamente aceitável, e a pequena parte maliciosa dentro dela sabia que o quanto era prazeroso tocá-lo. Muito.

— Você realmente nunca fez um piquenique? — indagou ela.

— Não com uma acompanhante, em um local público ou com sanduíches em uma cesta.

— Então o que… — Ela parou. — Esqueça. Não quero saber.

— Quer, sim — retrucou ele, olhando para ela. — Você só se acha pudica demais para perguntar.

— *Você* é quem pensa que precisa ser indecente o bastante para chocar a todos a cada frase. Você não se cansa?

— Estamos mais uma vez tentando me emendar ou trata-se apenas de uma reprimenda por meu comportamento geralmente ruim?

Evelyn suspirou.

— Você não aprendeu nada? — sussurrou ela, para que Sally, que caminhava alguns metros atrás deles, não ouvisse.

— Aprendi muitas coisas. Aprendi que você gosta de algemar os homens e beijá-los quando é você quem está ditando as ordens. Aprendi…

— Isso não é verdade! — ralhou ela, seu rosto aquecendo.

— Não? Você gostou de fazer amor comigo, Evelyn. Eu sei que gostou. — Ele mexeu a cesta, obviamente irritado por ser obrigado a fazer o trabalho manual. — Você tocou alguma outra pessoa daquele jeito?

— Não.

— Imaginei.

— O senhor, por outro lado, obviamente já… tocou muitas outras mulheres antes, milorde. Não consigo ver motivos para que continue me atormentando por esse meu… deslize de decoro.

Ele riu, um som grave e tão sedutor que várias mulheres na rua por onde passaram se viraram para olhar e cochichar entre si.

— Minha cara, você disse que queria me transformar em um cavalheiro. Não tenho o mesmo direito de tentar transformá-la em uma libertina?

— Não, porque isso me arruinaria, Santo — disse ela, tentando se lembrar da estratégia de não se deixar chocar por nada do que ele dissesse. A honestidade bastaria; ao menos parecia ter funcionado antes. — E eu não quero isso.

— Só a arruinaria se outra pessoa ficasse sabendo. Tudo que precisamos fazer é ser discretos. Eu poderia tornar o sexo uma condição para manter sua escapadela em segredo, não poderia?

— Suponho que sim. Ficar o tempo todo fazendo essas ameaças, contudo, dificilmente me deixa mais predisposta a querer ser seduzida por você.

Desta vez, ele riu alto. Era a primeira vez que ela o ouvia rindo e o som entusiástico e contente ressoou por todo o seu corpo. *Minha nossa.* Se ele não fosse tão terrível, ela estaria se apaixonando.

— Qual é a graça? — perguntou ela, lembrando a si mesma de que por mais desejável e charmoso que ele pudesse ser, ela ainda estava sendo chantageada.

Ele se aproximou para sussurrar em seu ouvido.

— Eu já seduzi você, meu bem. E acho que você gosta de mim *porque* eu sou péssimo.

O gesto lembrou Evie da noite em que todo esse caos tinha começado, quando ela o encontrara sussurrando obscenidades no ouvido de Lady Gladstone. Só que agora era *ela* a libidinosa aceitando suas palavras escandalosas. E aceitando de bom grado, bem como o calor e o desejo que ele despertara.

— Talvez — admitiu ela, reparando que Lady Trent quase batera em um poste, de tão ocupada que estava em observar, de olhos arregalados, a pudica Evie Ruddick caminhando de braços dados pela rua com o Marquês de St. Aubyn. — Mas talvez eu gostasse ainda mais de você se fosse mais gentil.

Ele ergueu a cesta de piquenique novamente quando chegaram ao limite oeste do Hyde Park. *Mais gentil.*

— Eu a convidei para um piquenique — afirmou ele. — Acho que foi bastante "gentil" da minha parte.

Evie riu, aconchegando-se de leve no braço dele.

— Sim, se ignorarmos o fato de que você ameaçou demolir o orfanato se eu não concordasse.

— Você teria vindo se eu não o tivesse feito?

Vindo dele, aquela parecia uma pergunta infantil e ingênua, mas St. Aubyn ficou perplexo ao perceber que queria saber a resposta. E Evelyn lhe diria a verdade; ela sempre dizia.

— Não sei — respondeu ela lentamente. — Eu... Eu sei que você diria que não mandaria me prender, mas eu...

— Você quer que eu prometa deixar o orfanato em paz — concluiu ele, um tanto distraído pelo calor da mão dela em seu braço. — Sim?

Determinada como era, ela jamais se deitaria com ele novamente se ele não desse sua palavra. E quando ele o fizesse, Evie esperava que St.

Aubyn a honrasse. Ele respirou fundo. Havia esperado seis anos por uma oportunidade de se livrar daquele lugar. Poderia esperar mais um pouco, até purgar todo o desejo que sentia por ela.

O marquês assentiu.

— Então façamos um trato. Você tem… quatro semanas para me convencer a deixar o Orfanato Coração da Esperança em pé. Mas aviso logo que não será fácil.

Pela expressão de Evelyn, agora que ele tinha cedido, ela não sabia o que fazer. Aquilo era bom para Santo; ele acabara de conseguir quatro semanas para tentar entender por que tinha ficado tão obcecado por ela, para satisfazer esse tormento e colocar um ponto final nisso tudo. Se ele não o fizesse, ela o faria, pois, em quatro semanas, o Orfanato Coração da Esperança, calabouço e tudo, se tornaria parte do novo parque do Príncipe de Gales.

— Está bom aqui — disse Evelyn, parando debaixo de alguns antigos carvalhos.

St. Aubyn olhou ao redor, para as pessoas que passavam em suas montarias a apenas quinze metros e para a calçada igualmente movimentada a metade daquela distância, na direção oposta.

— Espectadores demais — protestou ele, continuando a caminhar.

Ela se desvencilhou dele.

— É um simples almoço, não é? Por que você se importa que as pessoas nos vejam?

Porque ela era o que ele queria de sobremesa.

— Aqui — disse ele, desconfiado. — No meio das pessoas…

— É agradável e bonito.

— Mas não posso beijá-la aqui sem arruinar tudo. E você insiste em não ser arruinada.

Dando uma risada alta demais, Evie deu o braço para ele novamente.

— Fique quieto — murmurou ela. — Falar é tão ruim quanto fazer.

— Mas, nem de longe, tão divertido. — Começando a se perguntar se ele havia adentrado o pesadelo idílico de outra pessoa, St. Aubyn cedeu. — Você é bastante exigente, sabia?

Evelyn sorriu para ele.

— Não é tão difícil, depois que você se acostuma. Você trouxe uma toalha?

Ele soltou a pesada cesta no chão.

— Não sei. Pedi que me fizessem uma cesta de piquenique.

— Vejamos, então.

Evelyn parecia estar se divertindo, sem dúvida às custas dele. Como a alegria fazia seus olhos brilharem e exibia pequenas covinhas em suas bochechas, ele podia tolerar.

A cesta continha uma toalha azul meticulosamente dobrada e completamente desconhecida para ele. Santo a pegou da mão de Evelyn e abriu, colocando-a sobre a grama fresca.

— E agora?

— Coloque a cesta no meio e nós nos sentamos.

Santo apontou para a aia com o polegar.

— E a algema da decência? Onde ela fica?

Um leve rubor subiu pelas bochechas de Evelyn com a escolha de palavras dele, como ele sabia que aconteceria. St. Aubyn gostava quando ela corava. Fazia-a parecer tão… pura.

— Sally vai ficar em um canto da toalha — explicou ela, seguindo-o para cima do tecido quando ele se mexeu para colocar a cesta no local indicado. Evie então se ajoelhou ao lado da cesta, seu vestido verde de musselina se esparramando ao seu redor.

Por um instante ele observou seu coque estiloso, muito bem feito, os cabelos castanhos presos no topo de sua cabeça, e então para a curva suave de seu pescoço enquanto ela espiava dentro da cesta e tirava uma garrafa de vinho, depois para os cílios longos e curvos que escondiam seus olhos. St. Aubyn engoliu, a boca muito seca de repente. Céus, ele a queria novamente, queria arrancar o vestido a partir dos ombros e beijar cada centímetro de sua pele macia e lisa.

Ela olhou para ele.

— Vai se sentar?

Ele sentou, cruzando as pernas diante de si. *O que ele estava fazendo com aquela deusa da graciosidade? E o que ela estava fazendo com ele?*

— Você está muito quieto — observou ela, entregando a garrafa de vinho para ele. — E este é um ótimo Cabernet.

— Combina bem com o faisão. — Ele colocou a mão no bolso. — Também tenho um cantil, se você preferir gin.

— Vinho está perfeito. — Tirando duas taças da cesta, ela as ergueu e as inclinou na direção dele. — Você serve, por favor.

Ele se chacoalhou. Santo Lúcifer, ele estava se comportando como um caipira deslumbrado idiota. O Marquês de St. Aubyn não ficava sonhando com mulheres e seus decotes, especialmente *depois* de tê-las levado para a cama. Com um giro dos dedos, ele abriu a garrafa.

— O Cabernet fica melhor quando bebido sobre a pele nua — comentou ele arrastadamente —, mas como não vamos discutir isso, suponho que possamos usar as taças.

As taças tremiam levemente enquanto ele enchia o cristal fino.

— Você... escolheu um belo dia para nosso passeio — disse Evie com vivacidade.

— Estamos falando sobre o clima agora? — St. Aubyn colocou a garrafa na grama e pegou uma das taças, fazendo questão de tocar em seus dedos ao fazê-lo. Parecia imperativo que ele a tocasse sempre que possível.

— É sempre um assunto seguro.

Ele tomou um gole de vinho, fitando-a por cima da borda da taça.

— Um assunto "seguro". Fascinante.

Ela abaixou os olhos.

— Não. É enfadonho.

Evidentemente, ele tinha dito a coisa errada. Ser decoroso era ainda mais difícil do que ele havia imaginado.

— Não, estou falando sério. Isso é tudo muito novo para mim. Geralmente, a essa altura de um piquenique, já estou sem roupas. Existem outros assuntos "seguros"?

Ela o fitou novamente, a desconfiança presente em seu olhar.

— O tempo é o mais seguro, visto que todos sabem algo a respeito. Moda é controverso, a menos que alguém lamente a recente degradação da elegância e...

— Degradação. Eu gosto de degradação.

Evelyn sorriu.

— Eu sei. E deplorar a valsa é seguro com as gerações mais velhas, pelo mesmo motivo. Além disso, ninguém gosta de Bonaparte e as Américas são muito deselegantes.

— Então é mais seguro não gostar de nada.

Ela hesitou por um instante, levando tempo demais para engolir o vinho.

— E não aprovar nada e não fazer nada.

— Ora, ora, Evelyn. Não fazia ideia de que você era uma cínica. — Ele inclinou a cabeça, tentando ler sua expressão. — Mas não é só isso, certo? Isso é apenas o que você diz à esquisita corja de políticos lunáticos do seu irmão. Porque você, minha cara, é muito mais interessante do que a descrição maçante que acabou de fazer.

Para sua surpresa, os olhos dela se encheram de lágrimas, mas o pedido de desculpas pelo que quer que ele tivesse dito de errado dessa vez desapareceu de seus lábios quando ele viu o sorriso caloroso. Algumas coisas muito desconfortáveis começaram a acontecer em suas partes baixas.

— Isso que o senhor acabou de dizer, Lorde St. Aubyn, foi muito gentil.

Ele remexeu a cesta para acobertar seu embaraço súbito.

— Que incomum da minha parte — murmurou ele, pegando um sanduíche. — Faisão?

Capítulo 17

*Nem o amor o havia abandonado, como também
Seus dias de paixão haviam desvanecido em pó.*
Lord Byron, *Childe Harold's
Pilgrimage, Canto III*

O SOL ESTAVA ALCANÇANDO AS árvores quando Evie pediu a St. Aubyn que checasse seu relógio.

— Vinte para as quatro — informou ele, enfiando a cara peça de prata gravada de volta no bolso como se a ressentisse por ter feito o tempo passar.

Evelyn também não ficou muito contente com a notícia. Além do fato de ela estar gostando da tarde, não tinha sequer mencionado as crianças ou o orfanato. O marquês tinha lhe dado menos de um mês para convencê-lo, e ela acabara de desperdiçar quase quatro horas. Se voltasse para casa tarde, contudo, Victor tornaria seus passeios com St. Aubyn ainda mais difíceis do que já eram.

— Precisamos ir.

Fazendo uma careta, o marquês se levantou e ofereceu-lhe a mão.

— Suponho que raptá-la esteja fora de cogitação. — Ele a puxou, aproximando-se para sussurrar. — Já tentamos isso antes, não é mesmo?

— Pare com isso — sussurrou ela de volta, protestando mais porque o tom de voz que ele usara a fez tremer do que pelo teor do comentário. Evie tinha começado a perceber que ele não contaria seu segredo a ninguém; se contasse, ele perderia parte da vantagem que tinha sobre ela e que tanto valorizava.

Ele jogou o que sobrara do almoço de volta na cesta, amassou a toalha e a colocou por cima de tudo, então ergueu a cesta novamente.

— Suponho que você não me deixará arrastá-la para o meio dos arbustos para um…

— Santo!

Ele olhou para Sally.

— Para um aperto de mãos, antes de irmos?

É claro que a aia compreendeu o que o marquês quis dizer, mas Sally também conhecia a reputação daquele homem e achava que ele fazia essas propostas escandalosas só de provocação — ao menos era o que Evie esperava.

— Nada de apertos de mão.

Saíram do Hyde Park de braços dados mais uma vez. Mesmo com Sr. Aubyn se comportando, como tinha feito de modo exemplar a tarde toda, ela ainda se sentia como um gatinho na companhia de uma esbelta pantera negra. Com as garras recolhidas ou não, ele ainda era uma força a se temer.

— Estou no limite do meu autocontrole, Evelyn Marie.

A expressão luxuriosa nos olhos dele provocou um calor entre suas pernas. Deus sabe o quanto ela precisou se conter, ao menos meia dúzia de vezes, durante o piquenique para não se aproximar e beijá-lo. Mais do que tudo, ela queria se sentir da maneira que se sentiu nos braços dele mais uma vez. Se Santo soubesse disso, contudo, ela perderia o pouco controle que detinha sobre ele. Era um exercício de equilíbrio, e Evie cambaleava no limite do desastre.

— Quem mais seu irmão quer conhecer? — perguntou ele, aparentemente percebendo que ela não iria escapulir para algum beco em sua companhia.

— Wellington era o alvo principal dele para conseguir uma posição no Gabinete, mas como parecemos ter perdido o apoio de Gladstone, Alvington é o único que provavelmente pode ajudá-lo a conseguir a vaga de West Sussex na Câmara. Como você conseguiu convencer Wellington, aliás?

Ele deu de ombros.

— Fiquei sabendo que seu irmão queria conhecê-lo e eu queria ver você. Wellington gosta de um bom xerez e eu tenho algumas caixas do melhor que há.

— Meu irmão daria um bom membro do Parlamento, sabe?

St. Aubyn olhou para ela.

-— E?

— E então você fez algo de bom.

— Fiz, mesmo. Trouxe você a um piquenique.

Evie fez uma careta.

— Você entendeu muito bem o que eu quis dizer. Por que você se recusa a admitir que fez algo de bom?

— Por que você acha que foi bom? Eu queria algo e fiz o que era necessário para consegui-lo.

Evelyn meneou a cabeça.

— Não. Eu me recuso a acreditar que o único motivo para colocar Wellington no caminho de Victor era conseguir um piquenique comigo.

St. Aubyn apenas sorriu.

— Me diga, quem mais seu irmão precisa para a campanha? Posso conseguir qualquer um.

Evie parou, e ele parou ao seu lado. Sally também se deteve, alguns passos atrás deles e ouvindo perfeitamente tudo o que diziam.

— E o que você esperará em troca disso?

— Mais tempo com você.

Seu primeiro impulso foi gritar que ela estava cansada de ser negociada entre homens em troca de influência política. Ao mesmo tempo, no entanto, ela percebeu que St. Aubyn simplesmente havia notado o que Victor vinha fazendo há semanas e decidido usá-lo em benefício próprio.

— Bastava dizer que estava sendo prestativo, sem segundas intenções.

— Isso seria mentira. Achei que você valorizasse a honestidade.

Evie continuou andando ao lado dele por um bom tempo em silêncio. Ele *era* honesto. Jamais inventara qualquer pretexto para o que queria dela. Mesmo sua honestidade, contudo, não existia por si só; admitir suas qualidades mercenárias era uma forma de conquistar a aprovação dela. Tudo era complicado demais, mas se Evie pretendia continuar ensinando uma lição a ele, precisava descobrir como convencê-lo dos méritos de tomar uma atitude sem segundas intenções.

— Milady — sibilou Sally atrás deles —, o Senhor Ruddick.

Evelyn ergueu os olhos. Victor estava parado no pórtico com o relógio de bolso aberto na mão e uma carranca.

— Ah, céus.

— Não estamos atrasados — informou St. Aubyn, seguindo o olhar dela. — Ele está agindo como um alcoviteiro. Devo lembrá-lo de que você não é a meretriz de ninguém?

O tom dele era brando, mas Evie notou a pungência camuflada. St. Aubyn estava zangado com Victor — e por sua causa. Uma ligeira euforia lhe percorreu.

— Você não vai dizer nada disso. Ele só ficaria de mau humor e isso certamente não me beneficiaria.

— Talvez não, mas melhoraria muito o *meu* humor. Não gosto que me digam quanto tempo posso passar com alguém.

— Santo — murmurou ela quando entraram na curta via de entrada da casa.

— Não vou dar esta lição a ele hoje — prometeu ele —, mas, por favor, lembre-se do que falei sobre meu parco autocontrole, sim?

Outra provocação. Evelyn queria dar um beijo em seu rosto — ou, melhor ainda, em sua boca —, mas Victor desmaiaria.

— Certamente não esquecerei.

— Vejo que tiveram uma tarde agradável — disse Victor, guardando o relógio enquanto descia os degraus da frente da casa.

— Sim, foi adorável — respondeu Evie.

Ele pegou o outro braço dela e Evelyn ficou subitamente com medo de que St. Aubyn se recusasse a soltá-la e os dois a partissem no meio. Os músculos no braço do marquês se contraíram sob os dedos dela.

— Sua irmã é encantadora — disse St. Aubyn com sua fala arrastada.

— Sim, ela é cativante.

Evie pigarreou.

— Minha nossa, quantos elogios. Agradeço aos dois. E obrigada pelo ótimo piquenique, milorde.

Assentindo brevemente, St. Aubyn relaxou o braço, deixando-a recolher a mão.

— *Eu* é que agradeço, Senhorita Ruddick — disse ele. — E a senhorita tinha razão.

— Sobre o quê? — perguntou ela, virando-se para continuar olhando para ele enquanto ele atravessava a via de entrada da casa.

— Sobre a luz do dia. É excepcional. Ruddick, Senhorita Ruddick.

— St. Aubyn.

Enquanto o marquês e sua cesta de piquenique retornavam para a rua, assoviando para um táxi, Victor apertou o braço da irmã com mais força. Evie se obrigou a desviar o olhar e encarar o irmão.

— O que foi isso? — quis saber Victor, arrastando-a pela escada até a casa.

Langley fechou a porta antes que ela pudesse ceder e ver se o marquês tinha olhado uma última vez para ela ou não. Não era importante, mas ela era vaidosa o bastante para querer saber se ele pensava nela, uma única vez que fosse, assim que não estavam mais juntos.

— O que foi o quê?

— Esse comentário sobre a luz do dia.

— Ah. Eu disse a ele que ele deveria experimentar sair à luz do dia de vez em quando.

— Ah. — Victor a soltou, subindo as escadas na direção de seu escritório, onde ele provavelmente tinha passado a tarde toda em seus planejamentos.

— Você também deveria experimentar — gritou ela.

Ela se virou do topo das escadas.

— Experimentar o quê?

— A luz do dia.

— Só porque St. Aubyn me apresentou para Wellington, não pense que você me convenceu a me tornar amigo desse canalha. Ele me fez um favor, então eu permiti que você fosse vista com ele em um piquenique. Não se acostume. Não devo mais nada a ele.

Evie suspirou.

— Caso você esteja se perguntando, ele foi um perfeito cavalheiro hoje.

— E você uma perfeita dama. Suponho que eu deveria parabenizá-la por sua determinação em me chatear. Evie Ruddick, defensora das massas imundas, refastelando-se com o homem que vai demolir um orfanato.

Não se ela pudesse impedir.

— Sim, Victor — retrucou ela, encaminhando-se para o salão matinal. — Obrigada por me lembrar.

St. Aubyn se acomodou em uma cadeira na principal mesa de faro do clube Society.

— Que diabos um chá de senhoras pode ter a ver com política?

Tristan Carroway, Visconde Dare, terminou de fazer sua aposta, então se recostou na cadeira e pegou a taça de vinho do porto.

— Pareço uma enciclopédia para você?

— Você é domesticado. — St. Aubyn pegou uma taça para si a despeito dos olhares hostis dos demais jogadores da mesa. — O que é?

— Não sou domesticado, estou apaixonado. Algo que você deveria experimentar. Faz maravilhas pela sua perspectiva da vida.

— Eu acredito apenas com seu testemunho, obrigado. Mas se você está tão apaixonado, por que está aqui? Onde está sua esposa?

Dare virou a taça e a encheu novamente.

— Um chá político, se não me engano, é uma reunião para as mulheres discutirem a melhor maneira de ajudar e promover as ambições políticas de seus… esposos. — Ele empurrou a cadeira para trás. — Quanto à sua outra pergunta, não é da sua conta onde minha mulher está e sugiro que você fique bem longe dela.

St. Aubyn observou a expressão tensa no rosto de Dare, a garrafa pela metade ainda na mão no visconde e as apostas sendo feitas discretamente nas mesas ao redor.

— Minha atenção está voltada para outro lugar, Dare. Se você quiser brigar, ficarei feliz em satisfazê-lo, mas eu preferiria tomar algo com você.

O visconde meneou a cabeça.

— Eu preferiria não fazer nenhuma dessas coisas com você, St. Aubyn. Evie Ruddick é minha amiga e você não parece ter em mente algo que seja bom para ela. Se concordar em parar de importuná-la, beberei com você.

Há algumas semanas, St. Aubyn não teria pensado duas vezes antes de informar Dare e qualquer outro que quisesse ouvir exatamente o quanto Evelyn Marie Ruddick tinha apreciado suas "importunações". Esta noite, no entanto, sem parar para examinar a fundo por que ele não quis falar daquilo, ele se levantou.

— Nem um, nem outro, então. Por hoje.

Ele saiu do Society em meio à algazarra de especulações por suas costas. Eles que ficassem se perguntando o que ele tinha em mente para a inocente Evie Ruddick. Ela não era mais tão inocente assim, mas isso não era da conta de ninguém. Eles também não precisavam saber que ele ainda ansiava pelo corpo dela, por sua voz e até mesmo por seu sorriso quente e caloroso. Santo supunha que um chá de senhoras, político ou não, fosse proibido para homens, mas ainda havia a peça de Shakespeare no teatro Drury Lane. Ele veria Evelyn amanhã novamente, independentemente de quem não quisesse que ele a visse.

Enquanto ia para casa, ainda tão abalado do cárcere que até mesmo a noite fria e nebulosa era agradável em seu rosto, ele repassou os acontecimentos do dia na cabeça. Se há um mês alguém lhe dissesse que ele iria a um piquenique com uma moça decente, ele teria rido diante do profeta. Mas ele não apenas tinha ido, como também tinha gostado, e mais do que se sentia confortável em admitir.

Para seus hábitos, a noite ainda era jovem. Como havia acontecido nas últimas noites, no entanto, ele não sabia ao certo o que fazer. Seus refúgios de sempre — os infernos de jogatina, as casas de libertinagem, os saraus indecorosos dos clubes de depravação — ainda estariam iniciando seus trabalhos. Mas se qualquer mulher atraente e não muito interessante costumava ser suficiente para satisfazê-lo, agora St. Aubyn não queria descontar seu desejo contido nelas.

O calor brando e fluido que corria em suas veias era por uma mulher em particular. A sensação o revigorava, o fazia se sentir mais consciente — mais vivo — do que ele se lembrava de se sentir em anos. Quando estava em sua presença, vendo-a e conversando com ela, mas sem poder tocá-la como queria, a tortura era deliciosa e apenas suportável porque ele já havia prometido a si mesmo que a teria novamente.

Cassius desacelerou e parou, e St. Aubyn percebeu que desviara sua rota para a Residência Ruddick novamente. Apenas uma janela no andar superior brilhava com a luz de velas e ele se perguntou se a noite de Evelyn estaria sendo tão insone quanto a dele. Ele esperava que sim, e esperava que ela estivesse pensando nele.

Com um estalo silencioso, ele fez o garanhão andar novamente. Custasse o que custasse, ele teria Evelyn Ruddick como sua amante. Ele não queria mais ninguém, e não aceitaria recusa. A essa altura, ele já sabia do que ela gostava e iria simplesmente convencê-la.

Evelyn conseguiu escapar de Victor e da mãe e deixou a Residência Ruddick para ir ao chá político de sua tia cedo o suficiente para parar no Orfanato Coração da Esperança antes.

Parecia ter ficado bem mais que dois dias afastada desde a última vez que botara os pés no edifício antigo e lúgubre, e pelo cumprimento entusiasmado das crianças, qualquer um pensaria que ela tinha passado um ano longe.

— Senhorita Evie, Senhorita Evie! — gritou Rose, jogando os braços em torno da cintura dela. — Pensamos que a senhorita tinha sido enforcada!

— Ou decapitada! — acrescentou Thomas Kinnett, com os olhos arregalados, ainda se assustando com sua propensão para histórias horrendas.

— Estou bem, inteira e muito feliz por ver todos vocês — respondeu ela, abraçando Penny com o braço livre.

— Então, ele escapou ou a senhorita o soltou? — perguntou Randall do parapeito da janela, onde estava sentado.

Ela se lembrou do aviso de St. Aubyn quanto aos garotos mais velhos, mas o marquês era cruel e cínico. Aqueles meninos tinham arriscado muito mais do que qualquer outra criança ali para ajudá-la, afinal de contas.

— Ele escapou. Mas me deu a palavra de que tenho quatro semanas para convencê-lo a poupar o orfanato.

— Quatro semanas não é muito tempo, Senhorita Evie. E se a senhorita não conseguiu convencer ele preso, o que te faz pensar que ele vai mudar de ideia agora?

— Ele concordou com as quatro semanas sem discutir. Acho que esse é um ótimo sinal.

— Será que a gente devia devolver os desenhos pra ele? — perguntou Rose, finalmente erguendo o rosto das dobras do vestido de Evie.

— Que desenhos?

— Os desenhos que ele fez. — Molly foi até sua cama e tirou um monte de papéis de debaixo do colchão. — Ele escondeu pra ninguém ficar sabendo.

Sabendo do quê? Evelyn começou a questionar, então interrompeu a pergunta quando Molly lhe entregou os papéis. Ela tinha visto St. Aubyn desenhando algumas vezes e ele lhe pedira mais papel em duas ocasiões, mas ela pensara que ele estava apenas rabiscando para passar o tempo, ou escrevendo cartas para seu exército de advogados sobre o encarceramento.

— A senhorita está muito bonita — comentou Rose, sentando-se ao lado de Evelyn quando ela se acomodou na beirada de uma das camas.

Páginas dos rostos das crianças, caricaturas de St. Aubyn transformando-se em um esqueleto dentro da cela, mas, em sua maioria, rascunhos feitos a lápis dela própria cobriam cada centímetro de papel livre, frente e verso.

— Minha nossa — sussurrou ela, sentindo as bochechas arderem.

Ele tinha capturado seus olhos, seu sorriso, sua testa franzida, suas mãos, suas lágrimas, tudo dela com uma habilidade notável naquelas folhas ásperas, manchadas e amassadas. Olhando para os esboços, Evelyn sentiu-se como se ele tivesse enxergado dentro dela e desenhado seus segredos.

— Tem certeza agora, Senhorita Evie, de que não deixou ele sair? — perguntou Randall novamente, tirando sua faca da madeira. — Porque parece, por esses desenhos aí, que a senhorita estava posando para esses retratos aí.

— Eu não estava — respondeu ela, percebendo o tom de acusação do menino. Depois de ver os desenhos, ela não podia culpá-lo. — Ele deve ter desenhado de cabeça. E, vejam, ele fez desenhos de todos vocês também. Isso significa que ele estava prestando atenção e pensando em vocês.

— Então a senhorita acha que ele vai deixar a gente ficar? — indagou Penny, sentando-se do outro lado de Evie. — Porque eu não quero ter que morar na rua e comer ratos.

— Ah, Penny! — Evelyn abraçou a garota magricela. — Isso nunca vai acontecer. Eu prometo.

— Espero que tenha razão, Senhorita Evie — comentou Randall arrastadamente. — Porque ainda não tem como saber que isso não vai acontecer.

— Randall, prometa que você não vai fazer nada precipitado — ordenou Evie, um arrepio gelado desceu por sua espinha. — E que você vai sempre me consultar primeiro.

— Não se preocupe, Senhorita Evie — prometeu o garoto. — Não vou esquecer que a senhorita também é parte disso. Nenhum de nós vai.

Depois da atmosfera tensa do orfanato, o chá político da Tia Houton pareceu terrivelmente enfadonho. Evie ajudou a criar slogans bobos para rimar com os nomes dos candidatos favoritos, mas seus pensamentos estavam nos papéis que ela cuidadosamente havia enrolado e enfiado na ligadura da meia. A coceira que causavam lembrava Evie do quanto ela queria alguns minutos sozinha para analisá-los novamente, sem um bando de crianças curiosas olhando para ela.

— Seu irmão enviou um bilhete — informou Tia Houton, sentando-se ao lado dela enquanto ela anotava palavras que rimavam com "Coelho". — Ele está nas nuvens porque Wellington finalmente concordou em participar de um jantar íntimo conosco na sexta-feira.

Santo, mais uma vez.

— Minha nossa — exclamou Evie empaticamente, embora não estivesse nem um pouco surpresa com a notícia. — Apenas nós e Wellington?

— Não exatamente. Os Alvington e... St. Aubyn também se juntará a nós.

— Hum. Interessante. Não sabia que St. Aubyn era politizado.

— Eu também não. Victor atribui esse interesse repentino a algum tipo de conspiração para arruinar a carreira dele, mas...

— Bobagem!

— ... mas ele está disposto a arriscar em troca de outro encontro com Wellington. — A marquesa se virou para responder às perguntas de outra mulher, então se voltou novamente para Evie. — Você sabe por que St. Aubyn está tão repentinamente interessado na carreira do seu irmão?

Ela realmente iria para o inferno por isso, e era tudo culpa de Santo.

— Ele me convidou para um piquenique, mas posso garantir que não mencionou nada a respeito disso. Não faço ideia do que ele possa estar pensando, mas certamente não há "conspiração" alguma entre mim e Santo.

— "Santo"? — repetiu sua tia, arqueando uma sobrancelha.

— St. Aubyn. Ele me pediu para chamá-lo de "Santo". É como todos chamam, pelo que sei. — Ele também tinha lhe pedido para chamá-lo de "Michael", mas, aparentemente, ninguém mais o fazia e ela não iria confessar isso ou as circunstâncias que levaram a esse ponto.

— Bem, qualquer que seja o interesse dele por *você*, certifique-se de não o encorajar, certo? O Marquês de St. Aubyn é um homem perverso e perigoso, não é uma pessoa de que você precise na sua vida. Especialmente agora.

Aquelas palavras chamaram a atenção de Evelyn, mas antes que ela pudesse pedir à tia que esclarecesse, Lady Harrington e Lady Dovestone começaram uma discussão sobre outras possíveis rimas para seus slogans.

Evelyn se mexeu na cadeira e os desenhos roçaram em sua perna novamente. Aquela reunião era uma perda de tempo, especialmente quando ela precisava estar planejando o próximo passo que daria na educação de Michael Halboro. Levando em consideração o que ele havia desenhado, talvez estivesse mais convencido agora do que antes, mais do que Evie pensara. E dada a forma como ele a desenhara, ela não pôde evitar torcer para que, talvez, ele a visitasse novamente muito em breve.

Capítulo 18

Quero um herói.
Lord Byron, *Don Juan, Canto I*

— Você reservou um camarote inteiro apenas para nós três? — perguntou Evie quando seu irmão lhe ofereceu uma das duas cadeiras da frente enquanto sua mãe se sentava atrás.

Os assentos da plateia já estavam lotados e parecia que nenhum camarote ou assento ficaria vazio naquela noite. A extravagância de um camarote enorme a surpreendeu; Victor podia ser tudo, mas frívolo ele certamente não era.

— Não exatamente. Convidei alguns amigos — explicou ele, acomodando-se em outra das cadeiras de trás.

A desconfiança se espalhou por Evelyn quando ela olhou para a cadeira vazia a seu lado.

— Que amigos?

— Ora, boa noite, Ruddick — cumprimentou a voz trovejante de Lorde Alvington, enquanto ele abria as cortinas nos fundos do camarote. — Muito gentil de sua parte nos convidar esta noite. Parece estar lotado, e eu já havia emprestado nosso camarote para minha sobrinha e sua família.

— Que atitude excepcionalmente generosa de sua parte — elogiou Victor, apertando a mão do visconde.

— Lady Alvington — exclamou a Senhora Ruddick, com uma animação que parecia lhe custar muito, levantando-se para beijar a gorducha viscondessa nas duas bochechas. — Ficou sabendo que Wellington se juntará a nós para o jantar na sexta-feira?

— Ah, sim. Alvington é um cavalheiro muito distinto.

Evie também se levantou, embora todos a tenham ignorado até Clarence Alvington entrar no camarote. Aquilo explicava a cadeira vazia. Ela estava sendo objeto de permuta mais uma vez. Escondendo o nojo com um sorriso, ela fez uma reverência enquanto Clarence pegava sua mão e se dobrava por sobre ela.

— A senhorita está esplêndida esta noite, Senhorita Ruddick — elogiou ele.

— Realmente — concordou Lady Alvington. — Onde conseguiu esse colar, minha querida? É maravilhoso.

Erguendo a mão para tocar no coração de prata com o diamante dentro, Evelyn ficou tentada a contar a eles exatamente quem lhe dera o presente. Não conseguiu convencer a si mesma, no entanto, de que valeria a pena o risco só para ver a expressão nos rostos deles.

— É uma antiga herança de família — alegou Evelyn, observando sua mãe franzir a testa brevemente. — Era da minha avó, não era? — perguntou ela.

— Sim. Acho que era. — Praticamente sem olhar para a filha, Genevieve Ruddick voltou a se sentar. — Conte-me, Senhor Alvington, como tem passado seus dias?

— Muito gentil de sua parte perguntar, Senhora Ruddick. Recentemente, comecei a desenhar um estilo de nó de gravata completamente diferente. — Clarence ergueu o queixo, exibindo uma gravata com um nó tão complexo que ele e o valete deviam ter começado a trabalhar na obra assim que ele se levantou pela manhã. — Estão vendo? — apontou ele, tentando observar sua plateia com o queixo ainda apontado para cima. — Batizei de Nó Mercury.

Enquanto todos bajulavam a gravata dele, Evelyn assentiu e voltou-se a uma distração mais interessante: observar os ocupantes dos outros camarotes. No segundo a partir do palco, Lorde e Lady Dare estavam acomodados com as duas tias de Dare e todos os seus irmãos adultos, com exceção de Robert, que havia sido ferido em Waterloo e raramente aparecia em público atualmente. Do outro lado do palco estava Lucinda com seu pai, o General Barrett, e uma série de amigos do exército e da política.

As luzes diminuíram e, após um aceno breve e um sorriso para Lucinda, Evelyn se sentou. Quando as cortinas subiram, um brilho de binóculos capturou sua atenção e ela olhou na direção dos camarotes absurdamente caros mais próximos ao palco para ver quem estava olhando para ela. O objeto voltado em sua direção foi abaixado, revelando o semblante esguio e risonho do Marquês de St. Aubyn.

Evie prendeu a respiração. A família dele tinha um camarote no Drury Lane havia séculos, porém, até onde ela sabia, ele *nunca* comparecia a eventos tão triviais como aquele. Mas lá estava ele — e não sozinho. Sentados ao seu lado havia alguns homens e mulheres conhecidos pela má fama, inclusive uma loira extremamente maquiada com um decote imenso, que ela parecia pressionar intencionalmente contra o braço de Santo.

Uma dor aguda atingiu seu peito. Então, apesar de toda atenção que dedicara a Evie nos últimos tempos, ele não a considerava diferente de qualquer uma de suas conquistas femininas — uma mulher para se levar para a cama, ser insultada por isso e então esquecida. Tudo bem. Não tinha problema algum. Ela só estava curiosa para descobrir como era estar com ele, de toda forma.

— Qual é a peça? — sussurrou Clarence instantes depois, aproximando-se e permitindo que Evie sentisse o aroma de seu perfume extremamente forte.

— *Do jeito que você gosta* — respondeu ela, com mais acidez do que pretendia. O título estava no ingresso que ele estava segurando, pelo amor de Deus.

— Ah. Shakespeare.

— Sim, acredito que sim.

Alguém cutucou as costas de sua cadeira. Victor, sem dúvida, lembrando-a de se comportar. Ela olhou por cima do nó gigantesco da gravata de Clarence para St. Aubyn novamente. Se ele ainda conseguia se sentir... satisfeito na companhia de seus colegas de camarote e se podia praticamente ostentar aquela mulher com os seios enormes, então ele não tinha aprendido nada. Evie franziu a testa. Ou será que era ela quem não tinha aprendido a lição, embora praticamente todos, inclusive o próprio marquês, a tivessem alertado?

A bochecha de Victor encostou em sua orelha.

— Pare de fazer careta — sussurrou ele em um tom quase inaudível.

Deus, ela precisava espairecer por um momento, ficar longe de onde todos pudessem ver a expressão em seu rosto ou cada lágrima em seus olhos.

— Não estou me sentindo muito bem do estômago — sussurrou ela de volta. — Preciso pegar um pouco de água.

— Certo, mas volte logo.

Com um murmúrio de desculpas, ela se levantou e saiu do camarote pelas cortinas pesadas. Evie queria se apoiar em uma parede e chorar, mas criados entravam e saíam dos camarotes no corredor, entregando bebidas e binóculos e o que mais os espectadores pedissem. Depois de conversar aos sussurros com um deles, ele lhe indicou a alcova acortinada mais próxima e ela se refugiou lá dentro bem quando a primeira lágrima escorreu.

—⟋⟍⟍—

St. Aubyn moveu a cadeira, tentando se afastar dos seios desejosos de Deliah. Ele não deveria ter convidado ninguém para ir com ele aquela noite, mas teria parecido um idiota sentado sozinho em um camarote para seis pessoas.

Ele olhou novamente para Evelyn, como parecia precisar fazer a cada dois minutos, e encontrou sua cadeira vazia. Ele se levantou.

— Santo, me traga um conhaque — arrulhou Deliah.

Ignorando-a, ele saiu do camarote e caminhou pelo amplo corredor na direção dos assentos da família Ruddick. Nenhum sinal de Evelyn. Concluindo que ela provavelmente tinha voltado ao camarote, ele resmungou uma obscenidade e se virou novamente. E então parou quando ouviu alguém fungar do outro lado da cortina de uma alcova privada.

— Evelyn? — sussurrou ele, rezando para que não fosse Fatima ou qualquer outra de suas conhecidas.

— Vá embora.

Graças a Lúcifer.

— O que você está fazendo?

— Nada.

Ele afastou a cortina e a encontrou virada para a parede, com as mãos no rosto.

— Se está se escondendo, não está funcionando — murmurou ele. — Eu posso vê-la.

— Eu também o vi. Está se divertindo?

— Não muito. Continuo torcendo para que Deliah se incline tanto que caia do camarote, mas isso ainda não aconteceu.

Abaixando as mãos, ela se virou para ele.

— Por que você está aqui?

Vasculhando rapidamente o corredor, ele entrou na alcova e fechou a cortina.

— Por que você acha? — perguntou ele, cobrindo a boca dela com a sua.

Ele a pressionou no canto, beijando-a, saboreando-a novamente. A respiração dela era rápida e ofegante ao corresponder o beijo. Os dedos encobertos pela luva deslizaram pelos ombros dele, puxando-o com força contra seu corpo.

— Alguém pode nos ver aqui — disse ela, arfando, gemendo quando as mãos dele subiram por seus quadris para cobrir seus seios.

— Shh.

No instante em que a vira ali, St. Aubyn tinha ficado duro, e certamente não daria a ela a chance de escapar. Beijá-la várias vezes, sentir sua língua, apenas agravava seu desejo por ela. Nenhuma mulher o excitava assim. Relutando em soltá-la, mas plenamente ciente de que eles tinham pouco tempo, ele largou os seios dela e guiou as mãos dela até sua calça.

— Aqui? — perguntou ela, ofegando, contra os lábios dele.

— Eu quero você — respondeu ele, passando os dedos dela sobre o volume rijo. Então, ele deslizou as mãos por debaixo da saia dela, agarrando punhados de tecido e erguendo o vestido até acima dos joelhos. — Está sentindo o quanto eu quero você, Evelyn Marie? Você me quer?

Se ela dissesse que não, ele provavelmente desandaria na hora, mas — ainda bem — ela começou a abrir a calça dele com dedos ansiosos e trêmulos.

— Rápido, Santo — suplicou ela, meramente suspirando contra a boca dele.

Ela libertou o membro ereto e ele a ergueu em seus braços, enrolando as pernas dela em torno de seus quadris. Com um grunhido, ele a penetrou, mantendo-a pressionada entre ele e a parede enquanto movia com força os quadris. O calor apertado dela o recepcionou. Sua respiração irregular e rápida o levou à beira da loucura. Estar dentro de Evelyn, aquela união, tornar-se um com ela... Aquilo era perfeição.

Ele a sentiu gozar e capturou seu gemido com a boca, deixando que o êxtase dela o guiasse até o seu próprio. Com um grunhido quase animal, ele se juntou a ela, pressionando-a com tanta força contra a parede que ficou com medo de tê-la impedido de respirar.

— Santo? — sussurrou ela, trêmula, lambendo seu maxilar.

— Hum?

— Qual é o seu segundo nome?

Ele ergueu o rosto do ombro desnudo dela para fitar seus olhos cinzentos.

— Edward.

Ela sorriu.

— Michael Edward Halboro — murmurou ela, deslizando os dedos pela bochecha dele com uma delicadeza surpreendente —, é sempre assim? Tão... bom?

— Não, não é. — St. Aubyn a beijou de novo, lentamente, deliciando-se com o toque dos lábios macios.

— Evie? — chamou a voz abafada da mãe dela do corredor. — Onde você está?

Evelyn congelou nos braços dele, o terror se espalhando por seu semblante.

— Ah, não, não, não — sussurrou ela. — Solte-me.

Obviamente, aquele não era momento para discutir. St. Aubyn a ergueu para que ela pudesse colocar os pés no chão de volta e abaixar a saia.

— Estou aqui, mãe — disse ela baixinho. — Meu estômago está embrulhado.

— Bem, apresse-se. Seu irmão está furioso. Ele acha que você está tentando evitar o Senhor Alvington.

St. Aubyn abotoou a calça enquanto Evelyn tentava alisar o vestido. Respirando fundo, ela acenou e foi até a cortina.

Antes que pudesse escapar, St. Aubyn segurou seu cotovelo e a virou de frente para ele. Meneando a cabeça para avisá-la de que ela não escaparia completamente, ele passou um dedo pelo decote de seu vestido, e então se abaixou e a beijou mais uma vez.

— Evie!

— Estou indo! — exclamou ela, colocando a mão no peito dele para empurrá-lo até a parede do fundo. Evelyn abriu parcialmente as cortinas, deixando-o escondido nas sombras, e retornou ao corredor mal iluminado.

Ele permaneceu na alcova, ouvindo os passos das mulheres Ruddick se afastarem na direção de seu camarote. Ele tinha guardado o segredo dela, mais uma vez. Ninguém sabia que eles tinham se tornado amantes; ninguém além deles mesmos. Por mais que ele tivesse tido muitas mulheres ao longo do tempo, saber que ele era o primeiro e único homem a fazer amor com ela era inebriante.

Mas o que a mãe dela tinha dito? Algo sobre Evelyn estar evitando Clarence Alvington. Então esse era o plano de seu irmão. Lorde Alvington não tinha muito dinheiro, mas tinha algumas propriedades e, portanto, bastante influência sobre os votos de West Sussex. Aquilo tornava o cálculo simples: em troca de garantir uma vaga na Câmara dos Comuns para Ruddick, a família Alvington ficaria com Evelyn e seu dote.

St. Aubyn olhou para os dois lados do corredor e então saiu da alcova. Se perguntou se Evelyn tinha percebido que fora vendida. E se ela achava difícil dedicar tempo e dinheiro aos órfãos agora, assim que seu dinheiro pertencesse a Clarence Alvington, qualquer gesto de caridade se tornaria impossível. Todos os seus recursos seriam certamente gastos com gravatas, cavalos de corrida e jogatinas.

St. Aubyn, é claro, já teria terminado com ela a essa altura, então não haveria problema. E então não se irritaria mais por aquele paspalho ter acesso diário à cama dela e a seu corpo delicioso.

— Santo, cadê meu conhaque? — perguntou Deliah assim que ele desabou na cadeira ao lado dela.

— Vá pegar você mesma.

Ele ficou olhando para o palco durante uma hora, embora os atores pudessem muito bem estar recitando cantigas infantis, pela atenção que ele estava prestando. Com a concordância de Wellington para o jantar, Victor Ruddick lhe devia ao menos mais um passeio com Evelyn. Ela provavelmente tentaria fazer mais algumas visitas ao orfanato, também, então ele poderia arrumar alguns encontros lá. Tendo condenado o lugar a apenas mais quatro semanas de existência, suas chances de vê-la novamente em privado logo acabariam.

St. Aubyn olhou para o camarote dos Ruddick. O janota sussurrava algo para Evelyn que ela estava claramente tentando ignorar. O olhar dela então foi de encontro ao dele, e então ela rapidamente desviou de novo.

Aquilo era intolerável, desejá-la tanto a ponto de perder o sono e mal poder olhar na direção dela, enquanto, o tempo todo, outro homem planeja arrancá-la completamente de seus braços. Se ele conhecia Evelyn, independentemente do que ele pudesse querer, ela não concordaria em ser sua amante depois de casada, mesmo que se sentisse miserável.

Ele precisava se livrar de Clarence Alvington, o que significava que *ele* precisaria ser a pessoa que asseguraria uma vaga no Parlamento ou no Gabinete para Victor Ruddick. E ele precisava encontrar Prinny e atrasar a demolição do orfanato, pois assim que fosse destruído, Evie jamais olharia para ele novamente.

— Santo?

Ele se sobressaltou.

— O que foi, Deliah?

— Intervalo.

As luzes tinham sido acesas e ele estava olhando para as cortinas enquanto os camarotes ao seu redor se esvaziavam e os membros da Sociedade zanzavam para interagir e serem vistos. Ele se levantou.

— Ótimo. Estou indo embora.

Deliah também se levantou, puxando o decote do vestido para baixo para exibir melhor seus atributos.

— Excelente. Pensei que talvez você fosse querer petiscar alguma coisa — murmurou ela, passando a língua pelos lábios.

— Já comi. Boa noite.

***

Ah, não. Ela então havia se tornado uma daquelas meretrizes de quem todos ouvem boatos, aquelas que faziam sexo com St. Aubyn em armários de vassouras, terraços, ou cadeiras enquanto seus maridos dormiam sentados ao seu lado.

Evelyn colocou a mão na frente dos olhos quando o caleche dos Barrett surgiu sob o sol entre as lojas da Regent Street. E pior: ela gostava de ser a meretriz dele, sua concubina, sua amante. Ele era tão… direto. Todos sabiam que St. Aubyn se apossava do que queria — e ele obviamente a queria. Ser alvo das atenções daquele homem era tão incrivelmente excitante que Evie mal conseguia suportar quando eles estavam separados. Talvez ela pudesse dar um pulo no orfanato à tarde. Ele poderia encontrá-la lá.

— Ora, ora, nunca pensei que aconteceria — disse Lucinda, e Evie se chacoalhou para prestar atenção.

— Desculpe, mas do que estávamos falando?

— Do seu aparente sucesso com St. Aubyn. Um piquenique inteiro durante o qual, pelo que você reportou, ele foi um perfeito cavalheiro, e ontem à noite, ele permaneceu no teatro durante toda a primeira metade de *Do jeito que você gosta*. Não consigo pensar em outra explicação senão suas aulas de civilidade e decência.

Sim, ela e St. Aubyn eram tão decentes e civilizados que desapareceram no meio da peça para fazer sexo em pé atrás de uma cortina.

— Creio que tenha sido apenas circunstância e coincidência.

— Ele continua dizendo impropriedades a você? — perguntou Lucinda, e as covinhas marcaram suas bochechas quando ela sorriu.

— Em todas as oportunidades — respondeu Evie, aliviada por poder falar a verdade completa ao menos uma vez.

— Mas não roubou mais nada?

Apenas sua virgindade.

— Não. Nada que eu tenha reparado, ao menos.

Lucinda suspirou alto.

— Evie, qual o problema? Seja sincera. Você pode me contar tudo, você sabe.

— Eu sei. — Franzindo a testa, Evelyn tentou pensar em algo que estivesse preparada para contar à amiga, sem que Lucinda a achasse uma idiota completa. — Ele me deu quatro semanas para convencê-lo quanto ao orfanato. Eu já tentei… tudo. Não faço ideia do que posso dizer para fazê-lo mudar de ideia agora, já que nada funcionou.

As sobrancelhas de Lucinda se franziram.

— Mas, Evie…

Dedos gélidos agarraram seu coração.

— Mas o quê?

— Não tenho plena certeza, então, por favor, mantenha isso em mente — pediu Lucinda, segurando as mãos da amiga e apertando —, mas, ontem à noite, ouvi falar que o Parlamento aprovou a expansão do parque do Príncipe George.

Um rugido começou a soar em seus ouvidos, cada vez mais alto, até ela mal conseguir ouvir as palavras de Lucinda.

— Não — sussurrou ela.

Ele tinha prometido. Quatro semanas. Ela estivera com ele na noite anterior, ávido como ele estava para encontrá-la, e ainda assim não dissera nada.

Evelyn soltou uma risada alta. É claro que ele não dissera nada. Se tivesse dito, ela jamais — *jamais* — permitiria que ele a tocasse novamente.

E ela tinha começado a pensar que, talvez, quem sabe, ele estivesse aprendendo. Que ele tinha mudado, ao menos um pouquinho, e talvez até... se importasse com ela. Ele dizia coisas assim, às vezes. Mas agora Evie sabia que era tudo mentira. Tudo. E ela pensando que ele sempre dizia a verdade... Que ela podia confiar nele. Ah.

— Lucinda — disse ela, percebendo que lágrimas tinham começado a escorrer por seu rosto —, você pode me fazer um favor imenso?

— É claro. Do que você precisa?

— Preciso que você vá comigo à casa de St. Aubyn. Agora mesmo.

— À casa de St. Au... Tem certeza?

— Ah, sim. Tenho toda certeza.

Lucinda evidentemente acreditou nela, pois assentiu e se reclinou para frente.

— Griffin, temos uma mudança de planos. Por favor, leve-nos à casa de Lorde St. Aubyn.

O cocheiro se virou para olhar para ela.

— Senhorita Barrett? A senhorita disse...

— Você me ouviu. Imediatamente, por favor.

— Sim, senhorita.

—⟨⟩—

St. Aubyn se debruçou sobre a balaustrada.

— Jansen, já tivemos notícias de Carlton House?

O mordomo apareceu no corredor.

— Ainda não, milorde. Garanto que o informarei imediatamente.

— Imediatamente — reforçou ele.

E então se recolheu em seu escritório para andar de um lado para outro enquanto aguardava a permissão para ver Prinny. Salvar o orfanato era, ao menos, algo que ele podia fazer enquanto tentava decidir a melhor maneira de prejudicar Alvington e garantir uma vaga para Ruddick. Por sorte, Príncipe George não podia fazer nada sem o Parlamento, sem investimento financeiro de terceiros e sem mil conselheiros. E um bom vinho clarete. O marquês foi novamente até a porta.

— Jane, preciso de uma caixa do meu melhor clarete.

— Providenciarei, milorde.

Manter o orfanato aberto significaria continuar preso àquele maldito lugar. Não seria para sempre, ele lembrou a si mesmo, praguejando. Apenas até ele descobrir o que fazer com Evelyn. Outra oportunidade surgiria, ou quem sabe ele pudesse adiar toda a ideia do parque por alguns meses.

Jansen bateu à porta semiaberta.

— Milorde?

— Encontrou o vinho?

— Ah, não, milorde. O senhor tem visitas.

— Não estou em casa.

— Visitas femininas.

— Então eu definitivamente não estou em casa. Vá pegar o maldito vinho. Partirei para Carlton House assim que obtiver permissão para entrar.

— Sim, milorde.

Enfraquecer Alvington seria mais difícil. A influência de St. Aubyn em West Sussex era insignificante. Ele não tinha propriedades naquele lugar, e nenhum conhecido que tivesse. Também não se lembrava de saber de qualquer segredo de alguém de lá que pudesse usar como trunfo, caso não o ajudassem.

— Milorde?

— Carlton House? — latiu ele.

— Não, milorde.

— Oras, então o que foi?

— Elas se recusam a ir embora. Uma delas diz que é extremamente urgente.

Ele suspirou. Era só o que faltava, mais problemas femininos.

— Quem são?

— Elas não deram nomes. Eu… não me recordo de tê-las visto por aqui antes, milorde, se isso, de alguma forma, reduz o número de possibilidades.

St. Aubyn lançou um olhar raivoso para o mordomo.

— Está bem. Darei dois minutos a elas. E você me…

— Eu o avisarei assim que a mensagem de Carlton House chegar.

Pegando o paletó das costas da cadeira, Santo o colocou enquanto se encaminhava para as escadas. No saguão, ele só conseguiu avistar um *bonnet* e a ponta do sapato da outra. Se era alguma daquelas mulheres que apareciam de tempos em tempos pedindo doações para os pobres, ele as mandaria embora a pontapés por estarem perturbando o seu dia.

— Senhoritas — disse ele quando chegou na base da escadaria —, receio estar muito ocupado esta ma...

Ele congelou quando se viraram para ele.

— Evelyn?

Ela partiu para cima dele. Com o coração palpitando, um milhão de pensamentos desconexos zanzando por sua mente, St. Aubyn abriu os braços para ela.

Evelyn lhe deu um soco na barriga.

— Seu maldito! — rugiu ela. — Eu odeio você, seu mentiroso imbecil!

Mais surpreso do que machucado, ele agarrou as mãos dela para impedir um novo golpe.

— De que diabos você está falando?

Ela tentou se desvencilhar dele, mas ele não iria soltá-la.

— Você mentiu para mim. Me solte!

— Pare de me atacar! — pediu ele, olhando para a acompanhante dela.

— Senhorita Barrett? Do que ela está...

O bico de um sapato atingiu seu joelho.

— Ai!

— Você disse que eu tinha quatro semanas! Você não esperou nem quatro dias!

St. Aubyn a sacudiu pelos braços, então a empurrou para trás.

— Se você me atacar novamente, vou derrubá-la no chão — rosnou ele, abaixando-se para esfregar o joelho. — Agora, presumo que estejamos falando do... — Ele olhou novamente para a Senhorita Barrett.

— Ela sabe do orfanato. Não minta para mim, Santo. Não ouse mentir para mim.

— Eu sequer sei por que você está chateada — retrucou ele, sentando-se no primeiro degrau da escada. — Fique você sabendo que estou esperando autorização de Carlton House para encontrar com Prinny e voltar atrás com minha oferta do orfanato.

Uma lágrima escorreu pela bochecha pálida de Evelyn.

— Como isso sequer seria possível — disse ela, com a voz trêmula — se o Parlamento já aprovou a expansão do parque?

Ele piscou. Ou ela estava enganada ou algo estava completamente errado.

— Como é?

— Não finja surpresa — grunhiu ela. — Eu queria fazer uma, *uma*, coisa importante e você transformou tudo em piada.

— Evelyn, eu… Isso… Você tem certeza?

A pergunta dele a fez hesitar.

— Lucinda ouviu o pai dela conversando sobre isso ontem. Sobre como o Marquês de St. Aubyn conseguira transformar um orfanato em um pote de ouro.

— Eu não fazia ideia disso. Mesmo — garantiu, sabendo que ela não tinha motivo algum para acreditar nele. Ser levado a sério não era algo que lhe acontecia comumente.

— Eu queria que você soubesse que eu sei — continuou ela, um pouco mais equilibrada — e que gostaria de nunca tê-lo conhecido. Você é a pior pessoa de que eu já… ouvi falar.

Outras mulheres já tinham disso isso a ele antes, mas vindo de Evelyn, foi como receber um novo soco. St. Aubyn se levantou.

— Eu não sabia — reiterou ele em um tom mais incisivo —, mas pretendo descobrir o que aconteceu. — Alguém tinha tomado algumas atitudes pelas suas costas, caso contrário, Prinny não teria dado sequência ao projeto sem consultá-lo. — Eu nunca menti para você, Evelyn. — Ele deu um passo em sua direção, e ela se afastou. — Passei alguns dias… longe, mas se algo aconteceu, vou descobrir o que foi. E vou consertar as coisas.

Ela meneou a cabeça, retornando à porta.

— Não faça nada por mim — retrucou ela, secando as lágrimas. — Não fará diferença alguma.

St. Aubyn estreitou os olhos. Ele não iria perder Evelyn porque alguém o tinha passado para trás enquanto ele estava ocupado olhando para aquele belo rosto.

— Evelyn.

— Preciso ir, preciso encontrar algum outro lugar para aquelas pobres crianças morarem. Adeus, St. Aubyn. Espero nunca mais vê-lo.

E então ele a deixou ir embora. Obviamente, ela não escutaria nenhum argumento dele naquele momento. Praguejando para si mesmo, ele marchou até o estábulo e ordenou que Cassius fosse selado. Aquilo não iria terminar assim. Ele não estava pronto para isso. E então o Marquês de St. Aubyn precisava ver o Príncipe George, fosse ele bem-vindo ou não.

Capítulo 19

E assim, por na juventude ter deixado o coração a esmo,
Minhas primaveras foram envenenadas. É tarde demais!
Embora esteja mudado; ainda há suficiente do mesmo
Em força para suportar o que o tempo não abaterá jamais.
Lord Byron, *Childe Harold's*
Pilgrimage, Canto III

— Não gostei nem um pouco dessa interrupção — reclamou Príncipe George quando entrou na sala privativa onde St. Aubyn tinha sido colocado. — Estou em uma reunião com o embaixador espanhol e tenho um evento enorme em Brighton no final de semana.

— O senhor ordenou a expansão do parque antes de ser aprovada pelo Parlamento — retrucou St. Aubyn secamente. Ele estava tentando ser civilizado, visto que gritar apenas faria com que Prinny desmaiasse, mas ele não conseguia se lembrar de ter estado tão furioso em toda sua vida.

— Estou passando por um aperto — argumentou o príncipe-regente. — Você sabe disso. Aqueles malditos insistem em manter minha carteira tão fechada que nem a luz escapa. É intolerável, realmente, mas...

— Eu... estive fora da cidade — continuou St. Aubyn, obstinado. — Por que prosseguir com a questão se eu não estava aqui para explicar meu desejo de pagar pelo projeto?

— Porque eu tinha o apoio daqueles idiotas do conselho de curadores do orfanato. Todos concordaram que os fundos do governo poupados na demolição daquele edifício velho e gelado seriam melhor aplicados em outro lugar. — O príncipe-regente tirou uma caixinha de rapé prateada do bolso, abriu a tampa e pegou uma pitada. — Você conseguiu o que queria, então pare de me azucrinar.

Santo meneou a cabeça, angariando cada gota de autocontrole que lhe restava para não ir até Prinny e socá-lo.

— Eu mudei de ideia. O Orfanato Coração da Esperança era muito… importante para minha mãe e eu gostaria de mantê-lo em pé.

Prinny riu.

— Quem é ela?

— Quem é quem?

— A moça que o botou na coleira. "Importante para minha mãe". Haha. Claro. Você mandou algum filho bastardo para lá e agora a mulher está ameaçando expor tudo? Ninguém se importa, rapaz. Você é o maldito Marquês de St. Aubyn. Já é algo esperado.

Santo olhou para o regente por um bom tempo, enquanto percebia que ninguém jamais acreditaria que ele fazia qualquer coisa sem ter um motivo. Até mesmo Evelyn, que tentara convencê-lo de que ele tinha potencial para tomar atitudes bondosas e altruístas, nunca pensou que ele realmente faria algo assim. Estavam todos certos.

— Aquelas crianças — argumentou ele, desabando em uma cadeira — consideram aquele velho prédio seu lar. Eu… fiz algumas consultorias e recentemente demos início a vários programas de educação e reforma. Acho que o que estamos fazendo lá poderia fazer diferença na vida delas, Sua Majestade. Peço que mantenha o orfanato em pé.

— Santo, já foi votado. Mais importantemente, já está nos jornais. Você vai ficar parecendo um idiota.

— Não me importo com isso.

— *Eu* vou ficar parecendo um idiota, dobrando-me aos caprichos de um patife como você. E *eu* me preocupo com isso. Já temos pessoas demais envolvidas. Se mais gente se intrometer para tomar decisões e tentar mudar minha opinião, é melhor transformar tudo de uma vez em uma maldita democracia. Lamento, mas o orfanato será demolido.

— E as crianças?

— Você já se propôs a encontrar um novo lar para elas. Sugiro que o faça. Sem delongas. — Prinny retornou à porta. — E venha a Brighton no sábado. O cônsul turco levará dançarinas do ventre.

Quando o príncipe saiu e um lacaio fechou a porta, St. Aubyn se levantou e foi até a janela. Os jardins de Carlton House se estendiam abaixo dele, vazios, com exceção de alguns poucos jardineiros e um ou outro visitante auspicioso ocasional. Obviamente, Prinny não faria nada agora que os jornais haviam publicado a história e os curadores haviam encontrado um motivo plausível para evitar a ira da população.

E, é claro, o conselho tinha ficado sabendo de seu plano quando Prinny consultara seus conselheiros, sempre repletos de fofocas. Dadas as chances de conquistar a gratidão do príncipe por apoiar um de seus adorados projetos e com a oportunidade de botar as mãos nos recursos liberados pelo governo para a empreitada, é claro que eles não tinham pensado duas vezes.

Lentamente, St. Aubyn deixou as cortinas escorregarem de seus dedos e se fecharem. Ele tinha sido passado para trás, provavelmente pela primeira vez na vida. E o custo, como estava começando a perceber, era muito maior do que orgulho ou dinheiro. Ele inspirou fundo, detestando o aperto que sentia no peito desde que Evelyn se despedira dele.

Ela prometeu encontrar outro lugar para as crianças. St. Aubyn marchou até a porta, pegou o chapéu e foi encontrar um de seus advogados. Talvez ele pudesse ajudá-la com isso.

—⟶

— Evie, nós realmente não deveríamos estar fazendo isso sozinhas — sussurrou Lucinda. — Alguns desses lugares são…

— São horríveis — concluiu Evelyn. — Eu sei. Mas preciso visitar todos, antes que St. Aubyn tente enfiar aquelas crianças em qualquer buraco.

A porta do escritório se abriu com um rangido e um homem grandalhão, com uma papada considerável e pequenos olhos escuros, entrou atrás de uma mesa pequena e se sentou.

— Minha secretária disse que vocês estão procurando um lugar para deixar uma criança — disse ele, o tom tranquilo de sua voz fez Evie estremecer. — Podemos ser muito discretos aqui, em troca de uma mesada razoável que banque a comida e as roupas. Posso perguntar qual das duas adoráveis jovens vai… fazer o depósito?

— Minha nossa — exclamou Lucinda, levantando-se na mesma hora. — Essa foi a pior coisa que já ouvi!

Evie estendeu o braço para pegar a mão da amiga.

— Creio que há um mal-entendido aqui.

— É claro. Sempre há.

— Não estamos falando de *uma* criança — continuou ela em tom incisivo, se perguntando qual o propósito de continuar a conversa, já sabendo que jamais deixaria qualquer uma de suas crianças em uma instituição administrada por aquele homem. — Estamos falando de cinquenta e três crianças, todas prestes a ficar desabrigadas. Eu gostaria de encontrar um novo lar para elas.

— Ah, entendo. O Orfanato Coração da Esperança, sim? Ouvi dizer que os benfeitores vão fechá-lo. Isso jamais acontecerá com este estabelecimento. Somos totalmente custeados pelo governo.

— E por doações privadas, aparentemente — disse Lucinda em tom ácido.

— A senhorita precisa entender que, ocasionalmente, crianças com pais… conhecidos são deixadas aos nossos cuidados e, é claro, requerem… tratamento especial.

Como os meios-irmãos ou meias-irmãs de Santo, pensou Evie, perguntando-se onde eles estariam agora. Ao menos não tinham sido deixados ali.

— Acho que já sabemos tudo que precisávamos saber — disse ela, levantando-se. — Obrigada por seu tempo.

Ele se levantou também.

— Tenho espaço para meia dúzia de crianças com menos de sete anos de idade. Eu estaria até disposto a doar cinco libras por cada uma delas.

— Porque as mais novas? — quis saber Evelyn, começando a se sentir um tanto enjoada. Quanto mais ela soubesse, contudo, mais preparada ela estaria para ajudar as crianças.

— Porque são leves. Nós as colocamos para girar os tijolos que estão secando nas fábricas. Acima dessa idade, já são pesadas demais e não conseguem caminhar pela argila sem esmagá-la.

— É claro. Vou pensar, está bem? — disse ela, seguindo Lucinda até a porta. — Obrigada novamente.

— O prazer foi todo meu, senhoritas.

Nenhuma delas disse coisa alguma até chegarem ao caleche e entrarem novamente na rua.

— Meu Deus. — Lucinda finalmente explodiu. — Isso é pavoroso!

— Estou começando a achar que Santo não é tão terrível assim — admitiu Evie. — Ao menos ele não fazia as crianças trabalharem e as mantinha alimentadas e vestidas sem pedir dinheiro das famílias.

— St. Aubyn pareceu realmente surpreso com o que você disse — ponderou Lucinda.

— Não importa. Hoje ou daqui a quatro semanas, aquele lugar — ela apontou para o edifício baixo e sombrio atrás dela — é exatamente onde ele queria que aquelas crianças morassem.

Ele havia traído Evie. Michael Edward Halboro traíra completamente sua confiança, seu amor próprio que só então começava a surgir e seu coração. E, no fim das contas, não importava se ele estava dizendo a verdade ou mentindo. Ela jamais poderia confiar nele de novo; ele nunca conseguiria se redimir. Todos tinham razão com relação a ele e doía demais perceber que ela esteve tão errada.

Lucinda lhe ofereceu um sorriso empático.

— Eu gostaria de conhecer essas crianças. Elas parecem ter conquistado completamente o seu coração.

Evie passou a manhã toda adiando sua ida ao Orfanato Coração da Esperança, torcendo para ter alguma notícia boa para dar a elas. Cada instituição que ela e Lucinda visitaram, contudo, parecia pior do que a anterior. E as crianças precisavam saber e começar a se preparar para o que muito provavelmente viria pela frente.

— Vamos até lá — disse Evie, dando as coordenadas para o cocheiro.

Àquela altura, os vários funcionários do orfanato estavam acostumados com suas idas e vindas. Evelyn, então, ficou surpresa ao ver a Senhora Natham descendo as escadas correndo para encontrá-las.

— Senhorita Ruddick — disse ela, com uma expressão angustiada. — É verdade? Aquele St. Aubyn horroroso vai demolir o orfanato?

— Sim, receio que sim, Senhora Natham. As crianças já estão sabendo?

— Algumas, eu acho. Ah, eu sabia que devia ter jogado a chave fora no minuto em que o vi lá dentro.

Evelyn olhou para Lucinda, que estava fitando a governanta com olhos cada vez mais confusos. Qualquer pessoa, mesmo as em que ela tanto confiava, como suas amigas, que soubesse que Evie tinha sequestrado St. Aubyn, perderia um bocado de empatia por ela. A Senhora Natham evidentemente sabia do encarceramento, mas também parecia pensar que tinha sido uma boa ideia. Ela precisaria perguntar a Santo... Só que não podia. Não mais.

— Sim, sei o quanto a senhora é meticulosa — respondeu Evie. — Obrigada por isso. As crianças estão em aula?

— Sim, Senhorita Ruddick. Mas o que vamos fazer?

— Ainda não sei. Estou aberta a sugestões.

A governanta se afastou, meneando a cabeça. Torcendo para que Lucinda não fizesse perguntas sobre chaves ou quem havia sido trancafiado, Evelyn pegou a mão da amiga e a levou até as salas de aula.

— Como você vai contar a elas?

— Terei de ser direta. Elas merecem saber a verdade. — Ela respirou fundo. — Eu daria qualquer coisa para não ter que dar essa notícia — admitiu Evie. — Mas isso seria tanto injusto quanto covarde.

— E o marquês não está aqui para ajudá-la...

— Ele não foi convidado.

Evelyn colocou a cabeça para dentro de todas as salas e pediu que as instrutoras mandassem as crianças ao salão de baile ao final da aula. Lucinda permaneceu em silêncio ao seu lado, e ela nunca se sentiu tão grata pelo apoio da amiga.

— Senhorita Evie! — exclamou Penny, liderando o bando que subia pela larga escadaria, com Rose logo atrás.

Ela aceitou os abraços das meninas, embora sentisse que não merecia. Ela havia fracassado — novamente. E, dessa vez, não tinha nenhuma solução.

St. Aubyn se sentia exausto. Nos últimos três dias, tinha dormido talvez umas cinco horas — e mal.

— Milorde, o Senhor Wiggins trouxe os papéis que o senhor solicitou.

Cansado, ele largou o tratado que estava lendo. Levantando-se de sua confortável cadeira na biblioteca, foi até a mesa abarrotada de pilhas de livros e papéis.

— Vejamos.

Jansen e outro criado entraram com mais duas pilhas de papéis amarradas com uma tira de couro.

— O Senhor Wiggins também me pediu para informá-lo que o dono da propriedade que o senhor visitou esta manhã estará em Londres amanhã.

St. Aubyn assentiu.

— Que boa notícia. Obrigado.

O criado saiu, mas o mordomo hesitou quando chegou à porta.

— Milorde?

— Sim?

— Eu… tomei a liberdade de pedir à Senhora Dooley para preparar sopa esta noite. O senhor ficará em casa?

Algo se moveu no fundo da mente de St. Aubyn.

— Que dia é hoje, afinal?

Ele achou ter vislumbrado um breve sorriso no rosto de Jansen antes de o mordomo retomar sua expressão inabalável característica.

— Sexta-feira, milorde.

— Sexta-feira. — St. Aubyn pegou o relógio de bolso. Oito e quinze. — Maldição. Estou atrasado. Mande Pemberley lá para cima — ordenou ele, levantando-se e marchando na direção da porta.

Quando finalmente chegou à residência de Lorde e Lady Houton, eram quase nove da noite. Por mais ávido que ele estivesse para ver Evelyn depois de três dias, ele sabia que ela não ficaria feliz em vê-lo. Aquilo o perturbava, porque ela provavelmente se aliaria a Clarence Alvington apenas para irritá-lo, e St. Aubyn precisava que ela concordasse em sair com ele amanhã.

— Lorde St. Aubyn — cumprimentou o Marquês de Houton, levantando-se para apertar sua mão. — Espero que não se importe por termos começado a jantar sem o senhor.

St. Aubyn deliberadamente evitou olhar para Evelyn. Ele precisava se concentrar por alguns instantes e não conseguiria fazê-lo sob aquele olhar furioso.

— Houton. É muita gentileza de sua parte me receber. Peço desculpas por meu atraso. Tive uma reunião até tarde com meu advogado.

— Sim, ficamos sabendo que você e o Príncipe George estão concluindo as transações de uma propriedade que será transformada no novo parque — comentou Victor Ruddick, levantando-se também.

Encolhendo-se por dentro, St. Aubyn confirmou com a cabeça.

— Prédios em Londres vão e vem com facilidade; parques, contudo, estão cada vez mais raros.

— Estão mesmo — concordou Wellington, estendendo a mão. — Obrigado novamente por aquela garrafa maravilhosa de xerez, St. Aubyn. Nunca provei nada igual.

— O prazer foi todo meu, Sua Graça. — Ele se acomodou entre Lady Alvington e a Senhora Ruddick, reparando que a posição o deixava exatamente de frente para Evelyn. Seria extremamente difícil não olhar para ela, especialmente quando cada fibra de seu corpo queria arrastá-la para fora do salão e explicar o que tinha acontecido. *Contrição*. Outra emoção nova para ele. Santo estava descobrindo várias nos últimos tempos.

— Então, conte-me, Sua Graça, o senhor e o Senhor Ruddick descobriram algum conhecido em comum da Índia?

Aquilo reiniciou a conversa que havia sido interrompida com sua chegada, e serviu para lembrar Victor de que ele era o motivo pelo qual Wellington estava conversando com ele naquele exato momento. Nada mal. Inspirando fundo, ele colocou o guardanapo sobre o colo e ergueu os olhos.

Evelyn conversava com Clarence Alvington, aparentemente achando o prendedor de pérola na gravata do almofadinha um item incrivelmente interessante. Ela estava sendo encantadora outra vez, sem dúvida para agradar o irmão, mas St. Aubyn se perguntou se ela já tinha entendido por que o Victor continuava empurrando-a para Alvington.

Ele tinha percebido, e não gostava nem um pouquinho daquilo.

— Clarence, não tenho visto você no Gentleman Jackson's ultimamente — disse St. Aubyn com sua fala arrastada, devorando o porco assado assim que o criado o serviu.

— De fato. Tenho estado ocupado escrevendo um poema — respondeu o almofadinha, lançando um olhar terno na direção de Evelyn.

St. Aubyn queria estrangular aquele idiota.

— Um poema?

— Um soneto, para ser preciso.

Ele e Clarence tinham pouco em comum, e certamente frequentavam círculos diferentes. A complexidade extravagante de sua gravata e as costuras quase explodindo de seu colete e paletó, contudo, davam ao marquês uma boa indicação de quão bons deveriam ser seus poemas. Sendo um apostador de longa data, ele estava disposto a arriscar a admiração de Evelyn pela obra.

— Por que você não nos presenteia com ele, então?

O janota corou.

— Ah, ainda não está pronto.

— Você está entre amigos — insistiu St. Aubyn, dando seu sorriso mais charmoso. — E a composição de poemas me fascina.

— Você não precisa recitar se não quiser, Senhor Alvington — disse Evelyn baixinho, lançando um breve e furioso olhar na direção de Santo.

— Ah, mas Clarence é tão talentoso — comentou Lady Alvington, rindo. — Quando ele estava longe, estudando, nos mandava um texto toda semana.

— Verdadeiramente admirável — disse St. Aubyn, assentindo. Se era assim que pessoas decorosas passavam suas noites, ele estava contente por ser considerado um malandro.

— Está bem — consentiu Clarence, sorrindo. Ele então pigarreou e ficou de pé. — Como eu disse, ainda estou trabalhando nele, mas ficarei contente em saber a opinião de vocês.

— Deus do céu... — disse Lorde Alvington em um suspiro, mas Santo fingiu não ouvir.

— "Nas belas ruas de Londres, numa linda manhã de verão" — começou Clarence —, "Deparei-me com uma visão encantadora e fulgente. / Deleite e afeição me fizeram saltar de meu garanhão, / Para admirar mais de perto um anjo disfarçado de gente".

O rubor começou a subir pelas bochechas de Evelyn. Ela olhou novamente para St. Aubyn, que a encarou, desejando que ela compreendesse exatamente por que Clarence Alvington tinha começado a escrever poemas para anjos disfarçados de gente.

— "Perguntei logo à donzela como a costumavam chamar, / Mas em vez de me responder, ela então começou a corar, / Pura como o orvalho que o sol tenta domar, / Seu silêncio foi o bastante para meu coração acelerar."

— "Corar" e "acelerar" — exclamou Lady Alvington com um sorriso. — Que lindo, meu querido. Continue, por favor.

— "Oh, Evelyn, Evelyn, deleite de meu pensamento", e, vejam, usei "deleite" duas vezes, então preciso encontrar outra rima aqui — explicou ele. — "Eu a vejo em cada estrela do firmamento, / E quando a noite chega enfim ao encerramento, / Eu a enxergo no sol em seu nascimento."

Enquanto todos aplaudiam, St. Aubyn observava Evelyn. Ela olhava de Clarence para seu irmão e de volta para Clarence, sua expressão cada vez mais sombria.

— Encantador, Senhor Alvington — disse ela por fim, tomando um grande gole de vinho. — Eu…

— Pensei que um soneto tinha catorze versos — comentou St. Aubyn quando Evelyn pareceu não saber se decidir entre gritar ou começar a agredir poetas. — Mas contei apenas doze.

— Sim, eu alterei um pouco a forma, mas acho que rimar os últimos quatro versos confere ao poema uma sensação de completude serena.

— De fato — concordou Santo, erguendo a taça na direção de Alvington. — Uma composição espetacular.

— Obrigado, St. Aubyn. Preciso admitir, não esperava que você fosse um admirador das belas artes.

— Acredito que Lorde St. Aubyn admire qualquer coisa que possa ser usada para fazer elogios vazios ou compor um subterfúgio — disse Evelyn calmamente, limpando o canto da boca com um guardanapo.

Bem, ao menos ela estava falando *dele*, senão *com* ele.

— Tenho certeza de que a intenção do Senhor Alvington não era fazer um elogio vazio, Senhorita Ruddick — retrucou ele.

— É claro que não — protestou Lady Alvington.

— Não foi… Não foi isso que eu quis dizer — remendou Evelyn, ruborizando ainda mais. — Eu só quis dizer que a poesia *pode* ser usada para elogios vazios e é assim que imagino Lorde St. Aubyn fazendo uso dela.

Ele ergueu uma sobrancelha.

— A senhorita me imagina com frequência, Senhorita Ruddick?

— Evie — ralhou sua mãe —, por favor, pare de insultar os convidados de seu tio.

— Ele não é um convidado — alegou ela, jogando o guardanapo na mesa e se levantando. — Ele se convidou.

— Evie!

Ela olhou para o irmão enquanto saía como um furacão do salão.

— Estou com dor de cabeça — rosnou ela, sua voz vacilando, e então abriu e bateu a porta ao sair.

St. Aubyn ficou olhando para a porta por um instante. Tinha conseguido separá-la de Clarence, mas, obviamente, não ficara com nenhum crédito por isso. E amanhã o pseudo-soneto estúpido seria esquecido, mas ela ainda o odiaria. Ter de se conformar com mais um dia de ódio dela não era o que ele queria.

— Diga-me, Sua Graça — pediu ele em meio ao silêncio —, já decidiu apoiar alguém para a Câmara esta Temporada? A despeito do meu... conflito de opiniões com a Senhorita Ruddick, o irmão dela é um rapaz honrado, praticamente o oposto de mim em quase todos os aspectos, para ser sincero.

—⚊ɯɯ⚊—

— Eu me recuso a ser vendida a Clarence Alvington em troca de uma vaga no Parlamento para você! — gritou Evie, andando de um lado para o outro diante da lareira do salão matinal.

Victor ergueu os olhos do jornal, então voltou a ler.

— Ele é bem-apessoado o bastante e de uma boa família. Além disso, Lorde Alvington me *garante* votos suficientes para derrotar Plimpton.

— Ele é um idiota! — explodiu ela. — E se veste como um palhaço! Você não se importa com a minha felicidade?

— Ele parece gostar muito de você, minha querida — ponderou a mãe do outro lado do salão, onde estava ocupada endereçando a correspondência, convites de casamento, provavelmente. — E você precisa admitir que nunca escolheria alguém.

— Eu nunca escolheria *ele*, isso é certo. Victor, você sequer comentou alguma coisa comigo. Tive que descobrir diante de... bem, *todo mundo*, quando ele recitou aquele "não soneto" estúpido.

Os olhos de seu irmão se ergueram do jornal, então sumiram novamente.

— St. Aubyn pareceu gostar.

— St. Aubyn estava fazendo troça — retrucou ela. — "Pensamento, firmamento, encerramento, ressentimento". Pelo amor de Deus. Eu também teria rido, mas estava ocupada demais tentando não vomitar.

Victor abaixou o jornal bruscamente.

— Basta, Evie. Nada foi decidido ainda. Clarence Alvington meramente expressou um interesse por você. E ele é bastante inofensivo. Uma aliança me ajudaria e você se casar com ele dificilmente prejudicaria seus eventos sociais.

— Eu...

— Como disse nossa mãe, você teve cinco anos para encontrar alguém. Clarence manteria e ainda elevaria seu status, e ele é útil para pelo menos um de nós, o que é mais que eu posso dizer sobre seus outros conhecidos. Falarei com ele hoje, embora depois do seu... espetáculo de ontem à noite, talvez ele tenha mudado de ideia com relação a você.

Evie apontou o dedo para o rosto dele.

— Não me casarei com Clarence Alvington. Prefiro ficar sozinha — declarou ela, virando-se.

Ela escancarou a porta e quase atropelou Langley, que estava erguendo a mão para bater.

— Perdoe-me, Senhorita Ruddick — disse ele, quase batendo em seu peito.

— Vou sair.

— Ótimo. Eu, também.

Só então ela reparou na figura oculta atrás do mordomo, esperando para ser anunciado. St. Aubyn. Embora estivesse tão zangada, magoada e decepcionada com ele que queria gritar, seu corpo reagiu da mesma forma de sempre à sua presença. Seu coração acelerou e seus nervos ressoaram até os dedos dos pés.

— Não vou sair com você.

— Preciso que você veja uma coisa — murmurou ele, dando a volta em Langley para confrontá-la, como se o mordomo simplesmente tivesse deixado de existir.

Ele não podia estar tentando seduzi-la agora. Não depois do que tinha feito.

— Não.

St. Aubyn segurou seu cotovelo, o toque era mais suave do que ela esperava.

— Venha comigo — sussurrou ele, aproximando-se para encostar os lábios em seus cabelos. — Eu sei de todos os seus segredos, lembra?

Alguém com certeza levaria um soco na cabeça hoje.

— Eu te odeio — sussurrou ela de volta, então se voltou novamente para o salão matinal. — Lorde St. Aubyn, que apresentou você para Wellington e acha que você lhe deve um favor em troca, quer me levar ao zoológico. Sally e eu retornaremos para o almoço.

Victor grunhiu algo que pareceu um consentimento, então ela mandou Langley buscar Sally e se encaminhou para o saguão, com o marquês logo atrás. Todos pareciam contentes em determinar o curso de sua vida sem se dar ao trabalho de lhe consultar. Seus protestos, seus gritos, não faziam diferença alguma.

— Deixe-me adivinhar — disse St. Aubyn —, estou interrompendo planejamento de um passeio com Clarence Alvington, não é?

Então ele também tinha percebido o que Victor estava planejando. Santo deixava pouca coisa passar, então ela supunha que não devia ficar surpresa.

— Você pode me chantagear para me fazer acompanhá-lo — murmurou ela —, mas não vou conversar com você.

— Como quiser, minha flor.

Sally desceu as escadas correndo para se juntar a eles, e Evelyn guiou o caminho até a parte de fora da casa. Não importava o que ele tinha planejado, a presença da aia o impediria de tentar qualquer avanço. E considerando o quão desesperada ela estava para escapar de casa, até St. Aubyn contava como uma melhora.

— Espero que você esteja impressionada — continuou ele. — Trouxe a carruagem para que todo o séquito possa vir. Tem certeza de que não quer incluir o mordomo e o jardineiro em nossa comitiva?

Como não estava conversando com ele, Evie apenas fungou e deu a mão ao cavalariço para que a ajudasse a entrar no veículo. Aparentemente impassível diante de seu silêncio, St. Aubyn se juntou a ela no banco e emitiu um estalo para os dois cavalos cinza.

Evelyn percebeu que deveria ter perguntado a ele aonde estavam indo antes de decidir seu voto de silêncio. Com a aia presente e toda sua família sabendo que ela retornaria até meio-dia, entretanto, ele não teria muito tempo para seus subterfúgios. Evie o fitou brevemente. St. Aubyn era capaz de fazer muita coisa em um período bem curto de tempo. Ela aprendera isso em primeira mão no teatro.

Após 15 minutos, ficou claro que eles não estavam indo para o zoológico ou para o Hyde Park.

— Aonde estamos indo? — perguntou ela finalmente.

— Achei que não iríamos conversar.

— Não estamos conversando — ponderou ela. — É apenas uma pergunta sobre nosso destino. Por favor, responda.

Ele a olhou de lado.

— Não. É surpresa.

Certo. Ele queria ser difícil. Bom, ela também podia ser difícil.

— Você se lembra de que eu disse que o odeio, não é?

St. Aubyn assentiu, seu olhar ficando mais incisivo.

— Lembro-me de vários comentários nada lisonjeiros que você fez para mim. Espero receber um pedido de desculpas por todos algum dia.

— Nunca.

— "Nunca" é um tempo bem longo, Evelyn Marie.

— Precisamente.

Entraram em uma rua antiga, ladeada por árvores, com casas grandes de um senhorio há muito falido em ambos os lados. Um cachorro preto esquelético atravessou a rua na frente deles. Seus latidos assustaram os cavalos, mas, com muita habilidade, o marquês os controlou novamente.

Meia quadra adiante, ele guiou a carruagem para o lado direito da rua e parou. Um coche, grande e preto, com as cortinas fechadas, aguardava do outro lado. Um leve alvoroço percorreu o corpo de Evelyn. Ela o tinha sequestrado e, subitamente, não conseguia pensar em qualquer motivo para ele não fazer o mesmo com ela. Aquela rua antiga e silenciosa certamente seria o local perfeito.

St. Aubyn soltou as rédeas e saltou para o chão. Dando a volta até o lado da carruagem onde a dama estava, ele ergueu a mão. Evelyn não queria tocá-lo, porque isso sempre a fazia esquecer o quanto ele era canalha. Por outro lado, ela também não queria tentar descer sozinha com aquele vestido e sapatos de caminhada. Respirando fundo, ela se levantou. Ao fazê-lo, contudo, ele se aproximou, segurou-a pela cintura e a colocou no chão.

— Me solte — sussurrou ela, seu olhar fixo na gravata simples e elegante, para não ficar tentada a encará-lo. Beijos e toques e tudo quanto é tipo de coisas impróprias poderiam vir a seguir, e ela estava zangada demais com ele para desejar isso.

— Por ora — respondeu ele, obedecendo. — Vamos?

Sem esperar resposta, ele atravessou a rua e subiu a entrada curta e curva da maior das mansões. Com a curiosidade vencendo a precaução, Evie o seguiu.

À porta, foram recepcionados por um cavalheiro idoso, levemente corcunda e um pouco manco.

— Lorde St. Aubyn, suponho? — perguntou ele, estendendo a mão.

O marquês a apertou.

— Sir Peter Ludlow. Obrigado por concordar em me receber.

— Sem problema algum. — Ele olhou para Evie. — Você e sua senhora gostariam de dar uma olhada?

— Nã…

— Sim, gostaríamos — interrompeu Santo, oferecendo o braço a ela. — Obrigado novamente.

Bem, ele certamente estava sendo gentil, subitamente. Com Sally logo atrás, entraram na antiga mansão. Seus passos ecoavam no grande corredor vazio e Evelyn apertou o braço dele com mais força. Independentemente do que St. Aubyn estivesse tramando, ela não iria perdê-lo de vista até eles que retornasse em segurança para a casa dela.

— Como você certamente percebeu ontem — disse Sir Peter enquanto os guiava mancando —, boa parte dos móveis e das cortinas foi removida há muito tempo, mas o piso é seguro e as paredes e o telhado foram consertados e reparados após a chuva do último inverno.

— São quantos cômodos? — perguntou Santo.

— Vinte e sete. Isso inclui duas salas de estar no andar superior, a biblioteca e o salão matinal no térreo. O salão de baile e o salão de visitas ficam ambos no terceiro piso, juntamente com o salão de música, e a sala de jantar é por aqui. Há uma dúzia de quartos para a criadagem no subsolo, bem como uma cozinha e uma copa.

— Santo — disse Evie, começando a se perguntar se ele realmente pretendia mantê-la prisioneira naquela antiga e enorme casa.

— Shh — murmurou ele. — Vamos ver a sala de jantar, que tal?

Alguns metros adiante, Sir Peter abriu uma porta dupla larga. O recinto parecia mais um salão medieval, com espaço para uns 75 convidados em seu longo retângulo.

Santo tirou um pedaço de papel do bolso, rabiscou alguma coisa com um toco de lápis e o entregou a Sir Peter. Evelyn pensou ver os olhos do cavalheiro se arregalarem por um instante antes de ele assentir.

— Peça para seu advogado procurar o meu, certo? — disse ele, tirando uma chave do bolso. — E você já pode ficar com isso aqui.

O marquês pegou a chave e, para surpresa de Evelyn, estendeu a mão novamente.

— Obrigado, Sir Peter.

— Obrigado a você, rapaz. Gosto de gente que não precisa barganhar. — Ele tocou no chapéu como um cumprimento a Evie. — Bom dia, milady.

Assim que a porta da frente se fechou, Evelyn soltou o braço de Santo.

— Você obviamente queria que eu testemunhasse isso. Então, o que está acontecendo? — indagou ela.

St. Aubyn apertou os lábios.

— Dispense a aia.

— Não.

— Então não lhe contarei nada.

Ele estava falando sério; Evie o conhecia bem o suficiente para perceber isso. Franzindo a testa, ela se virou para a aia.

— Sally, por favor, espere do lado de fora — instruiu ela —, mas retorne em não mais que cinco minutos.

Sally fez uma reverência.

— Sim, Senhorita Ruddick.

Assim que a aia se foi, Evie voltou sua atenção novamente para St. Aubyn. Cinco minutos eram pouco e muito tempo para ficar sozinha com ele, mas ela se preparou para estar pronta para qualquer coisa.

— Muito bem, estamos a sós — disse ela. — E qualquer que seja a... safadeza que você tem em mente, lembre-se de que você mereceu o que fiz com você.

St. Aubyn ficou olhando para ela por vários segundos.

— E você merece isto, eu acho — disse ele baixinho, e então lhe ofereceu a chave. — Parabéns.

Evelyn franziu a testa, mas pegou a chave dos dedos dele, tanto porque assim poderia escapar se ele tentasse trancafiá-la quanto porque queria tocá-lo.

— Você está me dando uma casa antiga? — perguntou ela, cética.

Santo meneou a cabeça.

— Estou lhe dando um novo orfanato.

Evie parou de respirar.

— *O quê?*

— Totalmente mobiliado, algum dia, com qualquer estilo que você escolher. E com os empregados que você julgar adequados, embora eu me sinta obrigado a protestar contra mantermos a Senhora Natham.

Apertando a chave em sua mão, Evelyn ficou olhando para ele. Ele finalmente tinha se livrado de sua obrigação para com uma instituição que detestava, apenas para comprar outra?

— P... por quê?

— Conversei com Prinny, mas ele se recusou a arriscar ser execrado por voltar atrás em seus planos um dia após tê-los anunciado. Descobri que é difícil convencer o governante de um país, até mesmo um regente, a fazer o que você quer depois que a notícia saiu nos jornais.

— Mas você odeia o orfanato. Por que fazer tudo isso?

Um pequeno sorriso curvou sua boca sensual.

— Eu disse que consertaria as coisas.

Evelyn conseguia respirar de novo, mas seu coração batia tão forte que ela achava que ele talvez estivesse ouvindo.

— Então você fez isto — ela apontou para a enorme casa em torno deles — por... mim?

— Sim.

Minha nossa.

— Não sei o que dizer, Santo. Isso é... extraordinário.

Ele inclinou a cabeça.

— Mas? — disse ele, o velho cinismo tocando seus olhos verdes. — Há alguma coisa. Posso ver no seu rosto.

Foi só então que ela percebeu o que havia de diferente nele nos últimos dias. O cinismo intenso e perverso não estava mais ali. E aquilo a inquietava mais que qualquer outra coisa.

— É que eu esperava que você tivesse feito isso pelas crianças, não por m...

— Maldição, Evelyn! — explodiu ele. — Toda ação precisa ser feita pelo motivo "certo"? Ou só é o motivo certo se eu não tiver motivo algum? Estou muito cansado e estou um tanto confuso aqui, então, por favor, explique por que eu não deveria estar fazendo isso por você.

— Eu...

— Explique por você acha que não merece — interrompeu ele, dando um passo adiante. — Era isso que você ia dizer, não era?

— Santo, é...

— Explique por que não deveria ser para você. — Ele colocou as mãos no rosto dela. — E explique por que você não deveria ser grata por isso e por que eu não deveria beijá-la neste instante.

Os lábios dele tocaram nos dela, leves como uma pluma.

— Eu estou grata — ela conseguiu dizer, reunindo cada gora de autocontrole que tinha para não jogar os braços em torno dos ombros dele. — Muito grata. Mas...

— Santo Cristo, você me atormenta — sussurrou ele contra sua boca.

Evie não conseguiu responder mais nenhuma pergunta. Estava ocupada demais beijando-o de volta.

Capítulo 20

Há, contudo, coisas cuja realidade pungente
Ofusca nosso conto de fadas; com formas e tons
Mais belos que nosso extraordinário céu.
Lord Byron, *Childe Harold's*
Pilgrimage, Canto IV

A Evelyn que St. Aubyn levou de volta para a Residência Ruddick era bem mais falante que aquela com a qual ele tinha saído de lá. Por um instante, considerou lembrá-la de que havia jurado não conversar com ele, mas seu entusiasmo era revigorante demais para ser podado. Além disso, se ele a lembrasse de seu voto de silêncio, ela também se lembraria que tinha fugido de casa porque seu irmão estava tentando casá-la com aquele imbecil do Clarence Alvington.

— Você acha que podemos dividir o salão de baile em salas de aula menores? — perguntou ela, praticamente pulando no banco.

St. Aubyn admirou o colo dela por um momento.

— Eu cuido das finanças — respondeu ele. — Você toma as decisões. O que você precisar que seja feito é só me pedir, e eu arranjarei.

— Você sabe quanto isso vai custar, não sabe?

Ele deu um sorriso frouxo, uma sensação calorosa da qual gostava bastante se espalhou por seu corpo.

— Você sabe?

— Ah, sei que vai dar bastante trabalho — respondeu ela —, mas se eu contratar as pessoas certas acho que conseguirei cuidar de tudo.

Então ela ainda pretendia manter seu envolvimento com o orfanato em segredo. Por um tempo, St. Aubyn ficou prestando atenção nos cavalos, enquanto avaliava a situação. A angelical e abastada Evelyn seria uma dádiva para a família Alvington. Seu comportamento imaculado e decoroso certamente era um bônus para Victor, daí ela ter se tornado parte do acordo. A menos que alguém descontinuasse o processo, é claro.

— Tenho certeza de que você vai conseguir — concordou ele —, mas não foi isso que eu quis dizer.

— Como assim?

— Tudo tem um preço, Evelyn — lembrou ele, olhando para ela. — Você acha que eu gastei mais de 20 mil libras sem motivo?

— Mas… Mas você disse que fez isso por mim — argumentou ela, vacilando.

A mágoa em sua voz fez St. Aubyn ficar sem ar.

— Eu fiz — reiterou ele. — Mas nada é de graça.

Ela ergueu o queixo.

— Então, qual é seu preço, Santo?

— Conte a sua família.

O sangue se esvaiu do rosto dela e, por um instante, ele pensou que Evie fosse desmaiar. St. Aubyn se preparou para segurá-la caso ela começasse a tombar da carruagem. Talvez não fosse para o bem *dela*, disse ele a si mesmo, mas certamente era para o dele. Se ela estava para sempre maculada, ele poderia tê-la, então.

— O quê?

— Você me ouviu. — Ele olhou para trás, para a aia-guarda-costas. — Conte a sua família que você está voluntariando seu tempo e seu dinheiro em um orfanato, e que, graças ao seu trabalho árduo e à sua dedicação, as crianças serão relocadas para um imóvel melhor, onde serão ainda mais bem cuidadas. E diga a eles que você pretende continuar devotando seu tempo a esse projeto.

— Santo, não posso — respondeu ela, arfando. — Você não entende. Victor iria…

— Você não precisa mencionar meu nome, mas precisa contar a eles o que tem feito.

— Não vou contar!

— Então retiro minha oferta.

— Você não pode fazer isso!

Os lábios dele se curvaram em um sorriso sem humor algum.

— Minha cara, eu posso fazer o que eu bem entender. Você ainda não percebeu isso?

— Você vai destruir a minha vida — retrucou ela, tremendo, cerrando os punhos. — Você não entende? Ou simplesmente não se importa?

Por um instante, ele permaneceu em silêncio. Evie tinha razão; ele conhecia Victor bem o suficiente para ter uma boa ideia do que aconteceria assim que confessasse. St. Aubyn não deveria se importar. O tempo todo ele fazia coisas para se divertir às custas de quem lhe devia. Com ela não era diferente — só que, aparentemente, era.

— Então me faça uma contraproposta — sugeriu ele, chamando a si mesmo de idiota. — O que você me daria no lugar da sua confissão?

Ela abriu a boca, então a fechou novamente.

— Não sei.

— Receio que essa proposta não seja nada tentadora.

— Posso ao menos pensar no assunto?

— Você tem vinte e quatro horas, minha cara. — Ele olhou novamente para a aia. — E você, se mencionar esta conversa para qualquer pessoa, eu ficarei sabendo. E não quer que isso aconteça, quer?

Os olhos da garota se arregalaram.

— Não, milorde.

— Foi o que pensei.

Evelyn olhava para ele com muito ódio. Por trás da expressão de ira, contudo, havia outra, de imenso alívio.

— Por favor, não ameace minha aia, Lorde St. Aubyn.

Eles entraram na via de acesso da Residência Ruddick, e St. Aubyn aproveitou a oportunidade para se aproximar e sussurrar no ouvido de Evie.

— Eu a possuiria agora, se você deixasse, Evelyn. Ofereça seu corpo...

— Tenho vinte e quatro horas para dar uma resposta, certo? — respondeu ela, uma cor suave retornando a suas bochechas.

— Você não consegue me tirar do pensamento, não é? — continuou ele baixinho enquanto a aia e o cavalariço desembarcavam e dois criados apareciam. — Você me deseja.

— Sim — sussurrou ela, então desceu da carruagem com a ajuda dos criados. — Obrigada pelo adorável passeio no zoológico, Lorde St. Aubyn

— disse ela em um tom mais alto. — Mandarei seus cumprimentos ao meu irmão.

Antes que ele pudesse saltar para o chão e interceptá-la, Evie tinha desaparecido dentro da casa. Talvez fosse melhor mesmo, pois, depois daquela resposta monossilábica, St. Aubyn não sabia ao certo se conseguiria se levantar com algum decoro.

Quando saiu da via de acesso, um fáeton alto tomou seu lugar em frente à casa. Clarence Alvington. *Maldição.*

Fazia sentido em termos políticos, ele supunha, embora o irritasse o fato de que o janota parecia ter direito a mais tempo com Evelyn do que ele, especialmente considerando que tinha sido *ele* que literalmente fizera Wellington e Ruddick se sentarem à mesma mesa. É claro que, embora fosse todo cheio de pompa, Clarence era enfadonho o suficiente para que sua reputação fosse bastante virtuosa, especialmente quando comparada à de St. Aubyn.

Jansen abriu a porta da frente enquanto o marquês subia os curtos degraus. O baile dos Hillary e outros vários eventos sociais aconteceriam aquela noite e, se quisesse sobreviver, ele precisaria se deitar por pelo menos uma hora. Ele poderia ficar em casa à noite e dormir, como gostaria muito de fazer, mas então perderia a chance de ver Evelyn.

Santo tirou o sobretudo.

— Estarei em meu…

— Milorde, o senhor tem uma visita — interrompeu o mordomo, desviando o olhar para o salão matinal e voltando-o para ele.

Droga.

— Quem?

— St. Aubyn! Finalmente!

Fatima Hynes, Lady Gladstone, se atirou em seus braços, toda curvas macias e hálito quente. Por reflexo, ele a segurou pela cintura, para não tombar para trás.

— O que você está fazendo aqui?

— Preciso conversar com você, meu querido — disse ela, pegando as mãos dele e puxando-o na direção do salão matinal. — Não tenho mais para onde ir.

O "meu querido" fez St. Aubyn ranger os dentes, mas ele não poderia descobrir o que ela estava tramando no meio do corredor, então se deixou conduzir até o salão matinal e fechou a porta.

— Muito teatral — comentou ele, desvencilhando as mãos. — O que você quer?

— Onde você estava? — quis saber ela.

— Não é da sua conta. O que você quer, Fatima? Não vou perguntar de novo.

— Você estava com ela, não estava? Evie Ruddick.

Seu primeiro instinto foi proteger Evelyn, e aquilo o surpreendeu. Geralmente, seu primeiro pensamento era voltado para ele mesmo.

— Sim, eu estava engajado em uma relação selvagem e apaixonada com Evie Ruddick, porque, de todas as moças de Londres, ela é a única que poderia chamar minha atenção.

Fatima fez uma careta de dor.

— Santo.

— Se você não tem nenhum outro motivo para estar aqui além de me interrogar quanto a por onde ando e o que comi no café da manhã, pode ir embora. Agora.

— Não precisa me insultar — retrucou ela, alisando a frente do vestido cor-de-rosa intenso —, especialmente quando vim especificamente para lhe dar mais uma chance.

St. Aubyn se obrigou a prestar atenção novamente.

— Uma chance. Com você, no caso?

— Gladstone está convencido de que eu e você ainda somos amantes. Não vejo por que deveríamos desperdiçar toda essa suspeita.

— Ah. Então Lorde Brumley não… superou as suas expectativas?

Ela olhou para ele.

— Você sabe de tudo, não é?

— Ser bem informado é o que me mantém na dianteira — explicou ele secamente. — E o que me permite desviar de qualquer bala de canhão que possa vir em minha direção.

— O que você diz, então, Santo? — ronronou ela, deslizando o dedo por seu maxilar. — Nós nos damos muito bem juntos.

Surpreendentemente, ele sequer ficou tentado.

— Antigamente. Agora, receio ter de declinar.

Fatima se endireitou.

— E na próxima vez?

— Não acho que haverá uma próxima vez, milady. — Santo sorriu. — Mas obrigado pela oferta.

As sobrancelhas dela se arquearam em surpresa.

— De nada. Ora, ora. Onde *é* que você estava? Na igreja?

— Algo assim.

— Hum. Eu passo.

— Sem dúvida.

O marquês a acompanhou até a porta de saída, então subiu as escadas. Tendo conseguido ou não enganar Fatima quanto aos pormenores de seu relacionamento com a Senhorita Ruddick, St. Aubyn não podia negar que tinha uma conexão com aquela mulher. Sabe-se lá por qual motivo, Evelyn o tinha cativado, e ele a perseguia como um homem faminto atrás de um prato de comida.

Aquilo não duraria; não poderia durar, já que Ruddick logo obrigaria a irmã a se casar com Clarence Alvington. E então, o que ele iria fazer? Ficar sob as sombras debaixo de sua janela com dor de cotovelo? Macular a reputação dela para os fastidiosos Alvingtons parecia sua melhor chance de mantê-la para si, mas, como a própria dissera, Victor tornaria sua vida um inferno.

— Maldição — murmurou ele, caindo de costas na cama.

Evelyn, Evelyn, Evelyn. Não importava o que ele fizesse, acordado ou dormindo, ela o consumia em pensamento. O único momento em que se sentia um pouquinho como si mesmo era quando estava na presença dela, e mesmo então, ele mal conhecia o homem relativamente agradável e bem-humorado que ele tinha milagrosamente se tornado. Santo devia estar louco. Se estivesse são, certamente jamais gastaria 20 mil libras em um orfanato, tornando-se seu único benfeitor por um bom tempo.

O novo orfanato, contudo, parecia ser a única garantia de que ele continuaria a vê-la regularmente. Era isso, ou se casar com ela.

Era o pensamento mais ridículo que ele já tivera. É claro, ele estava obcecado por Evie; podia reconhecer isso. Mas *casamento*? Se havia uma coisa que ele sabia desde que tinha percebido o quanto as mulheres eram… interessantes, era que ele queria seguir o exemplo do pai: vadiar até estar velho demais, escolher uma dama, casar para pode ter um herdeiro legítimo, e morrer.

Ele não queria que Clarence Alvington a tivesse, mas chegar a se casar para impedir isso parecia extremo, para dizer o mínimo. Ela não concordaria com tal farsa, de toda forma — não com ele. St. Aubyn não tinha dedos suficientes para contar quantas vezes ela o tinha chamado de "detestável".

Sexo com ela era uma coisa; ninguém sabia e ele havia descoberto como seduzi-la mesmo que o bom senso tentasse alertá-la. Mas, obstinada como era pelos bons costumes, unir seu nome ao dele e deixar que todos soubessem que ela estaria casando com um canalha de péssima reputação... Evelyn provavelmente preferiria ir para um convento, e isso seria ainda pior do que tê-la casada com Alvington.

O cansaço se misturou a uma frustração enorme, e St. Aubyn se levantou da cama para ficar andando de um lado para o outro sobre o caro tapete persa do quarto. O que diabos ele estava fazendo, sequer pensando naquilo? Talvez porque Evelyn fosse praticamente a única mulher que ele via, com quem falava ou em quem tocava há um mês. Ele simplesmente não estava acostumado com relacionamentos monogâmicos, e tal condição anormal desajustou sua mente e seu corpo.

Obviamente, então, ele não deveria ter recusado Fatima. Ele precisava estar com outra mulher imediatamente e fazer o que fosse necessário para expurgar Evelyn Ruddick de si. Se ele estava realmente contemplando se casar com ela, não podia arriscar permitir que essa obsessão seguisse adiante. Se ele não se recuperasse de uma vez por todas, amanhã já estaria pensando em ter filhos com aquela mulher.

— Meu Deus do céu.

St. Aubyn massageou a têmpora e afundou na confortável poltrona diante da lareira. Ele sabia que não iria a lugar algum para procurar qualquer outra pessoa, embora em teoria fosse essa a solução perfeita. A realidade, no entanto, era: ele queria Evelyn Ruddick e gastar sua energia em outro lugar não iria mudar isso. Não, ele iria ficar em casa e tirar um cochilo como um velho cansado, e então sairia à noite, rumo a qualquer que fosse o sarau mais decente e formal disponível, na esperança de que ela estivesse lá.

Evelyn segurou o pingente de coração enquanto Sally fechava o delicado cordão em sua nuca. Era um tanto sofisticado para um evento pequeno, mas ela se sentia caridosa em relação à Santo naquela noite, então queria usá-lo.

"Caridosa" não era bem o termo certo, para falar a verdade, mas ela não sabia sequer se existia uma palavra para descrever como estava se sentindo. Santo tinha salvado as crianças, certamente, mas algo de consequência ainda maior havia ocorrido; ele tinha agido em oposição completa ao seu próprio interesse. E, aparentemente, tinha feito isso por ela.

Sua mãe bateu à porta, empurrando-a e colocando a cabeça para dentro do quarto.

— Você está usando seu vestido de seda verde? Ah, sim, ótimo. Ele realça seus olhos.

— Por que iríamos querer realçar meus olhos esta noite? — perguntou Evelyn, gesticulando para que Sally parasse de arrumar seus cabelos. A batalha da manhã por causa de Clarence Alvington e sua poesia estúpida tinha sido o suficiente, mas se eles queriam mais, ela estava preparada.

— Porque você sempre deveria estar a mais bela possível; por isso. Já passou da hora de você lembrar que está com 23 anos e que a maioria das moças da sua idade já são casadas e tem filhos.

Evelyn permaneceu em silêncio por um tempo. Sua mãe não havia mencionado Clarence e, por sorte, ele não compareceria ao evento, a menos que fosse ainda mais imbecil do que ela imaginava.

— Não vou encontrar um marido no jantar literário de Lady Bethson — disse Evelyn simplesmente —, então acho que a cor do meu vestido não importa muito.

A Senhora Ruddick torceu o nariz.

— Não sei por que Victor ainda permite que você participe desses eventos intelectuais absurdos. Ele gosta muito de você, apesar de sua tendência a escolher mal as pessoas com quem se relaciona. Certamente, nada de bom pode sair de um grupo de mulheres tolas e velhos pretensiosos citando pessoas mortas.

— A senhora não sabe? — retrucou Evelyn.

Ter que agir como um anjinho encantador já a aborrecia o suficiente quando era apenas para o benefício do último aliado político de Victor. Seu irmão achava que ela *realmente* era a tal garota frágil, mas, aparentemente, sua mãe, também. Evie começava a perceber que tinha mais força de vontade e de propósito do que poderia ter imaginado.

— O primo de Lady Bethson é o chanceler de Príncipe George no Exchequer — acrescentou. — Estou cultivando a amizade dela por esse motivo, para ajudar Victor. E fico feliz em fazê-lo, pois ela, por acaso, também é uma pessoa agradabilíssima.

— Ah. Você não costumava ser tão opinativa assim.

— Nunca precisei ser.

Genevieve a fitou.

— E agora não é o momento para vir a ser. Você sabe que não lhe fará bem nenhum. E lembre-se de que vamos tomar café da manhã com Victor amanhã às nove horas.

Isso não pode ser bom. Ter a presença exigida no café da manhã provavelmente significava que Victor tinha outro ultimato para fazer. Ela não conseguiria aguentar muitos mais. Sua mãe estava totalmente enganada. Evelyn tinha começado a perceber que desde que começara a aproveitar as oportunidades para expressar suas convicções e tomar atitudes, sentia-se bem como nunca. Na verdade, ela se perguntou o que sua família diria se ela simplesmente dissesse que preferia a companhia de St. Aubyn à deles, e que mesmo quando estava zangada com ele, gostava de Santo muito mais do que de qualquer um dos homens que Victor insistia em forçar a ela por motivações políticas. Talvez as intenções dele fossem boas, mas ele não fazia a menor ideia de quem Evelyn era de verdade.

É claro que quando ela pensava em Santo, seu coração começava a palpitar. Tinha menos de 18 horas para achar uma forma de retribuí-lo pelo novo orfanato. Ela sabia como *queria* pagá-lo... Eram tantas emoções devassas que aquele homem provocava que ela mal conseguia acreditar.

Aquela solução, no entanto, era fácil demais, independentemente do quão satisfatória seria. O que ela decidisse fazer precisava ser bom para ele, dar continuidade às lições para que aquele homem se tornasse uma pessoa bondosa, algo pelo qual ela se esforçara tanto.

Quando Lucinda chegou, Evie ainda não sabia como usar o último desafio de St. Aubyn em benefício próprio. Se nada lhe ocorresse logo, ela acabaria nua com ele novamente, pois não poderia, de jeito algum, contar a Victor ou a sua mãe que praticamente tinha adotado uma casa cheia de crianças sem que ninguém soubesse.

— Não entre em pânico — disse Lucinda, dando um sorriso encorajador. — Não vamos permitir que aquelas crianças terminem em um daqueles lugares horrorosos.

Evelyn piscou. Tudo tinha acontecido tão rápido naquele dia que ela se esquecera de que Luce não sabia.

— Na verdade — começou ela —, tenho boas notícias. St. Aubyn comprou outra casa para elas.

— S... St. Aubyn — repetiu Lucinda, sua expressão demonstrando claramente que ela achava que alguém tinha perdido o juízo.

— Sim. Uma casa linda. Eles vão poder continuar todos juntos e eu terei autonomia para organizar as salas de aula, os móveis e a decoração, do jeito que eu quiser. Será um lugar cheio de esperança e alegria.

— Um instante, Evie. — Franzindo a testa, Lucinda chegou um pouco mais para frente. — O Marquês de St. Aubyn se desfez de um orfanato e comprou outro?

— Bem, sim. Ele tentou fazer Prinny mudar de ideia, mas como a decisão já tinha sido publicada nos jornais, o príncipe-regente não quis voltar atrás. Então Santo encontrou essa casa, a que ele me levou para ver, e ofereceu a Sir Peter Ludlow uma quantia tão razoável que o barão simplesmente apertou a mão dele e lhe deu a chave. E aí ele deu a chave para mim.

Lucinda ficou olhando para ela por um bom tempo.

— Evie — disse ela por fim —, se alguém ficar sabendo que St. Aubyn comprou uma casa para você, será o fim, sem chance de volta.

Aquilo era parte do motivo pelo qual era tudo tão excitante, mas, é claro, ela jamais poderia dizer isso a Lucinda. Ninguém mais poderia saber o que ela e St. Aubyn tinham feito. Evelyn meneou a cabeça.

— Ele não fez por mim, fez pelas crianças.

— Não é o que me parece — insistiu Luce. — Acho que mais ninguém acreditaria nessa interpretação. Você ouviu Lorde Dare, Evie. St. Aubyn não faz nada de graça. E considerando que ele lhe comprou uma casa com você presente, todos pensarão que você se tornou... amante dele.

Evelyn *tinha* se tornado amante dele, percebeu. Seu coração ficou gelado. Quando Lucinda colocava daquela forma, tudo parecia muito sórdido. E se St. Aubyn tinha planejado arruiná-la desde o início? Quando estava trancafiado na cela, ele havia jurado que ela seria a primeira pessoa de quem ele iria atrás. St. Aubyn podia ser insidioso; ela sabia muito bem disso. Mas aquilo era mais que desonesto. Era… cruel.

— Não sou tão ingênua assim — ela conseguiu dizer, forçando um sorriso despreocupado. — Depois de tudo que aconteceu, se encontrar um novo lar para as crianças envolver arriscar minha reputação, que assim seja.

Só podia ser isso. É claro que, ao interagir com St. Aubyn, ela encararia algum risco. Ele a deixara escolher o método de pagamento, e mesmo o que ele próprio havia sugerido — que Evelyn confessasse seu envolvimento com o orfanato — prejudicaria apenas seu conceito perante sua própria família. O restante da sociedade jamais ficaria sabendo de nada, inclusive que ele tinha comprado uma casa para ela.

— Eu não te entendo mais — confessou Lucinda.

— Talvez eu não tenha mais tanto medo de cometer erros. Estou ao menos tentando fazer alguma coisa, entende, Luce? Em vez de apenas reclamar que ninguém me acha capaz de realizar algo relevante.

Lucinda parecia querer continuar a conversa, mas, por sorte, o coche parou e um criado abriu a porta antes que ela pudesse dizer mais alguma coisa. Evie odiava mentir para as amigas, mas elas tinham a mesma opinião que toda a cidade de Londres a respeito de St. Aubyn. Lucinda e Georgiana não entenderiam como era importante que ela não parecesse constrangida ou desconfortável por estar trabalhando com o marquês. Porque ele imediatamente perceberia, e então todos os seus esforços seriam em vão.

Evie saiu do coche depressa, sem saber ao certo como responder à próxima pergunta que sua amiga pudesse fazer. Luce provavelmente questionaria o que havia causado essa mudança nela, e Evelyn tinha apenas uma resposta: ele.

Quaisquer que fossem suas fantasias e sonhos de um dia melhorar a sociedade ou contribuir com algo memorável e relevante, St. Aubyn era o motivo pelo qual ela conseguira fazer mais do que imaginava. Ela realizara algo do qual podia se orgulhar e, graças, novamente, a ele, seus esforços podiam gerar resultados ainda mais expressivos.

Ela mal podia esperar para vê-lo novamente e discutir o próximo passo. Um calor lento subiu por suas bochechas. Ela mal podia esperar para vê-lo novamente, ponto. Michael Edward Halboro, a personificação mais interessante e inesperada de um santo que ela um dia pôde imaginar.

— Boa noite, Senhorita Barrett, Senhorita Ruddick — cumprimentou Lady Bethson quando elas se juntaram ao pequeno grupo na sala de visitas.

— Lady Bethson — respondeu Evie, retornando ao presente por tempo suficiente para sorrir e dar um beijo amigável no rosto da anfitriã.

Ao contrário dos chás políticos de Tia Houton, as noites literárias quinzenais de Lady Bethson eram um evento que Evelyn aguardava com expectativa. Nenhuma das amigas esnobes da tia estaria presente, pois os encontros eram devotados a discussões literárias, conversas em que se esperava que as pessoas usassem a cabeça.

— Bem, creio que estejamos todas aqui, caras damas… e cavalheiro — anunciou Lady Bethson, acenando para o Visconde Quenton, o único participante regular do sexo masculino e, por sorte, bem-educado —, então vamos começar nossa leitura e discussão de *Sonho de uma noite de verão*, de William Shakespeare.

Todas pegaram seus livros ou se juntaram com alguém que tinha uma cópia. Apesar da escassez de participantes homens, Evelyn tinha a sensação de que St. Aubyn gostaria de participar de um evento daqueles. Ninguém inventava pretextos e todos os 12 convidados eram, sem exceção, inteligentes, cultos e perspicazes. Todos os que não eram sempre recusavam o convite ou já tinham deixado de ser convidados.

Todos estavam rindo da interpretação de Lorde Quenton de Nick Bottom, o tecelão, quando o mordomo de Lady Bethson entrou na sala e sussurrou algo no ouvido da condessa.

— Muito interessante — sussurrou a robusta mulher, acenando com a cabeça para o criado. — Mande-o entrar. — Enquanto todos os participantes observavam o mordomo sair, Lady Bethson tomou um gole de vinho Madeira. — Parece que temos outro participante para a discussão desta noite.

Enquanto a anfitriã falava, o Marquês de St. Aubyn entrou na sala logo atrás do mordomo.

— Boa noite, Lady Bethson — cumprimentou ele, segurando a mão da condessa e fazendo uma reverência.

— Lorde St. Aubyn, mas que surpresa.

— Ouvi dizer que suas discussões literárias são animadas — respondeu ele, lançando um olhar para Evie que fez os braços dela se arrepiarem —, então pensei em me intrometer no grupo.

— Quanto mais convidados, melhor — afirmou Lady Bethson, rindo. — E você também é conhecido pela boa disposição.

— Procuro agradar.

Evie desviou o olhar, mas não ajudou muito, porque Lucinda a encarava com uma sobrancelha erguida.

— O que foi? — sussurrou ela.

— Eu não disse nada — respondeu Luce no mesmo tom abafado.

— Por que...

— Senhorita Ruddick, posso compartilhar seu livro? — St. Aubyn parou diante dela e um sorriso leve iluminou seus olhos verdes. — Parece que vim despreparado.

Independentemente do que estava tramando aquela noite, o marquês estava se comportando de forma exemplar. Parecia ter passado muito tempo desde que se viram pela última vez, na tarde daquele mesmo dia, e quando ele baixou o olhar até seus lábios, parte dela esperou ser beijada. Evie queria jogar os braços em torno dele e sentir seu coração contra o dela.

— É claro, milorde — disse ela, chacoalhando-se. *Pelo amor de Deus*, algum dos dois precisava demonstrar um pouco de autocontrole e ela, obviamente, não podia confiar nele para tal tarefa. — Estamos discutindo *Sonho de uma noite de verão*.

— Ah. — Ele se acomodou no sofá ao lado dela, tocando no dorso de sua mão com os dedos ao fazê-lo. — "Montou no prólogo como num potro xucro, / que não para de correr. / A moral é boa, milorde:/ não basta falar, mas saber falar".

Lady Bethson riu novamente.

— Um patife literário. Você é cheio de surpresas, Lorde St. Aubyn.

Assim como a condessa. Evelyn sempre a admirou por seu jeito direto e sua autoconfiança, mas poucas pessoas — homens ou mulheres — conversavam cara a cara com St. Aubyn sobre sua má reputação.

— Acredito que por serem baixas as expectativas em relação a mim, é inevitável que eu surpreenda — retrucou ele. Aparentemente, St. Aubyn também admirava a autoconfiança, embora Evie já suspeitasse.

Lorde Quenton pigarreou.

— A despeito da presença de um homem mais jovem, me recuso a abrir mão do papel de Nick Bottom.

Santo ergueu uma sobrancelha.

— Prefiro Puck, de toda forma.

Dessa vez, Lady Bethson gargalhou.

— Minha nossa... Puck será, então, Lorde St. Aubyn. Podemos continuar?

Embora aquela fosse uma de suas comédias preferidas, Evie estava sentindo dificuldades em se concentrar. St. Aubyn estava sentado tão perto que suas coxas se tocavam, e ele havia puxado o livro de modo que metade repousava sobre o joelho dela e metade, sobre o dele. Enquanto ele se debruçou sobre o objeto, lendo a parte de Puck com sua voz grave e sofisticada, Evelyn precisou abafar a vontade desesperada de beijar a orelha dele.

Ela estava lendo as partes de Lisandro e Titânia, que, por sorte, não contracenavam com Puck. Falar em um tom normal já era difícil o bastante sem ter que olhar para ele. E então o marquês tornou tudo ainda mais difícil.

— Como você vai me recompensar? — perguntou ele, enquanto outros convidados interpretavam a cena de Lisandro e Hérmia contra Helena.

— Ainda não se passaram nem vinte e quatro horas. Shh.

— Conte-me agora, ou vou presumir que vai me pagar com seus seios macios e sua...

— Está bem, está bem. Eu conto... — Ela pausou, tentando desesperadamente pensar em outra coisa, já que sua tendência era querer fazer amor com ele novamente. — Conseguirei um convite para você ir ao piquenique anual do General Barrett.

— Como é?

Era perfeito. Apenas as pessoas mais importantes eram convidadas e as conversas seriam interessantíssimas para alguém com a perspicácia de St. Aubyn. E era uma boa companhia; bom para ele e para as lições que Evelyn dizia a si mesma ainda estar tentando ensinar a ele.

— É um evento muito popular e muito exclusivo.

— Eu sei disso. Que bem me fará, contudo, ser convidado para uma festa onde podem fofocar sobre mim ou então me ignorar?

— Você não será ig...

— Você vai passar o dia comigo, ao meu lado.

Ela ia negar a proposta, mas sabendo que Victor jamais participaria do evento, com tantos liberais presentes, disse:

— De acordo.

A leitura foi retomada, com Bottom e suas companheiras discutindo a performance que estavam ensaiando para o casamento real. St. Aubyn moveu a mão, escondida debaixo do livro. Perfeitamente ciente do toque dele, ela quase saltou do sofá quando seus dedos deslizaram para baixo de sua coxa, acariciando com suavidade.

— Pare com isso — murmurou ela, abaixando a cabeça. Ela tentou se afastar, mas ele segurou sua saia com mais força, mantendo-a ali, contra sua coxa.

— Passe a língua sobre os lábios — sussurrou ele.

— Não.

Os dedos dele subiram ainda mais pela face externa da coxa de Evelyn, pressionados contra ela por seu próprio peso.

— Você está molhada para mim?

Em um movimento rápido, ela tocou os lábios com a língua.

— Devo ficar de ponta cabeça agora? Pare com isso. Lucinda verá.

Os dedos dele congelaram, mas ele não tirou a mão.

— Ela contaria?

— Não — sussurrou Evie, arriscando olhar para o perfil dele. — Mas ela me faria perguntas. E aí eu teria que explicar você, e isso eu não consigo.

Todos riram de algo, e ela se juntou tardiamente. Ao seu lado, St. Aubyn não se moveu, mas sua atenção subitamente se apurou de um jeito quase palpável. Evelyn não conseguia respirar.

— O que você explicaria sobre mim? — murmurou ele, seus lábios quase tocando a orelha dela.

Meu Deus, como ela queria tocá-lo.

— Sobre por que eu gosto de você — sussurrou ela tremulamente. — Não faça eu me arrepender disso, Michael. Por favor, tire a mão de mim.

A mão dele voltou para baixo do livro, onde deveria estar, e ela conseguiu voltar a respirar. Aquilo não a impediu de continuar querendo se jogar em cima dele e encher sua boca de beijos, mas ao menos ela sabia que conseguiria se conter esta noite.

— Você gosta de mim — repetiu ele. — Que interessante. — Então ele ergueu a cabeça, lendo a fala de Puck como se estivesse acompanhando a peça o tempo todo. — "Quem são os cascas-grossas que assim gritam, / tão perto do lugar em que repousa nossa Rainha Excelsa?"

Evelyn não fazia ideia de como ele estava conseguindo prestar atenção; ela mal conseguia se lembrar de que havia outras pessoas na sala. E isso certamente não era um bom presságio para a preservação de sua boa reputação.

Capítulo 21

Convém, para mim, devotar-me agora
Àquilo que dantes nunca agradara.
Lord Byron, "One Struggle More,
and I am Free"

Detestando o fato de que o evento estava terminando, St. Aubyn aceitou uma segunda fatia de bolo. Se outros eventos sociais fossem tão interessantes quanto os de Lady Bethson, ele não teria se esforçado tanto para evitá-los.

Mais interessante ainda, no entanto, foi a conversa sussurrada que ele teve com Evelyn Marie. Ele olhou para ela, conversando com Lucinda Barrett e a condessa. Com o livro, o jantar e a discussão encerrados, continuar sentado ao lado dela seria forçar demais a delicadeza da moça. Mas ela havia dito que gostava dele — não porque tinham se tornado amantes ou porque ele lhe arranjara outra casa para os órfãos, mas por algum motivo que ela não conseguia definir.

A maior parte dos elogios que ele recebia até então eram direcionados a suas habilidades na cama, ou reconhecendo que ele era charmoso ou mortal com uma pistola na mão. Eram todas características que ele podia controlar e definir. A ideia de que alguém de fato gostava dele parecia muito mais tênue e preciosa. E completamente inesperada.

Dando um último risinho, Evelyn e a Senhorita Barrett se levantaram. Largando o bolo rapidamente, St. Aubyn se juntou a elas.

— Preciso ir — disse ele, pegando a mão de Lady Bethson —, senão dezenas de proprietários de clubes mandarão equipes de busca. Obrigado por permitir minha intrusão, Lady Bethson. Seu evento é muito interessante.

O rosto redondo da condessa ficou marcado pelas covinhas.

— O próximo evento interessante será no dia 12, para discutirmos *Childe Harold's Pilgrimage*, de Lord Byron. E o senhor será convidado, Lorde St. Aubyn.

— E é bem possível que compareça — respondeu ele, assentindo e então oferecendo os braços para Evelyn e Lucinda quando as alcançou. — Posso acompanhá-las?

O toque da Senhorita Barrett em seu braço era muito mais hesitante que o de Evelyn e St. Aubyn entendeu o contraste como outro bom sinal. Ela não hesitava em tocá-lo, mesmo em público, se as circunstâncias fossem propícias. Ele simplesmente precisava criar mais circunstâncias assim.

— Evie me contou que o senhor efetuou uma bela compra — comentou a moça de cabelos escuros, olhando para o coche enquanto desciam até a via de entrada da residência.

Então ela *sabia* guardar segredos.

— Pareceu a coisa… certa a se fazer — respondeu ele, ajudando-a a entrar no veículo.

Quando chegou a hora de soltar Evelyn, no entanto, ele não queria largá-la. Ela subiu no coche e olhou para ele.

— Boa noite, Santo — murmurou ela, soltando-o.

— Durma bem, Evelyn Marie.

O veículo partiu e ele montou em Cassius. Como tinha dito, a noite mal tinha começado para andarilhos noturnos como ele, mas perder-se em pensamentos seria menos problemático acompanhado de uma garrafa de conhaque em casa do que em uma mesa de carteado e com cem libras a menos no Jezebel's.

Jansen piscou ao abrir a porta da frente.

— Milorde. Nós não o esperávamos tão cedo.

— Mudança de planos — murmurou ele, entregando o casaco ao mordomo e pegando o decanter de conhaque da mesa do corredor.

— Devo mandar Pemberly para assisti-lo?

— Não. Não é necessário. Boa noite, Jansen.

— Boa noite, milorde.

St. Aubyn subiu as escadas e atravessou o corredor até seus aposentos. Amanhã, o caos começaria novamente, mas esta noite, por Deus, ele iria beber um pouco e ter uma boa noite de sono.

Apesar do fogo que crepitava atrás do protetor de ferro da lareira, o ar em seu quarto estava frio quando ele abriu a porta. Alguém tinha deixado uma maldita janela aberta.

— Olá, milorde.

St. Aubyn reconheceu a voz imediatamente e se virou, nada surpreso, para a figura do jovem apoiado na cabeceira de sua cama, as botas sujas enlameando a colcha cara.

— Randall — respondeu ele, tirando o paletó e jogando-o nas costas da cadeira mais próxima. — Você não deveria deixar janelas abertas.

— Pensei que talvez eu precisasse sair correndo.

O garoto estava com a mão direita escondida debaixo dos travesseiros. St. Aubyn mediu mentalmente a distância até a porta, até o quarto de vestir e até o garoto. Randall era o mais próximo.

— E por que precisaria?

Randall se moveu e um vislumbre de aço cromado surgiu do meio da bagunça, seguida pelo cano da pistola, o gatilho e a mão dele.

— Seus criados talvez venham te procurar depois do barulhão que eu vou fazer pra meter uma bala na sua cabeça.

Assentindo, todos os músculos do corpo retesados, Santo desabou em uma das largas poltronas entre a lareira e a cama.

— Você simplesmente tem apreço pelo assassinato ou existe algo em particular que lhe incomoda? Existem alvos mais fáceis que eu, sabe?

— Eu disse pra Senhorita Evie que a gente devia ter te enterrado naquele porão. Disse pra ela que te soltar não ia trazer nada de bom. A Senhorita Evie não entende que homens com dinheiro não estão nem aí pra gente que nem nós.

— Homens com dinheiro também não são bons alvos. Quem atira em nós costuma ser enforcado.

O garoto deu de ombros, jogando as pernas para o lado da cama e se levantando. A pistola não tremeu na mão dele, e St. Aubyn duvidava que Randall hesitasse por um segundo que fosse em apertar o gatilho. Graças a Lúcifer o rapaz tinha ido atrás dele, e não de Evelyn.

— Se alguém tomasse a sua casa, você não ia querer matar? Se você tivesse passado quase uma semana ouvindo as crianças chorando porque vão perder a cama e porque terão que comer ratos e viver no esgoto, você não ia querer matar o homem que fez isso, mesmo que fosse um nobre de sangue azul?

Randall estava ficando agitado, e St. Aubyn não podia culpá-lo.

— Sim, eu o mataria — confessou ele —, a não ser que ele já tivesse pensando nisso tudo e tivesse uma solução em mente.

— Pode dizer o que quiser, nada vai mudar o que você fez com a gente. Você pode ter enganado a Senhorita Evie, mas a mim você nunca enganou.

— Enganei você com relação a quê?

Randall abriu a boca para responder e St. Aubyn se moveu. Saltando da poltrona, ele pulou para frente. Prendendo a pistola entre o braço e as costelas, ele girou e empurrou, jogando Randall no chão.

O marquês pegou o cabo da pistola com a mão livre, mas manteve apontada para o chão.

— Venha comigo — ordenou ele.

O garoto se levantou, esfregando o pulso.

— Caramba. Nobres não sabem fazer isso. Onde foi que você aprendeu?

— Você não é o primeiro a apontar uma arma para mim — respondeu St. Aubyn secamente. — Levante.

— Não vou pra cadeia.

— Agora é mesmo um ótimo momento para decidir isso.

— Não vou.

St. Aubyn suspirou,

— Nada de cadeias, calabouços ou algemas. Mas não seria má ideia dar uma paulada na sua cabeça, para retribuir o favor que você me fez.

Furioso, Randall se levantou meio sem equilíbrio.

— A Senhorita Evie achou que eu tinha te matado. Eu tentei, mas você tem a cabeça dura.

St. Aubyn enviou outro agradecimento silencioso ao universo por Randall Baker não ter voltado suas tendências um tanto homicidas na direção de Evelyn. Se o garoto a tivesse machucado, ou sequer assustado, St. Aubyn não seria tão generoso quanto estava esta noite.

Por precaução, Santo mandou que Randall fosse na frente e caminharam até o escritório, no andar debaixo. Os criados não tinham se demorado em ir para a cama depois que ele se recolheu, mas ele não se importava. Realmente não queria que testemunhas o vissem praticamente apontando uma arma para um menor de idade.

— Sente-se aqui — instruiu ele, indicando as duas cadeiras voltadas para a mesa.

Ainda fitando o marquês com desconfiança, Randall se sentou.

St. Aubyn ocupou a cadeira atrás da mesa, largou a arma ao lado de seu cotovelo, em um local de fácil acesso, e empurrou uma pequena pilha de papéis na direção do menino.

—- A Senhorita Evie conseguiu fazer milagre com você ou preciso ler a primeira página?

O garoto fez uma careta.

— Sei ler um pouco.

Escondendo a surpresa, St. Aubyn assentiu. Evelyn *tinha* feito um ou dois milagres, aparentemente.

— Então leia — ordenou ele, acendendo uma lamparina.

Entoando as palavras sem vocalizar, Randall leu. Depois de cinco minutos excruciantes, ergueu os olhos.

— O que é esta palavra aqui?

St. Aubyn se inclinou para frente.

— Anualizado. Significa que os impostos do imóvel serão recalculados uma vez por ano. — Por um instante, ele observou a crescente frustração no rosto do jovem enquanto Randall tentava decifrar o que devia ser quase um idioma estrangeiro para ele. — Devo resumir? — sugeriu ele.

— É sobre uma casa. Isso eu entendi.

— Uma casa grande, em Earl's Court Gardens, com vinte e sete cômodos. Isto — ele tocou nos papéis com o dedo — é um contrato de vinte e três páginas de compra de uma casa para abrigar menores de idade sem supervisão parental.

A confusão no rosto de Randall se desfez.

— Você vai comprar outro orfanato pra gente.

— Sim, vou.

— Por quê?

St. Aubyn suspirou.

— A sua Senhorita Evie pode ser bem persuasiva.

— Você vai casar com ela?

Tentando ignorar o alvoroço em seu estômago que a pergunta do garoto havia provocado, ele deu de ombros.

— Provavelmente. — St. Aubyn juntou os papéis de volta em uma pilha organizada. — Agora vá para casa. E sugiro que você não mencione a pistola ou o fato de ter invadido a minha residência. Considerando que foi Evelyn quem arranjou a arma, é possível que ela ache isso tudo um tanto desagradável.

— Sim. Você não é tão mau quanto eu pensei, marquês. Que bom que eu não te matei.

— Concordo.

St. Aubyn ficou com a pistola enquanto acompanhava Randall até a porta da frente. Ele trancou a pesada barreira de carvalho novamente, apoiando-se nela. O incidente que acabara de ocorrer estava longe de ser o mais perigoso de sua vida, mas fora o mais perturbador.

Antes, quando se deparava com uma pistola, geralmente empunhada pelo marido ou parente raivoso de alguma mulher, ele não se importava com o resultado. Esta noite, no entanto, tinha sido diferente. Não por medo de levar um tiro, mas porque a morte o impossibilitaria de cumprir a missão que tinha definido para si mesmo: tornar Evelyn Marie Ruddick sua. Em termos mais simples, ele não queria morrer porque havia encontrado algo — alguém — por quem queria permanecer vivo.

Tirando a pistola do bolso, ele a ergueu para soltar a bala em sua mão, mas nada aconteceu. Batendo na arma, ele puxou o martelo e levantou o corpo para examiná-la sob o luar que entrava pela janela do saguão.

— Ora, ora.

Estava vazia. Pelo que tudo indicava, a pistola *nunca* estivera carregada. Evelyn o tinha mantido prisioneiro com uma pistola descarregada. St. Aubyn meneou a cabeça. Ela havia dito que nunca o machucaria e, aparentemente, estava falando a verdade. Ninguém havia feito algo assim para ou por ele antes. Meu Deus, ela era corajosa.

Aquilo, combinado com a imensidão de boas intenções e sua determinação em ver o lado positivo de tudo e de todos a tornava perigosa. E a única maneira de se proteger era garantir que ela estivesse ao seu lado.

O que ele queria fazer era conversar com alguém sobre essa estranha revelação, mas todos que ele consideraria confiáveis eram mais próximos de

Evelyn do que dele. St. Aubyn ficou no saguão por um momento, escutando o silêncio da casa. Abruptamente, contudo, seu mais provável confidente veio à mente, e ele se afastou da porta de entrada da casa, encaminhando-se para os aposentos da criadagem.

— Jansen — chamou ele, batendo à porta mais próxima da parte principal da casa. — Venha cá!

Um instante depois, a porta se abriu. O mordomo, sem casaco e com a camisa para fora da calça, surgiu às pressas no corredor.

— Milorde! Algo errado?

— Venha comigo — ordenou St. Aubyn, virando-se.

— Agora, milorde?

— Sim, agora.

— Eu… Hum… Está bem, milorde.

O ruído abafado das meias do mordomo acompanhou St. Aubyn de volta pelo corredor principal. Que bom que Jansen ainda não tinha tirado a calça. Pegando uma vela da mesa do corredor, o marquês guiou o caminho até o salão matinal. O criado ficou parado à porta enquanto o patrão se agachava diante do carvão empilhado na lareira e acendia o pavio.

— Sente-se — disse ele, colocando a vela na cornija ao se levantar.

— Estou sendo dispensado, milorde? — indagou Jansen, com a voz tensa. — Se sim, eu preferiria ao menos estar calçado.

St. Aubyn se largou na cadeira virada para a porta. Que maravilha. O confidente de sua escolha achava que tinha sido convocado para ser despedido.

— Que bobagem — grunhiu ele. — Se eu quisesse mandá-lo embora, ao menos esperaria por um horário decente para fazê-lo. Sente-se, Jansen.

Pigarreando, claramente desconfortável, o mordomo entrou no salão matinal com suas meias brancas e se acomodou bem na pontinha da cadeira. Após hesitar, ele entrelaçou as mãos em cima das coxas magricelas.

Isso não vai dar certo. Jansen parecia um criminoso condenado à execução e St. Aubyn já tinha coisas demais na cabeça antes de ter que se preocupar com a possibilidade de o mordomo sofrer uma apoplexia.

— Conhaque — disse ele.

Jansen se levantou na hora.

— Imediatamente, milorde.

— Fique aí. *Eu* pego. Aceita uma taça?

Levantando-se, o marquês caminhou até o carrinho de bebidas parado debaixo da janela.

— Eu?

St. Aubyn olhou para ele.

— Pare de guinchar, Jansen. Está parecendo um rato. Sim, você.

— Eu… Hum… Sim, milorde.

Assim que estavam sentados e relativamente confortáveis, St. Aubyn tomou um longo gole de conhaque.

— Estou em uma situação em que gostaria da opinião de outra pessoa — começou ele. — E escolhi você.

— Fico honrado, milorde. — Boa parte do conhaque da taça do mordomo tinha evaporado, e Santo se aproximou para enchê-la novamente.

— Mas preciso de discrição. E honestidade.

— É claro.

Agora vinha a parte difícil. Aquilo era tão estúpido. Ele não conseguia acreditar que estava sequer pensando aquelas coisas, muito menos considerando dizê-las em voz alta. Para o mordomo, ainda por cima.

— Estou pensando — recomeçou ele lentamente — em fazer algumas mudanças por aqui.

— Entendo.

— Para falar a verdade, estou pensando em… — St. Aubyn parou. A palavra simplesmente não saía. Era estranha demais, incomum demais. Pigarreando, ele fez outra tentativa. — Estou cogitando…

— Trocar as cortinas, milorde? Como o senhor disse que gostaria da minha opinião sincera, as cortinas, especialmente as dos cômodos do térreo, são um tanto…

— Não são as cortinas.

— Ah.

St. Aubyn terminou o conhaque e encheu novamente sua taça.

— É bem maior do que isso, acredite em mim.

— Uma nova casa, milorde? — arriscou Jansen. — Uma fonte bastante confiável me contou que casa de Lorde Wenston da Park Lane estará no mercado em bre…

— Casar — soltou o marquês. — Estou pensando em me casar.

Por um bom tempo, o mordomo permaneceu em silêncio, com o queixo caído.

— Eu… Milorde, eu simplesmente não me sinto qualificado para aconselhá-lo quanto a isso.

— Não me diga isso — protestou St. Aubyn. — Só me diga se você consegue me imaginar casado ou não.

Para sua surpresa, o mordomo largou a taça de conhaque e se inclinou para frente.

— Milorde, não quero passar dos limites, mas confesso que notei uma… mudança no seu comportamento nos últimos tempos. Agora, se qualquer pessoa consegue imaginá-lo casado ou não, é uma questão que, contudo, deve, acredito, ser respondida pelo senhor. E pela moça, é claro.

St. Aubyn franziu a testa.

— Covarde.

— Tem isso, também.

O relógio bateu uma vez.

— Vá para a cama, Jansen. Que bela ajuda você me deu.

— Sim, milorde. — O mordomo se arrastou até a porta, então pausou para acrescentar: — Se me permite, talvez a pergunta que o senhor deveria estar fazendo a si mesmo é: estaria mais feliz casado ou solteiro?

Jansen sumiu na escuridão do corredor, mas St. Aubyn permaneceu onde estava, bebericando seu conhaque sob a luz fraca e tremeluzente da vela. Não era o casamento com *uma* mulher que estava em questão, mas com *a* mulher. Ele seria mais feliz com Evelyn ao seu lado ou vendo-a com Clarence Alvington? A resposta não era um simples "sim" ou "não", ou uma decisão entre se comportar ou continuar como ele vivia desde antes de completar 17 anos, porque a questão não era se ele seria feliz com ela, mas se ele sequer conseguiria *viver* sem ela.

Capítulo 22

Embora humana, não me enganarás,
Embora dama, não me abandonarás.
Lord Byron, "Stanzas to Augusta"

Assim que Evie viu os morangos frescos no aparador, soube o que Victor pretendia. Seu irmão já estava sentado à mesa, na metade do desjejum habitual: torradas com mel e presunto fatiado. A sempre presente edição matinal do *London Times* estava ao lado de seu cotovelo, fechada e intacta, o que não era normal.

— Bom dia, Evie — disse ele.

Ela pegou alguns morangos e uma fatia de pão fresco.

— Bom dia.

— Acredito que tenha passado bem a noite, sim?

Considerando que geralmente ele se referia ao evento literário quinzenal como o "círculo intelectual de fofocas", Evelyn sentiu que sua desconfiança era justificada. E considerando que tudo que ela conseguia se lembrar da noite anterior era de St. Aubyn sentado ao seu lado e sendo ao mesmo tempo devasso e educado, Evie não tinha reclamação alguma a fazer.

— Evie?

Ela afastou as imagens do marquês, embora elas nunca vagassem para muito longe.

— Ah, sim. Foi tudo bem. Obrigada.

Evie levou o prato até a mesa e se sentou.

— Onde está a mãe?

— Vai descer em um minuto. Como estão os morangos?

Evie queria atirar um nele. Victor era tão óbvio, fingindo ser gentil e preocupado para que ela não discutisse quando viesse a exigência do casamento com aquele estúpido do Clarence Alvington. E é claro que ela argumentaria, e que sairia do salão como uma tempestade e que no fim faria exatamente o que ele queria, porque esse era o hábito. Bem, Evie tinha aprendido alguns movimentos novos nos últimos tempos e com um jogador bastante experiente. Atualmente, tinha motivos melhores para levar a cabo seus próprios planos em vez de simplesmente obedecer a Victor. Cinquenta e três motivos, para ser exata, de sete a 17 anos.

— Os morangos estão deliciosos. Obrigada por providenciá-los.

Ele olhou para ela por um instante, a suspeita passando por seu olhar, então voltou a comer.

— Por nada.

A Senhora Ruddick chegou, bailando para dentro do salão e dando um beijo delicado no rosto de Victor e depois no de Evie.

— Bom dia, meus amores. É tão bom quando fazemos o desjejum juntos. Deveríamos fazer isso mais vezes.

Não grite, disse Evie a si mesma. *Não importa o que eles digam, não grite.*

— Sim, deveríamos. O que você queria me contar, Victor?

Ele limpou o canto da boca com o guardanapo.

— Em primeiro lugar, gostaria de agradecê-la por sua assistência esta Temporada. Você me ajudou a fazer algumas boas parcerias.

— Sim, eu sei. De nada.

A mãe suspirou.

— Evie, não seja difícil.

— Não estou sendo difícil. Estou apenas concordando que fui útil.

Victor franziu a testa.

— Podem me deixar terminar? Obrigado. Você também fez algumas travessuras.

Ela assentiu, sabendo exatamente a que ele estava se referindo.

— Sim, e St. Aubyn o apresentou a Wellington.

Langley se mexeu no canto do salão e, por um breve instante, Evelyn pensou ter visto um sorriso contrair seu semblante sisudo e profissional. Ao menos alguém estava ao lado dela.

— Essa não é a questão.

— Posso perguntar qual seria, então? Ontem nós estávamos apenas discutindo alternativas, ao menos foi o que você disse.

Ele a fitou por cima da borda da xícara de café.

— A questão é que uma aliança com Lorde Alvington vai me assegurar votos suficientes para assumir a vaga de Plimpton. E, como você sabe, eu tenho procurado por um pretendente adequado para você já faz um tempo, alguém que estimule suas melhores qualidades e que não pode seu comportamento... alegre. Eu gosto muito de você, Evie, e não cheguei a essa conclusão facilmente. Se Clarence Alvington não tivesse satisfeito minhas exigências, eu não o teria escolhido como seu marido. E, sim, por favor, repare que não tentei esconder o fato de que a decisão também me beneficia. — Ele se inclinou para frente. — Antes que você comece a espernear, me escute.

Evie cerrou os punhos bem apertado em seu colo.

— Estou escutando.

— Você... Está bem.

Victor era político demais para demonstrar mais surpresa que isso, mas Evie também o conhecia melhor que qualquer um de seus aliados. Tinha conseguido abalar o equilíbrio do irmão.

Victor pigarreou.

— O Senhor Alvington me confessou diversas vezes o quanto a adora e como você será valorosa quando ele assumir o lugar do pai como visconde.

— E o que ele acha da minha amizade com Lorde St. Aubyn? — Aquela era a pergunta mais desafiadora em que ela conseguiu pensar. A falta de moderação do marquês ao expressar sua opinião podia ser revigorante, mas ela não tinha a mesma liberdade que ele.

— *Eu* não aprecio muito — respondeu Victor em um tom mais incisivo —, e isso é o que deveria importar. Seria melhor se você estivesse preocupada em manter uma boa reputação. Não somos apenas eu e Clarence que precisamos aprovar o casamento. Os Alvington não têm senso de humor algum quando se trata de sua reputação e de seu bom nome.

É mesmo? Evelyn já suspeitava, mas ouvir Victor dizer aquilo deu a ela uma ideia de plano.

— Então está tudo decidido? — disse ela com a voz mais calma que conseguiu. — Entre você e os Alvington?

— Você precisa se casar de toda forma — ponderou a Senhora Ruddick. — Melhor que seja com alguém prestativo e inofensivo.

Evie não sabia se concordava com essa análise da personalidade de Clarence Alvington, mas discutir parecia totalmente inútil. Seu futuro já estava decidido. Evelyn engoliu o nó gelado que havia se formado em sua garganta. Ela ainda não era casada, mas com a próxima palavra que dissesse, precisava ou concordar com a interpretação dele de sua vida ou deliberadamente começar a lutar em prol dos próprios interesses.

— Está bem.

Victor piscou.

— O que você disse?

Respire.

— Quem sou eu para discutir com meu irmão e minha própria mãe? Se vocês não quiserem o meu bem, ninguém mais há de querer.

Os olhos de seu irmão se estreitaram.

— Não faça gracinhas.

— Estou falando sério.

— Você se casará com Clarence Alvington. E sem chilique.

–— Se ele me aceitar. — Mas antes de chegar a esse ponto, ela precisava de algum tempo para colocar seu plano em ação. — Mas eu gostaria de ter a mão pedida. E se ele me cortejasse, em vez de apenas assinar um pedaço de papel, também seria ótimo.

— Resolverei isso. — Victor se levantou. — Tenho uma reunião. Estou confiando em sua palavra, Evie, de que você não recusará esse casamento.

Qualquer resposta que ela desse apenas o deixaria mais desconfiado, então Evie se limitou a assentir enquanto ele pegava o jornal e saía do salão. *Ah.* Se os Alvington se preocupavam tanto com o decoro, ela sabia exatamente o que precisava fazer. Clarence Alvington nunca a pediria em casamento se ela não se encaixasse nos padrões exigentes de sua família. Portanto, bastava usar algumas lições que St. Aubyn tinha lhe ensinado. Um pouquinho de safadeza seria o suficiente para manter Clarence longe.

— Estou tão orgulhosa de você — disse a Senhora Ruddick, esticando o braço para apertar a mão da filha. — Eu sabia que Victor encontraria um bom pretendente.

— Sim, é uma alegria tão grande me casar assim por amor... — Evie terminou o último morango e se levantou. — Se não se importa, vou caminhar com Lucinda e Georgie.

— Eu compreendo sarcasmo, minha querida — disse Genevieve baixinho. — Falei tantas vezes para você encontrar alguém antes que seu irmão voltasse da Índia, mas você insistiu em ficar brincando com suas amigas. Agora, você não tem escolha.

— Talvez eu tivesse escolha se a senhora tivesse ficado do meu lado para variar um pouco. A senhora nunca me perguntou se eu tinha algum sonho, alguma ambição ou desejo. Apenas presumiu que não. Eu não me importo em ajudar Victor, mas não entendo por que sou a única que precisa fazer sacrifícios.

— Evie...

— Vejo a senhora para o chá com Lady Humphreys, mãe.

Pegando o *bonnet* e a echarpe, ela escapuliu pela porta da frente, com Sally logo atrás. Evie franziu a testa para a aia quando puseram os pés na rua.

— Só vou até a casa de Lucinda. Você não precisa vir comigo.

— O Senhor Ruddick disse que devo acompanhá-la a todos os lugares — explicou Sally, dando um sorriso de desculpas.

— Ele disse o motivo?

— Apenas me disse para garantir que a senhorita se comporte e para contar a ele se houver algum desvio. — A aia fez uma reverência breve e nervosa. — Eu jamais faria isso, Senhorita, mas o Senhor Ruddick me dispensaria se soubesse.

— Então ele jamais vai saber, certo? Vamos inventar alguma coisa, desse modo você não se complica e ele não ficar desconfiado. — Sentindo-se mais otimista do que se sentira a manhã toda, Evie fez um carinho no braço de Sally. — E obrigada.

— Ah, por nada, Senhorita Ruddick. Graças a Deus. Eu não sabia o que deveria fazer.

Um cavalo se aproximou delas, acompanhando seu passo.

— Parece que sempre a encontro quando estou com o meio de transporte errado — disse a voz grave de St. Aubyn. — Não posso oferecer uma carona para você e sua aia em Cassius.

Respirando fundo, Evelyn olhou para ele, deliciando-se. Com o chapéu azul empoleirado em um ângulo elegante sobre os cabelos escuros e ondulados, a pose tranquila em cima da sela, St. Aubyn era a personificação de um perfeito — embora levemente despudorado — cavalheiro. Às vezes, Evie pensava que ficaria contente em simplesmente ficar sentada olhando para ele o dia todo.

— Bom dia — cumprimentou ela, quando percebeu que o encarava.

Ele apeou, segurando as rédeas com a mão esquerda, e começou a caminhar ao seu lado.

— Bom dia. Qual o problema?

— Problema algum. Por que pergunta?

— Não minta para mim, Evelyn — alertou ele em um tom mais baixo, embora sua expressão fosse mais reflexiva do que raivosa. — Sua sinceridade parece ser a única coisa em que posso confiar neste mundo.

— Minha nossa. Não fazia ideia de que eu era tão importante — respondeu ela, forçando um sorriso. Maldição; ela precisava planejar sua estratégia para evitar se casar com Clarence. St. Aubyn era uma distração tão grande que ela mal conseguia se lembrar do próprio nome quando ele estava presente.

O marquês deu de ombros.

— Apenas para aqueles que reconhecem o valor dessas coisas. Vai me contar o que está perturbando você ou devo arrastá-la para trás daquela casa e rever nosso relacionamento?

— Santo, shh — murmurou ela, apontando para Sally, que os seguia poucos metros atrás.

Ele apenas se aproximou ainda mais.

— Não me deito com você há quase uma semana, Evelyn — sussurrou ele em seu ouvido. — Meu autocontrole está por um fio.

— Você esteve com a mão praticamente dentro da minha saia ontem à noite — murmurou ela de volta, o calor subindo por suas pernas.

— E ainda bem que havia aquele livro no meu colo, ou todos saberiam o quanto eu desejo você.

Duas jovens passaram por eles em um cabriolé, e Evie se encolheu. Se St. Aubyn não fosse embora logo, alguém contaria para Victor que os havia visto juntos. O que não deveria ser problema, a não ser pelo fato de que ela ainda não tinha um plano. Evelyn não queria levar bronca se não fosse por um bom motivo.

— Você precisa parar de dizer essas coisas — sibilou ela. — Em breve serei... Serei uma mulher casada.

St. Aubyn parou tão abruptamente que Evelyn já estava dois metros adiante quando percebeu que ele não estava a seu lado. Quando se virou para olhá-lo, a expressão dele gelou seu coração.

— Santo?

— Você... Alguém pediu... Você concordou em se casar com Clarence Alvington? — rosnou ele, seus olhos verdes penetrantes desafiando-a a responder.

— Meu irmão me informou que eu seria pedida em casamento e deveria aceitar. Com o apoio de Alvington ele garante uma vaga na Câmara.

Evie não devia ter contado tanto; os motivos particulares de sua família não eram para conhecimento público, mas ele saberia, de toda forma. St. Aubyn sabia antes mesmo dela.

— E você concordou.

— Ele ainda não pediu — contornou ela —, mas, sim, concordei.

— Que leal da sua parte. E seu irmão expressou toda a gratidão dele, suponho?

— Pare de ser cínico, Santo. Eles me emboscaram.

— Eles tratam você como um cachorro de estimação — ralhou ele.

— Como ousa? — exclamou ela, lutando contra o desejo súbito de chorar. — Você só está com raiva porque sabe que assim que me casar, não seremos mais... amigos. Vá embora, Santo. Pensei que... Vá embora. Você certamente não está ajudando em nada, brigando comigo por fazer a coisa certa.

— A coisa certa? — repetiu ele soturnamente.

— Por favor, vá embora.

St. Aubyn queria dizer mais, exigir saber por que ela não tinha resistido, mas também não queria que ela acabasse o odiando. A menos que ele lhe desse um bom motivo para não odiá-lo, ela jamais recusaria o pedido de Clarence, muito menos se casaria com alguém que poderia prejudicar as ambições políticas de sua preciosa família.

— Então lhe desejo um bom dia — grunhiu ele.

Montando em Cassius novamente, ele partiu galopando a toda velocidade.

A ideia de nunca mais tocá-la, de permanecer nas sombras em saraus e observar outros homens dançando com ela, imaginar Clarence Alvington levando-a para a cama, a ideia de que ele poderia fazê-lo sempre que quisesse... Não se podia esperar que qualquer um tolerasse esse tipo de tortura.

— Droga, droga, droga.

Seu primeiro impulso foi encontrar Clarence Alvington, desafiá-lo para um duelo e matá-lo. Por mais satisfatório que fosse ser, no entanto, aquilo não colocaria Evelyn em seus braços — e provavelmente o forçaria a fugir da Inglaterra, o que significaria nunca mais poder vê-la.

Ele desacelerou ao se aproximar de seu destino, forçando-se a pensar racionalmente de novo. Evelyn tinha contado tudo aquilo de uma forma muito peculiar. O casamento não estava decidido, mas *quando* o almofadinha pedisse, ela aceitaria. Não tinha sido dela a decisão de se casar; ela fora *emboscada*. Evie não queria que Santo fosse embora, mas ele *não estava ajudando* ao permanecer ali.

O marquês parou novamente, apeando e entregando as rédeas de Cassius a um criado que aguardava. Evelyn obviamente não amava aquele palhaço, e o que era pior: casando-se com ele, o idiota presunçoso, ela não poderia mais continuar trabalhando no orfanato. A questão era: o que ele podia fazer para consertar as coisas?

O ruído de suas botas ecoou pelo longo corretor. St. Aubyn estava atrasado novamente, mas ao menos estava ali. Era tudo em que conseguia pensar e, em geral, ainda parecia ser o melhor plano. Victor Ruddick tinha arranjado um casamento político para a irmã. Se uma opção melhor surgisse, ele seria um tolo e um péssimo político de deixar passar.

— St. Aubyn? — sussurrou Lorde Dare enquanto ele subia a escada para se acomodar em seu assento. — Que diabos você está fazendo aqui?

— Cumprindo minha obrigação — respondeu Santo, acenando com a cabeça para o Duque de Wycliffe, num assento próximo. Era isso: tudo que ele precisava fazer era se tornar o melhor candidato.

Várias fileiras abaixo dele, o Conde Haskell se levantou, seu rosto enrubescendo até atingir um tom vermelho alarmante.

— Não vou tolerar isso — ralhou ele. — Se você vai ficar aqui, St. Aubyn, eu vou embora.

Droga. St. Aubyn também se levantou.

— Lorde Haskell, o senhor está nesta Câmara há vinte e oito anos, contribuindo com seu conhecimento e seu tempo. Duas semanas atrás eu o insultei por isso. Hoje, peço desculpas. Se eu tivesse um décimo da sua sabedoria, seria um homem melhor.

O burburinho na Câmara dos Lordes era quase ensurdecedor, mas Santo não prestou atenção. Se ele não podia sequer sentar com seus nobres colegas por uma hora, não merecia muita coisa mais.

— E você espera que eu acredite que está sendo sincero, garoto? — retrucou o conde.

— Não, milorde. Peço que aceite meu pedido de desculpas. Lamento por meu comportamento. — Prendendo a respiração, St. Aubyn se inclinou para frente, estendendo a mão para Lorde Haskell. Aquilo era por Evelyn, lembrou a si mesmo enquanto o conde o encarava furioso. Ele podia fazer isso por ela. Ele faria qualquer coisa por ela.

— E se eu não aceitar?

— Então amanhã terei de me desculpar novamente.

Suspirando, como se estivesse murchando, Haskell estendeu o braço e apertou a mão de Santo. A plateia explodiu em aplausos, mas aquilo ainda não tinha terminado. Ambos sabiam que ele ainda podia fazê-lo parecer um idiota. O conde tinha confiado nele, como poucos homens antes. Era uma sensação… agradável e inesperada, sentir que confiavam nele.

St. Aubyn assentiu.

— Obrigado. O senhor é mais bondoso do que eu mereço. — Dando um leve sorriso, o marquês voltou a se sentar. — Farei o possível para que não se arrependa de sua generosidade.

— Você está se saindo bem até agora — murmurou o conde, sentando-se novamente.

— Cavalheiros — gritou o orador, batendo na tribuna —, podemos continuar?

— Não posso acreditar no que estou vendo — sussurrou Dare. — O que deu em você?

— Quando descobrir eu lhe conto — murmurou St. Aubyn de volta.

Ele já sabia, contudo. Com a boca seca, o marquês acenou para que um dos atendentes trouxesse um copo d'água. Num átimo, ele sabia exatamente por que estava tentando remendar as coisas e por que permaneceria na Câmara dos Lordes até o final da sessão daquele dia e de todas as outras sessões até o final da Temporada. Ele faria tudo o que fosse necessário para se casar com Evelyn Marie Ruddick. Ele a amava. Michael Edward Halboro, o homem sem coração, amava uma mulher. E não pararia por nada até conquistá-la.

St. Aubyn não conseguiu evitar o sorriso que tocou seus lábios. Deus todo poderoso... Ele torcia para que Evelyn apreciasse as mudanças que imprimira nele. Por ela, ele iria se tornar um cavalheiro. E o mais engraçado era que, após cinco minutos de mudança, ele já estava gostando.

⚬

— Você conseguiu? — perguntou Evelyn, caminhando até a janela e retornando.

— Sim, e não foi fácil, acredite. Meu pai sempre faz muitas perguntas, e convencê-lo de que o Marquês de St. Aubyn deveria ser convidado para o piquenique dele... — Lucinda suspirou, desabando no sofá novamente. — Ele provavelmente ainda está fazendo perguntas, e com certeza serei convocada para respondê-las da próxima vez que passar pela porta do escritório dele.

— Eu explicaria a você se pudesse, Luce.

Um cavaleiro passou diante do portão da Residência Barrett e Evie prendeu a respiração até perceber que era corpulento demais para ser St. Aubyn. Ela havia pedido a ele que a deixasse sozinha, contudo, então não podia imaginar por que ele se importaria em descobrir para onde ela tinha ido.

— Não precisa me explicar nada. Você é minha amiga. — Levantando-se novamente, Lucinda se juntou a Evie na janela. — Suponho que seja outra parte da lição de boas maneiras para seu pupilo. Para falar a verdade, só o que vou dizer a essa altura é que você está assumindo um risco enorme, minha amiga. Seu irmão está tão focado na carreira que ao menor sinal de que você está tentando colocar pedras no caminho dele, nunca se sabe o que ele poderá fazer.

— Ele já fez.

— O quê? — Lucinda pegou o braço de Evelyn, virando-a para que ficassem de frente uma para a outra. — Isso você precisa me contar. O que Victor fez?

— Mesmo sem saber o que estou fazendo ou pensando, meu irmão tem uma habilidade notável para colocar pedras no *meu* caminho — disse ela, uma única lágrima escapando e escorrendo por sua bochecha. — Não consigo imaginar nada pior do que casar com Clarence Alvington. Você consegue?

Lucinda ficou olhando para ela, então caminhou até o aparador de bebidas no outro lado da sala. Enquanto Evelyn a observava, ela serviu duas taças de vinho Madeira e retornou, entregando-lhe uma.

— Clarence Alvington? — exclamou ela por fim. — Por causa das propriedades do pai dele em West Sussex, presumo. Meu Deus! Seu irmão não percebe o quanto vocês não têm nada em comum?

— Clarence é um idiota, e Victor pensa que eu sou idiota, então, para ele, o casamento é perfeito. — Evie suspirou. — Bem, sendo sincera isso não é totalmente verdade, eu acho. Clarence é enfadonho e inofensivo, o que faz com que seja improvável que eu relute contra o casamento, visto que eu mal perceberia que estou casada com alguém.

— Isso é terrível. O que você vai fazer?

— Ainda estou formulando meu plano, mas é tão difícil... Independentemente do que eu faça, não quero destruir as chances de Victor no Parlamento. — Ela suspirou. — Não é estúpido?

Lucinda a abraçou.

— Você é uma boa irmã. Espero que ele consiga perceber isso em algum momento. Um alto nível de tédio certamente não é uma qualidade que se deveria buscar em um noivo para a irmã.

Ter amigas era maravilhoso.

— Obrigada. Até lá, no entanto, acho que vou colocar em prática algumas coisas que aprendi com Santo. Se eu não consegui ensinar a ele como ser um cavalheiro, ao menos ele me ensinou alguma coisa sobre ser indecorosa.

— Não destrua sua reputação, Evie. Nem mesmo para se livrar de Clarence Alvington.

— Não vou fazer isso, mas posso chegar quase lá. Michael vive a vida de uma maneira muito mais... emocionante do que eu imaginaria possível. Agitada demais para o Senhor Alvington.

Lucinda voltou para o sofá, colocando a taça na mesa de centro.

— Michael? — repetiu ela, de costas para Evelyn.

Evie corou. *Maldição*. Esconder o que sentia já era difícil sem usar seu nome de batismo na frente de outras pessoas, agora então...

— St. Aubyn — corrigiu ela. — Ele pediu... Às vezes, eu o chamo...

A porta do salão matinal se abriu de supetão. Georgiana, ainda desamarrando o *bonnet*, entrou às pressas.

— Evie, graças a Deus.

— O que foi?

Lucinda foi até a porta e a fechou bem quando o mordomo apareceu.

— Sim, o que aconteceu?

— Você conseguiu, foi isso que aconteceu — disse a viscondessa a Evie, largando o chapéu em uma cadeira. — É um milagre. Fui até sua casa procurar por você, mas Langley disse que você estaria aqui.

Georgiana estava de bom humor e, independentemente de suas preocupações, o coração de Evie se alegrou um pouco. Ao menos alguém estava feliz.

— Não faço ideia do que você está falando, Georgie.

— Estou falando de St. Aubyn. Tristan acabou de retornar da sessão matinal da Câmara e me contou algo absolutamente extraordinário!

Assim que o nome dele foi mencionado, Evie começou a se sentir avoada. Sentada no parapeito da janela, tomou um longo gole de vinho.

— O que St. Aubyn fez agora?

— Ele foi ao Parlamento hoje. E pediu desculpas a Lorde Haskell por tê-lo insultado na última vez que esteve lá.

Evelyn ergueu uma sobrancelha.

— Ele *pediu desculpas* a alguém?

— Como um cavalheiro, evidentemente. Tristan disse que ele também ficou lá durante toda a sessão e se voluntariou para participar de uma comissão de reforma do trabalho infantil.

Suas duas amigas estavam olhando para Evie com expectativa.

— Minha nossa — disse ela após um instante.

Foi tudo o que conseguiu pensar em dizer já que, naquele momento, tudo que ela mais queria era ir correndo encontrá-lo e perguntar o que ele estava tramando; e então abraçá-lo e beijá-lo porque não importava. Ele tinha aprendido alguma coisa e mesmo que isso não a ajudasse, ele poderia ser bondoso com outras pessoas. Evelyn se sacudiu, percebendo que suas amigas ainda estavam conversando.

— ... casar com Clarence Alvington — Lucinda estava contando.

— Não! Ele não percebe como aquele almofadinha não serve para você? — perguntou Georgiana, juntando-se a Evie na janela.

— Provavelmente, não. Mas entendo o quanto Clarence serve para *ele*. O casamento assegura uma vaga na Câmara dos Comuns.

— Ah. Seria ótimo se o sucesso dele dependesse dos próprios méritos, e não dos seus.

Evie sorriu.

— Gostaria de ter pensado nisso para dizer a ele.

— Sinta-se livre para pegar minha fala emprestada quando quiser.

O que ela queria subitamente pegar emprestada era a vida de Georgiana. A amiga tinha um marido que a adorava, uma tia compreensiva e um primo com poder e status suficientes para garantir que ninguém os arruinaria, além de ser propensa a causas que não eram terrivelmente inadequadas para uma mulher.

Evelyn tinha um canalha que parecia, na mesma medida, gostar dela e querer arruiná-la, uma família que colocava os próprios interesses acima de tudo, que se importava demasiadamente com a opinião de todos, além do sonho perdido de administrar um orfanato lotado de crianças espertas e cheias de potencial.

Ao mesmo tempo, St. Aubyn tinha possibilitado boa parte do que ela tinha conquistado até ali. E uma vez tendo provado a ele que não era uma desmiolada em busca de atenção, sua assistência e seus conselhos, embora cínicos e nunca gratuitos, tinham sido inestimáveis.

— O que você vai fazer? — quis saber Georgiana.

— Ela vai utilizar alguns dos métodos de St. Aubyn — respondeu Lucinda antes que Evie pudesse abrir a boca —, na esperança de que um pouquinho de indecência vá assustar Clarence, ou ao menos os pais dele.

— Isso é bastante arriscado, Evie — alertou a viscondessa, com uma expressão sombria no rosto. — Acredite em mim.

— Eu sei. Para falar a verdade... — Evie respirou fundo e fez uma breve oração silenciosa. — Talvez eu precise de sua ajuda.

— Para ser imoral?

Tanto Georgie quanto Lucinda pareciam céticas. Provavelmente duvidavam que Evie tinha determinação suficiente para fazer qualquer coisa de fato. Bem, elas não perdiam por esperar, porque Evie tivera um ótimo professor.

— Não, não para ser imoral — respondeu ela, contendo uma careta. — Mas para fingir que não há nada de imoral acontecendo. — Evie forçou uma risada. — Pelo amor de Deus, se *vocês* me reprimirem estarei completamente arruinada.

Lucinda suspirou.

— Eu aconselharia que você simplesmente conversasse com seu irmão e dissesse a ele o quanto esse casamento com Clarence Alvington a faria infeliz, porém já vi você tentando ponderar com ele antes. Sendo assim, pode contar comigo para não reparar em nada indecente que você possa fazer.

— Também cumprirei meu papel — concordou Georgie. — Eu só gostaria que você tivesse tempo para celebrar seu sucesso no projeto St. Aubyn em vez de ter que se preocupar com essa besteira. — Ela voltou sua atenção para Lucinda. — Quero, porém, destacar que se ele realmente virou um cavalheiro, você, minha cara, é a única de nós que ainda não ensinou sua lição.

— Hum. Ele só foi gentil por cinco minutos. Eu não declararia isso uma vitória definitiva. Além disso, originalmente, concordamos em ensinar um homem a tratar as *mulheres* adequadamente. Na última vez que chequei, não havia mulheres na Câmara dos Lordes. Não desde a Rainha Elizabeth, de toda forma.

Enquanto Georgie e Luce debatiam sobre o cumprimento ou não da parte de Evelyn, a própria permaneceu ocupada em conter seu entusiasmo crescente. No dia seguinte passaria todos os momentos na companhia de St. Aubyn, como prometera. No dia seguinte, ela o veria novamente e daria a si mesma permissão para não se comportar. Por mais bobo que parecesse, depois de todo o tempo que passou tentando melhorá-lo, Evie precisava admitir que parte dela gostava muito do fato de o Marquês de St. Aubyn ser um canalha — e que, de tempos em tempos, ele parecia ser o *seu* canalha.

Capítulo 23

Ela andeja pela formosura, como o céu
Límpido e pleno de brilho estelar;
E o que há de melhor na claridade e no breu
Nela se revelam na aparência e no olhar.
Lord Byron, "She Walks in Beauty"

SANTO SUBIU COM O FÁETON na grama do prado, juntando-se à longa fila de cavalos e carruagens que saíam da cidade em direção ao local do tradicional piquenique do General Barrett. Ele precisava admitir que a campina escolhida, em um pequeno morro com vista para a parte velha de Londres, era pitoresca. Precisava admitir também, enquanto retribuía os olhares perplexos de Lorde e Lady Milton com um aceno educado de cabeça, que se sentia um idiota.

Ninguém o convidava para almoços ao ar livre e, quando o faziam, Sr. Aubyn certamente não mandava respostas agradecendo ao anfitrião e expressando intenção de comparecer. Ele também nunca chegava no horário e com a pretensão de permanecer durante todo o evento.

Enquanto fazia os cavalos pararem e saltava para o chão, ele estimou que algo entre quarenta e cinquenta convidados estavam presentes, embora com o número de criados, cavalariços, valetes e aias que o local requeria, fosse quase impossível saber quem estava ali para se divertir e quem estava para trabalhar.

— Você veio.

Ao som da voz de Evelyn, toda aquela frivolidade, seu próprio comportamento atípico e a abelha que voava em torno de seu chapéu deixaram de importar.

— Você conseguiu um convite para mim — respondeu ele, virando-se para ela.

— Pensei que talvez ainda estivesse zangado comigo.

— E ainda assim você cumpriu sua parte do acordo.

Os olhos de Evie brilhavam. Seu vestido amarelo combinava com a cor dos poucos narcisos no gramado, e quando ela sorriu para ele, St. Aubyn se esqueceu de como era respirar.

— Ou eu lhe conseguia um convite, ou precisaria ficar nua, pelo que me recordo — sussurrou ela.

St. Aubyn se chacoalhou.

— Ora, ora, estamos ousados hoje — murmurou ele, oferecendo o braço. — Ficarei feliz em satisfazer essa segunda opção, se quiser.

Ela corou, e o marquês se sentiu repentinamente mais confortável. Evelyn podia estar disposta a dizer algo atrevido para ele, mas ainda era a mesma Evelyn recatada que faria de tudo pelos órfãos. Para surpresa dele, no entanto, ela aceitou o braço oferecido.

— Talvez eu deva apresentá-lo a algumas pessoas primeiro.

Aquilo era interessante. Nem um pouco desagradável, mas inesperado, certamente.

— De braços dados? — perguntou ele, erguendo uma sobrancelha. — Não que eu esteja reclamando, mas tive a impressão de que só podíamos nos tocar quando ninguém estivesse vendo. — Ele se aproximou, inspirando o perfume dos cabelos dela.

— Eu lhe devo isso — respondeu ela. — Você disse que eu deveria ficar ao seu lado, então cá estou.

Aquilo explicava tudo. Ela estava apenas honrando sua palavra. Seu anjo ficaria ao lado do diabo, se tivesse prometido a ele.

— Faça as apresentações, então.

Eles atravessaram a grama até onde a maioria dos convidados estava reunida. Dare estava lá com a esposa, e St. Aubyn conteve uma careta. Ele havia caçoado do visconde por ter sido domesticado e, no entanto, estavam todos ali, no mesmo evento. E não pela primeira vez.

Não, não, não. Ele não tinha sido domesticado. Estava ali porque queria ver Evelyn e porque talvez aquilo fosse interessante. Um piquenique para algumas das cabeças mais inteligentes e respeitadas da sociedade, e ele havia sido convidado.

— General Barrett — disse Evelyn, virando-o —, o senhor já conheceu Lorde St. Aubyn? Milorde, nosso anfitrião, o General Augustus Barrett.

O cavalheiro alto, de olhos acinzentados e cabelos grisalhos, acenou com precisão.

— St. Aubyn. Minha Lucinda sugeriu que eu o convidasse. Divirta-se. — Ele olhou para Evelyn e voltou a olhar para Santo. — Mas não muito, penso.

— Obrigado, senhor.

Enquanto observava o general se afastar para cumprimentar o próximo grupo que chegara, ocorreu ao marquês que seu anfitrião havia lhe dado a chave para o sucesso. Se ele queria desbancar o estúpido e enfadonho Clarence Alvington, precisava simplesmente se divertir menos. A monotonia triunfaria e para isso bastava abrir mão de seu método tradicional de dizer o que pensava, sem se importar com as consequências. Seria difícil, mas ao menos ele poderia encarar isso como um desafio.

— Não foi tão ruim assim, foi? — sussurrou Evie, apertando ainda mais o braço dele.

— Não, acho que não. — Ele olhou para os dedos dela em sua manga. — Aliás, o que você está fazendo?

— Como assim? Eu disse, eu prome…

— Desde que nos conhecemos, há um mês, mais ou menos, você passou boa parte do tempo me dizendo o quanto não queria ter contato comigo, Evelyn Marie. O que mudou? Ou você decidiu que vai continuar com a nossa… amizade depois de se casar com Clarence Alvington? — Ali, diante de tanta gente, ele iria se comportar. Ela sabia disso e St. Aubyn não viu motivo para não ser sincero.

O queixo de Evelyn caiu.

— É claro que não!

Na verdade, ele percebeu que aquilo era o melhor que poderia esperar. Ser amante de Evie depois que ela se casasse com o homem escolhido pela família.

— Seria tão ruim assim? — insistiu ele com delicadeza. — Ninguém saberia. Só eu e você, Evelyn.

— Pare com isso — ralhou ela. — Nem sequer sugira essas coisas. Eu não seria infiel a meu marido.

— Mas e se eu não quiser abrir mão de você?

Ela desacelerou o passo, olhando para ele.

— Então faça alguma coisa a respeito — sussurrou ela, desvencilhando-se.

St. Aubyn pausou, observando seu anjo ir ao encontro de Lorde e Lady Dare. O que ela estava tentando dizer? Que ele deveria pedir a mão dela em casamento? Ele estava bastante preparado para fazer isso, mas ela devia saber tão bem quanto ele que seu irmão jamais aceitaria isso com alguém da reputação dele.

Ele podia sequestrá-la, é claro, como ela havia feito com ele. Era mais que intrigante a ideia de tê-la como prisioneira em St. Aubyn Park, vestida com robes de seda e nada mais. Ela provavelmente desfrutaria por um tempo, até perceber o quanto estava arruinada.

Um enorme círculo vazio pareceu se formar em torno dele. O mesmo fenômeno acontecia sempre que ia a um evento recatado, mas não era o esperado naquele dia; por isso estava com Evelyn ao seu lado. As pessoas gostavam dela, mesmo que morressem de medo dele. Respirando fundo, ele a seguiu. *Seja civilizado*, relembrou a si mesmo com firmeza. *Não importa qual seja a tentação, seja civilizado.*

— Por que o sorriso? — quis saber Georgiana, dando um beijo no rosto de Evie.

— É um belo dia. — *E ela o passaria com Santo.*

Dare pegou sua mão, fazendo uma reverência.

— Mesmo com o sol e os pássaros, a noção de que eu estou sendo forçada a casar com aquele almofadinha não me deixaria com vontade de sorrir.

Georgie deu uma cotovelada nele, não muito delicada.

— Dare.

— Ai. Eu, por outro lado, sou bastante feliz em meu casamento, então quem sou eu para criticar a união dos outros?

— Critique o quanto quiser. Eu mesma já o fiz.

Evie observou Georgie se encostar no ombro do marido, de mãos dadas com ele. O relacionamento de Georgiana e Tristan não havia sido nada fácil para os padrões vigentes, mas eles eram obviamente muito apaixonados. Às vezes, vê-los juntos fazia Evelyn ter vontade de chorar. Hoje, ela tentava afastar da cabeça a imagem de si mesma e St. Aubyn parados exatamente daquele jeito, queria parar de imaginar o quanto aquilo seria bom.

— Você ainda não se casou, Evie — observou Georgiana com firmeza. — Pode ser que seu irmão se sensibilize.

— Você pode sequestrá-lo e forçá-lo a reconsiderar — sugeriu St. Aubyn atrás de Evie.

Por mais acostumada que estivesse ficando com os comentários do marquês, o mero fato de estar perto dele era suficiente para fazer o calor subir para seu rosto e descer pelas costas.

— Duvido que surtiria algum efeito em Victor.

Santo deu de ombros, parando ao seu lado.

— Às vezes, as pessoas podem nos surpreender.

A mesma vontade irresistível de tocá-lo que ela sentira no evento de Lady Bethson, a mesma vontade de deslizar os dedos por sua pele desnuda, a fez estremecer. Então Evie se lembrou que tinha decidido ser um pouquinho levada naquela ocasião.

— Sim, elas realmente podem, às vezes — concordou ela, envolvendo o braço dele com ambas as mãos.

Os músculos de St. Aubyn se contraíram, mas, fora isso, ele não se moveu.

— Então vamos sequestrá-lo — concluiu ele, embora sua voz não parecesse muito firme.

Dare pigarreou.

— Estava querendo lhe contar, St. Aubyn, você ganhou o respeito de Haskell ontem, e de mais alguns outros, aposto.

— Ou eu me desculpava ou dava início a uma briga, e eu estava usando meu melhor paletó.

Evie olhou para o rosto magro e bonito do marquês. Ele parecia desconfortável, como se não soubesse o que fazer com um elogio. Independentemente do que tinha acontecido, parecia ter sido sincero. *Deus do céu...* Ela estava tão orgulhosa. E queria tanto beijá-lo que permanecer ao seu lado sem poder fazer nada doía fisicamente.

— Evelyn? — murmurou ele.

— Sim? — Seu coração palpitou.

— Você vai interromper meu fluxo de sangue se não parar de apertar meu braço com tanta força.

— Ah. *Ah*. — Ela relaxou os dedos de leve.

— O que está achando do piquenique do General Ruddick até agora? — perguntou Georgiana alegremente.

— Interessante. Estou contente que a Senhorita Ruddick tenha me recomendado para receber um convite.

Evie avistou Lorde e Lady Huntley atravessando o gramado, indo de um grupo de convidados a outro. A condessa era prima de segundo grau de Clarence Alvington, e era conhecida por ser extremamente fiel à reputação de seus parentes. Nem o irmão de Evie, nem os Alvington participariam do piquenique, então os Huntley eram sua melhor chance de fazer com que algumas fofocas chegassem até Clarence. Ela puxou St. Aubyn pelo braço.

— Vamos colher algumas flores, milorde — disse ela com a voz arrastada, fazendo um esforço para rir. — Os convidados sempre providenciam as flores para as mesas.

Pela expressão de St. Aubyn, ele achava que Evie tinha enlouquecido, mas concordou.

— Flores. É claro, Senhorita Ruddick. Vocês vêm conosco, Dare, Lady Dare?

Puxando-o novamente, Evelyn concluiu que seria mais fácil mover a Torre de Londres do que o Marquês de St. Aubyn se ele preferisse permanecer onde estava.

— Todos estão indo. Vamos, antes que eles peguem as mais bonitas.

Dare também não parecia muito confiante no estado mental dela.

— Evie, talvez St. Aubyn prefira ficar…

— Podem ir — interrompeu Georgie. — É perfeitamente oportuna a ideia. Vejam, a Senhora Mullen está apanhando narcisos com o general. Vocês não precisam de um casal entediante como acompanhantes.

O visconde ergueu a sobrancelha para a esposa.

— Entediante?

Aparentemente, St. Aubyn não quis ouvir a discussão inevitável, pois desistiu de ficar plantado no local onde parecia estar criando raízes. Evie quase caiu de costas.

St. Aubyn a segurou pelo cotovelo enquanto ela recuperava o equilíbrio.

— Podia ter avisado.

Os olhos verdes dele brilharam.

— Perdão, meu cordeirinho.

Evie soltou uma risadinha. Pegando o braço dele com uma mão e erguendo a saia com a outra a fim de evitar o contato com a grama. E então foi guiando os dois morro abaixo.

— Aliás — continuou ele casualmente —, você perdeu completamente a cabeça?

— Só porque quero colher algumas flores?

— Porque quer ser vista comigo, Evelyn. Eu disse que você deveria ficar ao meu lado. Não quis dizer que deveríamos explorar a campina juntos. Se seu irmão ficar sabendo...

— Esqueça meu irmão — interrompeu ela, com mais confiança do que sentia. Evie estava caminhando na corda bamba e por mais desejosa que se sentisse no momento, seria muita sorte não acabar caindo no final, com as saias acima da cintura. — Apenas se divirta, Michael.

— Se meu objetivo do dia fosse me divertir, eu e você estaríamos no meu quarto com as cortinas fechadas. Isto — ele apontou para os convidados espalhados pelo local da festa — eu estou apenas tolerando.

Evie desacelerou. Talvez fosse a única sendo cruel e egoísta naquela tarde. É claro que ele não iria se divertir, com todas aquelas pessoas olhando torto para ele.

— Preferiria não ter vindo?

Ele deu aquele sorriso sombrio e sensual de costume.

— Se eu não tivesse vindo, estaria agora andando de um lado para o outro no meu salão de bilhar desejando estar aqui.

— Por quê?

— Porque você está aqui. Por que mais seria?

— Eu... Só não esperava... — Evie sentiu o rosto aquecer, e St. Aubyn se aproximou ainda mais.

— Você não esperava que eu admitisse — concluiu ele, encarando-a. — Mas por que eu não admitiria?

— Santo...

Ele meneou a cabeça.

— Michael.

Ah, Deus. Talvez, se ela fingisse perplexidade ou surpresa depois, poderia beijá-lo e se safar sem acabar completamente arruinada. Valeria a pena, só para sentir a boca dele na sua, só para sentir o corpo dele contra o seu e saber que ele a queria tanto quanto ela o queria. Só...

— Olhe só, margaridas.

Movendo-se de repente, de um jeito desengonçado completamente oposto à sua graciosidade, Santo quase a empurrou para longe de seu braço, se afastou, então virou e caminhou até um pequeno riacho. Ofegando, Evie o observou. Algo estava muito errado. Ela queria beijá-lo e ele ignorou. Ele fugira, ou quase.

— São bonitas, não acha? — gritou ele, arrancando algumas do solo.

Evie piscou, mordendo a bochecha por dentro para não rir. Ele estava *nervoso*.

— Minha nossa. Sem as raízes, por favor. Só as hastes.

Ele olhou para baixo, arrancou as raízes com uma força que Evelyn não pôde deixar de admirar, e estendeu as flores a ela.

— Melhor assim?

Ela pegou as plantinhas estraçalhadas quando chegou ao riacho.

— Ah. Está ótimo. Mas você não teria uma faca?

— Sim.

Ele se abaixou, sacando uma lâmina estreita e curta da bota.

Evelyn engoliu em seco.

— Você estava... — Ela parou, desviando o olhar da faca para fitar o rosto surpreso dele. — Você estava com essa faca lá no orfanato?

— E se estivesse?

— Obrigada por não ter usado.

Santo ficou com o olhar distante, como se estivesse pensando em outra coisa.

— Eu estava sem ela. E em retrospecto, fico contente por isso. — Ele se agachou, cortando outra meia dúzia de margaridas e entregando a ela. — Acho que minha vida teria sido muito diferente se eu estivesse armado.

— Então você está... feliz por eu tê-lo sequestrado e mantido acorrentado por uma semana na cela de um orfanato?

Ele sorriu, um sorriso gentil e reflexivo que Evie nunca tinha visto e que naquele momento fez seu coração virar uma cambalhota.

— Eu finalmente entendi por que chamam aquele maldito lugar de "Coração da Esperança". Porque, de alguma forma, alguém imaginou que nós dois nos encontraríamos lá, Evelyn Marie.

Minha nossa.

— Michael, eu quero muito beijar você neste momento.

O sorriso de Santo cresceu e um brilho malicioso surgiu em seu olhar.

— Evelyn, beijar é apenas o começo do que eu gostaria de fazer com você agora. No entanto — ele se endireitou, entregando a ela mais um bocado de flores perfeitas —, não farei coisa alguma.

Ela não conseguiu evitar franzir o cenho para ele.

— Por quê?

Ele deslizou o dedo por sua bochecha.

— Porque estou me esforçando muito para me comportar.

— Mas eu não quero que você se comporte.

O toque leve dele a fez tremer.

— Cair com você nesse gramado seria… delicioso — murmurou ele, oferecendo o braço. — Mas alguém veria. O que eu quero de você não termina hoje, minha querida. E por mais frustrante que seja agir com decência, estou disposto a pagar o preço.

Por um instante, Evie não conseguiu falar. Santo — Michael — tinha mudado tanto que ela mal conseguia acreditar. E, aparentemente, por causa dela.

— Você é muito gentil, às vezes — sussurrou ela. Mesmo que não houvesse esperança para eles dois, Evelyn não estava pronta para admitir para si mesma, e muito menos para ele. Não hoje.

Enquanto os ruídos da conversa descarada diminuíam, Lady Huntley esticou o pescoço para espiar de trás dos amentilhos, onde ela e o marido haviam se escondido. Ainda bem que tinha escolhido aquelas flores como opção para centro de mesa, ou então teriam ficado sabendo tarde demais.

— Você ouviu? — sussurrou ela, cutucando o marido com o cotovelo.

— Parece que St. Aubyn está assediando a jovem Ruddick — grunhiu ele, levantando-se e limpando a grama úmida dos joelhos antes de ajudar a esposa a se levantar.

— Ah, é muito pior que isso, tenho certeza. Acho que ela já caiu nas garras dele. E essa história de órfãos, e alguém que foi sequestrado, e sabe Deus o que mais. Precisamos informar Alvington.

— Alvington? Por quê?

— Ela é a garota com quem Clarence vai se casar, ora essa. Preste atenção.

— Estou tentando, querida.

Evie concluiu, mais tarde, que deveria ter percebido que havia uma emboscada a caminho. No evento mais entediante e presunçoso do ano, que mais uma vez ela atendia em consideração ao irmão, ela estava mais preocupada em manter os olhos bem abertos do que procurando por armadilhas. Depois do dia mais maravilhoso que ela se lembrava de ter passado, os colegas políticos de Victor e todo o decoro daquele jantar apenas a lembravam do quanto ela tinha começado a gostar de ter Michael Edward Halboro em sua vida.

Todos observavam seus passos. Parecia, ao menos, que Evie estava chamando mais atenção do que de costume, como uma bela decoração da residência Ruddick, mas ela ignorou os olhares o máximo que pôde. Até mesmo Clarence, que tentava tocar em seu pé por debaixo da mesa, apenas a deixou ainda mais determinada a se concentrar em seu faisão assado e pedir licença para se retirar assim que possível. Até Clarence pedi-la em casamento e ela ser obrigada a encarar a realidade, ignorar tudo e se comportar de forma levemente indecente parecia ser o melhor plano.

— Ouvi algo inacreditável hoje — disse Lady Alvington por sobre o tilintar dos talheres.

Ao mesmo tempo, Tia Houton olhou na direção de Evie e franziu a testa. O coração de Evie acelerou. Agora ela saberia se os Huntley haviam reportado que ela passara o dia todo ao lado de St. Aubyn, enganchada em seu braço o máximo de tempo que pôde e que chegou até a tirar uma joaninha de seu cabelo. E St. Aubyn — o terrível, o canalha, o tiro certo — apenas riu e assoprou o inseto para longe.

— O que a senhora ouviu, milady? — quis saber Victor.

— Quase hesito em dizer, mas refere-se diretamente a alguém presente nesta mesa.

— Então a senhora deve dizer — insistiu Genevieve Ruddick.

Evelyn se perguntou brevemente se toda aquela dramatização se dava por causa dela ou se eles sempre conversavam uns com os outros de maneira tão teatral porque, caso contrário, a conversa faria todos caírem no sono. Ela sempre prestara pouca atenção neles, e menos ainda nos últimos tempos, desde que descobrira quantas coisas mais importantes existiam na vida.

— Está bem. — Lady Alvington se inclinou para frente de maneira conspiratória, embora não tenha se importado em baixar o tom de voz. Não era divertido fazer fofoca se os criados não pudessem ouvir para passá-las adiante. — Aparentemente, o Marquês de St. Aubyn esteve envolvido em um sequestro no orfanato que ele supervisiona. Foi por isso que ele desapareceu por uma semana.

Todo o sangue se esvaiu do rosto de Evelyn. Lutando contra o pânico, ela respirou várias vezes, tentando não desmaiar na mesa de jantar. *Ah, não, não, não.* Quem tinha ouvido aquilo? Santo jamais contaria a qualquer pessoa; ele havia prometido.

Definitivamente, naquele momento estavam todos olhando para ela e ninguém parecia surpreso. Sua tia era a única que demonstrava um pouquinho de empatia. O que ela deveria fazer? Mentir? Evie não faria isso. Santo só pareceria pior aos olhos de todos, isso ela não iria tolerar.

— Sei de… alguma coisa a esse respeito — começou ela. — Parece muito pior do que realmente é. Acreditem. — Ela forçou uma risada, ao mesmo tempo em que pegava sua taça de vinho. — Onde a senhora ouviu tal história, milady?

Victor bateu o garfo no prato com força suficiente para quebrar a porcelana fina.

— Da sua boca, Evie.

— O q…

— Imagine minha surpresa quando Lorde Alvington apareceu aqui no final desta tarde com seus primos, Lorde e Lady Huntley. Eles ouviram *você*, minha querida irmã, no piquenique de idiotas idealistas do General Barrett, dizendo várias coisas… infelizes a St. Aubyn, incluindo o fato, acredito, de que você estava ávida para *beijar* aquele… abusado. Eu usaria um termo mais forte, mas temos damas presentes.

— Posso explicar? — perguntou ela, embora não fizesse ideia do que dizer a ele além da verdade, ou o máximo que ele conseguisse tolerar.

— Não, não pode. O que você estava pensando? — continuou Victor. — Que pode se comportar como bem entende? Que pode se relacionar com aquele… canalha completo e que eu não vou fazer nada nada? Perguntei a nossa tia sobre sua ausência nos chás dela e ela admitiu que você andou perdendo tempo com os malditos órfãos, perdoem minha linguagem, senhoras, do Orfanato Coração da Esperança, justamente a instituição supervisionada por St. Aubyn!

Evie olhou para a tia.

— Você contou, tia? — perguntou ela, sua voz tão calma que a surpreendeu.

— Sinto muito, Evie — murmurou a condessa. — Seu irmão já tinha adivinhado, não tive escolha.

— Ainda bem que os Huntley foram falar com Lorde Alvington, e não com as colunas de fofoca — continuou Victor. — E ainda bem que temos meios de consertar esse fiasco antes que qualquer dano irreparável aconteça.

Por um momento, Evie fechou os olhos, desejando que todos sumissem. Santo. Ela queria conversar com ele. O marquês teria uma resposta para ela.

— E como você pretende fazer isso? — perguntou ela.

Clarence tossiu, parecendo nervoso.

— Após uma breve discussão e uma oferta bastante generosa por você por parte de seu irmão, eu concordei em tomá-la como minha esposa.

O coração de Evelyn parou. Ela sabia que aquilo estava por vir, mas ouvir em alto e bom som…

— Você "concordou" em se casar comigo? — repetiu ela, erguendo a cabeça para olhar para ele.

— E eu autorizei — intrometeu-se Victor. — Toda essa bobagem ficou apenas entre nós e o anúncio do casamento deve suprimir qualquer outra especulação sobre a fraqueza de seu caráter.

— Mas *eu* não concordo. — Evie respirou fundo, para se acalmar. Aquilo tinha que acabar. E se Victor precisava de seis pessoas presentes para atacá-la, então ela era mais que capaz de lidar com ele sozinha. Ao menos podia dizer isso para si mesma, por ora. — E vou gritar e argumentar a cada segundo, e quando as pessoas olharem para você, Victor, não vão admirá-lo por sua perspicácia política. Estarão fofocando sobre como você é um tirano que usou a própria irmã da maneira mais terrível.

A Senhora Ruddick arfou.

— Evie!

— É mais provável que admirem minha coragem e minha paciência por ampará-la. Obviamente, fui conivente demais ao tolerar seu egoísmo e sua imprudência. Vá para seu quarto e não saia de lá até concordar em se comportar. Chega de órfãos, chega de compras com suas amigas frívolas e chega de conversas com St. Aubyn. Para sempre.

Evelyn colocou o guardanapo na mesa e se levantou lentamente.

— Independentemente do que você pensa e do que lhe contaram, lembre-se de que você nunca ouviu o meu lado da história. E talvez você devesse ter pensado em me perguntar, Victor, antes de tentar me humilhar diante de nossa família e amigos. Você talvez se torne um bom político, mas teria sido um irmão muito melhor se tivesse perguntado e se dado ao trabalho de escutar. Boa noite.

Com o máximo de decoro que conseguiu reunir, Evelyn subiu as escadas, atravessou o corredor, entrou em seu quarto e fechou a porta. Apoiada ali, por um bom tempo concentrou-se apenas em respirar. Então percebeu que não estava tão magoada quanto estava furiosa. Trancou ela mesma a porta. Seria melhor que ouvi-los trancá-la por fora. Ao menos assim ela podia fingir que tinha algum controle sobre a situação, sobre sua própria vida.

Evie disse a si mesma que *tinha* certo controle. Ela ainda podia negar. Nem Victor poderia forçá-la a um casamento que ela desaprovava completamente. É claro que, em troca, ele a mandaria de volta para West Sussex e jamais permitiria que ela casasse com qualquer outra pessoa — e também cortaria sua mesada, alegando que Evie havia falhado em suas obrigações para com a família, para que ela não pudesse ir a lugar algum ou fazer qualquer coisa.

Pior do que tudo isso, contudo, era pensar nas crianças. Santo certamente não voltaria atrás em sua promessa de realocá-las para sua nova casa, mas, mesmo assim, ela não tinha cumprido com a palavra que dera a eles. As crianças se sentiriam abandonadas por ela, assim como todos em suas vidas haviam feito antes.

— Não, não, não — entoou ela, caminhando da porta até a janela e retornando. Seis meses atrás, se Victor tivesse ordenado que ela se casasse com Clarence Alvington, ela teria chorado, protestado e, no fim das contas, cedido.

Mas aquilo estava acontecendo naquele momento e Evie tinha mudado desde então. Tinha feito amizade com aqueles órfãos, percebido que podia melhorar suas vidas. Tinha visitado outras instituições e visto o quanto ainda havia a ser feito. Tinha descoberto como era a sensação de estar nos braços de um homem e como um toque masculino a fazia se sentir importante.

Evelyn abriu a janela e olhou para baixo. O jardim escuro se estendia, com nada entre ela e o chão além da parede da casa.

— *Maldição.* — Nas histórias românticas, sempre havia uma calha ou treliças de rosas ao alcance para uma escapada, ou algum plano mirabolante. Ela sequer tinha alguém especial esperando nas sombras para lhe trazer uma escada.

Evie sentou-se na cadeira de leitura ao lado da janela. É claro que ela sabia o que *queria* fazer; queria ir encontrar Santo e convencê-lo a fugirem para casar longe dali, ou apenas fugirem, ou pelo menos escondê-la até que ela conseguisse decidir o que fazer. Ele, no entanto, embora se deleitasse nas voltas e reviravoltas da vida, detestava confusão. Se ela aparecesse à porta dele, estaria levando consigo um nó do tamanho do Castelo de Windsor para ser desatado.

E se ele só a quisesse quando ninguém mais sabia, quando não era complicado? Lentamente, ela se inclinou para frente e fechou a janela. Se sua vida estava mesmo prestes a se tornar um pesadelo, ela ao menos poderia se apegar à fantasia de amar o homem que Michael Halboro estava prestes a se tornar. Ela não conseguiria suportar ser a testemunha e a causa do fracasso dele.

— Ah, Michael — sussurrou ela. — O que vou fazer?

—⟋⟍—

Santo olhou furioso para seu advogado.

— Não, não vou refletir mais sobre o assunto — ralhou ele. — Passe logo esses papéis para eu assinar ou serei obrigado a arrancá-los de você.

Wiggins engoliu em seco.

— Vejo que o senhor já refletiu bastante — disse ele, a pálpebra se contraindo quando ele mergulhou em sua maleta em busca dos últimos papéis. — Apenas rubrique as primeiras três páginas e assine a quarta. Ambas as vias, por favor.

Santo virou os papéis em sua direção; então, respirando fundo, molhou a caneta na tinta e assinou.

— Então é isso, certo? A propriedade é minha?

— Sim, milorde. Transferir os fundos é o último passo.

— Ótimo. Vá arquivar, transferir, carimbar, ou seja lá o que você faz. Quero a escritura ao meio-dia.

— Ao... Sim, milorde.

O advogado saiu do escritório e St. Aubyn entrelaçou as mãos atrás da cabeça, inclinando a cadeira para trás e apoiando-a na estante de livros. Os órfãos tinham um lar. Comprar a Casa St. Eve, como ele tinha decidido chamar, era provavelmente a coisa mais frívola que ele já tinha feito. Ele não teria lucro algum; muito pelo contrário, na verdade. Aquilo não traria vantagem sobre ninguém. Ele ganharia, contudo, alguns pontos com uma mulher, uma única pessoa, que ele valorizava acima de todas as outras.

E com os papéis assinados, ele podia se concentrar em encontrar uma forma de torná-la sua para sempre.

— Jansen!

O mordomo apareceu à porta.

— Milorde?

— Mande selar Cassius. E me consiga uma dúzia de rosas vermelhas.

— Sim, milorde.

Ele sumiu novamente.

— Jansen!

A cabeça do mordomo reapareceu.

— Sim, milorde?

— Duas. Duas dúzias de rosas.

— Está bem, milorde.

St. Aubyn terminou a papelada que ainda restava, então colocou as luvas de cavalgada. Já tinha passado das nove da manhã, graças à relutância de seu advogado em lhe entregar os últimos papéis. No dia anterior, Evelyn tinha dito que pretendia passar a manhã na casa nova, para anotar o que precisava ser comprado para deixar tudo pronto para as crianças.

Ele a encontraria lá, então. E depois do que acontecera na véspera, St. Aubyn imaginava que não seria muito difícil convencê-la a se juntar a ele em um dos quartos por alguns minutos. Se ele não a possuísse novamente em breve, iria explodir.

Depois, ele iria convencer Wellington a oferecer alguma vaga no Gabinete ou alguma outra posição que eles dois pudessem propor que Prinny criasse para Victor Ruddick. St. Aubyn cantarolou uma valsa enquanto descia até o saguão. Agir de modo correto era mais fácil do que ele esperava, especialmente quando havia um prêmio a ser recebido no final do jogo.

— Retornarei ao meio-dia para pegar uns papéis que Wiggins deixará para mim.

Jansen abriu a porta da frente.

— Está bem, milorde. E aqui estão suas flores.

— Obrigado.

— Não há de quê, milorde. E boa sorte, se é que posso tomar essa liberdade.

St. Aubyn sorriu enquanto montava em Cassius.

— Pode. Mas não se acostume.

A rua que passava pela Casa St. Eve estava vazia senão por algumas carruagens do antigo senhorio que ocupavam outras moradias. O marquês entrou de toda forma, usando uma janela destrancada ao ver que a porta estava trancada.

— Evelyn? — chamou ele, sua voz ecoando pelos cômodos vazios. — Senhorita Ruddick?

Ela obviamente não estava. Ele retornou a Cassius. A segunda localização mais provável dela era o antigo orfanato, então ele atravessou Marylebone até a Great Titchfield Road.

A governanta o encontrou no patamar da escada.

— Milorde — cumprimentou ela, fazendo uma reverência desajeitada.

— Senhora Natham. Estou procurando pela Senhorita Ruddick. Ela está?

A mulher parecia perplexa por ainda estar empregada, mas Santo não tinha intenção alguma de esclarecer sua confusão. Evelyn gostava dela, então ela ficaria. Aquele era o máximo que o marquês se importava com o Esfregão de Ferro.

— Não, milorde. As crianças têm perguntado, mas já faz três dias que não a vemos.

— Hum. Está bem. Obrigado, Senhora Natham. — Ele se virou.

— Milorde?

Santo parou.

— Sim?

— O jovem Randall anda espalhando para as outras crianças uma história cabeluda, sobre uma casa nova para elas. Todos estão muito animados, mas fiquei pensando… Randall gosta de pregar peças, o senhor sabe.

— Randall está falando a verdade. Acho que a Senhorita Ruddick queria ela mesma contar às crianças, assim que a papelada fosse assinada. Eu ficaria grato se você pudesse instruir todos a ficarem quietos e fingir surpresa quando ela der a notícia.

A governanta sorriu, amenizando os traços severos de seu rosto.

— Com todo o prazer, milorde. E obrigada. Pelo bem das crianças, digo.

Enquanto retornava ao centro de Mayfair, St. Aubyn pensou em como era estranho perceber que ver as pessoas felizes o deixava tão… satisfeito. Ele exigiria uma explicação desse fenômeno de Evelyn assim que a localizasse.

Ele encontrou a Senhorita Barrett e Lady Dare bem quando estavam saindo da Residência Barrett.

— Bom dia, senhora e senhorita — cumprimentou ele, tirando o chapéu.

— Milorde — responderam em uníssono, olhando uma para a outra.

— Estou procurando pela Senhorita Ruddick. Esperava encontrá-la aqui esta manhã.

Lucinda franziu a testa, mas rapidamente mudou de expressão.

— Ela disse ontem que precisava… visitar um lugar hoje pela manhã. Santo desceu do cavalo.

— Ela não está lá. E nem está no outro lugar.

— Nós íamos ao museu esta tarde — comentou Lady Dare, pensativa —, mas ela me mandou um bilhete informando que não poderia mais comparecer.

Tentando manter o semblante relaxado, St. Aubyn pegou o bilhete que a viscondessa tirou do bolso de sua peliça.

— Não diz o motivo do cancelamento — murmurou ele para si mesmo. Para falar a verdade, ele nunca a tinha visto ser tão brusca com as amigas.

— Tenho certeza de que o irmão simplesmente enviou Evelyn em alguma de suas missões. — Apesar das palavras de reconforto, Lady Dare não parecia tão confiante.

Ambas as amigas de Evie sabiam dos planos de Victor para ela e Clarence Alvington, e St. Aubyn conseguia ver o ar especulativo em seus olhos sem precisar verbalizar a pergunta. Os Alvington deviam ter jantado na casa dos Ruddick na noite anterior. O coração do marquês começou a palpitar, preenchendo-o com uma sensação incomum e desagradável: preocupação.

— Talvez devêssemos ir visitá-la, Georgie — sugeriu Lucinda. — Só para garantir que ela está bem.

Mas ele mal as ouviu porque já havia montado em Cassius novamente.

— Não precisa. Eu mesmo vou averiguar.

Algo estava errado. Embora tivesse poucas evidências, seu senso aguçado de autopreservação dizia que a manhã não estava correndo como deveria. Ele queria galopar, mas o decoro ainda era importante, então se contentou com um trote rápido até a Residência Ruddick.

O mordomo dos Ruddick abriu a porta quando ele bateu.

— Lorde St. Aubyn. Bom dia.

— Gostaria de conversar com a Senhorita Ruddick, se ela estiver em casa — disse ele, incapaz de esconder a impaciência aguda de sua voz.

— Se o senhor aguardar no salão matinal, milorde, irei averiguar.

St. Aubyn soltou o ar que não percebeu que estava prendendo. Ela estava em casa, de toda forma. Não havia sido arrastada para algum lugar e se casado com Clarence Alvington antes que ele tivesse a chance de fazer alguma coisa.

O marquês ficou andando de um lado para o outro no salão matinal, a necessidade de vê-la percorria suas veias como a febre. Ela estava bem. Desceria as escadas e contaria a ele que tinha bebido vinho demais no jantar entediante de seu irmão e havia dormido demais.

— St. Aubyn.

Ele se virou.

— Ruddick. — Os pelos da nuca de St. Aubyn se eriçaram. Independentemente do que estivesse acontecendo, era pior do que ele imaginara.

Seja educado, lembrou a si mesmo. Evelyn não iria contrariar completamente os desejos do irmão, então ele precisava agradar a Victor o quanto fosse necessário para convencê-lo de sua sinceridade. — Bom dia.

— Bom dia. Receio que minha irmã não esteja se sentindo bem esta manhã.

O maxilar do marquês se contraiu. *Ele não a veria.*

— Nada sério, espero?

— Não. Apenas uma dor de cabeça. Mas ela não está recebendo visitas.

— Certo. Não tomarei seu tempo, então. — St. Aubyn passou apressadamente por Ruddick, retornando ao corredor e entregando as rosas ao mordomo. — Para a Senhorita Ruddick.

— E, St. Aubyn? — chamou o irmão de Evelyn, seguindo até o saguão.

Apenas a presença de Victor impedia o marquês de subir as escadas correndo e sair derrubando todas as portas até encontrar Evelyn e se certificar de que ela estava bem.

— Sim?

— Minha irmã não é tão sensata quanto eu gostaria. Ela está noiva de Clarence Alvington e eu apreciaria, de cavalheiro para cavalheiro, se você se mantivesse longe dela.

St. Aubyn congelou. *Não.* Evie mencionara o casamento apenas como uma possibilidade, então era algo que ele já tinha decidido que poderia impedir. A mulher por quem ele se apaixonara não se tornaria noiva de outra pessoa. Não quando ele sequer tinha tido a chance de conquistá-la.

— Ela concordou em se casar com Alvington?

— É claro que sim. Ela se importa com os interesses desta família. Bom dia, St. Aubyn. Espero que não retorne mais aqui.

St. Aubyn parou à porta enquanto o mordomo a abria.

— Sabe, Ruddick, eu costumava pensar que era o pior canalha de Londres. É, de certa forma, reconfortante saber que eu estava errado. Parabéns, porque o título é seu.

— Se você tivesse uma irmã, St. Aubyn, talvez entendesse. Agora vá embora e não volte.

Deixar a Residência Ruddick foi a coisa mais difícil que o marquês já teve de fazer. Ele sabia que Evelyn estava lá, desesperadamente infeliz. Ele precisava vê-la. Precisava ajudá-la. Precisava fazer alguma coisa.

Capítulo 24

Poderiam os tiranos serem derrotados apenas por tiranos,
E a Liberdade nenhum vencedor conhecer?
Lord Byron, *Childe Harold's*
Pilgrimage, Canto IV

S<small>T</small>. A<small>UBYN ARRANCOU AS RÉDEAS</small> de Cassius do cavalariço dos Ruddick quando o mordomo apareceu à porta da frente da casa.

— Você, trapeiro! — gritou o criado. — Não perturbe nossos convidados. Você sabe que a entrada dos criados é pelos fundos!

St. Aubyn olhou para trás, na direção do criado que berrava. Não havia nenhum trapeiro à vista. Dando uma olhada rápida na direção do marquês, o mordomo desapareceu novamente dentro da casa e bateu a porta.

Obrigando-se a abandonar a ideia de espancar Ruddick até a beira da morte, St. Aubyn desceu a rua com Cassius. Quando virou a esquina da Chesterfield Hill, encontrou um jovem, deu a ele um xelim e entregou o garanhão aos cuidados dele. Graças a Deus existiam criados.

Contornando a via das carruagens, ele foi até os fundos da casa. A porta da cozinha se abriu assim que ele chegou lá. O mordomo indicou que ele entrasse.

A equipe da cozinha parecia incrivelmente ocupada com a limpeza para aquela hora da manhã, mas se funcionava como desculpa para eles não o verem, ele não tinha objeção alguma.

— Obrigado — murmurou ele, seguindo o mordomo na direção da estreita escadaria dos fundos.

— Se o Senhor Ruddick o vir, precisarei negar que o deixei entrar — disse o homem. — Mas a Senhorita Ruddick parece gostar bastante do senhor, e nós gostamos dela. Ela não merece ser tratada dessa forma horrível. Vá até o segundo andar. O aposento dela é o primeiro à esquerda.

Santo assentiu, já no meio da escadaria. Ao menos as ações do mordomo confirmavam suas suspeitas. Evelyn não estava naquela situação por escolha própria. O corredor estava vazio, e ele foi até a porta que o mordomo havia indicado.

— Evelyn?

— Vá embora, Victor! Não quero falar com você!

— Evelyn Marie — disse ele no mesmo tom grave. — Sou eu. Santo.

Ele ouviu um ruído de tecidos se aproximar da porta.

— Santo? O que você está fazendo aqui?

— Não tem chave na fechadura — sussurrou ele. — Você sabe onde está?

— Eu tranquei por dentro. Vá embora, Santo. Agora. Você só vai piorar as coisas.

St. Aubyn girou a maçaneta.

— Abra a porta, Evelyn. Preciso conversar com você.

— N… não.

— Então vou colocar essa porta abaixo e todos saberão que estou nesta casa. Abra antes que alguém me veja parado aqui.

Por um instante, ele pensou que ela não obedeceria, mas então a fechadura emitiu um clique e Evelyn abriu a porta. O marquês entrou no quarto, fechando a porta silenciosamente.

Evie o observou se endireitar, virando-se de frente para ela. Tinha passado a noite em claro, sonhando em vê-lo novamente. Agora que ele estava ali, ela não fazia ideia do que aquele homem poderia fazer para ajudá-la.

— Você não deveria estar aqui — disse ela, desejando que sua voz estivesse estável. — Se Victor descobrir, vou ser enviada para West Sussex hoje mesmo.

O marquês olhou para ela por uma fração de segundo, então se aproximou. Segurando seu rosto com as duas mãos, ele se abaixou e a beijou, com tanta ternura, tanta delicadeza que Evie sentiu vontade de chorar.

— Seu querido irmão me expulsou daqui alguns minutos atrás — murmurou ele, beijando-a novamente, como se não a tivesse visto em anos, e não há apenas um dia —, então duvido que ele espere me encontrar em qualquer lugar nas proximidades.

— Então como você…

— Victor jamais conseguiria ser tão esperto quanto eu, mesmo que tentasse. Agora me conte o que aconteceu.

Evie precisava concordar com aquela constatação. Ninguém era páreo para St. Aubyn na arte do subterfúgio. Ela queria se atirar nos braços dele, contar-lhe todos os seus problemas e deixar que ele consertasse tudo. Nada do que estava acontecendo, no entanto, podia ser consertado.

— Victor descobriu meu envolvimento com o orfanato e algumas coisas sobre mim e você, o que foi o bastante. Clarence Alvington concordou se casar comigo, aparentemente por um dote bem generoso, e Lorde Alvington concordou em ceder os votos de seu distrito para Victor.

Santo caminhou de um lado para outro, seu rosto austero e concentrado.

— Então está feito. Lavrado e sacramentado, e você foi vendida. Eles sequer perguntaram, Evelyn? Alguém perguntou o que você queria?

— É óbvio que não. Mas eu passei dos limites do decoro. Sabia que isso podia acontecer.

— Então você vai aceitar tudo isso?

Evelyn respirou, trêmula.

— Eu gostaria que você não tivesse vindo, Michael. É claro que eu não quero me casar com aquele idiota. Mas o que mais posso fazer?

— Ir embora daqui. Comigo. Agora.

Deus do céu, como ela queria ouvir aquilo.

— Mas e minha família?

— Eles venderam você, Evelyn. Não ouse se importar com eles.

— Mas, Santo, é a minha família. Eu me esforcei muito para fazer a diferença de uma forma positiva. Se arruinar a carreira de Victor, o que isso diz de mim?

Os olhos do marquês se estreitaram.

— Que vocês estão quites.

— Mas eu não vivo de acordo com essa filosofia. — Evie deslizou os dedos pela lapela dele, sem conseguir conter a vontade de tocá-lo.

Ele segurou sua mão, pressionando a mão dela contra seu peito.

— Não vou permitir que você se case com Clarence Alvington — afirmou ele em um tom grave e sombrio que ela nunca o tinha ouvido usar antes. — Essa é a minha filosofia. — O coração dele batia forte e rápido sob a mão de Evelyn.

— Acredite em mim, se houver uma maneira de escapar dessa confusão, eu farei. Mas não vou arruinar o nome da minha família. Meu pai tinha muito orgulho de quem era, e eu, também. E por mais que eu queira odiá-lo, mesmo que ele esteja equivocado com relação a algumas coisas, Victor é um bom homem.

— E as suas crianças? — retrucou ele, puxando-a ainda mais para perto. — Você as deixaria aos meus cuidados?

— Você vai fazer a coisa certa para elas, Santo. — Uma lágrima escorreu pelo rosto de Evie, a primeira que caía desde que tudo havia desandado. — Eu vi seu bom coração.

O marquês a soltou tão abruptamente que ela cambaleou.

— Não tenho um coração, Evelyn. É por isso que eu... preciso... de você. Venha comigo. Vou comprar para você tudo o que desejar, a levarei aonde você quiser ir. Abriremos orfanatos por toda a Europa, se for da sua vontade. Apenas fique comigo.

Evie ouviu o desespero e a mágoa na voz dele.

— Michael, não posso — sussurrou ela. — Por favor, entenda.

St. Aubyn ficou olhando para a janela por um bom tempo, os músculos de suas costas estavam tão contraídos que Evelyn podia vê-lo tremendo.

— Eu entendo — disse ele por fim. — Victor consegue a vaga no Parlamento, você garante que as crianças serão bem cuidadas e vive uma vida miserável e sem esperança.

— Não é isso...

Ele se virou para encará-la.

— Vou resolver as duas primeiras questões, mas eu jamais, *jamais* vou concordar com a terceira. — Indo até ela, St. Aubyn a beijou novamente, com força. — Eu a vejo esta noite.

— Michael, eu não...

— Esta noite.

Ele se esticou para abrir a porta. Receando que ele pudesse tentar algo ainda mais drástico, Evelyn a pressionou. Era como tentar deter um urso em pleno ataque, mas ele parou.

— Michael, olhe para mim.

Respirando fundo e trêmulo, ele a encarou novamente.

— Prometa que você vai continuar trilhando esse caminho que escolheu. Que será uma boa pessoa.

O Marquês de St. Aubyn meneou a cabeça.

— Não. Não vou permitir que use a mim para validar esse sacrifício em prol de um bem maior, Evelyn. Pretendo conseguir exatamente o que *eu* quero, mesmo que você tenha desistido.

Com isso, ele saiu do quarto e fechou a porta delicadamente. Evelyn pressionou o rosto na porta e ficou ouvindo por um bom tempo, mas ele não retornou. Lentamente, ela virou a chave e a fechadura emitiu um clique ao se trancar. Mesmo que ele voltasse à noite, ela não permitiria sua entrada. Se permitisse, jamais teria forças para deixá-lo.

Santo passou pela grandiosa residência de Lorde e Lady Gladstone no caminho para casa. Ele não tinha sequer percebido, no entanto, até já estar a duas ruas de lá. Se precisava de uma resposta para o quanto tinha mudado, aquilo bastava. Ele não queria Fatima Hynes, ou nenhuma outra mulher de olhos vazios e decote generoso. Não queria mais ninguém, nunca mais. Apenas Evelyn Marie Ruddick. E ele não permitiria, de jeito nenhum, que Alvington, aquele almofadinha, ficasse com ela sem ao menos lutar.

E se havia algo que ele sabia fazer melhor do que qualquer pessoa de Londres, era jogar sujo.

— Preciso enviar uma mensagem para Wellington imediatamente — anunciou ele assim que entrou em casa.

— Chamarei Thomason — disse Jansen.

O mordomo disparou pelo corredor lateral enquanto St. Aubyn ia até seu escritório. Havia vários convites sobre a mesa de apoio e ele deu uma olhada em todos. Quase uma dúzia, mais do que ele costumava receber. Independentemente de alguém ter começado a reparar em seu comportamento mais gentil ou não, as pessoas tinham percebido que ele estava participando mais dos eventos da Temporada.

Na base da pilha, ele encontrou o que estava procurando. Por sorte, já havia aceitado o convite para o baile dos Dorchester aquela noite. Ele não teria muito tempo, mas esse já era um artigo escasso de toda forma.

O marquês pegou um papel e rabiscou um bilhete para Wellington, oferecendo ao duque sua última caixa de xerez, se Sua Graça o encontrasse no sarau dos Dorchester e lhe fizesse o grande favor de mandar um bilhete informando Ruddick de que gostaria que Victor e sua família também comparecessem. Quando Thomason apareceu, St. Aubyn o despachou imediatamente, instruindo que o criado aguardasse por uma resposta.

Por um momento, considerou enviar um bilhete parecido a Prinny, mas ele precisava de mais do que uma presença importante em um evento; precisava de um cargo no Gabinete. Uma vaga na Câmara demoraria demais para garantir, e Alvington já tinha essa carta na manga. E qualquer indicação sugerida pelo príncipe-regente ficaria enrolada no comitê por um ano. Se St. Aubyn não conseguisse resultados mais rápidos do que Alvington, nem precisava se dar ao trabalho de correr atrás.

Thomason retornou em menos de trinta minutos.

— Isso foi rápido — comentou St. Aubyn, parando de andar de um lado para o outro. — Qual foi a resposta dele?

O lacaio deu um passo atrás.

— O… Sua Graça não estava em casa, milorde.

— Maldição. O mordomo disse onde eu poderia encontrá-lo?

— Sim, milorde.

St. Aubyn ficou olhando para o lacaio enquanto toda a sua paciência se esvaía. Às favas com a gentileza e a consideração.

— E onde seria? — sibilou ele.

— Calais.

Santo parou.

— Calais — repetiu ele. — Calais, na França.

— Sim, milorde. A caminho de Paris. Sinto muito. Posso ir atrás dele, se o senhor…

— Não. Vá embora. Preciso pensar.

— Sim, milorde.

Nada de Wellington. Prinny parecia ser sua única escolha. Com o tempo e o cuidado que o príncipe-regente empregava ao escolher suas roupas, convencê-lo a participar de um evento com tão pouca antecedência seria quase impossível. E Prinny não tinha motivo algum para convidar Ruddick. Victor perceberia o embuste em um piscar de olhos. O marquês voltou a andar novamente, então parou.

— Thomason!

Todos pareciam estar à espreita, pois tanto o criado quanto Jansen entraram às pressas no escritório.

— Sim, milorde? Devo ir a Calais, no fim das contas?

— Não. Quando Wellington partiu?

— Esta manhã. Ele queria passar a noite em Dover.

St. Aubyn assentiu com a cabeça.

— Ótimo. Nada nos jornais sobre a viagem dele até amanhã, então. Espere aqui.

Ele voltou à escrivaninha e pegou outra folha de papel.

— Há algo que eu possa fazer, milorde? — perguntou Jansen.

— Não. Sim. Precisarei de oito coches ou outro meio de transporte esta noite. — Ele ergueu os olhos, então voltou a escrever. — Melhor que sejam dez. E os quero aqui às sete esta noite.

— Providenciarei, milorde.

O marquês precisou redigir a carta duas vezes para acertar as palavras, e então a secou e dobrou. O selo seria um problema; após um instante de consideração, ele usou o seu próprio, girando o anel sobre a cera quente para que o brasão ficasse irreconhecível.

Assoprando a cera, ele se levantou, então percebeu que Thomason estava usando o uniforme preto e vermelho característico de St. Aubyn.

— Droga. Você tem outro casaco?

— Milorde?

— Esqueça. Vá ver Pemberly antes de ir. Os criados de Wellington usam apenas preto, não é?

— Sim.

— Tenho certeza de que tenho algo em meu guarda-roupa que servirá. Você, agora, é criado de Wellington e levará esta carta até a Residência Ruddick. Não espere por uma resposta. O homem de Wellington não esperaria.

— Sim, milorde.

— Entenda uma coisa, Thomason. Você precisa convencê-los de que está a serviço de Wellington e de que ele está na cidade, e de que você é importante demais para ser relegado à tarefa de entregar um bilhete, está bem? Caso contrário, nada disso funcionará.

O criado concordou com a cabeça.

— Entendido, milorde.

St. Aubyn respirou fundo.

— Vá ver meu valete, então.

Assim que o outro saiu, o marquês trocou o casaco para sair novamente: o dia estava passando rápido, e ele tinha outra tarefa a cumprir. Três, para falar a verdade.

—◆—

Por um momento, quando alguém começou a bater à sua porta, Evelyn pensou que Santo tinha retornado para sequestrá-la. Ela não teria resistido. Não devia ter recusado a oferta antes. Ele tinha razão; não era justo que todos conseguissem o que queriam, menos ela.

— Evie, abra a porta! — berrou Victor.

A esperança desapareceu novamente.

— Nunca!

— Se eu tiver que entrar aí...

— Então você vai precisar quebrar minha porta e me prender no porão!

Ela o ouviu praguejar baixinho do outro lado da porta. Ele provavelmente não tinha ideia do que fazer quando ela não cedia.

— Wellington requisitou sua presença no baile dos Dorchester esta noite — disse ele após um instante.

— Não irei.

— Ele acha você encantadora e gostaria de dançar com você, Evie. Você *irá*. E dançará com Clarence também, e vamos começar a espalhar os rumores sobre seu noivado.

Pular da janela estava começando a parecer uma boa alternativa. Quando estava prestes a gritar sua negativa mais uma vez, no entanto, Evelyn se lembrou do que St. Aubyn havia dito. *Ele a veria esta noite.* Será que aquilo era obra dele? Ele certamente conhecia Wellington.

Era uma chance. Não das melhores, mas, ao menos, se ela saísse, poderia ver as amigas e talvez pensar em alguma forma de se livrar de tudo aquilo. E poderia pedir a Lucinda que enviasse uma mensagem às crianças, para que elas soubessem que ela não as tinha esquecido.

— Está bem. Eu concordo — gritou ela. — Mas só se você permitir que eu veja minhas amigas.

— Desde que eu esteja ao seu lado, você pode ver quem quiser. Com exceção de St. Aubyn.

Evie não respondeu. Victor não acreditaria em nada do que ela dissesse, de toda forma.

<hr />

Como seu próprio ato de rebeldia, Evie colocou o pingente de coração com o diamante. Ninguém conheceria seu significado além deles dois, e se ele comparecesse, provavelmente entenderia a mensagem equivocadamente — que ela ainda esperava por seu resgate —, mas, de alguma forma, Evelyn se sentia mais forte no salão de baile com a joia no pescoço.

— Evie! — chamou Lucinda, deixando a multidão para trás para lhe dar um abraço apertado assim que chegaram ao sarau. — Estávamos preocupadas com você. Você está bem?

Evelyn sorriu quando Georgiana e Dare chegaram logo em seguida.

— Eu...

— Receio que minha irmã não esteja se sentindo muito disposta — interrompeu Victor. Ele não ficava a mais que um passo dela desde que Evie abrira a porta do quarto. — Ansiosa demais, suponho — continuou ele.

— Ansiosa? — repetiu Georgiana, pegando a mão de Evelyn. — Com o quê?

— Bem, vamos anunciar no *Times* em um ou dois dias, mas Clarence Alvington pediu a mão de Evie em casamento e ela aceitou.

Por um momento, Lucinda e Georgiana apenas olharam para ela.

— Eu... Parabéns, Evie — disse Lucinda, vacilando. — Que surpresa.

— De fato — concordou Georgie, seus olhos examinando a expressão de Evelyn. — Sabe, você... Você deveria contar à minha tia! — Ela sorriu para Victor, um sorriso que não se refletiu em seus olhos. — A Duquesa Viúva de Wycliffe adora a Evie.

— Sim, sim! — reiterou Lucinda, pegando o outro braço de Evie e puxando-a. — Venha, Evie, vamos contar a ela!

Enquanto as moças a puxavam para frente com determinação, Dare, com sua percepção impecável, se intrometeu entre Evelyn e Victor, colocando o braço em torno dos ombros dele.

— Ruddick, meu garoto. Eu por acaso já lhe contei...

Victor se desvencilhou dele, interceptando o braço de Evelyn de Lucinda.

— Como eu disse, Evie não está se sentindo bem. Só viemos por insistência de Wellington e depois precisamos levá-la diretamente para seus aposentos.

As sobrancelhas de Georgiana se uniram em uma expressão desconfiada.

— Mas...

— Receio ter de insistir.

Evie pôde ver que suas amigas estavam ficando chateadas, e lhes ofereceu um sorriso rápido antes que elas começassem uma disputa de gritos com seu irmão, algo que magoaria a todos.

— Está tudo bem. Como Victor disse, não estou me sentindo bem.

— Então... nós a visitaremos amanhã.

Victor meneou a cabeça.

— Ela estará se sentindo melhor na quinta-feira. Então, vocês poderão visitá-la.

É claro. O anúncio já teria sido publicado no *London Times* e a notícia de seu noivado já teria se espalhado por Londres. Ninguém poderia fazer nada por ela depois disso. Não que devessem. Aquilo ainda era um problema seu.

— Ah, lá está Clarence — apontou Victor, olhando para além de suas amigas. — Você prometeu uma dança para ele, não é?

Evie olhou de esguelha para o irmão. Ele também esperava que ela confeccionasse a corda para o próprio enforcamento?

— Não sei. Prometi?

— Sim, prometeu, se estiver disposta. — Ele fez uma reverência para suas amigas. — Se nos derem licença?

Enquanto permitia, relutantemente, que ele a arrastasse de lá, Evelyn finalmente seguiu o olhar de Victor até o outro lado do salão.

— Aquele não é Clarence Alvington.

— Mas ele estará aqui para a valsa. Eu não poderia deixar que você contasse a suas amigas a sua história de amargura.

Evie suspirou amargamente.

— Você já venceu, Victor. Precisa me deixar infeliz o tempo todo?

— Você não me deu motivos para confiar em você.

Ela podia fazer o mesmo elogio a ele.

— Por favor, apenas encontre Wellington para que você possa me exibir para ele e podermos ir embora.

— Não quero parecer ansioso demais.

— Oras... Se isso é tão importante assim para você, *você* é quem deveria dançar com ele.

— Sarcasmo não combina com você. — Victor a olhou por um instante, então colocou a mão dela em seu braço. — Acho que não posso confiar que você se comportará por mais muito tempo. Vamos encontrar Wellington.

Após 15 minutos de buscas e de algumas perguntas em tom discreto, ficou óbvio que o duque não estava presente. E Evelyn pôde ter certeza de que St. Aubyn também não estava. Seu coração murchou ainda mais. Ela não esperava um resgate, mas vê-lo teria significado... alguma coisa.

— Maldição — murmurou Victor baixinho enquanto eles retornavam para o abarrotado salão de baile.

— Sim, parece que você foi rejeitado — comentou Evie. — Só posso esperar o mesmo destino para mim mesma.

— Basta. Vamos ficar para a valsa e depois vamos para casa, e você vai ficar apenas dentro de seus aposentos até quinta-feira.

Evelyn parou, forçando-o a também parar.

— Não há de quê.

Ele franziu a testa.

— Como?

— Não lhe ocorreu que eu poderia dizer "não", ou que pudesse dar um chilique aqui no meio do salão, ou anunciar a todos que... que eu e St. Aubyn somos amantes? O que você acha que isso faria com a sua carreira?

— Você seria arruinada — sibilou ele, seu olhar ficando mais pungente.

— Sim, seria. E, acredite ou não, eu preferiria isso ao casamento com Clarence. No entanto, apesar do que você fez comigo, eu realmente acredito que você será um bom membro do Parlamento e que fará algo de bom para as pessoas da Inglaterra. É por isso — ela tocou o peito dele com o dedo — que eu me mantive em silêncio. Não há de quê.

— Você pode ser tão amável quanto quiser, agora que foi pega no flagra. Não era eu que estava farreando com St. Aubyn ou indo visitar orfanatos nojentos desacompanhada em Covent Garden.

Evie começou a elaborar uma resposta, mas ao olhar para o rosto calmo e implacável do irmão, ela percebeu que jamais venceria. Ele nunca perceberia que tinha feito qualquer coisa de errado para com ela, muito menos admitiria. Mas, ainda assim, ela não poderia deixar de dizer uma coisa.

— O Marquês de St. Aubyn — respondeu ela baixinho — é muito mais cavalheiro do que Clarence Alvington poderia esperar ser. Você fez uma péssima escolha em todos os sentidos.

Victor deu um sorriso sombrio.

— Agora você está tentando me convencer de que ficou maluca, não é? Veja, lá está Clarence. Dance a valsa com ele, sorria e então poderemos ir embora.

Evelyn ergueu o queixo.

— Por um acaso, neste momento, eu realmente prefiro estar com aquele almofadinha do que com você.

Evie se encontrou com Clarence no meio do caminho, observando com uma espécie de desalento distante enquanto ele pegava sua mão e praticamente a lambia. Ainda bem que existiam luvas.

— Minha amada, amada Evie — arrulhou ele, apertando seus dedos.

— Milorde. Creio que devemos dançar a valsa.

— Clarence, por favor.

— Eu realmente prefiro manter a formalidade — respondeu ela, ficando quase surpresa quando ele a fitou com olhos incertos. Ele provavelmente era o mais desafortunado de todos os conspiradores. Os outros lucrariam com sua venda para a família Alvington, mas ele teria de viver com ela.

A valsa começou e Clarence envolveu a cintura de Evelyn. A sensação a fazia querer vomitar; lembrava-a do que ele esperaria dela depois que eles estivessem casados. A ideia de se deitar com aquele homem como ela havia feito com Santo... Evie fechou os olhos, estremecendo. *Onde ele estava, afinal? Ele não sabia o quanto ela queria vê-lo? Ao menos estar perto dele?*

As portas do salão se escancararam. Enquanto Evelyn observava, atônita e de queixo caído, crianças enchiam o salão. Dez, vinte, e mais crianças maltrapilhas. Órfãos. *Seus* órfãos.

Os convidados perto da entrada começaram a gritar, afastando-se para o fundo e para as laterais do salão como se estivessem diante do estouro de uma boiada selvagem. A orquestra parou de tocar, deixando os dançarinos sem acompanhamento no meio do salão de baile.

— Meu Deus do céu! — exclamou Clarence, empalidecendo. — É uma revolta!

E ele não foi o único a pensar que se tratava das classes baixas empreendendo uma revolução. Lady Halengrove desmaiou e quase todos passavam por cima dos criados para chegar às portas mais distantes, que davam acesso ao jardim.

Evelyn, no entanto, olhava para a figura alta e sombria no meio de todo aquele caos. Santo. Ele estava com a pequena Rose nos braços, sua expressão calma, como se estivesse comprando luvas na Bond Street.

À medida que os órfãos se espalhavam pelo salão, ela percebeu que ele fazia sinais. Imediatamente, as coisas começaram a fazer sentido. Lorde Alvington ficou preso junto à mesa de bebidas, ao passo que seu irmão logo foi apresentado a Randall, Matthew e outros dois dos garotos mais velhos.

O que você está fazendo?, disse ela sem emitir som, sem saber ao certo se deveria se sentir envergonhada ou entretida.

Ele a ignorou, indo até Victor.

— Boa noite, Ruddick — disse ele em um tom estrondoso.

O restante da multidão ficou calada, obviamente começando a perceber que não corria nenhum risco imediato. Evelyn se aproximou, tendo de arrastar Clarence consigo, já que ele se recuso a largar sua mão.

— Que diabos é isso tudo, St. Aubyn? — rosnou Victor por cima da cabeça de Randall. — Você foi alertado para…

St. Aubyn tirou algo do bolso.

— Pegue. Você agora é chanceler assistente do Tesouro. — Ele enfiou um pedaço de pergaminho no peito de Victor. — Meus parabéns.

— Eu…

O marquês deu as costas para ele, caminhando diretamente até Evelyn. Seu coração começou a palpitar. Ele tinha conseguido. Ele tinha vencido Alvington na corrida por conseguir um cargo para Victor no governo.

— Aqui — disse St. Aubyn, entregando Rose para Clarence.

— Você é meu papai? — perguntou a menina, com tanta precisão que St. Aubyn devia tê-la treinado no caminho para lá.

— Eu… Minha nossa, eu…

O marquês parou diante de Evie.

— Olá — disse ele baixinho.

Ela não conseguia respirar.

— Olá.

— Posso? — Ele pegou suas duas mãos. — Trouxe suas crianças.

— Eu vi.

— Elas precisam de você.

No fundo da mente, Evie percebeu que o salão tinha ficado completamente em silêncio. Todos podiam ouvir cada palavra que dissessem um para o outro, mas ela não se importava. Ele estava ali, e estava segurando suas mãos.

— Eu também preciso de você — continuou ele.

— Santo…

— Michael — sussurrou ele.

— Michael, como você fez tudo isso?

Ele sorriu, aquele sorriso torto e pervertido que deixava suas pernas bambas.

— Você me deu inspiração e um recurso. Sua querida amiga Lady Bethson. Eu faria qualquer coisa para lhe dar o livre arbítrio.

Uma lágrima que ela não tinha percebido se formar escorreu por sua bochecha.

— Obrigada. Muito obrigada.

Santo — Michael — respirou e, então, para a surpresa de Evie, ajoelhou-se.

— Eu menti para você — disse ele no mesmo tom baixo.

— O quê? — Evelyn iria desmaiar. Se ele dissesse que não a queria mais, ela desmaiaria e morreria ali mesmo, no meio do salão.

— Eu disse que não tenho coração — continuou ele, enquanto a fitava, sua voz só um pouquinho vacilante. — Mas eu tenho. Só não sabia disso até conhecer você. Você é a minha luz. Minha alma anseia pela sua presença e eu te amo com cada pedacinho do coração que você descobriu dentro de mim. E embora eu… Embora eu possa viver sem você, eu não quero. Quer se casar comigo, Evelyn Marie?

As pernas de Evie cederam. Ela desabou nos braços de Santo, segurando em seus ombros para que ele não desaparecesse de repente.

— Eu te amo — sussurrou ela. — Eu te amo tanto. Você me deu tudo.

— Só porque você me mostrou como. — Ele segurou os braços daquele anjo, mantendo-a um pouquinho distante para poder ver seu rosto. — Case comigo.

— Sim. Eu me caso com você, Michael.

St. Aubyn sorriu, colocando a mão no bolso de trás. Tirou dali uma caixinha de veludo e a abriu. Um anel com um diamante no meio e um coração de prata em torno piscava para ela. St. Aubyn o tirou da caixinha e colocou no dedo de Evie, então se aproximou para beijá-la. Vagamente, ela podia ouvir as crianças festejando e riu contra a boca dele.

— Eu me esforcei tanto para consertar você — disse ela, permitindo que ele a ajudasse a se levantar. — Mas preciso admitir que, ultimamente, passei a gostar um pouquinho dos canalhas.

Levantando-se também, o marquês segurou sua mão, como se não fosse mais capaz de soltá-la.

— Ótimo. Porque não sei quão recatado consigo ser quando se trata de você, minha querida.

Do outro lado do salão, ela viu Georgiana, Dare e Lucinda comemorando e riu, apoiando-se no ombro forte do homem que amava. *Você é a próxima*, disse sem emitir som para Lucinda.

— Orquestra! — gritou St. Aubyn. — Toque uma valsa para nós!

Pálida, e com várias crianças dependuradas em seus braços tentando contê-la, Lady Dorchester invadiu a pista de dança.

— O que significa isso tudo? — ralhou ela. — Não há problema algum com um pedido de casamento, mas essas crianças imundas não podem ficar aqui!

— Por que não? — indagou St. Aubyn, começando a valsar com Evelyn, seus corpos perto demais para os padrões da decência. — Elas sabem dançar valsa.

> *Mil corações bateram contentes; e quando*
> *A música escalou em um pandemônio,*
> *Olhos calados se fitaram se amando,*
> *E tudo se alegrou, como o sino do matrimônio.*
> Lord Byron, *Childe Harold's*
> *Pilgrimage, Canto III*

FIM

Este livro foi composto com Adobe Caslon Pro,
e impresso na gráfica Exklusiva sobre papel pólen soft 70g/m^2.